Agatha Christie®

Agatha Christie

Der Tod auf dem Nil

Ein Fall für Poirot

Aus dem Englischen
von Pieke Biermann

Atlantik

Die Originalausgabe erschien 1937 unter dem Titel
Death on the Nile bei Collins Crime Club, London.

*Atlantik Bücher erscheinen im
Hoffmann und Campe Verlag, Hamburg.*

1. Auflage 2020
Death on the Nile

www.hofmann-und-campe.de *www.atlantik-verlag.de*
Umschlaggestaltung: Vivian Bencs © Hoffmann und Campe; nach einem
Originalentwurf von © HarperCollins*Publishers* Ltd 2019
Satz: Farnschläder & Mahlstedt, Hamburg
Gesetzt aus der Trump Mediäval LT Std
Druck und Bindung: C. H. Beck, Nördlingen
Printed in Germany
ISBN 978-3-455-00947-7

HOFFMANN
UND CAMPE

Ein Unternehmen der
GANSKE VERLAGSGRUPPE

Für meine alte Freundin Sybil Bennett,
die auch gern weltenbummelt.

Erstes Kapitel

I

Linnet Ridgeway!«

»Tatsächlich, das ist sie!« Mr Burnaby, Wirt des *Three Crowns*, verpasste seinem Gesprächspartner einen Rippenstoß.

Beide Männer starrten nach draußen, mit runden Kuhaugen und halboffenen Mündern. Ein scharlachroter großer Rolls-Royce hielt eben vor dem Postamt.

Eine sehr junge Frau sprang heraus, ein Mädchen ohne Hut, in einem Kleid, das ganz schlicht aussah (aber nur *aussah*). Ein Mädchen mit goldenen Haaren und einem offenen, sehr selbstbewussten Gesicht. Ein Mädchen mit einer bildhübschen Figur. Ein Mädchen, wie man es in Malton-under-Wode nur selten sah.

Mit eiligen, herrischen Schritten verschwand sie im Postamt.

»Das ist sie?«, sagte Mr Burnaby noch einmal, und leise und ehrfurchtsvoll fuhr er fort: »Millionen hat die ... Wird etliche Tausender in den Umbau stecken. Soll dann hier Schwimmbecken geben und italienische Gärten und einen Ballsaal, und das halbe Haus wird abgerissen und wieder aufgebaut ...«

»Die bringt Geld in die Stadt«, sagte sein Freund. Er war hager und sah heruntergekommen aus. Und er klang nach Neid und Missgunst.

Mr Burnaby war derselben Ansicht. »Tja, ist 'n dolles Ding für Malton-under-Wode. 'n ganz dolles Ding.« Es schien ihm zu behagen. »Wird uns alle hier wachrütteln.«

»Ganz was anderes als Sir George«, sagte der andere.

»Tja, den haben die Pferde geschafft.« Mr Burnaby klang mild. »Hat ja nie Glück gehabt.«

»Was hat der eigentlich gekriegt fürs Haus?«

»Satte sechzigtausend, hab ich gehört.«

Der Hagere stieß einen Pfiff aus.

»Und sie soll noch mal sechzigtausend los sein, bis sie alles fertig hat!«, berichtete Mr Burnaby triumphierend weiter.

»Eine Schande!«, fand der Hagere. »Wo hat die denn das ganze Geld *her*?«

»Amerika, hab ich gehört. Die Mutter war wohl die einzige Tochter von so 'nem Millionen-Krösus. Wie im Kino, was?«

Das Mädchen kam aus dem Postamt und stieg wieder ins Auto.

Der Hagere starrte ihr brummelnd nach, als sie davonbraus-te. »Ich find das ja ganz verkehrt – dass sie *so* aussieht. Geld *und* so 'n Aussehen – das ist zu viel! Wenn eine so reich ist wie die, dann darf die doch nicht auch noch gut aussehen. Und die *sieht* gut aus ... Alles hat die! Find ich ungerecht ...«

II

Aus der Gesellschaftskolumne des *Daily Blague*:

> Zu den Abendgästen im *Chez Ma Tante* gehörte auch die bildschöne Linnet Ridgeway. Ich erspähte sie beim Souper am Tisch mit Lady Joanna Southwood, Lord Windlesham und Mr Toby Bryce. Miss Ridgeway ist, wie allseits bekannt, die Tochter von Melhuish Ridgeway aus seiner Ehe mit Anna Hartz und damit Erbin des immensen Vermögens ihres Großvaters Leopold Hartz. Die liebreizende Linnet ist derzeit Thema Nummer eins der feinen Gesellschaft, Gerüchte wollen sogar von einer baldigst bevorstehenden Verlobung wissen. Und tatsächlich sah Lord Windlesham sehr *épris* aus!

III

Lady Joanna Southwood saß in Linnet Ridgeways Schlafgemach in Wode Hall. »Liebes, ich glaube, das alles wird einfach *himmlisch*!«

Vom Fenster aus hatte man einen Blick auf die Gärten und hinaus ins weite Land mit den blauen Umrissen der Wälder.

»Es ist schon ziemlich vollkommen, nicht wahr?« Linnet lehnte auf der Fensterbank. Ihr Gesichtsausdruck verriet Ungeduld, Lebenslust und Tatendrang.

Neben ihr wirkte Joanna Southwood – eine große, schlanke junge Dame von siebenundzwanzig Jahren mit einem gescheiten schmalen Gesicht und keck gezupften Augenbrauen – irgendwie blässlich. »Und was du alles geschafft hast in der Zeit! Hattest du viele Architekten und so?«

»Drei.«

»Wie sind denn Architekten eigentlich? Ich habe, glaube ich, noch nie einen kennengelernt.«

»Ach, ganz in Ordnung. Allerdings fand ich sie manchmal ein bisschen unpraktisch.«

»Nun, *das* hast du bestimmt schnell geradegebogen! Du bist doch das *aller*praktischste Geschöpf!« Joanna nahm eine Perlenkette auf dem Toilettentisch in die Hand. »Die sind sicher echt, nicht, Linnet?«

»Selbstverständlich.«

»Ich weiß, dass so etwas für dich selbstverständlich ist, Liebes, aber bei den meisten Leuten wäre es das nicht. Dicke Zuchtperlen oder gleich Woolworth! Liebling, die sind wirklich *unglaublich*, so exquisit ebenmäßig. Die müssen märchenhaft viel Geld wert sein!«

»Ein bisschen ordinär, findest du?«

»Nein, überhaupt nicht – einfach die reine Schönheit. Was kosten die denn?«

»Rund fünfzigtausend.«

»Eine hübsche Stange Geld! Hast du gar keine Angst, dass sie gestohlen werden?«

»Nein, ich trage sie überall – außerdem sind sie ja versichert.«

»Darf ich sie mal ummachen, bis zum Abendessen, ja, Liebling? Ich würde eine Gänsehaut bekommen.«

Linnet lachte. »Selbstverständlich, wenn du möchtest.«

»Ach, Linnet, ich beneide dich wirklich. Du hast einfach alles. Du bist gerade zwanzig und schon dein eigener Herr, du siehst blendend aus und strotzt vor Gesundheit. Verstand hast du obendrein. Wann wirst du eigentlich einundzwanzig?«

»Im nächsten Juni. Ich werde ein großes Fest in London geben, wenn ich volljährig bin.«

»Und dann Lord Windlesham heiraten? Diese scheußlichen Klatschreporter sind ja alle schon ganz närrisch deshalb. Und er ist dir wirklich beängstigend ergeben.«

Linnet zuckte die Schultern. »Ich weiß nicht. Ich will eigentlich überhaupt noch niemanden heiraten.«

»Liebling, du hast ja so recht! Hinterher ist doch alles irgendwie anders, nicht?«

Das Telefon klingelte, und Linnet nahm ab. »Ja?«

Die Stimme des Butlers meldete: »Miss de Bellefort ist am anderen Ende. Darf ich durchstellen?«

»Bellefort? Oh, natürlich, ja, stellen Sie sie durch.«

Ein Klick, dann eine ungeduldige, leicht atemlose, aber weiche Stimme: »Hallo, ist da Miss Ridgeway? *Linnet!*«

»*Jackie, Liebling!* Ich habe seit Ewigkeiten nichts mehr von dir gehört!«

»Stimmt. Schrecklich. Linnet, ich muss unbedingt mit dir reden.«

»Dann komm doch einfach her. In mein neues Spielzeug. Ich würde es dir liebend gern zeigen.«

»Genau das hatte ich vor.«

»Also, spring in den Zug oder ins Auto.«

»Tu ich. In meinen schrecklich klapprigen Zweisitzer. Ich hab ihn für fünfzehn Pfund gekauft, an manchen Tagen fährt er wunderbar. Aber er hat Launen. Wenn ich zum Tee nicht da bin, dann weißt du, er hatte wieder mal eine. Bis dann, Liebes.«

Linnet legte auf und ging zurück zu Joanna. »Das war meine älteste Freundin, Jacqueline de Bellefort. Wir waren zusammen auf der Nonnenschule in Paris. Sie ist ein Unglücksrabe. Ihr Vater war ein französischer Graf, ihre Mutter Amerikanerin – Südstaatlerin. Der Vater ist mit einer anderen durchgebrannt, und die Mutter hat ihr ganzes Geld beim Börsenkrach an der Wall Street eingebüßt. Jackie stand ohne einen Pfennig da. Ich weiß gar nicht, wie sie die letzten zwei Jahre über die Runden gekommen ist.«

Joanna polierte ihre blutroten Fingernägel mit Linnets Nagelkissen. Dann lehnte sie sich zurück, legte den Kopf auf die Seite und betrachtete das Ergebnis. »Liebling«, flötete sie schließlich, »ist das nicht schrecklich lästig? Wenn Freunde von mir irgendwie in die Bredouille kommen, lasse ich sie *sofort* fallen! Das klingt zwar herzlos, aber es erspart einem viel Ärger hinterher! Die wollen einen doch bloß anpumpen, oder sie machen ein Modegeschäft auf, und dann soll man ihnen die grässlichsten Kleider abkaufen. Oder bemalte Lampenschirme und Batikschals.«

»Du meinst, wenn ich morgen mein ganzes Geld verliere, dann lässt du mich fallen?«

»Ja, Liebling, lasse ich. Man kann mir jedenfalls nicht nachsagen, ich wäre nicht ehrlich! Ich mag eben nur erfolgreiche Menschen. Übrigens wirst du feststellen, dass die meisten Leute das so sehen – nur zugeben würden sie es nicht. Die behaupten dann, sie kämen eben nicht mehr zurecht mit Mary oder Emily oder Pamela! ›Das arme Mädchen ist ja so verbittert und so komisch wegen all dem Kummer!‹«

»Was bist du für ein Biest, Joanna!«

»Ich sehe nur zu, wo ich bleibe, wie alle Menschen.«

»*Ich* nicht!«

»Aus naheliegenden Gründen! Man braucht sich nicht schäbig zu benehmen, wenn einem attraktive amerikanische Vermögensverwalter im besten Mannesalter alle Vierteljahre einen dicken Scheck schicken.«

»Und du irrst dich auch in Bezug auf Jackie«, sagte Linnet. »Sie ist keine Abstauberin. Ich wollte sie unterstützen, aber sie lässt mich nicht. Sie ist höllisch stolz.«

»Und warum will sie dich so dringend sprechen? Ich wette, sie will etwas! Du wirst schon sehen.«

»Sie klang schon aufgeregt, wegen irgendetwas«, gab Linnet zu. »Jackie war immer schnell aufbrausend, wegen aller möglichen Dinge. Einmal ist sie mit dem Taschenmesser auf jemanden losgegangen!«

»Nein, wie gruselig!«

»Ein Junge hat einen Hund gequält. Jackie hat versucht, ihn davon abzubringen, aber er hat weitergemacht. Sie hat an ihm herumgezerrt und ihn geschüttelt, aber er war stärker; da hat sie eben ein Taschenmesser gezückt und zugestochen. Es gab einen Heidenkrach deshalb.«

»Das kann ich mir vorstellen. Klingt höchst unerfreulich!«

Linnets Dienstmädchen kam herein, murmelte eine knappe Entschuldigung, nahm ein Kleid aus dem Schrank und ging damit wieder hinaus.

»Was ist denn mit Marie los?«, fragte Joanna. »Sie hat ja geweint.«

»Das arme Ding! Ich hatte dir doch erzählt, dass sie einen Mann heiraten wollte, der in Ägypten arbeitet. Sie wusste aber nicht viel über ihn, deshalb fand ich, ich sollte mal nachforschen, ob er in Ordnung ist. Und dann stellte sich heraus, er hat schon eine Frau – und drei Kinder.«

»Du machst dir ja eine Menge Feinde, Linnet.«

»Feinde?« Linnet sah sie verblüfft an.

Joanna nickte und nahm eine Zigarette. »Feinde, Liebes. Du bist so entsetzlich tüchtig. Und du machst so schrecklich zuverlässig immer alles richtig.«

Linnet lachte. »Aber wo – ich habe keinen einzigen Feind auf der Welt.«

IV

Lord Windlesham saß unter der Zeder und betrachtete lange den eleganten Umriss von Wode Hall. Nichts störte diese Schönheit der Alten Welt; die neuen Anbauten lagen alle dahinter und waren außer Sicht. So in die Herbstsonne getaucht, bot Wode Hall einen heiteren, friedlichen Anblick. Aber bald war, was er da betrachtete, nicht mehr Wode Hall. Stattdessen sah er ein viel imposanteres elisabethanisches Herrenhaus, einen ausgedehnten Park, eine kargere Landschaft ... Es war der Sitz seiner eigenen Familie, Charltonbury, und eine Gestalt stand jetzt davor – ein Mädchen mit leuchtend goldenen Haaren und einem unduldsamen, selbstsicheren Gesicht ... Linnet als Herrin von Charltonbury!

Er war sehr zuversichtlich. Der Korb, den sie ihm gegeben hatte, war keineswegs eine endgültige Absage. Er war bloß eine Bitte um etwas mehr Zeit. Und er konnte es sich leisten zu warten ...

Wie erstaunlich gut sich alles fügte! Gewiss, es war ratsam, dass er reich heiratete, aber doch auch nicht so dringlich, dass er dafür seine Gefühle beiseitezuschieben gezwungen wäre. Er liebte Linnet. Er hätte sie auch heiraten wollen, wenn sie keinen Pfennig gehabt hätte, wenn sie nicht eins der reichsten Mädchen in ganz England gewesen wäre. Nun, glücklicherweise *war* sie eins der reichsten Mädchen in ganz England ...

In Gedanken spielte er verlockende Zukunftspläne durch. Er würde die Roxdale-Fuchsjagd ausrichten und den Westflügel restaurieren können, er musste die Ländereien in Schottland nicht mehr an Moorhuhnjäger verpachten …

Charles Windlesham saß träumend in der Sonne.

V

Es war vier Uhr, als der klapprige kleine Zweisitzer knirschend auf dem Kies zum Stehen kam. Ein Mädchen stieg aus – ein schmächtiges kleines Geschöpf mit einem dunklen Wuschelkopf. Sie sprang die Stufen hinauf und riss an der Klingel.

Ein paar Minuten später wurde sie in den pompösen, langgestreckten Salon geführt, und ein hochwürdiger Butler verkündete mit der gebührenden Feierlichkeit: »Miss de Bellefort.«

»Linnet!«

»Jackie!«

Windlesham stand etwas beiseite und sah wohlwollend zu, wie das kleine Temperamentbündel sich Linnet mit offenen Armen entgegenwarf.

»Lord Windlesham, Miss de Bellefort, meine beste Freundin.«

Ein hübsches Kind, dachte er, obwohl eigentlich nicht hübsch, aber ausgesprochen anziehend mit ihren dunklen Locken und ihren großen Augen. Er murmelte ein paar Floskeln und ließ die beiden Freundinnen taktvoll allein.

Jacqueline bestürmte Linnet, in ihrer typischen Weise, an die Linnet sich erinnerte. »Windlesham? Windlesham? *Das* ist der Mann, von dem die Zeitungen ständig schreiben, du willst ihn heiraten? Willst du, Linnet? *Willst* du?«

Linnet murmelte: »Vielleicht.«

»Liebling – ich freue mich ja so! Er sieht nett aus.«

»Oh, keine voreiligen Schlüsse – ich habe ja selbst noch keinen gefasst.«

»Natürlich nicht! Eine Königin schreitet mit Bedacht zur Wahl ihres Gefährten, wie es ihr zusteht!«

»Sei nicht albern, Jackie.«

»Du *bist* doch eine Königin, Linnet! Das warst du immer. *Sa majesté, la reine Linette, Linette la blonde!* Und ich – ich bin die Vertraute der Königin! Ihre getreue Hofdame.«

»Was für einen Unsinn du redest, Jackie! Wo warst du überhaupt die ganze Zeit? Du verschwindest einfach. Und schreiben tust du auch nie.«

»Ich hasse Briefeschreiben. Wo ich war? Ach, zu drei Vierteln ertrunken, Liebling. In ARBEIT nämlich. Grässliche Stellen mit grässlichen Frauen.«

»Aber du hättest doch –«

»Die Wohltaten der Königin annehmen sollen? Na ja, ehrlich gesagt, Liebling, deshalb bin ich hier. Nein, nicht um dich anzupumpen. Soweit ist es noch nicht! Aber ich möchte dich um einen großen Gefallen bitten!«

»Na los.«

»Wenn du deinen Windlesham heiraten willst, verstehst du mich vielleicht.«

Linnet stutzte einen Augenblick lang, dann hellte sich ihr Gesicht auf. »Jackie, heißt das –?«

»Ja, Liebling, *ich bin verlobt*!«

»Ach, *das* ist es! Ich dachte gleich, du siehst irgendwie besonders lebenslustig aus. Das tust du natürlich immer, aber heute noch mehr.«

»Genauso fühle ich mich auch.«

»Erzähl mir alles über ihn.«

»Er heißt Simon Doyle. Er ist groß und stattlich und unglaublich arglos und jungenhaft und einfach zum Anbeten! Arm ist er auch – Geld hat er nicht. Ist zwar echter ›Landadel‹, wie man so sagt – aber verarmter Adel. Er ist auch nicht der älteste Sohn und so weiter. Seine Familie stammt aus Devonshire. Er liebt das Landleben und alles, was dazugehört. Und die letzten fünf Jahre hat er in London in einem muffigen Büro gehockt, aber die entlassen jetzt Leute, und er ist die Stelle los. Linnet, ich sterbe, wenn ich ihn nicht heiraten darf! Ich sterbe! Ich sterbe! Ich *sterbe* …«

»Sei nicht albern, Jackie.«

»Ich sterbe, ich schwör's dir! Ich bin verrückt nach ihm. Wir können ohne einander nicht leben.«

»Liebling, dich hat's wirklich erwischt!«

»Ich weiß. Schrecklich, nicht? Wenn die Liebe einen mal erwischt, kann man nichts mehr machen.« Sie hielt einen Augenblick inne. Ihre dunklen Augen wurden noch größer und bekamen einen tragischen Blick. Sie schauderte leicht. »Das macht einem sogar manchmal Angst! Simon und ich sind füreinander geschaffen. Ich werde so etwas nie wieder für jemanden fühlen. Und *du* musst uns helfen, Linnet. Ich habe erfahren, dass du das Anwesen hier gekauft hast, und mir ist eine Idee gekommen. Hör mal, du brauchst einen Verwalter – vielleicht sogar zwei. Ich möchte, dass du eine Stelle Simon gibst.«

»Oh!« Linnet war verblüfft.

Jacqueline ließ nicht locker. »Er kann das alles mit links. Er weiß alles über Landgüter – er ist ja auf einem aufgewachsen. Und das Kaufmännische hat er auch gelernt. Oh, Linnet, du gibst ihm doch die Stelle, ja? Aus Liebe zu mir. Wenn er sich nicht bewährt, schmeiß ihn wieder raus. Aber er wird sich bewähren. Und wir können in ein kleines Haus ziehen, und ich kann dich ganz oft sehen, und der Garten wird ein einziger Traum sein.«

Sie stand auf. »Sag ja, Linnet. Sag ja. Wunderschöne Linnet! Großartige, goldene Linnet! Meine einzige, ganz besondere Linnet! Sag ja!«

»Jackie –«

»Sagst du ja?«

Linnet fing an zu lachen. »Alberne Jackie! Bring ihn her, deinen Mann, ich sehe ihn mir an, und dann reden wir darüber.«

Jackie fiel über sie her und deckte sie mit Küssen zu. »*Linnet,*

Liebling – du bist eine wahre Freundin! Ich wusste es. Du würdest mich nicht im Stich lassen – niemals. Du bist das Liebenswerteste auf der Welt. Adieu.«

»Aber, Jackie, du bleibst doch.«

»Ich? Nein. Ich fahre sofort zurück nach London, und morgen komme ich mit Simon wieder und wir bringen alles unter Dach und Fach. Du wirst ihn anbeten. Er ist ein richtiger Schmusekater.«

»Kannst du denn nicht noch zum Tee bleiben?«

»Nein, kann ich nicht, Linnet. Ich bin viel zu aufgekratzt. Ich muss zu Simon und ihm alles erzählen. Ich weiß, ich bin verrückt, aber ich kann nicht anders. Die Ehe wird mich hoffentlich kurieren. Soll einen ja sehr ernüchtern.«

An der Tür machte sie plötzlich kehrt, blieb einen Augenblick stehen und flatterte dann noch einmal zurück zu Linnet und umarmte sie. »Liebe Linnet, so jemanden wie dich gibt's nicht noch einmal.«

VI

Monsieur Gaston Blondin, der Wirt des mondänen kleinen *Chez Ma Tante*, war keiner von den Restaurantbesitzern, die jedem Gast entzückt die Honneurs machen. Selbst die Reichen und Schönen, die Prominenz und der Adel warteten gelegentlich vergebens darauf, von ihm erkannt und mit besonderer Aufmerksamkeit geehrt zu werden. Er ließ sich nur in den seltensten Fällen gnädig herab, einen Gast persönlich zu begrüßen, an einen der besseren Tische zu geleiten und ein paar wohlgesetzte Worte mit ihm zu wechseln.

An diesem Abend hatte er seine königliche Gunst allerdings schon drei Leuten erwiesen – einer Herzogin, einem berühmten adligen Rennstallbesitzer sowie einem kleinen Mann mit einem enormen Moustache, der komisch aussah und dessen Anwesenheit, so würde ein zufälliger Augenzeuge wohl schließen, dem *Chez Ma Tante* eigentlich nichts zu bieten hatte.

Aber gerade ihm gegenüber war Monsieur Blondin von beinah schmieriger Beflissenheit. Die ganze letzte halbe Stunde lang hatten Gäste zu hören bekommen, es sei kein Tisch mehr zu haben, aber plötzlich und unerklärlich gab es sehr wohl einen, an allerbester Stelle. Und Monsieur Blondin begleitete seinen Gast mit überaus servilen Gesten dorthin.

»Aber natürlich, Monsieur Poirot, für *Sie* ist doch immer ein Tisch frei! Sie sollten uns unbedingt öfter die Ehre geben!«

Hercule Poirot lächelte, und ein anderes Essen hier fiel ihm wieder ein, bei dem eine Leiche, ein Kellner, Monsieur Blondin und eine bildhübsche Lady eine Rolle gespielt hatten. »Sie sind zu liebenswürdig, Monsieur Blondin«, sagte er schließlich.

»Und Sie sind allein, Monsieur Poirot?«

»Ja, ich bin allein.«

»Oh, na dann wird unser Jules hier ein kleines Menü für Sie zusammenstellen, und das wird ein Gedicht – ein wahres Gedicht! Frauen, so bezaubernd sie auch sind, haben ja doch einen Nachteil: Sie lenken den Geist vom Essen ab! Es wird Ihnen munden, Monsieur Poirot, das verspreche ich Ihnen. Was den Wein angeht –«

Es folgte ein Fachgespräch, assistiert von Jules, dem Maître d'hôtel.

Monsieur Blondin zögerte einen Augenblick, bevor er den Tisch verließ, und fragte dann vertraulich leise: »Haben Sie wieder wichtige Geschäfte zu erledigen?«

Poirot schüttelte den Kopf. »Ich bin doch nur ein Mann der Muße«, erwiderte er sanft. »Ich habe beizeiten gespart und kann es mir jetzt leisten, mich einem beschaulichen Dasein hinzugeben.«

»Ich beneide Sie.«

»Nein, nein, Sie wären töricht, wenn Sie das täten. Ich kann Ihnen versichern, es ist längst nicht so vergnüglich, wie es klingt.« Er seufzte. »Wie recht hat doch das Sprichwort, dass der Mensch die Arbeit notgedrungen erfinden *musste*, um dem Zwang zum Denken zu entgehen.«

Monsieur Blondin riss die Arme hoch. »Aber es gibt doch so vieles! Man kann reisen!«

»Ja, man kann reisen. Darin bin ich auch schon ganz gut. In diesem Winter fahre ich, glaube ich, mal nach Ägypten. Das Klima soll dort superb sein! Da kann man dem Nebel, dem Grau, der Eintönigkeit des ewigen Regens entfliehen.«

»Ah – Ägypten«, hauchte Monsieur Blondin.

»Man soll jetzt wohl sogar mit dem Zug hinkommen und sich die Seefahrerei ersparen können, außer über den Kanal natürlich.«

»Ja, das Meer. Meint's nicht gut mit Ihnen?«

Hercule Poirot schüttelte leise schaudernd den Kopf.

»Geht mir genauso«, sagte Monsieur Blondin mitfühlend. »Eigentlich kurios, was das Meer mit dem Magen macht.«

»Aber nur mit bestimmten Mägen! Es gibt Leute, die sind vom Wellengang überhaupt nicht zu beeindrucken. Die *genießen* ihn regelrecht!«

»Eine Ungerechtigkeit vom lieben Gott«, sagte Monsieur Blondin, bevor er sich endlich zurückzog, mit bedauerndem Kopfschütteln seinen ketzerischen Gedanken nachhängend.

Flinke Kellner schwirrten auf leisen Sohlen um den Tisch, mit Toast Melba, Butter, einem Eiskübel und allen weiteren Ingredienzen eines erstklassigen Essens. Dazu spielte sich eine Jazzband in eine Ekstase aus eigentümlichen Missklängen. London tanzte.

Hercule Poirot sah zu und registrierte alle Eindrücke in seinem wohlsortierten, aufgeräumten Hirn. Wie gelangweilt und überdrüssig die meisten dreinsahen! Ein paar von den dickeren Männern allerdings hatten ihren Spaß. In den Gesichtern ihrer Tanzpartnerinnen dagegen stand anscheinend nur geduldig ertragene Qual zu lesen. Aber die fette Frau in Purpurrot strahlte vor Freude. Ganz offensichtlich bot das Leben Entschädigung für Fett – Vitalität, Schwung, lauter Dinge, die Leuten mit modischeren Figuren verwehrt blieben.

Ein versprengtes Häuflein junger Menschen – ein paar mit den Gedanken woanders – ein paar gelangweilt – ein paar deutlich unglücklich. Was für eine absurde Behauptung, die Jugend sei die Zeit des Glücks – die Jugend war die Zeit der größten Verletzlichkeit!

Poirots Blick wurde weicher, als er ihn auf einem Paar ruhen ließ. Zwei, die zueinander passten – groß und breitschultrig der Mann, schmal und zart das Mädchen. Zwei Körper, die sich bewegten im vollkommenen Rhythmus des Glücks. Des Glücks, hier und jetzt beieinander zu sein.

Plötzlich brach die Tanzmusik ab. Es wurde geklatscht, bis sie weiterspielte. Nach der zweiten Zugabe ging das Paar zurück an einen Tisch dicht neben dem Poirots. Das Mädchen lachte und hatte einen roten Kopf. Als sie sich gesetzt hatte, konnte er ihr Gesicht, das sie lachend ihrem Gefährten zuwandte, genauer sehen. Aus ihren Augen sprach noch etwas anderes als Lachen. »Sie hängt zu sehr an ihm, die Kleine«, sagte er zu sich. »Das ist nicht ungefährlich. Gar nicht ungefährlich.«

Und dann drang ihm ein Wort ans Ohr: »Ägypten.«

Er konnte die Stimmen deutlich hören – die des Mädchens war jung, frisch und hochmütig mit einer winzigen Spur weicher, ausländischer Rs, die des Mannes wohlklingend, tief, bestes Englisch.

»Ich brate keine ungelegten Eier, Simon. Ich sage nur, Linnet lässt uns nicht im Stich!«

»Aber vielleicht lasse *ich sie* im Stich.«

»Unsinn – das ist genau die richtige Stelle für dich.«

»Das ist sie, das glaube ich auch … Ich zweifle auch gar nicht an meinem Können. Ich will mich ja bewähren – deinetwegen!«

Das Mädchen lachte sanft, das lachende reine Glück. »Wir

warten jetzt die drei Monate ab – dann wissen wir, dass du nicht wieder entlassen wirst – und dann –«

»Und dann teil' ich mit Euch mein irdisch Hab und Gut – darauf läuft's hinaus, nicht?«

»Und in die Flitterwochen fahren wir, wie gesagt, nach Ägypten. Egal, was es kostet! Ich wollte mein Leben lang nach Ägypten. Der Nil und die Pyramiden und der Sand ...«

Seine Stimme war jetzt etwas undeutlicher. »Wir sehen es uns zusammen an, Jackie ... Ist das nicht herrlich?«

»Ich bin nicht ganz sicher. Findest du das eigentlich so herrlich wie ich? Hängst du wirklich an mir – so wie ich an dir?« Sie klang plötzlich erregter und hatte weit aufgerissene, fast angstvolle Augen.

Seine Antwort kam schnell und scharf. »Red keinen Unsinn, Jackie.«

Aber das Mädchen sagte noch einmal: »Ich bin nicht ganz sicher ...« Dann zuckte sie die Schultern. »Lass uns tanzen.«

Hercule Poirot murmelte in sich hinein: »*Une qui aime et un qui se laisse aimer.* Nein, sicher wäre ich da auch nicht.«

VII

»Und wenn er nun ein furchtbarer Grobian ist?«, gab Joanna Southwood zu bedenken.

Linnet schüttelte den Kopf. »Ach, das wird er schon nicht. Auf Jacquelines Geschmack ist Verlass.«

»Na ja, nur –«, murmelte Joanna, »verliebt sind die Leute nicht unbedingt in Hochform.«

Linnet schüttelte den Kopf noch unwirscher und wechselte das Thema. »Ich muss zu Mr Pierce wegen der Pläne.«

»Pläne?«

»Ja, ein paar furchtbar unhygienische alte Hütten. Ich lasse sie abreißen und die Leute woanders unterbringen.«

»Wie gesundheitsbewusst und menschenfreundlich von dir, Liebling!«

»Die Hütten mussten sowieso weg. Man hat von da aus Einblick in mein Schwimmbecken.«

»Wollen denn die Leute, die da jetzt wohnen, auch weg?«

»Die meisten liebend gern. Ein, zwei stellen sich ein bisschen dumm an – die sind sogar ziemlich lästig. Die wollen offenbar nicht einsehen, wie viel besser sie woanders leben könnten!«

»Trotzdem hast du es ganz eigenmächtig entschieden, nehme ich an.«

»Meine liebe Joanna, es ist tatsächlich zu ihrem Besten.«

»Aber ja, Liebes. Ganz bestimmt. Zwangsbeglückung.«

Linnet runzelte die Stirn.

Joanna lachte.

»Na komm, du *bist* ein Tyrann, gib's zu. Ein wohltätiger Tyrann, wenn du so willst!«

»Ich bin kein Tyrann, kein bisschen.«

»Aber du willst immer alles nach deiner Fasson machen!«

»Nicht unbedingt.«

»Linnet Ridgeway, kannst du mir in die Augen sehen und ein *einziges* Mal nennen, bei dem *nicht* alles genau so gemacht wurde, wie du es wolltest?«

»Dutzende.«

»O ja, ›Dutzende‹ – sagst du so –, aber kein einziges konkretes Beispiel. Dir fällt auch partout keins ein, und wenn du dich noch so anstrengst! Linnet Ridgeway beim Triumphzug im goldenen Wagen.«

»Willst du damit sagen, ich bin selbstsüchtig?«, fragte Linnet spitz.

»Nein – nur unwiderstehlich. Die geballte Macht von Geld und Charme. Vor dir geht alles auf die Knie. Und was du nicht mit Geld kriegst, das kriegst du mit einem Lächeln. Fazit: Linnet Ridgeway, das Mädchen, das alles hat.«

»Sei nicht albern, Joanna!«

»Wieso, hast du etwa nicht alles?«

»Doch, habe ich wohl. Aber das klingt so ... irgendwie ekelhaft.«

»Natürlich ist das ekelhaft, Liebling! Wahrscheinlich langweilst du dich bald entsetzlich und wirst mit der Zeit blasiert. Bis dahin genieß nur deinen Triumphzug im goldenen Wagen. Ich weiß allerdings nicht, ich weiß wirklich nicht, was passiert, wenn du irgendwann eine Straße entlangfahren willst, und da steht ein Schild: ›Keine Durchfahrt‹.«

»Du bist ja übergeschnappt, Joanna.« Linnet drehte sich um zu Lord Windlesham, der gerade dazugekommen war. »Joanna sagt ganz gemeine Sachen zu mir.«

»Die reine Bosheit, Liebling, die reine Bosheit«, murmelte Joanna und stand auf. Sie ging ohne ein Wort aus dem Zimmer. Sie hatte das Funkeln in Windleshams Augen gesehen.

Er schwieg eine Weile und fragte schließlich ganz direkt: »Hast du dich entschieden, Linnet?«

Langsam antwortete Linnet: »Bin ich gefühllos? Ich müsste doch wohl, wenn ich mir nicht sicher bin, nein sagen –«

Er fiel ihr ins Wort. »Sag's nicht. Du hast Zeit – alle Zeit, die du willst. Aber weißt du, ich finde, wir sollten miteinander glücklich sein.«

»Sieh mal«, Linnet klang fast kindlich trotzig, »ich bin so gern allein – vor allem hier, mit alldem.« Sie fuhr mit der Hand durch die Luft. »Ich wollte mit Wode Hall mein Ideal von einem Landhaus verwirklichen, und ich finde, das habe ich doch ganz gut geschafft, oder?«

»Es ist wunderschön. Schön entworfen. Alles vollkommen. Du bist sehr klug, Linnet.«

Wieder hielt er einen Augenblick inne. »Aber du magst doch Charltonbury auch, oder? Man müsste es natürlich modernisieren und alles – aber in solchen Dingen bist du ja sehr geschickt. Es wird dir Spaß machen.«

»Aber ja, natürlich, Charltonbury ist himmlisch.« Sie klang

begeistert, aber tief innen spürte sie einen Schauder. Ein fremder Ton war da mitgeschwungen, und der trübte ihre vollkommene Zufriedenheit mit dem Leben. Sie ging dem Gefühl nicht weiter nach. Erst später, als Windlesham gegangen war, fing sie an, die geheimen Winkel ihrer Gedanken zu durchstöbern.

Charltonbury. Ja, das war es gewesen – der Name Charltonbury hatte das in ihr aufgerührt. Aber warum? Charltonbury war sogar ziemlich berühmt. Windleshams Vorfahren saßen dort seit den Zeiten von Königin Elisabeth. Herrin von Charltonbury war eine kaum zu überbietende gesellschaftliche Position. Windlesham war einer der begehrenswertesten Adligen in ganz England. Und Wode Hall konnte ihn natürlich nicht beeindrucken. Es war gar kein Vergleich mit Charltonbury.

Nein, aber Wode Hall gehörte *ihr*! Sie hatte es entdeckt, erworben, umgebaut, neu eingerichtet und ihr Geld mit Freuden dafür ausgegeben. Es war ihr ganz eigener Besitz – ihr Königreich.

Doch irgendwie wäre das alles nichts mehr wert, wenn sie Windlesham heiraten würde. Was sollten sie auch mit zwei Landsitzen? Aufgegeben würde natürlich Wode Hall. Und sie selbst, Linnet Ridgeway, gäbe es auch nicht mehr. Sie würde Countess of Windlesham und brächte eine hübsche Mitgift mit nach Charltonbury und zu dessen Herrn. Sie wäre die Gemahlin des Königs und nicht mehr selbst die Königin.

»Ich bin albern«, sagte Linnet laut zu sich.

Aber es war schon eigenartig, wie wenig ihr die Vorstellung gefiel, Wode Hall aufzugeben …

Und war da nicht noch etwas Nagendes? Jackies Stimme, mit diesem sonderbaren düsteren Ton: »Ich *sterbe*, wenn ich ihn nicht heiraten darf! Ich sterbe. Ich sterbe …«

So gewiss, so ernst. Fühlte sie selbst, Linnet, so etwas eigentlich für Windlesham? Mit Sicherheit nicht. Womöglich würde sie nie so etwas für jemanden fühlen. Es musste wunderbar sein …

Das Geräusch eines Autos drang durch das offene Fenster herauf. Linnet schüttelte sich widerwillig. Es war bestimmt Jackie mit ihrem jungen Mann. Sie musste nach unten gehen, sie begrüßen.

Sie stand in der offenen Tür, als Jacqueline und Simon Doyle aus dem Auto stiegen.

»Linnet!« Jackie kam ihr entgegengelaufen. »Das ist Simon. Simon, das ist Linnet. Ganz einfach der wunderbarste Mensch auf der Welt.«

Linnet betrachtete den großen, breitschultrigen jungen Mann mit den ganz dunkelblauen Augen, den braunen Kräusellocken, dem energischen Kinn und dem anziehenden, arglosen Jungenlächeln …

Sie streckte die Hand aus. Die andere Hand, die ihre ergriff, war fest und warm … Sie mochte, wie er sie ansah, mit naiver, echter Bewunderung.

Jackie hatte ihm erklärt, Linnet sei wunderbar, und es war deutlich, dass er das auch fand …

Ein süßes warmes Rauschgefühl lief ihr durch die Adern. »Ist das nicht alles wundervoll!«, sagte sie. »Kommen Sie herein, Simon, herzlich willkommen, mein neuer Gutsverwalter.«

Dann drehte sie sich um, ging vor und dachte: »Ich bin schrecklich – schrecklich glücklich. Jackies junger Mann gefällt mir … Gefällt mir enorm …«

Und plötzlich ein Stich: »Hast *du* ein Glück, Jackie …«

VIII

Tim Allerton ließ sich in den Korbsessel zurücksinken und sah gähnend hinaus aufs Meer. Dann warf er einen raschen Seitenblick auf seine Mutter.

Mrs Allerton war um die fünfzig, sah gut aus und hatte weiße Haare. Sie kniff immer, wenn sie ihren Sohn ansah, die

Lippen betont streng zusammen, nur um ihre sehr innigen Gefühle für ihn zu verbergen. Aber selbst Fremde ließen sich von dieser Maßnahme selten täuschen, und Tim hatte sie komplett durchschaut.

»Magst du Mallorca eigentlich, Mutter?«, fragte er.

»Na ja«, gab Mrs Allerton zu bedenken, »es ist billig.«

»Und kalt.« Tim fröstelte.

Er war groß und dünn, ein eher schmalbrüstiger junger Mann mit dunklen Haaren. Er hatte einen sehr weichen, hübschen Mund, ein Kinn, das nicht die größte Entschlussfreude verriet, und zarte, lange Hände. Er war körperlich nie der Robusteste gewesen und vor ein paar Jahren sogar fast schwindsüchtig. Allgemein hieß es, »er schreibt«, aber seine Freunde wussten, dass er Fragen nach seinem literarischen Ausstoß nicht eben förderte.

»Woran denkst du, Tim?« Mrs Allerton war immer auf der Hut. Sie sah ihn an aus ihren strahlenden, aber argwöhnischen dunkelbraunen Augen.

Tim grinste zurück. »Gerade dachte ich an Ägypten.«

»Ägypten?« Es klang ungläubig.

»Da ist es wirklich warm. Nur träger goldener Sand. Der Nil. Ich würde gern mal den Nil hinauffahren, du nicht?«

»O doch, *sehr* gern sogar«, kam es trocken zurück. »Aber Ägypten ist teuer, mein Lieber. Nichts für Leute, die mit dem Pfennig rechnen müssen.«

Tim lachte, stand auf und reckte sich. Er sah plötzlich hellwach und lebhaft aus. Auch seine Stimme hatte etwas Erregtes. »Die Kosten übernehme ich. Ja, Liebling. Ein kleines Abenteuer an der Börse. Mit durch und durch befriedigendem Ausgang. Ich hab's heute Morgen erfahren.«

»Heute Morgen?«, fragte Mrs Allerton scharf. »Du hast doch nur den einen Brief bekommen, und der –« Sie schwieg und biss sich auf die Lippe.

Tim war einen Augenblick lang unschlüssig, ob er sich amüsieren oder ärgern sollte. »Und der war von Joanna«, beendete er dann kühl ihren Satz. »Ganz recht, Mutter. Du könntest die Königin der Detektive werden. Hercule Poirot müsste um seine Lorbeeren bangen, wenn du in der Nähe wärst.«

Mrs Allerton sah ihn verdrießlich an. »Ich habe doch nur zufällig die Schrift gesehen –«

»Und erkannt, dass die nicht von einem Börsenmakler stammt? Ganz recht. Ich habe es in Wirklichkeit auch gestern schon erfahren. Arme Joanna, ihre Schrift *sticht* wirklich ins Auge – sie krakelt über den ganzen Briefumschlag, wie eine betrunkene Spinne.«

»Was schreibt sie denn? Irgendetwas Neues?«

Mrs Allerton gab sich alle Mühe, beiläufig und normal zu klingen. Die Freundschaft zwischen ihrem Sohn und seiner Cousine zweiten Grades, Joanna Southwood, war ihr ein Dorn im Auge. Nicht dass da »mehr dran« war, wie sie für sich beschlossen hatte. Da war sie ziemlich sicher. Tim hatte nie romantische Interessen an Joanna geäußert und sie an ihm auch nicht. Was sie zusammenhielt, waren wohl ihre Klatschlust und unzählige gemeinsame Freunde und Bekannte. Beide hatten gern Leute um sich und tratschten auch gern über sie. Joanna hatte Witz, allerdings durchaus beißenden.

Nicht also, dass Mrs Allerton befürchtete, Tim könnte sich in Joanna verlieben, und deshalb immer etwas Steifleinenes bekam, sobald Joanna anwesend war oder ein Brief von ihr kam. Es war etwas anderes, schwer Definierbares – uneingestandene Eifersucht vielleicht darauf, dass Tim offensichtlich echten Spaß an Joannas Gesellschaft fand. Mrs Allerton und ihr Sohn waren ein so perfektes Gespann, dass sie immer nur leicht alarmiert mit ansehen konnte, wenn er sich für eine andere Frau interessierte oder sich von ihr in Anspruch nehmen ließ. Außerdem bekam sie dann auch immer das ungute Gefühl, ihre eigene Anwesenheit könnte wie eine Barriere zwischen zwei Menschen der jüngeren Generation wirken. Sie war oft dazugestoßen, wenn Tim und Joanna in ein lebhaftes Gespräch vertieft waren, und allein ihr Erscheinen hatte die Unterhaltung zuerst ins Stocken gebracht, und danach hatte es geklungen, als ob sie betont mit einbezogen werden sollte, pflichtschuldig. Fest stand, Mrs Allerton mochte Joanna Southwood nicht. Sie fand sie unaufrichtig, affektiert und zutiefst oberflächlich. Und es fiel ihr sehr schwer, das *nicht* in unziemlicher Deutlichkeit kundzutun.

Als Antwort auf ihre Frage zog Tim den Brief aus der Tasche und überflog ihn. Er war ziemlich lang, stellte seine Mutter fest.

»Nichts Besonderes«, sagte er schließlich. »Die Devenishs lassen sich scheiden. Den alten Monty haben sie betrunken am Steuer erwischt. Windlesham ist in Kanada. War wohl ein schwerer Schlag für ihn, dass Linnet Ridgeway ihm den Laufpass gegeben hat. Sie heiratet jetzt tatsächlich diesen Verwalter.«

»Wie unkonventionell! Ist er *sehr* schlimm?«

»Nein, nein, gar nicht. Gehört zu den Doyles aus Devonshire. Kein Geld, natürlich – und eigentlich war er mit einer von Linnets besten Freundinnen verlobt. Ziemlich übel, das Ding.«

»Ich finde so etwas überhaupt nicht nett.« Mrs Allerton war zornrot geworden.

Tim warf ihr einen liebevollen Blick zu. »Ich weiß, meine Liebe. Du kannst es nicht ausstehen, wenn man anderen den Mann wegschnappt und solche Sachen.«

»Zu meiner Zeit hatte man noch Anstand«, sagte Mrs Allerton. »Und das war auch gut so! Die jungen Leute von heute scheinen zu glauben, sie dürften einfach alles machen, was ihnen in den Kopf kommt.«

Tim lächelte. »Das glauben sie nicht nur. Sie machen's auch. *Vide* Linnet Ridgeway!«

»Nun, ich finde es horribel!«

Tim zwinkerte ihr zu. »Nicht verzagen, alter Haudegen! Vielleicht finde ich das ja auch. Jedenfalls habe *ich* bisher noch niemandem die Frau oder die Braut ausgespannt.«

»Ich bin überzeugt, so etwas würdest du auch nie tun«, erwiderte sie und setzte resolut hinterher: »Ich habe dich nämlich zu Anstand erzogen.«

»Also ist es dein Verdienst, nicht meins.« Er lächelte sie liebevoll spöttisch an, faltete den Brief zusammen und steckte ihn wieder ein.

Mrs Allerton durchfuhr ein kleiner Gedankenblitz: Meistens zeigt er mir seine Briefe. Aber aus denen von Joanna liest er mir immer nur Stückchen vor. Sie schob ihn sofort wieder beiseite und beschloss, wie gewohnt Dame zu bleiben. »Ist denn Joanna sonst zufrieden mit ihrem Leben?«

»So lala. Sie schreibt, sie überlegt, ob sie ein Feinkostgeschäft in Mayfair aufmachen soll.«

»Sie behauptet doch ständig, sie sei abgebrannt«, sagte Mrs Allerton eine Spur boshaft. »Dabei ist sie immer überall dabei, ihre Garderobe muss eine Stange Geld kosten. Sie ist immer tipptopp gekleidet.«

»Tja, ja«, sagte Tim, »wahrscheinlich bezahlt sie sie gar nicht. Nein, Mutter, ich meine nicht, was du jetzt denkst, mit deinen Ansichten aus dem letzten Jahrhundert. Ich meine einfach, sie bezahlt buchstäblich die Rechnungen nicht.«

Mrs Allerton seufzte. »Ich verstehe immer noch nicht, wie die Leute das hinkriegen.«

»Das ist eine besondere Begabung. Wenn du extravagant genug bist und Geschmack hast, aber absolut kein Gefühl für den Wert von Geld, dann geben die Leute dir jeden Kredit.«

»Ja, nur am Ende stehst du vor Gericht wegen Bankrott wie der arme Sir George Wode.«

»Du hast ein Faible für den alten Rosstäuscher – wahrscheinlich nur, weil er dich mal Rosenknospe genannt hat, beim Tanztee 1879.«

»1879 war ich noch gar nicht geboren«, konterte Mrs Allerton. »Sir George hat bezaubernde Manieren, und ich wünsche nicht, dass du ihn Rosstäuscher nennst.«

»Ich habe schräge Sachen über ihn gehört, von Leuten, die es wissen müssen.«

»Du und Joanna, ihr erzählt alles Mögliche über andere Leute, Hauptsache, es ist gehässig.«

Tim zog die Augenbrauen hoch. »Meine Liebe, du bist ja richtig in Rage. Ich wusste gar nicht, dass der alte Wode so einen Stein bei dir im Brett hat.«

»Du weißt ja auch nicht, wie schwer es ihm gefallen ist, Wode Hall zu verkaufen. Er hat furchtbar daran gehangen.«

Tim verkniff sich eine Retourkutsche. Mit welchem Recht hätte er ihn auch verurteilen sollen? Er sagte nur nachdenklich: »Na ja, da liegst du, glaube ich, nicht ganz falsch. Linnet hat ihn mal eingeladen, damit er sich ansehen kann, was sie daraus gemacht hat, aber er hat das ziemlich brüsk abgelehnt.«

»Natürlich. Sie hätte ihn gar nicht einladen dürfen.«

»Er ist, glaube ich, auch ziemlich sauer auf sie – er brummelt immer in seinen Bart, wenn er sie sieht. Er wird ihr nie verzeihen, dass sie ihm so einen absoluten Spitzenpreis gezahlt hat für seinen wurmstichigen Familienbesitz.«

»Verstehst du das etwa nicht?« Auch Mrs Allerton klang sauer.

»Offen gestanden, nein«, antwortete Tim ruhig. »Warum in der Vergangenheit leben? Warum an etwas kleben, das mal gewesen ist?«

»Was würdest du denn an dessen Stelle setzen?«

Er zuckte die Schultern. »Etwas Aufregendes vielleicht. Das Neue. Das Vergnügen, nie genau zu wissen, was so wird von einem Tag auf den anderen. Und anstelle eines geerbten nutzlosen Stücks Land den Spaß, sein Geld selbst zu verdienen – mit dem eigenen Grips und der eigenen Tüchtigkeit.«

»Und erfolgreicher Börsenspekuliererei, meinst du wohl!«

Er lachte. »Warum denn nicht?«

»Und was ist, wenn du dabei genauso tüchtig *verlierst*?«

»Das, meine Liebe, war jetzt ausgesprochen taktlos. Und heute auch ausgesprochen unpassend … Was ist denn nun mit dem Projekt Ägypten?«

»Nun ja –«

Er ließ sie gar nicht weiterreden, sondern sagte lächelnd: »Also abgemacht. Wir wollten beide immer schon mal nach Ägypten.«

»Wann soll's denn sein?«

»Na, im nächsten Monat. Januar soll da die beste Zeit sein. Wir dürfen uns also noch ein paar Wochen der reizenden Gesellschaft dieses Hotels hier erfreuen.«

»Tim!«, sagte Mrs Allerton tadelnd. Und fügte schuldbewusst hinzu: »Ich habe leider Mrs Leech versprochen, dass du mit ihr auf die Polizei gehst. Sie versteht doch kein Wort Spanisch.«

Tim verzog das Gesicht. »Geht's um den Ring? Den blutroten Rubin der Tochter des Hauses Leech, auch genannt Pferdeegel? Beharrt sie immer noch darauf, dass er gestohlen wurde? Ich tu's, wenn du das möchtest, aber es ist Zeitverschwendung. Sie wird bloß einem armen gebeutelten Zimmermädchen Scherereien machen. Ich habe ihn mit Sicherheit an ihrem Finger gesehen, als sie an dem Tag baden gegangen ist. Er ist ihr im Wasser abgerutscht, und sie hat es nicht gemerkt.«

»Sie sagt, sie ist ganz sicher, dass sie ihn vorher abgezogen und auf den Toilettentisch gelegt hat.«

»Tja, hat sie aber nicht. Ich habe ihn mit eigenen Augen gesehen. Die Frau ist überkandidelt. Jede Frau, die im Dezember ins Meer stolziert und sich einbildet, es wäre ganz warm, bloß weil zufällig gerade mal die Sonne scheint, ist überkandidelt. Mollige Frauen sollten sowieso nicht baden dürfen, die sehen in Badeanzügen einfach unappetitlich aus.«

Mrs Allerton brummte zurück: »Ich werde das Gefühl nicht los, ich soll das Baden auch bald lassen.«

Tim lachte laut auf. »Du? Du steckst die meisten jungen Dinger in die Tasche.«

Mrs Allerton seufzte, sagte dann aber: »Ich fände es ja schöner, wenn hier ein bisschen mehr Jugend für dich wäre.«

Tim Allerton schüttelte energisch den Kopf. »Ich nicht. Du und ich, wir kommen hier auch ohne Ablenkung von außen ganz gut zurande.«

»Du hättest doch Joanna gern hier.«

»Hätte ich nicht.« Es kam unerwartet heftig. »Da liegst du völlig falsch. Ich finde Joanna amüsant, aber ich mag sie eigentlich nicht, und ihre Anwesenheit geht mir ziemlich bald auf die Nerven. Ich bin froh, dass sie nicht hier ist. Ich wäre auch nicht untröstlich, wenn ich sie nie wiedersehen dürfte.« Und fast unhörbar fügte er hinzu: »Es gibt nur eine Frau auf der Welt, für die ich wirklich Hochachtung und Respekt empfinde, und ich denke, Mrs Allerton, Sie wissen genau, wer diese Frau ist.«

Mrs Allerton wurde rot und sah ziemlich verwirrt drein.

Tim erklärte ernst weiter: »Es gibt nicht sehr viele wirklich nette Frauen auf der Welt. Du bist nun mal eine davon.«

IX

In einem Apartment in New York mit Blick auf den Central Park rief Mrs Robson laut: »Wenn das nicht einfach wunderbar ist! Du bist wirklich ein Glückspilz, Cornelia!«

Cornelias erste Antwort war, rot anzulaufen. Sie war dick und etwas trampelig und hatte braune Hundeaugen. »O ja, das wird wunderbar!«, keuchte sie endlich.

Die alte Miss Van Schuyler neigte beifällig den Kopf, denn die armen Verwandten hatten reagiert, wie es sich gehörte.

»Ich habe immer von einer Europareise geträumt«, seufzte Cornelia, »aber ich hätte nie gedacht, dass ich wirklich mal dorthin komme.«

»Miss Bowers fährt natürlich auch mit, wie üblich«, sagte Miss Van Schuyler, »aber als Gesellschafterin finde ich sie doch beschränkt – sehr beschränkt. Es gibt eine Menge Kleinigkeiten, die Cornelia für mich erledigen kann.«

»Von Herzen gern, Cousine Marie«, sagte Cornelia beflissen.

»Gut, gut, dann ist das abgemacht«, sagte Miss Van Schuyler. »Lauf und hol Miss Bowers, meine Liebe. Es ist Zeit für meinen Eierpunsch.«

Cornelia lief davon.

»Meine liebe Marie«, fing ihre Mutter an, »ich bin dir wirklich *zutiefst* dankbar! Weißt du, Cornelia leidet ja entsetzlich darunter, dass sie so ein Mauerblümchen ist. Sie ist furchtbar geknickt, irgendwie. Wenn ich mir leisten könnte, ihr Entrees zu verschaffen – aber du weißt ja, wie das ist, seit Ned tot ist.«

»Ich nehme sie sehr gern mit«, sagte Miss Van Schuyler. »Cornelia war immer ein nettes und praktisches Mädchen, sie ist immer da, wenn es etwas zu besorgen gibt, und nicht so eigensüchtig wie manche jungen Leute heutzutage.«

Mrs Robson stand auf und küsste ihrer reichen Verwandten die faltigen gelblichen Wangen. »Ich bin dir ja so dankbar«, erklärte sie.

Auf der Treppe kam ihr eine große, energisch aussehende Frau entgegen, in der Hand ein Glas mit einer schaumig gelben Flüssigkeit.

»Ach, Miss Bowers, also bald geht's nach Europa?«

»Ja, ja, Mrs Robson.«

»Was für eine wunderbare Reise!«

»Ja, ja, sie dürfte sehr vergnüglich werden.«

»Sie waren doch schon im Ausland, nicht?«

»O ja, Mrs Robson. Ich war schon in Paris mit Miss Van Schuyler, im letzten Herbst. In Ägypten war ich allerdings noch nie.«

Mrs Robson zögerte. »Hoffentlich … gibt's da keine … Schwierigkeiten.« Sie flüsterte fast.

Miss Bowers behielt ihre übliche Lautstärke bei. »O nein, Mrs Robson; dafür werde ich schon sorgen. Ich habe immer ein sehr scharfes Auge auf alles.«

Trotzdem blieb ein Hauch von Besorgtheit auf Mrs Robsons Gesicht, als sie langsam die Treppe weiter hinunterstieg.

X

In seinem Büro in Manhattan saß Mr Pennington über seiner Privatpost. Plötzlich ballte sich seine eine Hand zur Faust und sauste krachend auf den Schreibtisch; sein Kopf lief knallrot an, und auf seiner Stirn traten zwei dicke Adern hervor. Er drückte auf einen Summer auf dem Tisch, und prompt, wie es sich gehört, erschien eine aufgeweckte Stenotypistin.

»Sagen Sie Mr Rockford, er soll herkommen.«

»Ja, Mr Pennington.«

Ein paar Minuten später erschien Penningtons Partner, Sterndale Rockford, in seinem Zimmer. Die beiden Männer sahen sehr ähnlich aus – groß, schlaksig, mit angegrauten Haaren und schlauen, glattrasierten Gesichtern.

»Was gibt's denn, Pennington?«

Pennington sah von einem Brief hoch, den er gerade noch einmal gelesen hatte. »Linnet hat geheiratet ...«

»Was?«

»Sie haben doch gehört, was ich gesagt habe! Linnet Ridgeway hat *geheiratet*!«

»Wie? Wann? Warum haben wir nichts davon gewusst?«

Pennington sah in seinen Tischkalender. »Sie war noch nicht verheiratet, als sie den Brief hier geschrieben hat, aber jetzt ist sie es. Am Vierten, vormittags. Das ist jetzt.«

Rockford sank in einen Sessel. »Hui! Ohne Vorwarnung? Gar nichts? Wer ist denn der Bursche?«

Pennington sah wieder in den Brief. »Doyle. Simon Doyle.«

»Und was ist das für ein Mann? Schon mal von ihm gehört?«

»Nein. Sie schreibt auch nicht viel ...« Pennington überflog noch einmal die Zeilen in der klaren, steilen Handschrift. »Hab das Gefühl, da ist ein Haken an der Sache … Aber das ist jetzt egal. Das Entscheidende ist, sie ist verheiratet.«

Die Blicke der beiden trafen sich. Rockford nickte. »Da müssen wir uns wohl ein paar Gedanken machen«, sagte er dann leise.

»Was sollen wir tun?«

»Frage ich *Sie.*«

Sie saßen schweigend da. Schließlich fragte Rockford: »Schon irgendeinen Plan?«

Bedächtig antwortete Pennington: »Die *Normandie* läuft heute aus. Einer von uns könnte es gerade noch schaffen.«

»Sie sind ja wahnsinnig! Was haben Sie vor?«

Pennington setzte an: »Diese britischen Anwälte –«, brach aber sofort wieder ab.

»Was ist mit denen? Sie wollen doch nicht etwa über den großen Teich, bloß um denen auf die Füße zu treten? Sie sind ja verrückt!«

»Ich wollte nicht vorschlagen, dass Sie – oder ich – nach England fahren.«

»Was haben Sie *dann* vor?«

Pennington strich den Brief glatt. »Linnet fährt in die Flitterwochen nach Ägypten. Will da einen Monat bleiben, oder auch länger …«

»Ägypten – ja?« Rockford überlegte. Dann sah er hoch und seinem Geschäftspartner in die Augen. »Ägypten – also *das* haben Sie vor!«

»Ja – ganz zufällige Begegnung. Gerade auf Geschäftsreise. Linnet samt Mann in Flitterstimmung. Könnte klappen.«

Rockford war nicht so sicher. »Linnet ist nicht dumm … andererseits …«

Pennington klang jetzt fast sanft. »Ich denke, es gibt da Möglichkeiten, das zu – deichseln.«

Wieder trafen sich ihre Blicke. Wieder nickte Rockford. »In Ordnung, Big Boy.«

Pennington sah auf die Wanduhr. »Wir müssen uns ranhalten – wer immer von uns fährt.«

»Sie fahren«, sagte Rockford sofort. »Sie hatten immer Schlag bei Linnet, ›Onkel Andrew‹. Das ist der Türöffner.«

Penningtons Gesicht bekam einen harten Zug. »Ich will hoffen, dass ich das Ding geschaukelt kriege.«

»Sie müssen es geschaukelt kriegen«, sagte sein Partner, »die Lage ist kritisch ...«

XI

William Carmichael hatte einen Auftrag für den schmächtigen Jüngling, der fragend in der Tür stand: »Schick mir Mr Jim rein, bitte.«

Auch Jim Fanthorp sah seinen Onkel fragend an, als er eintrat. Der sah hoch, nickte kurz und grunzte: »Na, da bist du ja.«

»Du wolltest mich sprechen?«

»Guck dir das mal an.«

Der junge Mann setzte sich und zog einen kleinen Stapel Papier heran. Der ältere beobachtete ihn. »Na?«

Die Antwort kam prompt: »Sieht mir nicht sauber aus, Sir.«

Wieder stieß der Seniorchef von Carmichael, Grant & Carmichael seinen bekannten Grunzlaut aus.

Jim Fanthorp las noch einmal genau, was eben per Luftpost aus Ägypten eingetroffen war:

> »... Es ist ja fast ein Frevel, an einem solchen Tag einen Geschäftsbrief zu schreiben. Wir waren jetzt eine Woche im *Mena House* und haben einen Ausflug zur Oase Fayoum unternommen. Übermorgen fahren wir mit dem Dampfer den Nil aufwärts nach Luxor und Assuan und vielleicht weiter bis nach Khartum. Heute Morgen waren wir wegen der Billette bei Cook's, und was glauben Sie,

wen ich da als Erstes treffe? – Andrew Pennington, meinen amerikanischen Treuhänder. Sie haben ihn, glaube ich, kennengelernt, als er vor zwei Jahren in Europa war. Ich hatte keine Ahnung, dass er in Ägypten ist, und er hatte keine Ahnung, dass ich hier bin! Nicht mal, dass ich geheiratet habe! Er muss den Brief, in dem ich es ihm geschrieben hatte, gerade verpasst haben. Und er macht doch tatsächlich dieselbe Dampferfahrt den Nil hinauf wie wir. Ist das nicht ein drolliger Zufall? Herzlichen Dank für alles, was Sie in der gedrängten Zeit getan haben. Ich –«

Der junge Mann wollte die Seite umdrehen, aber Mr Carmichael nahm ihm den Brief aus der Hand. »Das reicht«, sagte er. »Der Rest tut nichts zur Sache. Na, was hältst du davon?«

Sein Neffe überlegte einen Augenblick. »Na ja – ich glaube nicht an *den* Zufall …«

Der andere nickte zustimmend. »Lust auf eine Ägyptenreise?«, bellte er dann.

»Wäre das klug?«

»Wir haben, glaube ich, keine Zeit zu verlieren.«

»Aber warum denn *ich*?«

»Streng doch mal deinen Grips an, Junge, streng ihn mal an. Dich hat Linnet Ridgeway noch nie gesehen, Pennington auch nicht. Mit dem Flugzeug kannst du gerade rechtzeitig da sein.«

»Mir – mir gefällt das nicht.«

»Das mag wohl sein, du wirst aber müssen.«

»Ist das denn wirklich nötig?«

»Meiner Meinung nach«, sagte Mr Carmichael, »ist es sogar lebensnotwendig.«

XII

Mrs Otterbourne rückte den Turban aus einheimischen Stoffen, den sie um den Kopf geschlungen trug, wieder zurecht und bemerkte verdrießlich: »Ich weiß wirklich nicht, warum wir nicht nach Ägypten weiterfahren sollten. Von Jerusalem habe ich die Nase jedenfalls gestrichen voll.«

Und als ihre Tochter nicht reagierte: »Du könntest wenigstens antworten, wenn man mit dir redet.«

Rosalie Otterbourne war in ein Porträtfoto in der Zeitung vertieft. Darunter stand gedruckt:

> Vor ihrer Hochzeit zählte Mrs Simon Doyle zu den bekanntesten Schönheiten der Gesellschaft und hieß Miss Linnet Ridgeway. Mr und Mrs Doyle weilen zurzeit auf Hochzeitsreise in Ägypten.

Schließlich fand sie die Sprache wieder: »Du möchtest nach Ägypten weiter, Mutter?«

»Ja, das möchte ich«, schnappte Mrs Otterbourne. »Ich bin nämlich der Ansicht, dass man uns hier ausgesprochen geringschätzig behandelt. Wenn ich hier absteige, ist das schließlich Reklame für die – sie müssten mir eigentlich Rabatt geben. Als ich das aber nur mal zart angedeutet habe, da sind die meiner Ansicht nach sogar unverschämt geworden – *ausgesprochen* unverschämt. Ich habe ihnen daraufhin natürlich deutlich meine Meinung gesagt.«

Die Tochter seufzte. »Hotels sind eins wie das andere. Von mir aus können wir sofort los.«

»Und heute Morgen«, fuhr Mrs Otterbourne fort, »hatte dieser Hotelmanager doch tatsächlich die Frechheit, mir zu erzählen, sämtliche Zimmer seien vorbestellt und er brauche unseres in zwei Tagen.«

»Dann müssen wir ja woandershin.«

»Mitnichten. Ich bin durchaus gerüstet, für mein Recht zu kämpfen.«

»Wir könnten aber ebenso gut gleich nach Ägypten fahren«, murmelte Rosalie. »Es ist doch sowieso egal.«

»Eine Frage von Leben und Tod ist es jedenfalls nicht«, pflichtete Mrs Otterbourne bei.

Womit sie allerdings ziemlich falschlag – denn genau das würde es sein, eine Frage von Leben und Tod.

Zweites Kapitel

Das ist Hercule Poirot, der Detektiv«, sagte Mrs Allerton zu ihrem Sohn.

Sie saßen in scharlachrot lackierten Korbsesseln im Vorgarten des *Hotel Cataract* in Assuan und sahen hinter zwei Menschen her, die sich gerade entfernten – einem kleinen Mann in einem weißen Seidenanzug und einem großen, schlanken Mädchen.

Für seine Verhältnisse ungewöhnlich lebhaft, schoss Tim Allerton hoch. »Der komische Knirps da?«, fragte er ungläubig.

»Der komische Knirps da!«

»Was um Himmels willen macht der denn hier?«

Seine Mutter lachte. »Liebling, du klingst ja ganz aufgeregt. Warum finden Männer Kriminelles eigentlich so toll? Ich hasse Detektivgeschichten, ich lese sie nie. Ich glaube auch gar nicht, dass Monsieur Poirot zu einem bestimmten Zweck hier ist. Ich nehme an, er hat einfach eine Menge Geld gescheffelt und guckt sich die Welt an.«

»Und hat offenbar gleich ein Auge auf das hübscheste Mädchen am Platz geworfen.«

Mrs Allerton legte den Kopf ein wenig schräg, um die allmählich entschwindenden Rückseiten von Monsieur Poirot und seiner Begleiterin genauer betrachten zu können.

Das Mädchen überragte ihn um fast zehn Zentimeter und hatte einen anmutigen Gang, nicht gestelzt, aber auch nicht zu salopp.

»Ich muss zugeben, ziemlich hübsch *ist* sie«, sagte Mrs Allerton mit einem kurzen Seitenblick auf ihren Sohn. Zu ihrer Belustigung biss der Fisch sofort an.

»Mehr als ziemlich. Schade, dass sie so einen Schmollmund macht und schlecht gelaunt aussieht.«

»Vielleicht trägt man das heute so.«

»Ein fieser kleiner Teufel, finde ich. Aber ausgesprochen hübsch.«

Der Gegenstand dieser Bemerkungen war Rosalie Otterbourne. Sie drehte, während sie langsam neben Poirot herging, an ihrem zugeklappten Sonnenschirm herum und hatte genau den Gesichtsausdruck, den Tim beschrieben hatte. Sie schien zu schmollen und schlechte Laune zu haben. Sie hatte die Augenbrauen fest in der Mitte zusammengekniffen und die scharlachroten Lippen nach unten gezogen.

Die beiden gingen jenseits des Hoteltors nach links und kamen in den kühlen, schattigen Stadtpark. Hercule Poirot redete im sanften Plauderton und sah aus, als wäre er glücklich und bester Laune. Sein weißer Seidenanzug war tadellos gebügelt; dazu trug er einen Panamahut und einen reichverzierten Fliegenwedel mit einem Griff aus Bernsteinimitat. »… ich bin ganz hingerissen«, sagte er eben, »die schwarzen Felsen auf der Insel Elephantine und die Sonne und die Boote auf dem Fluss. Ach ja, es ist schön, am Leben zu sein.«

Er machte eine Kunstpause. »Finden Sie nicht, Mademoiselle?«

»Es ist wohl ganz in Ordnung«, beschied Rosalie Otterbourne knapp. »Aber Assuan ist ein trübsinniges Pflaster, finde ich. Das Hotel ist halb leer, alle Gäste sind um die hundert –« Sie biss sich auf die Lippe.

Hercule Poirot zwinkerte zurück. »Das stimmt, ja. Und ich stehe auch schon mit einem Bein im Grab.«

»Ich – ich habe doch nicht Sie gemeint«, sagte das Mädchen. »Entschuldigung. Das war ungezogen.«

»Überhaupt nicht. Es ist ganz natürlich, dass Sie sich Gesellschaft in Ihrem Alter wünschen. Nun ja, *ein* junger Mann ist immerhin vorhanden.«

»Der ständig mit seiner Mutter zusammenhockt? *Sie* gefällt mir, aber er sieht grässlich aus, finde ich – so eingebildet!«

Poirot lächelte. »Und ich – bin ich auch eingebildet?«

»O nein, finde ich nicht.«

Sie hatte deutlich kein Interesse an ihm – aber Poirot schien das nicht zu ärgern. Er gab nur gelassen und zufrieden zurück: »Meine besten Freunde behaupten, ich sei sehr eingebildet.«

»Oh – tja«, entgegnete Rosalie zerstreut, »Sie haben wohl auch Grund, sich etwas einzubilden. Leider interessieren mich Verbrechen ganz und gar nicht.«

»Ich bin entzückt zu hören«, erklärte Poirot formvollendet, »dass Sie *kein* schlimmes Geheimnis zu verbergen haben.«

Einen winzigen Moment lang verschwand der Schmollmund, und sie schoss ihm einen neugierigen Blick zu.

Poirot schien ihn nicht bemerkt zu haben, sondern sprach einfach weiter. »Ihre Mutter war heute Mittag gar nicht beim Essen. Madame ist doch hoffentlich nicht indisponiert?«

»Es passt ihr alles nicht hier«, war die knappe Antwort. »Ich bin froh, wenn wir wegkönnen.«

»Wir fahren zusammen, nicht wahr? Wir machen alle denselben Ausflug nach Wadi Halfa und zum zweiten Nil-Katarakt?«

»Ja.«

Sie traten aus dem schattigen Park hinaus auf ein Stück Uferstraße und gerieten prompt ins Visier von fünf Perlen-, zwei Ansichtskarten- und drei Gipsskarabäusverkäufern, ein paar Burschen auf Eseln und schmutzigen Straßenjungen, die nicht dazugehörten, sich aber auch Hoffnungen machten.

»Sie wollen Perlen, Sir? Sehr gut, Sir. Ganz billig …«

»Lady, eine Skarabäus? Hier – große Königin – bringe viel Glück …«

»Hier sehen, Sir – Lapislazuli, echt. Sehr gut, sehr billig …«

»Eine Ritt auf Esel, Sir? Das sehr gute Esel. Diese Esel Whisky und Soda, Sir …«

»Sie wollen sehen Steinbrüche von Granit, Sir? Diese Esel

sehr gut. Andere Esel sehr schlecht, Sir, immer hinfallen die Esel ...«

»Sie wollen Postkarte – sehr billig – sehr, sehr schön ...«

»Sehen, Lady ... Nur zehn Piaster – sehr billig – Lapis – hier Elfenbein ...«

»Hier Fliegenwedel sehr gut – alle Bernstein ...«

»Sie wünschen Boot fahren, Sir? Ich habe sehr gute Boot, Sir ...«

»Sie wollen zurück zu Hotel, Lady? Diese Esel erste Klasse ...«

Hercule Poirot versuchte diesen menschlichen Fliegenschwarm mit Händen und Armen zu verscheuchen. Rosalie stakste hindurch wie eine Schlafwandlerin.

»Man tut am besten, als wäre man taub und blind«, sagte sie.

Die schmutzigen Straßenjungen liefen jammernd und murmelnd neben ihnen her. »Bakschisch? Bakschisch? Hipp hipp hurra – sehr gut, sehr schön ...«

Ihre fröhlich bunten Lumpen schleiften malerisch hinter ihnen her, und auf ihren Lidern klebten ganze Schwärme von Fliegen. Die Jungen waren am hartnäckigsten, die Händler dagegen ließen irgendwann ab und warfen sich mit frischer Kraft auf die nächsten Passanten.

Der Spießrutenlauf führte Poirot und Rosalie jetzt nur noch an Läden entlang – der Ton war hier auch zuvorkommender, gewinnender ...

»Möchten Sie heute mein Geschäft besuchen, Sir?« – »Wünschen Sie dieses Elfenbeinkrokodil, Sir?« – »Sie waren noch nicht in meinem Laden, Sir? Ich habe sehr wunderschöne Sachen.«

Den fünften Laden betraten sie, und Rosalie gab ein paar Filmrollen ab – der Anlass des Spaziergangs. Wieder draußen, schlenderten sie zum Nilufer. Eben legte einer der Dampfer an. Poirot und Rosalie sahen neugierig den Passagieren nach.

»Ganz schön viele, nicht?«, fand Rosalie. Dann drehte sie den

Kopf, denn plötzlich tauchte Tim Allerton bei ihnen auf. Er war ein wenig außer Atem, als wäre er schnell gegangen.

Ein, zwei Augenblicke standen sie so da, schließlich zeigte Tim auf die Passagiere, die aus dem Dampfer kletterten, und bemerkte verächtlich: »Ein scheußliches Gewühl, wie immer, nehme ich an.«

»Normalerweise sind sie ziemlich furchtbar«, stimmte Rosalie zu.

Alle drei strahlten die Überlegenheit derer aus, die schon länger an einem Ort sind und die Neuankommenden mustern.

»Hoho!«, rief Tim plötzlich aufgeregt. »Ich will verflucht sein, wenn das da nicht Linnet Ridgeway ist.«

Die Information schien Poirot nichts zu sagen, erregte jedoch Rosalies Interesse. Sie lehnte sich vor, und alles Schmollen war von ihr abgefallen. »Wo? Die da in Weiß?«

»Ja, die mit dem stattlichen Mann. Die gerade an Land gehen. Wahrscheinlich ist das der frischgebackene Ehemann. Der Name fällt mir gerade nicht ein.«

»Doyle«, sagte Rosalie. »Simon Doyle. Stand in allen Zeitungen. Sie schwimmt direkt in Geld, nicht?«

»Och, sie ist bloß das reichste Mädchen in ganz England«, gab Tim fröhlich zurück.

Schweigend sahen die drei zu, wie die Passagiere an Land gingen. Poirot beobachtete höchst interessiert den Gegenstand der Bemerkungen seiner beiden Begleiter und murmelte schließlich: »Sie ist wunderschön.«

»Manche Leute haben einfach alles«, sagte Rosalie bitter. Etwas merkwürdig Missgünstiges lag in ihrem Gesicht, während sie zusah, wie das andere Mädchen die Planken entlangging.

Linnet Doyle war perfekt aufgemacht, so als schritte sie geradewegs in eine Theaterrevue. Ihr Auftritt war souverän wie der eines Bühnenstars. Sie war gewohnt, angesehen und angehimmelt zu werden und, wo immer sie hinkam, im Mittelpunkt zu stehen.

Die neugierigen Blicke, die auf ihr ruhten, waren ihr sehr wohl bewusst und gleichzeitig auch nicht – diese Art Tribut gehörte zu ihrem Leben. Sie spielte Landgang, obwohl sie diese Rolle nur unbewusst gab. Die schöne reiche Braut der feinsten Gesellschaft auf Hochzeitsreise. Mit einem kleinen Lächeln und einer leisen Bemerkung drehte sie sich zu dem großen Mann an ihrer Seite. Er antwortete, und der Klang seiner Stimme schien Poirot zu interessieren. Er bekam leuchtende Augen und kniff die Augenbrauen zusammen.

Jetzt ging das Paar dicht an ihnen vorbei, und Poirot hörte Doyle sagen: »Wir versuchen die Zeit dafür zu finden, Liebling. Wir können doch einfach ein, zwei Wochen dableiben, wenn es dir hier gefällt.«

Dabei sah er sie an, begehrlich, bewundernd, ein bisschen unterwürfig.

Poirot musterte ihn nachdenklich von oben bis unten – die breiten Schultern, das sonnengebräunte Gesicht, die dunkelblauen Augen, die beinah kindliche Arglosigkeit in seinem Blick.

»So ein Glückspilz«, sagte Tim, als sie vorbeigegangen waren. »Eine Millionenerbin, die weder Polypen noch Plattfüße hat, ist ein Volltreffer!«

»Sie sehen schrecklich glücklich aus«, sagte Rosalie mit einem Anflug von Neid. Und gleich danach, aber so leise, dass Tim es nicht hörte: »Das ist nicht gerecht.«

Poirot jedoch hatte es gehört. Er runzelte verblüfft die Stirn und sah dann kurz zu ihr hinüber.

Tim erklärte gerade: »Ich muss noch ein paar Sachen für meine Mutter besorgen«, zog den Hut und ging davon.

Poirot und Rosalie schlenderten langsam, immer wieder feilgebotene Esel abwimmelnd, zurück zum Hotel.

»Das ist also nicht gerecht, Mademoiselle?«, fragte Poirot sanft.

Das Mädchen wurde rot und wütend. »Ich weiß gar nicht, was Sie meinen.«

»Ich habe nur wiederholt, was Sie gerade eben geflüstert hatten. O doch, das haben Sie.«

Rosalie Otterbourne zuckte die Schultern. »Das ist ja wohl auch wirklich ein bisschen zu viel für einen einzigen Menschen. Geld, gutes Aussehen, tolle Figur und –« Sie hielt inne.

Poirot vollendete: »Und Liebe? Was? Und Liebe? Aber Sie wissen doch gar nicht – vielleicht ist sie ja nur wegen ihres Geldes geheiratet worden!«

»Haben Sie nicht gesehen, wie er sie angeguckt hat?«

»O doch, Mademoiselle. Ich habe alles gesehen, was es zu sehen gab – und übrigens auch etwas, das Sie *nicht* gesehen haben.«

»Was denn?«

Bedächtig antwortete Poirot: »Ich, Mademoiselle, habe dunkle Schatten unter den Augen einer Frau gesehen. Ich habe eine Hand gesehen, die einen Sonnenschirm so fest umklammert hielt, dass die Knöchel ganz weiß waren …«

Rosalie starrte ihn an. »Und was wollen Sie damit sagen?«

»Ich will nur sagen, es ist nicht alles Gold, was glänzt. Ich will sagen, auch wenn diese Lady reich und schön ist und geliebt wird, *irgendetwas* stimmt trotzdem nicht. Und ich weiß noch etwas.«

»Ja?«

»Ich weiß«, Poirot runzelte wieder die Stirn, »irgendwo und irgendwann habe ich diese Stimme schon einmal gehört – Mr Doyles Stimme –, und ich wüsste liebend gern, wo.«

Aber Rosalie hörte nicht mehr zu. Sie war stehen geblieben und zeichnete mit der Sonnenschirmspitze Muster in den Sand. Plötzlich brach es grimmig aus ihr heraus: »Ich bin abscheulich. Ich bin abscheulich. Ich bin einfach durch und durch ein Biest. Aber ich möchte ihr am liebsten die Kleider vom Leib reißen und auf ihrem hübschen, arroganten, selbstgefälligen Gesicht herumtrampeln. Ich bin eben eine eifersüchtige Zicke – aber so empfinde ich es. Sie ist so widerwärtig erfolgreich und gelassen und selbstsicher.«

Hercule Poirot schien ein bisschen verwundert über den Ausbruch. Er packte Rosalies Arm und schüttelte sie sanft und freundschaftlich. »*Tenez* – gleich fühlen Sie sich besser, weil Sie es ausgesprochen haben!«

»Ich hasse sie einfach! Ich habe noch nie jemanden auf den ersten Blick so gehasst.«

»Großartig!«

Rosalie sah ihn skeptisch an, verzog dann den Mund und fing an zu lachen.

»*Bien*«, sagte Poirot und lachte mit.

Wie zwei alte Freunde spazierten sie zurück zum Hotel.

»Ich muss Mutter suchen«, sagte Rosalie, als sie in die kühle, dämmrige Lobby traten.

Poirot ging in die entgegengesetzte Richtung, zur Terrasse mit Blick auf den Nil. Die Tischchen waren bereits für den Tee gedeckt, aber noch war es zu früh. Eine Weile sah er von oben auf den Fluss, dann bummelte er hinunter und durch den Garten.

Ein paar Leute spielten in der prallen Sonne Tennis. Er blieb stehen, sah eine Zeitlang zu und kletterte schließlich den steilen Pfad nach unten. Und dort, auf einer Bank, von der aus man den Nil sehen konnte, entdeckte er plötzlich das Mädchen aus dem *Chez Ma Tante*. Er erkannte sie sofort. Das Gesicht, das er an jenem Abend gesehen hatte, hatte sich fest in sein Gedächtnis eingebrannt. Es hatte jetzt einen anderen Ausdruck. Das Mädchen war auch blasser und dünner, und manche Züge ließen auf eine tiefe Erschöpfung und einen elenden Gemütszustand schließen.

Er trat ein paar Schritte zurück. Sie hatte ihn nicht gesehen. Er beobachtete sie eine Weile weiter, ohne dass sie seine Anwesenheit bemerkte. Ihr einer kleiner Fuß tappte ungeduldig auf den Boden. In ihren dunklen Augen schien eine Art Glut zu schwelen, ein düsterer Triumph zu lauern. Sie sah hinaus auf den Nil, auf dem weiße Segelboote vorbeiglitten.

Ein Gesicht – und eine Stimme. An beide konnte er sich genau erinnern. Das Gesicht dieses Mädchens und die Stimme, die er vor kurzem gehört hatte, die Stimme des frischgebackenen Ehemanns ...

Und während er dastand und das ahnungslose Mädchen beobachtete, vollzog sich die nächste Szene des Dramas.

Oben wurden Stimmen laut. Das Mädchen sprang von der Bank hoch. Linnet Doyle und ihr Mann kamen den Steilpfad herunter. Linnets Stimme klang glücklich und selbstsicher. Sie sah auch nicht mehr so angespannt und verkrampft aus. Linnet *war* glücklich.

Jetzt ging das Mädchen vor der Bank ein, zwei Schritte auf sie zu. Die beiden blieben abrupt stehen.

»Hallo, Linnet«, sagte Jacqueline de Bellefort. »Hier seid ihr also! Wir scheinen uns ja dauernd über den Weg zu laufen. Hallo, Simon, wie geht's dir denn?«

Linnet Doyle prallte mit einem kurzen Aufschrei zurück gegen den Felsen. Simon Doyles ebenmäßiges Gesicht war plötzlich wutverzerrt. Er schoss vor, als hätte er die schmale, mädchenhafte Gestalt am liebsten verprügelt.

Die rasche, vogelartige Drehung ihres Kopfes signalisierte, dass sie jemand Fremdes bemerkt hatte. Auch Simon drehte den Kopf herum, sah Poirot und sagte linkisch: »Hallo, Jacqueline, wir hatten nicht damit gerechnet, dich hier auch zu treffen.«

Es klang höchst unglaubwürdig.

Das Mädchen bleckte strahlend weiße Zähne. »Eine ziemliche Überraschung, hm?« Dann stieg sie, mit einem kurzen Nicken, den Steilpfad hinauf.

Poirot nahm dezent die entgegengesetzte Richtung, hörte im Gehen aber Linnet Doyle noch sagen: »Simon – um Gottes willen! Simon – was sollen wir denn machen?«

Drittes Kapitel

Das Dinner war beendet, die Terrasse des *Hotel Cataract* sanft erleuchtet, und die meisten Hotelgäste hatten an den kleinen Tischen Platz genommen.

Auch Simon und Linnet Doyle kamen heraus, neben sich einen großen grauhaarigen Mann aus gutem Hause mit einem glattrasierten, aufgeweckten amerikanischen Gesicht. Die kleine Gruppe stand zögernd in der Tür, als Tim Allerton aufsprang und auf sie zuging.

»Sie erinnern sich sicher nicht mehr an mich«, sagte er liebenswürdig zu Linnet, »aber ich bin Joanna Southwoods Cousin.«

»Natürlich – wie dumm von mir! Sie sind Tim Allerton. Mein Mann«, ein leises Zittern in der Stimme – vor Stolz? Schüchternheit? »Und mein amerikanischer Treuhänder, Mr Pennington.«

»Ich muss Sie mit meiner Mutter bekanntmachen«, erwiderte Tim.

Ein paar Minuten später saßen sie alle zusammen an einem Tisch – Linnet am einen Ende, eingerahmt von Tim und Pennington, die gleichzeitig auf sie einredeten und um ihre Aufmerksamkeit buhlten. Mrs Allerton unterhielt sich derweil mit Mr Doyle.

Die Schwingtür flog auf, und das wunderschöne aufrechte Wesen zwischen den beiden Männern am Ende des Tischs schien sich jäh anzuspannen, entspannte sich aber wieder, als ein kleiner Mann heraustrat und quer über die Terrasse ging.

Mrs Allerton sagte: »Sie sind nicht die einzige Prominenz hier, meine Liebe. Der komische Knirps ist Hercule Poirot.«

Sie hatte es fast beiläufig gesagt, einfach aus Taktgefühl, um eine peinliche Pause zu überbrücken, aber Linnet war anscheinend tief beeindruckt. »Hercule Poirot? Natürlich – ich habe von ihm gehört …«

Dann schien sie in Grübeln zu versinken, und die beiden Männer neben ihr waren eine Zeitlang abgemeldet.

Poirot war bis zum anderen Ende der Terrasse gegangen, aber dort wurde er sofort mit Beschlag belegt.

»Setzen Sie sich doch, Monsieur Poirot. Was für ein schöner Abend!«

Er gehorchte. »*Mais oui,* Madame, wirklich ein wunderschöner Abend.« Er schenkte Mrs Otterbourne ein höfliches Lächeln. Was für ein schwarzes Chiffon-Geschlinge, und dieser alberne Turbanstil!

Mrs Otterbourne plapperte weiter mit ihrer hohen, nörgelnden Stimme. »Eine ganze Menge Berühmtheiten hier zurzeit, nicht wahr? Ich sehe uns schon alle in der Zeitung stehen. Schönheiten der ersten Gesellschaft, berühmte Roman –« Sie unterbrach ihre Rede für einen gespielt bescheidenen, kurzen Lacher.

Poirot spürte eher, als dass er sah, wie das Mädchen ihm gegenüber zusammenzuckte und den Schmollmund noch tiefer nach unten zog. »Sie haben derzeit einen Roman in Arbeit, Madame?«, fragte er zurück.

Mrs Otterbourne lachte noch einmal in ihrer selbstgefälligen Art. »Ich bin grässlich faul. Ich muss wirklich wieder dran. Meine Leser drängeln ja so schrecklich – mein Verleger auch, der arme Mann! Mahnungen mit jeder Post! Sogar telegraphische!«

Wieder spürte er, wie das Mädchen im Dunkeln zusammenzuckte.

»Ihnen kann ich's ja sagen, Monsieur Poirot, ich bin hier *auch* wegen des Lokalkolorits. ›Schnee im Antlitz der Wüste‹ – so heißt mein nächstes Buch. Stark – gefühlvoll. Schnee – in der

Wüste – schmilzt beim ersten flammenden Hauch der Leidenschaft.«

Rosalie stand auf, murmelte etwas und verschwand in den dunklen Garten.

Mrs Otterbourne plapperte mit so nachdrücklichem Kopfnicken weiter, dass der Turban wippte. »Stark muss man sein. Und starker Tobak – das sind ja auch meine Bücher – darum geht's. Sie stehen auf dem Index in Bibliotheken – egal! Ich sage die Wahrheit. Sex – ja! Monsieur Poirot, warum hat alle Welt so viel Angst vor Sex? Er ist der archimedische Punkt des Universums! Haben Sie meine Bücher gelesen?«

»Leider nein, Madame! Sie müssen wissen, ich lese kaum Romane. Meine Arbeit –«

Mrs Otterbourne fuhr energisch dazwischen. »Ich muss Ihnen ›Unter dem Feigenbaum‹ geben. Ich glaube, Sie erkennen seine Bedeutung. Das Buch ist sehr unverblümt – aber es ist die *Wirklichkeit*!«

»Sehr freundlich von Ihnen, Madame. Ich werde es mit Vergnügen lesen.«

Eine Weile schwieg Mrs Otterbourne, nestelte an der doppelreihigen langen Klunkerkette, die ihr am Hals baumelte, und sah nervös um sich. »Ach, vielleicht – ich springe rasch und hole es Ihnen.«

»Was ist denn, Mutter?« Rosalie stand plötzlich neben ihr.

»Nichts, Liebling. Ich will nur rasch hoch und ein Buch für Monsieur Poirot holen.«

»Den ›Feigenbaum‹? Ich hole es.«

»Du weißt doch gar nicht, wo es ist, Liebes. Ich gehe schon.«

»Doch, weiß ich.« Das Mädchen lief hastig über die Terrasse ins Hotel.

»Darf ich Ihnen gratulieren, Madame, zu einer sehr liebenswerten Tochter?«, sagte Poirot mit einer Verbeugung.

»Rosalie? Ja, ja – sie ist recht hübsch. Aber auch sehr *hart*, Monsieur Poirot. Kein Mitgefühl, wenn man mal krank ist. Sie glaubt, sie weiß alles besser. Sie findet ja auch, sie weiß besser über meine Gesundheit Bescheid als ich.«

Poirot winkte einem Kellner, der gerade vorbeikam. »Einen Likör, Madame? Chartreuse? Crème de Menthe?«

Mrs Otterbourne schüttelte heftig den Kopf. »Nein, nein. Ich bin sozusagen Abstinenzlerin. Sie haben vielleicht bemerkt, dass ich ausschließlich Wasser trinke – allenfalls Limonade. Ich mag den Geschmack von Spirituosen einfach nicht.«

»Dann darf ich Ihnen einen Zitronensaft bestellen, Madame?« Für sich selbst gab er dem Kellner einen Bénédictine in Auftrag.

Die Terrassentür schwang wieder auf, und Rosalie kam mit einem Buch in der Hand zurück. »Hier ist es«, sagte sie. Ihre Stimme war tonlos – erstaunlich tonlos fast.

»Monsieur Poirot hat gerade einen Zitronensaft für mich bestellt«, erwiderte die Mutter.

»Und Sie, Mademoiselle, was nehmen Sie?«

»Nichts.« Rosalie merkte, wie schroff es geklungen hatte, und fügte hinzu: »Nichts, vielen Dank.«

Poirot nahm das Buch, das Mrs Otterbourne ihm entgegenhielt. Es steckte noch im Originalschutzumschlag mit einer grellbunten Dame darauf, die mit einem kecken Bubikopf, scharlachroten Fingernägeln und im klassischen Evaskostüm auf einem Tigerfell thronte. Über ihr ragte ein Baum mit Eichenblättern und unglaublich bunten, riesigen Äpfeln empor. Dazu der Titel: »Unter dem Feigenbaum«, sowie »von Salome Otterbourne«. Der Klappentext auf der Innenseite schwelgte vor Begeisterung über den superben gewagten Realismus dieser Studie über das Liebesleben einer modernen Frau. Die Adjektive lauteten: »Unerschrocken, unkonventionell, lebensecht«.

Poirot machte noch eine Verbeugung und murmelte: »Ich fühle mich geehrt, Madame.« Als er den Kopf wieder hob, traf sein Blick den der Tochter der Autorin, und er fuhr unwillkürlich zusammen vor lauter Überraschung und Bekümmerung über den Schmerz, den er darin sah.

Genau in diesem Augenblick kamen die Getränke und sorgten für eine willkommene Ablenkung. Poirot hob galant sein Glas. »*A votre santé*, Madame – Mademoiselle.«

Mrs Otterbourne nippte ihren Zitronensaft und brummte: »So erfrischend – köstlich!«

Dann saßen alle drei da und starrten schweigend hinab auf die glänzenden schwarzen Felsen im Nil. Im Mondlicht bekamen sie etwas Phantastisches; sie sahen aus wie halb aus dem Wasser ragende prähistorische Riesenungeheuer. Eine kleine Bö kam plötzlich auf und erstarb ebenso schnell wieder. Es lag etwas in der Luft – etwas Heimliches, Dräuendes.

Hercule Poirot drehte sich wieder zur Terrasse und den Gästen. Irrte er sich, oder herrschte hier dieselbe heimliche, erwartungsvolle Spannung? Es war wie im Theater, der Augenblick, in dem man weiß, dass gleich die Hauptdarstellerin die Szene betritt.

Und genau in diesem Augenblick flog wieder die Schwingtür auf, und diesmal war es, als sei das von besonderer Bedeutung. Alle hatten aufgehört zu reden und starrten auf die Tür. Heraus trat ein schlankes, dunkelhaariges Mädchen in einem weinroten Abendkleid, blieb kurz stehen, schritt dann gemessen über die ganze Terrasse und nahm an einem leeren Tisch Platz. Nichts an ihrem Verhalten war übertrieben oder abwegig, und trotzdem wirkte es wie ein wohlüberlegter Bühnenauftritt.

»Nun ja«, Mrs Otterbourne warf Kopf und Turban nach hinten, »scheint sich ja für etwas ganz Besonderes zu halten, das Mädchen!«

Poirot sagte nichts, sondern beobachtete die Szenerie. Das Mädchen hatte sich an einen Tisch gesetzt, von dem aus sie Linnet Doyle in aller Ruhe ansehen konnte. Und die, stellte Poirot fest, beugte sich jetzt vor, sagte etwas, stand einen Augenblick später auf und wechselte den Platz. Nun saß sie mit dem Gesicht in die andere Richtung.

Poirot nickte in sich hinein und dachte nach.

Etwa fünf Minuten später wechselte auch das andere Mädchen die Stellung und nahm am anderen Ende der Terrasse Platz. Dort blieb sie sitzen, rauchte und lächelte vor sich hin, ein Bild zufriedener Nonchalance. Nur ihr Blick blieb, scheinbar ganz unabsichtlich, auf Simon Doyles Frau fixiert.

Eine Viertelstunde später stand Linnet Doyle abrupt auf und ging ins Hotel. Ihr Mann folgte fast augenblicklich.

Jacqueline de Bellefort lächelte weiter und drehte ihren Stuhl. Dann zündete sie sich noch eine Zigarette an und sah, weiter in sich hineinlächelnd, hinaus auf den Nil.

Viertes Kapitel

Monsieur Poirot.«

Poirot sprang eilig auf. Er war allein auf der Terrasse sitzen geblieben, nachdem alle anderen Gäste hineingegangen waren, und hatte in Gedanken versunken auf die schimmernden schwarzen Felsen gestarrt, als der Klang seines Namens ihn wieder zurückholte.

Die Stimme ließ auf Kultiviertheit und Selbstbewusstsein schließen, eine charmante Stimme, eine Spur arrogant vielleicht.

Gleich darauf sah er Linnet Doyle in die Augen. Ihr Blick war zwingend, sie trug einen schweren roten Samtumhang über dem weißen Satinkleid, und sie war noch schöner und majestätischer, als Poirot für möglich gehalten hätte.

»Sie sind doch Monsieur Hercule Poirot?« Es war nicht unbedingt eine Frage.

»Zu Ihren Diensten, Madame.«

»Sie wissen vielleicht, wer ich bin?«

»Ja, Madame. Ich habe von Ihnen gehört. Ich weiß genau, wer Sie sind.«

Linnet nickte. Sie hatte es erwartet. Sie fuhr in ihrer charmanten, selbstbewussten Art fort: »Würden Sie mir ins Spielzimmer folgen, Monsieur Poirot? Ich muss dringend mit Ihnen sprechen.«

»Aber sicher, Madame.«

Sie lief voran, zurück ins Hotelgebäude. Er folgte. Sie ging in das leere Spielzimmer und bedeutete ihm, die Tür hinter sich zu schließen. Dann sank sie auf einen Stuhl an einem der Spieltische, und er nahm ihr gegenüber Platz.

Ohne Umschweife kam sie zur Sache. Sie sprach flüssig und ohne zu zögern. »Ich habe sehr viel über Sie gehört, Monsieur Poirot, ich weiß auch, dass Sie ein kluger Mann sind. Und zufällig brauche ich dringend jemanden, der mir hilft – ich könnte mir sehr gut vorstellen, dass Sie dieser Jemand sind.«

Poirot neigte den Kopf. »Sie sind sehr liebenswürdig, Madame, aber sehen Sie, ich bin in den Ferien, und wenn ich in den Ferien bin, nehme ich keine Fälle an.«

»Das ließe sich sicher regeln.« Es sollte kein Affront sein – es war einfach der Hochmut einer jungen Frau, die noch immer alles zu ihrer Zufriedenheit zu regeln verstanden hatte. Im selben Ton fuhr Linnet Doyle fort: »Ich, Monsieur Poirot, bin Opfer einer unzumutbaren Schikane. Und das muss ein Ende haben! Ich wollte mich damit eigentlich an die Polizei wenden, aber mein – mein Mann findet, dass die Polizei in dieser Angelegenheit machtlos ist.«

»Wenn Sie das vielleicht ein wenig näher erklären möchten«, murmelte Poirot höflich.

»O ja, sehr gern. Die Sache ist sehr einfach.«

Noch immer stockte oder stammelte Linnet Doyle nicht, sondern sprach im Tonfall des kühlen, klaren Geschäftssinns. Sie brauchte nur eine kurze Pause, um sich zu sammeln und die Fakten möglichst bündig darzustellen.

»Bevor ich meinen Mann kennenlernte, war er verlobt mit einer Miss de Bellefort. Sie war auch eine Freundin von mir gewesen. Mein Mann hat die Verlobung gelöst, die beiden passten überhaupt nicht zusammen. Sie hat das – tut mir leid, wenn ich das so sagen muss – sehr schwergenommen. Aber es gibt leider Dinge, die sich nicht ändern lassen. Sie hat danach gewisse – nun ja, Drohungen ausgesprochen, um die ich mich jedoch wenig gekümmert habe und die sie, das möchte ich hinzufügen, auch nicht in die Tat umzusetzen versucht hat. Stattdessen hat sie sich offenbar darauf verlegt, uns – einfach überallhin nachzufahren.«

Poirot zog die Augenbrauen hoch. »Ah – eine recht – äh, ungewöhnliche Rache.«

»Sehr ungewöhnlich – und sehr albern! Aber eben auch – lästig.« Sie biss sich auf die Lippe.

Poirot nickte. »Ja, das kann ich mir vorstellen. Sie sind, wenn ich das richtig sehe, auf Hochzeitsreise?«

»Ja. Und zum ersten Mal passierte es in Venedig. Sie war auch da – im *Hotel Danieli.* Ich hielt es zuerst für Zufall. Ziemlich peinlich, aber mehr auch nicht. Aber dann haben wir sie in Brindisi auf dem Schiff entdeckt. Und es sah ganz so aus, als ob sie auch nach Palästina fahren wollte. Deshalb haben wir sie, so dachten wir jedenfalls, an Bord zurückgelassen und sind anders weitergefahren. Aber kaum kamen wir ins *Mena House* hier in Ägypten, da – da saß sie schon da und – wartete auf uns.«

Poirot nickte. »Und dann?«

»Wir haben den Dampfer nilaufwärts genommen. Ich – ich war fast sicher, dass wir sie an Bord auch wieder sehen würden. Als sie da doch nicht war, dachte ich, sie hat ihr – ihr kindisches Benehmen vielleicht aufgegeben. Aber kaum kamen wir hier an, da – da – saß sie wieder da und wartete auf uns.«

Poirot musterte sie eine Weile eindringlich. Sie wahrte noch immer die Contenance, aber die Knöchel der Hand, mit der sie sich an der Tischplatte festklammerte, waren weiß vor Anspannung.

»Und jetzt fürchten Sie, das geht immer so weiter?«, fragte er.

»Ja.« Sie hielt inne. »Natürlich ist die ganze Sache idiotisch! Jacqueline macht sich doch höchst lächerlich! Ich muss mich sehr wundern, dass sie nicht mehr Stolz hat – mehr Würde.«

Poirot winkte ab. »Es gibt Zeiten, Madame, da gehen Stolz und Würde – über Bord! Da herrschen andere, stärkere Gefühle vor.«

»Ja, schon möglich.« Linnet klang ungeduldig. »Aber um Himmels willen, was für einen *Gewinn* verspricht sie sich denn von alldem?«

»Es geht nicht immer um Gewinne, Madame.«

Etwas an Poirots Ton war Linnet unangenehm. Sie wurde rot und sagte hastig: »Sie haben recht. Es geht nicht darum, ihre möglichen Motive zu erörtern. Der springende Punkt ist einfach, dass dies alles endlich ein Ende haben muss.«

»Und was schlagen Sie zu diesem Zweck vor, Madame?«, fragte Poirot.

»Nun ja – es versteht sich ja wohl von selbst, dass – mein Mann und ich nicht länger Zielscheibe derartiger Belästigungen sein dürfen. Es muss doch für derlei irgendeine rechtliche Handhabe geben.« Sie klang wieder unduldsam.

Poirot sah sie nachdenklich an. »Hat sie Sie in der Öffentlichkeit verbal bedroht? Beleidigt? Körperliche Angriffe versucht?«

»Nein.«

»Dann, Madame, sehe ich offen gestanden nicht, was Sie dagegen tun könnten. Wenn eine junge Dame Gefallen daran findet, bestimmte Orte zu besuchen, und diese Orte sind zufällig die, an denen Sie und Ihr Mann sich aufhalten – *eh bien* – was soll's? Die Luft ist für alle da! Sie dringt ja nicht in Ihre Privatsphäre ein, oder? Diese Begegnungen passieren doch immer in aller Öffentlichkeit?«

»Sie meinen, ich kann gar nichts dagegen tun?« Linnet schien es nicht fassen zu können.

»Überhaupt nichts, soweit ich es sehe«, bestätigte Poirot ruhig. »Mademoiselle de Bellefort hat das Recht auf ihrer Seite.«

»Aber – aber es macht einen wahnsinnig! Es ist doch eine *Zumutung*, dass man mich mit so etwas behelligen darf!«

Trocken gab Poirot zurück: »Mein Mitgefühl, Madame – zumal ich mir vorstellen kann, dass Sie nicht sehr oft behelligt werden mit solchen Zumutungen.«

Linnet runzelte die Stirn. »Es *muss* doch irgendwie möglich sein, das zu beenden«, murmelte sie.

Poirot zuckte die Schultern. »Sie können jederzeit abreisen – woandershin fahren«, schlug er vor.

»Dann kommt sie hinterher!«

»Sehr wahrscheinlich – ja.«

»Das ist doch absurd!«

»Ganz recht.«

»Und überhaupt, wieso sollte ich – sollten wir denn vor ihr weglaufen? Als ob – als ob –« Sie schwieg.

»Ganz recht, Madame. Als ob –! Darum geht's, nicht wahr?«

Linnet hob den Kopf und starrte ihn an. »Was meinen Sie?«

Poirot beugte sich vor und fragte in vertraulich-sanftem Ton, aber eindringlich: »Warum macht Ihnen das so zu schaffen, Madame?«

»Warum? Das macht einen doch wahnsinnig! Eine Provokation sondergleichen! Ich habe Ihnen doch erklärt, warum!«

Poirot schüttelte den Kopf. »Nicht unbedingt.«

»Was meinen Sie?«, fragte Linnet noch einmal.

Poirot lehnte sich zurück, verschränkte die Arme und sagte fast gleichgültig, unpersönlich: »*Ecoutez,* Madame. Ich will Ihnen eine kleine Geschichte erzählen. Eines Abends vor einem oder zwei Monaten sitze ich in London in einem Restaurant. Am Nebentisch zwei Menschen, ein Mann und ein Mädchen. Sie sind ganz offensichtlich sehr glücklich, sehr verliebt. Sie schmieden Pläne für die Zukunft. Nicht, dass ich da etwas belausche, das nicht für mich gedacht ist; den beiden ist einfach egal, wer ihnen zuhört und wer nicht. Der Mann sitzt mit dem Rücken zu mir, also kann ich das Gesicht des Mädchens genau sehen. Ein sehr ausdrucksvolles Gesicht. Sie ist verliebt – mit Herz und Leib und Seele, und sie ist keine von denen, die sich oft und leicht verlieben. Bei ihr geht es deutlich um Leben und Tod. Die beiden sind verlobt und wollen heiraten, so stellt sich heraus, und sie besprechen auch, wo sie ihre Flitterwochen verbringen werden. Sie wollen nach Ägypten.« Er machte eine Pause.

»Und?«, fragte Linnet scharf.

»Das ist, wie gesagt, jetzt ein, zwei Monate her – aber dieses

Gesicht werde ich nie vergessen. Ich weiß, ich erkenne es wieder, sobald ich es irgendwo sehe. Genau wie die Stimme des Mannes. Ich nehme an, Madame, Sie können sich denken, wo ich das eine wieder sehe und die andere wieder höre. Hier in Ägypten. Der Mann ist tatsächlich auf Hochzeitsreise – aber auf der Hochzeitsreise mit einer anderen Frau.«

Linnets Antwort war wieder scharf. »Na und? Die Tatsachen hatte ich Ihnen ja genannt.«

»Die Tatsachen, ja.«

»Also – und?«

Bedächtig fuhr Poirot fort: »Das Mädchen in dem Restaurant erzählte auch von einer Freundin – einer Freundin, da war sie ganz sicher, die sie nie im Stich lassen würde. Und diese Freundin waren, glaube ich, Sie, Madame.«

»Ja. Ich sagte bereits, wir waren befreundet.« Linnet wurde rot.

»Und sie hat Ihnen vertraut?«

»Ja.« Sie zögerte einen Augenblick und biss sich ungeduldig auf die Lippe. Als sie merkte, dass Poirot keine Anstalten machte weiterzureden, sagte sie laut und heftig: »Selbstverständlich ist das alles sehr bedauerlich. Aber so etwas kommt eben vor, Monsieur Poirot.«

»Ah ja! Doch, das kommt vor, Madame.« Er hielt inne. »Sie sind Anglikanerin, nehme ich an?«

»Ja.« Linnet sah ihn verdutzt an.

»Dann hat man Ihnen in der Kirche sicher aus der Bibel vorgelesen. Und Sie haben von König David gehört und von dem reichen Mann mit der großen Viehherde und dem armen Mann, der nur ein einziges Jungschaf besaß – und davon, wie der Reiche dem Armen sein einziges Schaf weggenommen hat. Das ist auch etwas, das eben vorkommt, Madame.«

Linnet schoss im Stuhl hoch. Ihre Augen funkelten böse. »Ich weiß schon, worauf Sie hinauswollen, Monsieur Poirot! Sie denken, ich hätte meiner Freundin, um es salopp zu sagen, den Liebhaber gestohlen. Sentimental betrachtet – und so *müssen* es Menschen Ihrer Generation vermutlich betrachten –, mag das sogar so sein. Aber die wirkliche und schmerzliche Wahrheit ist eine andere. Ich bestreite ja nicht, dass Jackie leidenschaftlich in Simon verliebt war, aber ich glaube, Ihnen ist bisher entgangen, dass er ihr womöglich nicht gleichermaßen zugetan war. Er mochte sie sehr gern, aber er hatte wohl schon, bevor er mich kennenlernte, das Gefühl, dass er sich geirrt hatte. Betrachten Sie das Ganze einmal mit klarem Blick, Monsieur Poirot. Simon merkt, dass er *mich* liebt und nicht Jackie. Was soll er machen? Den edlen Helden spielen und eine Frau heiraten, die ihm nichts bedeutet – also womöglich drei Leben zerstören? Denn ob er Jackie unter solchen Bedingungen noch glücklich machen kann, ist doch wohl fraglich. Wäre er, als er mich kennenlernte, schon mit ihr verheiratet gewesen, würde ich auch denken, es *wäre* seine Pflicht gewesen, bei ihr zu bleiben – obwohl ich nicht ganz sicher bin. Wenn einer von beiden unglücklich ist, leidet auch der andere. Aber eine Verlobung ist noch keine feste Bindung. Und wenn sie ein Irrtum war, dann stellt man sich dieser Tatsache doch bestimmt besser, bevor es zu spät ist. Ich gebe zu, es war sehr hart für Jackie, und das tut mir auch sehr leid – aber es ist nun mal so. Es war unausweichlich.«

»Wirklich?«

Sie starrte ihn an. »Was meinen Sie denn damit?«

»Alles sehr nachfühlbar, sehr logisch, was Sie sagen! Aber eins erklärt es nicht.«

»Und was ist das?«

»Ihr eigenes Verhalten, Madame. Wissen Sie, dass Sie verfolgt werden, könnte zweierlei bei Ihnen auslösen. Es könnte Sie entweder ärgern – ja, oder Ihr Mitleid erregen, weil Ihre Freundin so tief verletzt ist, dass sie ihr gesamtes Anstandsgefühl über den Haufen wirft. Aber so reagieren *Sie* nicht. Sie empfinden diese Nachstellungen als *Zumutung* – warum eigentlich? Es gibt nur einen möglichen Grund – Sie verspüren ein Gefühl von Schuld.«

Linnet sprang auf. »Was erlauben Sie sich! Wirklich, Monsieur Poirot, das geht zu weit.«

»Ich erlaube es mir eben, Madame! Ich werde auch weiterhin in aller Offenheit mit Ihnen sprechen. Ich behaupte, Sie haben, obwohl Sie sich alle Mühe gegeben haben, das vor sich selbst zu vertuschen, Ihrer Freundin willentlich den Mann weggenommen. Ich behaupte, Sie haben sich augenblicklich von ihm angezogen gefühlt. Ich behaupte, dass es einen Moment des Zögerns gab, in dem Ihnen klar war, dass Sie die *Wahl* hatten – abzulassen oder weiterzumachen. Und ich behaupte, dass die Entscheidung bei *Ihnen* lag – nicht bei Monsieur Doyle. Sie sind schön, Madame, Sie sind reich, Sie sind klug und intelligent – und Sie haben Charme. Mit diesem Charme können Sie jemanden für sich einnehmen, Sie können ihn aber auch zügeln. Sie hatten alles, Madame, was das Leben zu bieten hat. Das Leben Ihrer Freundin dagegen hing an einem einzigen Menschen. Das wussten Sie, und trotzdem haben Sie zwar kurz gezögert, aber nicht Ihre Hand zurückgehalten. Sie haben zugefasst und wie der reiche Mann in der Bibel dem armen sein einziges Schaf genommen.«

Eine Zeitlang herrschte Schweigen. Schließlich riss sich Linnet zusammen und sagte kalt: »All das gehört wohl kaum zum Thema!«

»O doch, es gehört zum Thema. Ich erkläre Ihnen gerade, warum die plötzlichen Auftritte von Mademoiselle de Bellefort Sie so aus der Fassung bringen. Das liegt daran, dass Sie innerlich überzeugt sind, sie ist, auch wenn sie sich für eine Frau noch so unwürdig und unpassend benimmt, im Recht.«

»Das stimmt nicht.«

Poirot zuckte die Schultern. »Sie weigern sich, ehrlich zu sich selbst zu sein.«

»Überhaupt nicht.«

Poirot erwiderte mild: »Ich möchte meinen, Madame, dass

Sie immer ein glückliches Leben hatten und sich gegenüber anderen immer großzügig und freundlich verhalten haben.«

»Ich habe es jedenfalls versucht.« Erbostheit und Ungeduld verschwanden aus Linnets Gesicht. Sie klang jetzt ganz einfach – fast hilflos.

»Und deshalb bringt das Gefühl, dass Sie jemandem willentlich weh getan haben, Sie so aus der Fassung, und Sie sperren sich so sehr dagegen, es sich einzugestehen. Verzeihen Sie, wenn ich unverschämt geworden bin, aber Psychologie ist immer der wichtigste Tatbestand bei einem Fall.«

Langsam antwortete Linnet: »Selbst wenn man davon ausgeht, dass Sie recht haben – was ich nicht tue, kein Missverständnis, bitte –, was könnte man jetzt noch machen? Man kann die Vergangenheit nicht ändern; man muss doch die Dinge nehmen, wie sie sind.«

Poirot nickte. »Sie haben einen klaren Verstand, Madame. Nein, man kann Vergangenes nicht noch einmal und anders machen. Man muss die Dinge akzeptieren, wie sie sind. Und das, Madame, ist manchmal alles, was man überhaupt tun kann – die Folgen seiner vergangenen Taten auch akzeptieren.«

»Wollen Sie damit sagen«, fragte Linnet ungläubig, »ich kann sonst nichts tun – *gar nichts*?«

»Sie müssen wohl tapfer sein, Madame; so jedenfalls sieht es für mich aus.«

Zögernd fragte Linnet weiter: »Könnten Sie nicht – mit Jackie – mit Miss de Bellefort reden? Sie zur Vernunft bringen?«

»Doch, das könnte ich. Ich rede mir ihr, wenn Sie das möchten. Aber versprechen Sie sich nicht allzu viel davon. Ich könnte mir vorstellen, dass Mademoiselle de Bellefort so im Banne ihrer fixen Idee ist, dass nichts sie davon abbringen wird.«

»Aber wir müssen doch *irgendetwas* machen können, um aus dieser Klemme herauszukommen?«

»Sie könnten natürlich nach England zurückkehren, in Ihr eigenes Haus.«

»Selbst wenn, Jackie wäre vermutlich imstande, sich im Ort einzuquartieren, damit ich sie jedes Mal, wenn ich mein Grundstück verlasse, sehen muss.«

»Richtig.«

»Außerdem«, setzte Linnet langsam hinzu, »glaube ich nicht, dass Simon bereit wäre, vor ihr wegzulaufen.«

»Wie steht er denn zu der ganzen Sache?«

»Er ist wütend – einfach wütend.«

Poirot nickte und dachte nach.

»Werden Sie mit ihr reden?«, flehte Linnet ihn an.

»Ja, das werde ich. Aber meiner Meinung nach werde ich damit nichts ausrichten.«

Heftig sagte Linnet: »Jackie ist sehr eigen! Man weiß nie, was sie als Nächstes tut!«

»Sie sprachen vorhin von bestimmten Drohungen, die sie ausgestoßen hat. Würden Sie mir sagen, was für Drohungen das waren?«

Linnet zuckte die Schultern. »Sie hat gedroht, uns – nun ja, uns beide umzubringen. Jackie kann manchmal ziemlich – südländisch sein.«

»Ich verstehe«, sagte Poirot ernst.

Linnet flehte ihn noch einmal an. »Wollen Sie für mich tätig werden?«

»Nein, Madame«, erwiderte er fest. »Ich nehme keinen Auftrag von Ihnen an. Ich will gern, im Interesse der Menschlichkeit, tun, was ich kann. Das schon. Wir haben hier eine sehr schwierige und gefahrvolle Situation. Ich will gern tun, was ich kann, um sie zu klären – aber sehr zuversichtlich, was meine Erfolgschancen betrifft, bin ich nicht.«

Langsam fragte Linnet Doyle noch einmal: »Und für *mich* tätig werden wollen Sie nicht?«

»Nein, Madame«, sagte Hercule Poirot.

Fünftes Kapitel

Hercule Poirot fand Jacqueline de Bellefort auf einer Bank auf einem der Felsen, von denen aus man auf den Nil hinuntersehen konnte. Er war sicher gewesen, dass sie noch nicht schlafen gegangen war und er sie irgendwo draußen auf dem Hotelgelände finden würde. Sie saß da, das Kinn in beide Handflächen gelegt, und drehte weder den Kopf, noch wandte sie sich beim Geräusch seiner Schritte um.

»Mademoiselle de Bellefort?«, fragte Poirot. »Gestatten Sie, dass ich einen Augenblick mit Ihnen rede?«

Jetzt drehte sie leicht den Kopf. Ein schwaches Lächeln spielte um ihren Mund. »Sicher. Sie sind Monsieur Hercule Poirot, ja? Darf ich raten? Mrs Doyle hat Sie beauftragt und Ihnen ein dickes Honorar versprochen, wenn Ihr Einsatz Erfolg hat.«

Poirot setzte sich neben sie. »Ihre Annahme ist teilweise richtig.« Er lächelte. »Ich komme eben von Mrs Doyle, aber ich nehme von ihr keinerlei Honorar an und bin strenggenommen auch nicht von ihr beauftragt.«

»Oh!« Jacqueline musterte ihn aufmerksam und fragte dann barsch: »Und weshalb sind Sie dann hier?«

Hercule Poirot antwortete mit einer Gegenfrage: »Haben Sie mich schon einmal gesehen, Mademoiselle?«

Sie schüttelte den Kopf. »Nein, ich glaube nicht.«

»Aber ich habe Sie gesehen. Ich saß einmal an Ihrem Nebentisch im *Chez Ma Tante*. Sie waren da mit Monsieur Simon Doyle.«

Ihr Gesicht bekam etwas eigenartig Maskenhaftes. »An den Abend kann ich mich erinnern …«

»Seitdem«, sagte Poirot, »ist eine Menge passiert.«

»Sie sagen es, es ist eine Menge passiert.« Ihre Stimme war hart und hatte einen Unterton verzweifelter Bitterkeit.

»Mademoiselle, ich spreche als Freund zu Ihnen. Begraben Sie Ihre Toten!«

Sie sah ihn verdutzt an. »Was meinen Sie damit?«

»Lassen Sie die Vergangenheit ruhen! Wenden Sie sich der Zukunft zu! Was geschehen ist, ist geschehen. Verbitterung macht es auch nicht ungeschehen.«

»Das könnte der lieben Linnet so passen.«

Poirot winkte ab. »Die hatte ich gerade gar nicht im Sinn. Ich denke an *Sie*. Sie haben viel durchlitten – ja –, aber was Sie im Augenblick treiben, wird Ihr Leid nur verlängern.«

Sie schüttelte den Kopf. »Da liegen Sie ganz falsch. Es gibt Augenblicke, da fühle ich mich fast wohl.«

»Und das, Mademoiselle, ist das Schlimmste.«

Sie riss den Kopf hoch. »Sie sind nicht dumm«, fing sie an, und dann etwas bedächtiger: »Und Sie meinen es bestimmt freundlich.«

»Fahren Sie nach Hause, Mademoiselle. Sie sind jung, Sie haben Köpfchen, die Welt liegt vor Ihnen.«

Langsam schüttelte Jacqueline wieder den Kopf. »Sie verstehen das nicht oder wollen es nicht verstehen. Simon ist meine Welt.«

»Liebe ist nicht alles, Mademoiselle«, sagte Poirot sanft. »Das glauben wir nur, wenn wir noch jung sind.«

Aber sie schüttelte weiter den Kopf. »Sie verstehen das nicht.« Sie funkelte ihn an. »Sie wissen natürlich über alles Bescheid? Sie haben mit Linnet gesprochen? Und Sie waren an jenem Abend in diesem Restaurant ... Simon und ich haben uns geliebt.«

»Ich weiß, dass Sie ihn geliebt haben.«

Sie begriff sofort, was er gemeint hatte, und sagte noch einmal mit Nachdruck: »*Wir haben uns gegenseitig geliebt*. Und ich habe Linnet geliebt … Ich habe ihr vertraut. Sie war meine beste Freundin. Linnet hat sich ihr ganzes Leben lang kaufen können, was immer sie haben wollte. Sie hat sich nie etwas verkniffen. Simon hat sie auch haben wollen, sobald sie ihn gesehen hatte – und ihn sich eben genommen.«

»Und er hat sich – kaufen lassen?«

Wieder schüttelte Jacqueline lange den Kopf. »Nein, ganz so ist es nicht. Wenn es so wäre, müsste ich jetzt nicht hier sein … Sie wollen mir einreden, Simon sei es nicht wert, dass ich so an ihm hänge. Damit hätten Sie auch recht, wenn er Linnet wegen ihres Geldes geheiratet hätte. Aber er hat sie nicht wegen ihres Geldes geheiratet. Es ist komplizierter. Es gibt ja so etwas wie *Glamour*, Monsieur Poirot, einen betörenden Glanz. Geld ist dabei ganz hilfreich. Und Linnet hatte immer so eine ›Aura‹, wissen Sie? Sie war die Königin eines Reiches – die junge Prinzessin – ein Luxusgeschöpf bis in die Fingerspitzen. Das war wie eine Theaterinszenierung. Die ganze Welt lag ihr zu Füßen; einer der reichsten und umschwärmtesten Adligen in ganz England wollte sie heiraten. Aber sie beugt sich hinunter zu einem Niemand, zu Simon Doyle … Wundern Sie sich wirklich, wenn ihm das zu Kopf steigt?« Sie schwenkte den Arm nach oben. »Sehen Sie sich den Mond an. Er ist ganz klar zu sehen, nicht? Er ist ganz wirklich. Aber wenn jetzt die Sonne schiene, würden Sie gar nichts von ihm sehen. So etwa ist das wohl gewesen. Ich war der Mond … Und kaum kam die Sonne zum Vorschein, hat Simon mich nicht mehr gesehen … Er war geblendet. Er sah nur noch Sonne – Linnet.«

Erst nach einer kleinen Pause fuhr sie fort. »Insofern war es eben – der Glamour. Linnet ist ihm zu Kopf gestiegen. Sie hat ja auch diese Selbstgewissheit – und ist gewohnt zu bestimmen. Sie strahlt eine solche Sicherheit aus, dass sich die anderen auch sicher fühlen. Simon ist vielleicht ein schwacher Mensch, aber eigentlich ist er ganz einfach. Er hätte mich geliebt, und nur mich, wenn nicht Linnet aufgekreuzt wäre und ihn in ihre goldene Kutsche gezerrt hätte. Ich weiß es – ich weiß ganz genau, er hätte sich nie in sie verliebt, wenn sie ihn nicht dazu gebracht hätte.«

»So sehen Sie es – ja.«

»Ich *weiß* es. Er hat mich geliebt – er wird mich immer lieben.«

»Auch jetzt noch?«, fragte Poirot.

Es schien, als läge ihr eine schnelle Antwort auf der Zunge, die sie aber unterdrückte. Sie sah Poirot an. Eine brennende dunkle Röte schoss ihr ins Gesicht. Sie wandte den Blick ab, und ihr Kopf sank auf die Brust. Leise presste sie schließlich hervor: »Sie haben recht. Jetzt hasst er mich. Ja, er hasst mich … Er soll sich bloß vorsehen!«

Mit hastigen Fingern nestelte sie in einem Täschchen, das neben ihr auf der Bank lag. Dann streckte sie die flache Hand vor. Eine kleine Pistole mit Perlmuttgriff lag darin – und sah aus wie ein niedliches Spielzeug. »Hübsches kleines Ding, nicht?«, sagte sie. »Sieht viel zu läppisch aus, um echt zu sein, ist aber echt! Eine von diesen Kugeln könnte einen Mann töten, oder eine Frau. Und ich bin eine gute Schützin.« Sie lächelte wie in eine ferne Erinnerung versunken.

»Immer wenn ich als Kind mit meiner Mutter in ihrer Heimat war, in South Carolina, hat mein Großvater mir Schießunterricht gegeben. Er gehörte zu der altmodischen Sorte, die an Waffen glaubt – vor allem da, wo es um die Ehre geht. Mein Vater auch; er hat sich als junger Mann noch duelliert. Er war ein guter Fechter. Er hat einmal einen Mann getötet. Da ging es um eine Frau. Sie sehen also, Monsieur Poirot«, sie sah ihm fest in die Augen, »ich habe heißes Blut in den Adern! Dieses Ding habe ich gekauft, sowie das passiert war. Ich wollte einen von beiden umbringen – das Problem war nur, ich konnte mich nicht entscheiden, wen. Alle beide wäre auch nicht befriedigend gewesen. Wenn ich damit hätte rechnen können, dass Linnet Angst bekommt – aber sie ist ziemlich furchtlos. Die steht auch körperliche Auseinandersetzungen durch. Dann fiel mir ein, ich könnte ja – warten. Und das gefiel mir immer besser. Ich könnte es schließlich jederzeit tun. Es machte auch bestimmt mehr Spaß, zu warten und – weiter zu überlegen! Und dann kam mir diese Idee – ich fahre hinter ihnen her! Und kaum kommen sie an irgendeinem fernen Plätzchen an, als glückliches Paar, schon sehen sie *mich*! Und das funktioniert. Das hat Linnet böse getroffen – mehr als alles andere, was ich hätte machen können! Das geht ihr unter die Haut ... Von da an habe ich angefangen mich wohl zu fühlen. Sie kann nämlich nichts dagegen tun! Ich bin immer ausgesprochen nett und höflich! Kein Wort, das sie gegen mich verwenden könnten! Und das vergiftet ihr alles – alles.« Ihr Lachen hallte laut und hell nach.

Poirot packte ihren Arm. »Seien Sie doch still! Still, sage ich.«

Jacqueline sah ihn mit einem herausfordernden Lächeln an. »Bitte?«

»Mademoiselle, ich bitte Sie inständig, lassen Sie, was Sie da tun.«

»Sie meinen, ich soll die liebe Linnet in Ruhe lassen!«

»Ich meine viel mehr. Lassen Sie nicht das Böse in Ihr Herz.«

Sie sperrte den Mund auf und sah plötzlich bestürzt drein.

Sehr ernst sprach Poirot weiter. »Denn – wenn Sie es einladen – dann kommt das Böse ... Ja, ganz sicher kommt das Böse dann ... Es kommt herein und nistet sich ein, und nach einer Weile lässt es sich nicht mehr vertreiben.«

Jacqueline starrte ihn aus unsicher flackernden Augen an. »Ich – weiß nicht –«, fing sie an, und plötzlich schrie es aus ihr heraus: »Sie können mich nicht aufhalten.«

»Nein«, sagte Poirot, und es klang traurig, »ich kann Sie nicht aufhalten.«

»Selbst wenn ich sie – umbringen wollte, Sie könnten mich nicht aufhalten.«

»Nein, wenn Sie bereit sind, den Preis dafür zu zahlen, dann nicht.«

Jacqueline de Bellefort lachte auf. »Oh, ich habe keine Angst vor dem Tod! Was habe ich denn noch, wofür ich leben könnte? Ich nehme an, Sie finden es ganz falsch, einen Menschen umzubringen, der einem wehgetan hat – auch wenn der Ihnen alles genommen hat, was Sie auf der Welt hatten.«

Poirot antwortete fest: »Ja, Mademoiselle. Ich halte Töten für ein unentschuldbares Vergehen.«

Wieder lachte Jacqueline. »Dann müssten Sie meinen gegenwärtigen Rachefeldzug ja zu schätzen wissen, denn solange der wirkt, muss ich ja nicht zur Pistole greifen … Ich fürchte allerdings – ja, manchmal fürchte ich – ich sehe rot – ich möchte ihr wehtun – ihr ein Messer in den Leib stoßen, ihr meine liebe kleine Pistole ganz dicht an den Kopf halten und dann – einfach abdrücken – *oh*!«

Der Ausruf schreckte ihn auf. »Was ist denn los, Mademoiselle?«

Sie drehte den Kopf und starrte ins Dunkel. »Jemand – da steht jemand. Jetzt ist er weg.«

Hercule Poirot sah sich sorgfältig um. Die Umgebung schien menschenleer. »Außer uns scheint hier niemand zu sein, Mademoiselle.« Er stand auf. »Wie auch immer, ich habe gesagt, was ich sagen wollte. Ich wünsche Ihnen eine gute Nacht.«

Auch Jacqueline stand auf. Fast flehentlich fragte sie ihn: »Sie verstehen doch – dass ich nicht tun kann, worum Sie mich bitten?«

Poirot schüttelte den Kopf. »Nein – denn Sie könnten sehr wohl! Man hat immer einen Entscheidungsspielraum! Ihre Freundin – hatte den auch, sie hätte nicht zugreifen müssen … Aber sie hat diese Chance vorbeigehen lassen. Und wenn man das tut, ist man den Folgen ausgeliefert, es gibt dann keine neue Chance.«

»Keine neue Chance …«, sagte Jacqueline. Einen Augenblick

stand sie grübelnd da; dann hob sie trotzig den Kopf. »Gute Nacht, Monsieur Poirot.«

Er schüttelte traurig den Kopf und stieg hinter ihr den Pfad hinauf zum Hotel.

Sechstes Kapitel

Am nächsten Morgen lief Simon Doyle hinter Hercule Poirot her, der gerade das Hotel verlassen und in die Stadt gehen wollte.

»Guten Morgen, Monsieur Poirot.«

»Guten Morgen, Monsieur Doyle.«

»Sie gehen in die Stadt? Was dagegen, wenn ich mitschlendere?«

»Aber nein. Es ist mir ein Vergnügen.«

Nebeneinander gingen die beiden Männer durch das Tor und in den schattigen Park. Schließlich nahm Simon die Pfeife aus dem Mund. »Soviel ich weiß, Monsieur Poirot, hat meine Frau gestern Abend mit Ihnen gesprochen?«

»So ist es.«

Simon runzelte leicht die Stirn. Er gehörte zu der Sorte handfester Männer, denen es schwerfällt, ihre Gedanken in Worte zu fassen und sich prägnant auszudrücken. »Über eins bin ich ja froh«, sagte er. »Sie haben ihr klarmachen können, dass wir in dieser Angelegenheit mehr oder weniger machtlos sind.«

»Es gibt eindeutig keine gesetzliche Handhabe«, bestätigte Poirot.

»Genau. Linnet hatte das nicht einsehen wollen.« Er lächelte andeutungsweise. »Linnet ist in dem Glauben aufgewachsen, dass man mit jedem Ärgernis automatisch zur Polizei laufen kann.«

»Es wäre erfreulich, wenn es so wäre«, sagte Poirot.

Sie schwiegen eine Zeitlang. Plötzlich sagte Simon mit hochrotem Kopf: »Das ist – das ist niederträchtig, dass man sie so quälen darf! Sie hat doch nichts getan! Wenn *mir* jemand nachsagen möchte, ich hätte mich benommen wie ein Rüpel, bitte sehr, gern! Das habe ich wohl. Aber ich will nicht, dass Linnet das alles abkriegt. Sie hatte nicht das Geringste mit der Sache zu tun.«

Poirot senkte ernst den Kopf, sagte aber nichts.

»Konnten Sie – äh – haben Sie – gesprochen mit Jackie – Miss de Bellefort?«

»Ja, ich habe mit ihr gesprochen.«

»Haben Sie sie zur Vernunft gebracht?«

»Ich fürchte, nein.«

Simon brauste auf: »Begreift sie denn nicht, wie sie sich blamiert? Weiß sie nicht, dass keine anständige Frau sich je so aufführen würde wie sie? Hat sie denn gar keinen Stolz, keine Selbstachtung?«

Poirot zuckte die Schultern. »Vor allem hat sie einen Sinn für – Ungerechtigkeit. Wollen wir es so sagen?«, erwiderte er.

»Ja, aber verdammt und zugenäht, Mann, anständige Mädchen führen sich nicht so auf! Ich gebe ja zu, dass ich an allem schuld bin. Ich habe sie verdammt schlecht behandelt und so weiter. Ich würde es gut verstehen, wenn sie die Nase gestrichen voll hätte von mir und mich nie wiedersehen wollte. Aber dieses Hinterherfahren – das ist – ist *unanständig*! Sich so in Szene zu setzen! Was zum Teufel hofft sie denn damit zu erreichen?«

»Vielleicht – Rache!«

»Idiotisch! Ich würde wirklich eher verstehen, wenn sie etwas Melodramatisches anstellen würde – zum Beispiel mir eine Kugel verpassen.«

»Sie finden, das sähe ihr eher ähnlich – ja?«

»Offen gesagt, ja. Sie ist heißblütig – und hat ein unbändiges Temperament. Ich hätte mich nicht gewundert, wenn sie irgendetwas aus schierer Weißglut getan hätte. Aber dieses Hinterherspionieren –« Er schüttelte den Kopf.

»Das ist subtiler – ja! Es ist schlau!«

Doyle starrte ihn an. »Sie verstehen wohl nicht. Es ist die Hölle für Linnets Nerven.«

»Und *Ihre* Nerven?«

Doyle sah ihn immer noch an, jetzt verblüfft. »Meine? Ich würde dem kleinen Teufel am liebsten den Hals umdrehen.«

»Ist denn gar nichts mehr übrig von früheren Gefühlen?«

»Mein lieber Monsieur Poirot – wie soll ich es sagen? Das ist wie mit dem Mond, wenn die Sonne aufgeht. Sie wissen gar nicht mehr, dass es den auch noch gibt. Als ich Linnet gesehen hatte – hat Jackie nicht mehr existiert.«

»Tiens, c'est drôle, ça!«, murmelte Poirot.

»Wie bitte?«

»Ihr Vergleich war interessant, sonst nichts.«

Simon wurde wieder rot. »Jackie hat Ihnen wahrscheinlich erzählt, ich hätte Linnet wegen ihres Geldes geheiratet? Also, das ist eine verdammte Lüge! Ich würde keine Frau wegen Geld heiraten! Jackie versteht eben einfach nicht, dass – ein Mann kann es schwer ertragen, wenn – wenn eine Frau so an ihm hängt wie sie an mir.«

»So?« Poirot sah ihn scharf an.

Nichtsahnend tappte Simon weiter in die Falle. »Es – es – klingt rüpelhaft und grob, aber Jackie hat mich einfach zu gern gehabt!«

»Une qui aime et un qui se laisse aimer«, brummte Poirot.

»Was? Was reden Sie denn da? Es ist doch so, ein Mann hat nicht gern das Gefühl, dass eine Frau ihn mehr liebt als er sie.« Seine Stimme wurde wärmer. »Er mag das Gefühl nicht, mit Leib und Seele *besessen* zu werden. Das ist nämlich eine verdammt *besitzergreifende* Einstellung! Der Mann hier ist *meiner* – der gehört *mir*! Ich kann so was nicht ab – kein Mann kann so was ab! Der will dann bloß noch weg – frei sein. Er will seine Frau besitzen und nicht, dass *sie ihn* besitzt.« Er brach ab und zündete sich mit zitternden Fingern eine Zigarette an.

»Und so hat sich das für Sie angefühlt mit Mademoiselle Jacqueline?«, fragte Poirot.

»Was?« Simon starrte ihn an. »Äh – ja – na ja, doch«, gab er zu, »ja, das hat es. Sie sieht das natürlich nicht so. Und es war auch nichts, das ich ihr hätte sagen können. Aber ich *hatte* ein unruhiges Gefühl – und dann sah ich Linnet, und sie hat mich einfach umgehauen! Ich hatte noch nie etwas so Liebenswertes gesehen. Das war alles so unglaublich. Alle Welt lag ihr zu Füßen – und sie pickt sich ausgerechnet einen armen Tropf wie mich heraus.« Seine Stimme hatte jetzt etwas jungenhaft Scheues und Staunendes.

»Ich verstehe«, sagte Poirot und nickte nachdenklich. »Ja – ich verstehe.«

»Warum kann Jackie das nicht nehmen wie ein Mann?«, fragte Simon vorwurfsvoll.

Ein sehr feines Lächeln kräuselte Poirots Oberlippe. »Tja, sehen Sie, Monsieur Doyle, zunächst mal *ist* sie kein Mann.«

»Nein, nein – ich meinte doch, warum kann sie nicht mit Anstand verlieren! Wir müssen alle mal bittere Pillen schlucken, wenn es sein muss. Den Fehler habe ich gemacht, das gebe ich ja zu. Aber das ist auch alles! Wenn man an einem Mädchen nicht mehr hängt, dann ist es einfach Wahnsinn, sie zu heiraten. Und jetzt, wo ich sehe, wie Jackie wirklich ist und wie weit sie es treiben will, habe ich das Gefühl, ich habe Glück gehabt, dass ich ihr entkommen bin.«

»Wie weit sie es treiben will«, wiederholte Poirot nachdenklich. »Haben Sie eine Vorstellung, wie weit das ist?«

Simon sah ihn verwundert an. »Nein – jedenfalls, was meinen Sie?«

»Sie wissen, dass sie eine Pistole mit sich herumträgt?«

Simon runzelte die Stirn und schüttelte den Kopf. »Ich glaube nicht, dass sie die benutzt – jetzt noch. Das hätte sie längst tun können. Aber das ist jetzt, glaube ich, vorbei. Jetzt ist sie einfach bösartig – und versucht uns beide fertigzumachen.«

Poirot zuckte die Schultern. »Das könnte sein«, sagte er skeptisch.

»Ich mache mir Sorgen um Linnet«, fuhr Simon, eigentlich überflüssigerweise, fort.

»Das ist mir sehr klar«, erwiderte Poirot.

»Ich habe nicht die Befürchtung, dass Jackie eine melodramatische Schießerei anfängt, aber dieses Nachspionieren, dieses Hinterherfahren, das hat Linnet schon völlig aufgerieben. Ich möchte Ihnen gern erzählen, was ich mir dagegen überlegt habe, vielleicht hätten Sie ja Verbesserungsvorschläge. Zunächst mal habe ich überall verkündet, dass wir zehn Tage hier bleiben. Morgen geht ein Dampfer, die *Karnak*, ab Shellal den Nil hinauf nach Wadi Halfa. Mein Plan sieht vor, dass wir Passagen unter falschem Namen buchen und offiziell morgen einen Ausflug nach Philae machen, Linnets Dienstmädchen die Koffer auf die *Karnak* bringt und wir in Shellal zusteigen. Wenn Jackie merkt, dass wir nicht ins Hotel zurückgekommen sind, ist es zu spät – wir sind weg. Sie wird annehmen, wir sind nach Kairo entwischt. Ich könnte sogar noch den Portier bestechen, damit er das behauptet. Nachfragen beim Tourismusbüro nutzen ihr auch nichts, denn unsere Namen tauchen da nicht auf. Wie kommt Ihnen das vor?«

»Klingt wohlüberlegt, doch. Und wenn sie so lange hier bleibt und wartet, bis Sie wiederkommen?«

»Vielleicht tun wir das gar nicht. Wir fahren weiter nach Khartum und fliegen von da aus vielleicht nach Kenia. Über den ganzen Erdball kann sie uns ja wohl nicht hinterherfahren.«

»Nein. Die Finanzen werden es ihr irgendwann verbieten. Sie hat sehr wenig Geld, wenn ich es richtig sehe.«

Simon sah ihn bewundernd an. »Wie klug von Ihnen. Wissen Sie, daran hatte ich noch gar nicht gedacht. Jackie ist immer abgebrannt.«

»Und trotzdem hat sie es geschafft, Ihnen so lange nachzureisen?«

Simon überlegte laut. »Sie hat natürlich ein kleines Einkommen. Keine zweihundert Pfund im Jahr, denke ich. Vermutlich – ja, vermutlich hat sie sich das Kapital auszahlen lassen, um das alles tun zu können.«

»Sodass sie eines Tages ihre Reserven aufgebraucht hat und so gut wie blank dasteht?«

»Ja …« Simon schien peinlich berührt. Er fühlte sich deutlich unwohl bei dem Gedanken.

Poirot beobachtete ihn aufmerksam. »Nein«, befand er, »das ist kein schöner Gedanke.«

Simon entgegnete ziemlich aufgebracht: »Tja, *ich* kann's nicht ändern!« Und fragte noch einmal: »Was halten Sie von meinem Plan?«

»Ich glaube, er könnte klappen, doch. Aber das ist natürlich ein *Rückzug*.«

Simon wurde rot. »Sie meinen, wir laufen davon? Ja, das stimmt. Aber Linnet –«

Poirot sah ihn an und nickte kurz. »Wie Sie sagen, es ist vielleicht das Beste. Aber vergessen Sie nicht, Mademoiselle de Bellefort hat Köpfchen.«

»Ich habe das Gefühl«, sagte Simon düster, »eines Tages werden wir uns wehren und die Sache ausfechten müssen. Ihr Verhalten ist einfach unvernünftig.«

»Vernunft, *mon Dieu*!«, rief Poirot aus.

»Es gibt keinen Grund, weshalb Frauen sich nicht wie vernünftige Wesen benehmen sollten«, beharrte Simon starrköpfig.

Poirot entgegnete trocken: »Oft genug tun sie's ja. Aber das ist noch beunruhigender! Übrigens«, fügte er hinzu, »ich werde auch auf der *Karnak* sein. Das gehört zu meiner Reiseroute.«

»Ach!« Simon zögerte und fragte dann etwas verlegen: »Das ist doch – ist doch nicht – äh – unseretwegen, irgendwie? Ich meine, es wäre mir unangenehm –«

Poirot fiel ihm ins Wort. »Ganz und gar nicht. Die Route

stand schon komplett fest, bevor ich in London losgefahren bin. Ich plane immer alles lange vorher.«

»Sie fahren nie einfach so von Ort zu Ort, nach Lust und Laune? Das macht doch mehr Spaß.«

»Vielleicht. Aber um Erfolg im Leben zu haben, sollte man jedes Detail von langer Hand vorbereiten.«

Simon lachte auf. »Genauso geht auch der raffiniertere Mörder vor, nehme ich an.«

»Ja – obwohl ich zugeben muss, das genialste Verbrechen, an das ich mich erinnern kann, und eins der am schwersten aufzuklärenden, ist aus dem Moment heraus begangen worden.«

Simon wurde neugierig wie ein kleiner Junge. »Sie müssen uns auf der *Karnak* unbedingt von Ihren Fällen erzählen.«

»Nein, nein. Das wäre Ausplaudern von – wie nennen Sie es? – Betriebsgeheimnissen.«

»Ja, aber Ihre Art Betrieb ist doch auch ziemlich spannend. Findet jedenfalls Mrs Allerton. Sie lechzt geradezu nach einer Gelegenheit, Sie ins Kreuzverhör zu nehmen.«

»Mrs Allerton? Das ist die entzückende Dame mit den grauen Haaren und dem ungemein anhänglichen Sohn?«

»Ja. Sie fährt auch mit auf der *Karnak*.«

»Weiß sie, dass –?«

»Natürlich nicht«, sagte Simon mit Nachdruck. »Niemand weiß es. Ich halte mich an das Prinzip, lieber niemandem zu trauen.«

»Eine vortreffliche Einstellung – eine, die ich mir auch immer zu Herzen nehme. Übrigens, der Dritte in Ihrem Kreis, der große grauhaarige –«

»Pennington?«

»Ja. Reist er gemeinsam mit Ihnen?«

Grimmig erwiderte Simon: »Etwas ungewöhnlich für eine Hochzeitsreise, dachten Sie wohl. Pennington ist Linnets amerikanischer Vermögensverwalter. Wir sind ihm in Kairo zufällig über den Weg gelaufen.«

»*Ah, vraiment!* Sie gestatten eine Frage? Sie ist doch volljährig, Ihre Frau?«

Simon grinste. »Sie ist noch nicht ganz einundzwanzig – aber sie musste auch niemanden um Erlaubnis fragen, ob sie mich heiraten darf. Pennington war vollkommen überrascht. Er hatte, zwei Tage bevor Linnets Brief mit der Nachricht von unserer Hochzeit in New York ankam, auf der *Carmanic* abgelegt, deshalb wusste er von nichts.«

»Die *Carmanic* …«, brummelte Poirot.

»Er war auch vollkommen erstaunt, als wir in Kairo plötzlich vor ihm standen.«

»Das war ja wirklich Zufall!«

»Ja, und dann stellte sich heraus, dass er auch diese Nilfahrt machen wollte – also haben wir uns natürlich zusammengetan; anders wäre es anstandshalber auch gar nicht gegangen. Aber mal abgesehen davon, er war – na ja, eine Entlastung, gewissermaßen.« Wieder sah er verlegen aus. »Linnet war doch völlig überreizt – sie hat ja förmlich darauf gewartet, dass Jackie wieder irgendwo aufkreuzt, überall. Und solange wir allein waren, kamen wir immer wieder auf das Thema. So gesehen ist Andrew Pennington eine große Hilfe; wir müssen über ganz andere Dinge reden.«

»Ihre Frau hat Monsieur Pennington nicht eingeweiht?«

»Nein.« Simons Kiefer zuckte kampflustig. »Das geht sonst niemanden etwas an. Außerdem, als wir die Niltour antraten, dachten wir ja, die Sache sei endlich ausgestanden.«

Poirot schüttelte den Kopf. »Die Sache ist keineswegs ausgestanden. Nein – da ist noch kein Ende in Sicht. Da bin ich ganz sicher.«

»Also, Monsieur Poirot, Mut machen Sie einem nicht gerade.«

Poirot sah ihn an und befand leicht gereizt für sich: Der Angelsachse – nichts nimmt er ernst außer Sport und Spiel! Er wird einfach nie erwachsen.

Linnet Doyle, Jacqueline de Bellefort – die beiden nahmen

die ganze Sache sehr ernst. In Simons Verhalten dagegen fand er nur männliche Unduldsamkeit und Gekränktheit. »Gestatten Sie mir eine unverschämte Frage? War es Ihre Idee, in den Flitterwochen nach Ägypten zu fahren?«

Simon wurde wieder rot. »Nein, natürlich nicht. Im Gegenteil, ich wäre lieber woandershin gefahren, aber Linnet war absolut darauf versessen. Deshalb – deshalb –« Kraftlos brach er ab.

»Natürlich«, sagte Poirot nachdenklich.

Er war sich völlig im Klaren, dass etwas, auf das Linnet Doyle versessen war, auch zu geschehen hatte. Und er dachte bei sich: Ich habe jetzt drei verschiedene Darstellungen dieser Affäre gehört: die von Linnet Doyle, die von Jacqueline de Bellefort, die von Simon Doyle. Welche kommt der Wahrheit wohl am nächsten?

Siebtes Kapitel

Simon und Linnet Doyle brachen am nächsten Morgen gegen elf Uhr auf zu ihrem Ausflug nach Philae. Jacqueline de Bellefort sah vom Hotelbalkon aus zu, wie das malerische Segelboot ablegte. Was sie nicht sah, war ein Wagen, der – beladen mit Gepäck und einem biederen Dienstmädchen – von der Vorderseite des Hotels abfuhr. Er bog nach rechts, in Richtung Shellal.

Hercule Poirot beschloss, die verbleibenden zwei Stunden bis zum Mittagessen auf der Insel Elephantine direkt gegenüber dem Hotel zu verbringen. Er schlenderte zum Landungssteg hinunter. Gerade bestiegen zwei Männer eine der Hotel-Feluken, und Poirot schloss sich ihnen an. Die beiden kannten sich offensichtlich nicht. Der jüngere war am Vortag mit dem Zug angekommen, ein großer, dunkelhaariger junger Mann mit einem schmalen Gesicht und einem Rauflust andeutenden Kinn. Er trug eine sehr schmutzige Flanellhose und einen für das Klima denkbar unpassenden Rollkragenpulli. Der andere war ein eher rundlicher Mann mittleren Alters, der sofort das Gespräch mit Poirot suchte und fließend, aber leicht gebrochen Englisch sprach. Der junge Mann zeigte nicht die geringste Neigung, in die Unterhaltung einzusteigen, sondern warf erst beiden einen finsteren Blick zu und drehte sich dann demonstrativ weg, um sich seiner Bewunderung für die Geschicklichkeit hinzugeben, mit der der nubische Bootsführer die Feluke mit den Füßen steuerte, weil er die Hände für die Segel brauchte.

Es war eine friedliche Ruhe auf dem Wasser, die weich geschwungenen, glatten schwarzen Felsen glitten an ihnen vorbei, eine sanfte Brise fächelte ihnen die Gesichter. Es war nicht weit bis Elephantine, und kaum an Land, machten Poirot und sein gesprächsfreudiger neuer Bekannter sich auf den Weg zum Museum. Letzterer hatte inzwischen eine Visitenkarte hervorgekramt und Poirot zugesteckt. Auf ihr stand: »Signor Guido Richetti, Archeologo.«

Im Gegenzug verbeugte sich Poirot jetzt und zückte seinerseits eine Karte. Nach Erledigung dieser Förmlichkeitsrituale betraten beide Männer das Museum. Der Italiener sprudelte vor lauter gelehrtem Wissen. Sie unterhielten sich mittlerweile auf Französisch.

Der junge Mann in der Flanellhose strich nur desinteressiert durchs Museum, gähnte hin und wieder und flüchtete schließlich an die frische Luft.

Dort fanden ihn Poirot und Richetti etwas später wieder. Der Italiener begutachtete mit Feuereifer die Ruinen, aber Poirot entdeckte plötzlich einen grüngefütterten Sonnenschirm, den er kannte, bei den Felsen unten am Fluss und verschwand dorthin.

Mrs Allerton saß auf einem großen Felsen mit einem Skizzenblock neben sich und einem Buch auf dem Schoß.

Poirot lüpfte artig den Hut, und Mrs Allerton eröffnete sofort das Gespräch. »Guten Morgen. Es ist wohl einigermaßen unmöglich, die grässlichen Kinder hier wenigstens teilweise loszuwerden.«

Eine Gruppe kleiner schwarzer Gestalten sprang grinsend um sie herum, vollführte Verrenkungen, streckte jammervoll die Hände aus und zischelte rhythmisch das hoffnungsvolle Wort »Bakschisch«.

»Ich hatte gedacht, die haben mich irgendwann über«, fuhr Mrs Allerton fort. »Sie belagern mich jetzt seit zwei Stunden – sie kommen Schritt für Schritt näher; und dann schreie ich sie an: ›Imschi!‹, und fuchtele mit dem Sonnenschirm, und sie hüpfen davon für ein, zwei Minuten. Aber dann kommen sie wieder und glotzen und glotzen, und diese Augen sind einfach widerlich, die Nasen genauso, und ich glaube, ich mag Kinder eigentlich gar nicht – jedenfalls nicht, wenn sie nicht halbwegs gewaschen und ansatzweise gut erzogen sind.«

Sie lachte grämlich.

Poirot versuchte galant, aber vergeblich, die Menge zu verscheuchen. Die Jungen zerstreuten sich kurz und kamen dann zurück, um sie wieder einzukesseln.

»Wenn es doch nur Ruhe gäbe in Ägypten, dann würde es mir hier besser gefallen«, sagte Mrs Allerton. »Aber nirgends ist man allein. Irgendjemand belästigt einen immer wegen Geld oder will einem Esel oder Perlen andrehen oder eine Tour in die Eingeborenendörfer oder zum Entenschießen.«

»Das ist der große Nachteil, stimmt«, sagte Poirot, breitete behutsam sein Taschentuch auf dem Stein aus und setzte sich etwas umständlich darauf.

»Ihr Sohn ist heute Morgen nicht bei Ihnen?«, fuhr er dann fort.

»Nein, Tim muss noch ein paar Briefe schreiben, bevor wir abfahren. Wir machen nämlich die Tour zum zweiten Nil-Katarakt mit.«

»Ich auch.«

»Das freut mich ja so. Ich möchte Ihnen sagen, dass ich ganz gespannt war, Sie kennenzulernen. Wir waren vorher in Mallorca, und da war auch eine Mrs Leech, und die hat uns die tollsten Sachen über Sie erzählt. Sie hatte ihren Rubinring verloren und jammerte ständig, dass Sie nicht da waren und ihn wiederfanden.«

»Ah, *parbleu*, ich bin doch kein tauchender Seehund!«

Sie lachten beide.

»Ich habe Sie heute Morgen vom Fenster aus gesehen«, fuhr Mrs Allerton fort, »Sie gingen mit Simon Doyle die Auffahrt hinunter. Sie müssen mir sagen, wie Sie ihn finden! Wir finden ihn ja so aufregend.«

»Ach? Wirklich?«

»Ja. Wissen Sie, seine Hochzeit mit Linnet Ridgeway war doch *die* Überraschung. Sie sollte eigentlich Lord Windlesham heiraten, und plötzlich verlobt sie sich mit diesem Mann, von dem kein Mensch je gehört hat!«

»Sie kennen sie gut, Madame?«

»Nein, aber eine Cousine von mir, Joanna Southwood, ist eine ihrer besten Freundinnen.«

»Ach ja, den Namen habe ich in der Zeitung gelesen.« Er schwieg einen Augenblick, bevor er weitersprach. »Eine junge Dame, über die sehr oft berichtet wird, Mademoiselle Joanna Southwood.«

»Oh, sie versteht es bestens, Reklame für sich zu machen«, sagte Mrs Allerton bissig.

»Sie mögen sie nicht, Madame?«

»Das war eine hässliche Bemerkung von mir.« Mrs Allerton sah reumütig drein. »Wissen Sie, ich bin altmodisch. Ich mag sie nicht besonders. Tim und sie sind allerdings dicke Freunde.«

»Ich verstehe«, sagte Poirot.

Mrs Allerton schoss ihm einen kurzen Blick zu und wechselte das Thema. »Wie wenige junge Leute es hier unten gibt! Das hübsche Mädchen mit den kastanienbraunen Haaren und der schrecklichen Mutter mit dem Turban ist fast das einzige junge Geschöpf am Platz. Sie haben sich viel mit ihr unterhalten, habe ich bemerkt. Interessiert mich, das Kind.«

»Warum denn das, Madame?«

»Sie tut mir leid. Man hat oft so sehr zu leiden, wenn man jung und empfindsam ist. Ich glaube, sie leidet.«

»Ja, glücklich ist sie nicht, die arme Kleine.«

»Tim und ich nennen sie ›das schmollende Mädchen‹. Ich habe ein-, zweimal versucht, mit ihr ins Gespräch zu kommen, doch sie hat mich jedes Mal abblitzen lassen. Aber sie macht, glaube ich, auch diese Nilfahrt mit, und da werden wir ja wohl alle mehr oder weniger gut miteinander auskommen müssen, nicht wahr?«

»Das mag schon sein, Madame.«

»Ich bin ja sehr gesellig – Menschen interessieren mich enorm. All die verschiedenen Typen.« Sie hielt inne. »Tim hat erzählt, diese kleine Dunkle – de Bellefort heißt sie –, die war mit Simon Doyle verlobt. Das ist doch ziemlich lästig – so aufeinanderzutreffen.«

»Das ist lästig – ja«, pflichtete Poirot bei.

»Wissen Sie, es klingt vielleicht töricht, aber sie hat mir fast Angst gemacht. Sie hatte so etwas – Heftiges.«

Poirot nickte langsam. »Da lagen Sie gar nicht so falsch, Madame. Ein großes, starkes Gefühl macht immer Angst.«

»Interessieren Sie sich auch für Menschen, Monsieur Poirot? Oder bleibt Ihr Interesse potenziellen Verbrechern vorbehalten?«

»Madame – aus dieser Kategorie würden nicht viele Leute herausfallen.«

Mrs Allerton sah ihn leicht verdutzt an. »Meinen Sie wirklich?«

»Soll heißen, wenn der nötige Anreiz gegeben ist«, fügte Poirot hinzu.

»Der jeweils verschieden ist?«

»Natürlich.«

Mrs Allerton zögerte – mit einem feinen Lächeln auf den Lippen. »Könnte vielleicht sogar ich dazugehören?«

»Mütter, Madame, sind besonders erbarmungslos, wenn ihre Kinder in Gefahr sind.«

Ernst sagte sie: »Ich glaube, das stimmt – ja, Sie haben völlig recht.« Sie schwieg eine Weile und sagte dann lächelnd: »Ich versuche mir für alle Leute im Hotel ein passendes kriminelles Motiv auszudenken. Das ist sehr unterhaltsam. Simon Doyle, zum Beispiel?«

Poirot lächelte ebenfalls. »Ein ganz einfaches Verbrechen – der direkte, kürzeste Weg zu seinem Ziel. Keinerlei Raffinesse.«

»Und deshalb sehr leicht aufzuklären?«

»Ja. Er wäre nicht sehr ausgefuchst.«

»Und Linnet?«

»Bei ihr wär's wie bei der Königin in ›Alice im Wunderland‹: ›Kopf ab mit ihr! Ab, sag ich!‹«

»Natürlich! Das Gottesrecht der Monarchie! Wie stiehlt man Naboth seinen Weinberg. Und das gefährliche Mädchen – Jacqueline de Bellefort – könnte *sie* einen Mord begehen?«

Poirot zögerte ein paar Augenblicke, bevor er antwortete. »Ja, ich glaube, das könnte sie.«

»Aber sicher sind Sie nicht?«

»Nein. Sie ist mir ein Rätsel, die Kleine.«

»Mr Pennington könnte, glaube ich, keinen begehen, oder? Er sieht so vertrocknet und nach saurem Magen aus – als hätte er keinen Tropfen rotes Blut.«

»Aber möglicherweise einen starken Selbsterhaltungstrieb.«

»Ja, vermutlich. Und die bedauernswerte Mrs Otterbourne mit ihrem Turban?«

»Eitelkeit gehört auch dazu.«

»Zu den Mordmotiven?«, fragte Mrs Allerton skeptisch.

»Mordmotive sind manchmal sehr banal, Madame.«

»Welches sind denn die üblichsten, Monsieur Poirot?«

»Das häufigste – Geld. Das heißt, Gewinnstreben in all seinen Verästelungen. Dann haben wir noch Rache – und Liebe und Angst und schieren Hass und Nützlichkeit –«

»Monsieur Poirot!«

»O ja, Madame. Ich habe gehört, dass jemand namens – sagen wir – A von einem B nur aus dem Weg geräumt wurde, damit C davon einen Nutzen hat. Politische Morde segeln oft unter dieser Flagge. Irgendjemand gilt als Schädling für die Gesellschaft und wird deshalb beseitigt. Wer so etwas macht, vergisst, dass Leben und Tod Sache des lieben Gottes sind.« Poirot klang sehr ernst.

Leise sagte Mrs Allerton: »Ich bin froh, dass Sie das sagen. Wie auch immer, Gott wählt seine Werkzeuge.«

»So zu denken birgt eine Gefahr, Madame.«

Sie sagte, wieder leichter: »Nach diesem Gespräch, Monsieur Poirot, verwundert es mich, dass überhaupt noch jemand am Leben ist.« Sie stand auf. »Wir müssen zurück. Wir sollen gleich nach dem Mittagessen losfahren.«

Als sie zum Bootssteg kamen, nahm der junge Mann im Rollkragenpulli gerade Platz auf der Feluke. Der Italiener erwartete sie schon. Der nubische Bootsführer setzte die Segel, sie legten ab, und Poirot wandte sich höflich an den fremden jungen Mann. »Wunderschöne Dinge, die man sich in Ägypten ansehen kann, nicht wahr?«

Der Fremde rauchte inzwischen eine Pfeife mit ziemlich starkem Tabak. Er nahm sie aus dem Mund und gab knapp und sehr bestimmt, in erstaunlich kultiviertem Englisch, zurück: »Ich finde sie zum Speien.«

Mrs Allerton setzte ihr Pincenez auf und musterte ihn mit wohlwollendem Interesse.

»Tatsächlich? Und warum?«, fragte Poirot.

»Nehmen Sie die Pyramiden. Riesenblöcke von unnützem Mauerwerk aufeinandergetürmt, nur um dem Egoismus eines aufgeblasenen despotischen Königs zu frönen. Denken Sie an die schwitzenden Menschenmassen, die an den Bauten geschuftet haben und dabei gestorben sind. Ich könnte speien beim Gedanken an die Leiden und Qualen, für die sie stehen.«

Mrs Allerton sagte fröhlich: »Sie hätten wohl lieber keine Pyramiden, keinen Parthenon, keine schönen Grabmale und Tempel – Sie wären einfach zufrieden, wenn die Leute dreimal am Tag zu essen hätten und im Bett sterben dürften.«

Der junge Mann warf ihr einen finsteren Blick zu. »Ich finde, dass Menschen wichtiger sind als Steine.«

»Aber nicht so haltbar«, bemerkte Poirot.

»Ich würde lieber einen wohlgenährten Arbeiter ansehen als irgendwelche sogenannten Kunstwerke. Bedeutung hat die Zukunft – nicht die Vergangenheit.«

Das war zu viel für Signor Richetti, der jetzt in einen leidenschaftlichen Wortschwall ausbrach, dem nicht leicht zu folgen war.

Der junge Mann parierte mit einem Vortrag darüber, was er vom kapitalistischen System hielt, und das klang äußerst gehässig.

Als der Schlagabtausch beendet war, lag der Landungssteg des Hotels vor ihnen. Mrs Allerton murmelte fröhlich: »Tja, ja«, und kletterte an Land. Der junge Mann sah ihr böse nach.

In der Hotellobby traf Poirot auf Jacqueline de Bellefort. Sie trug Reitsachen und vollführte eine ironische kleine Verbeugung. »Ich mache einen Eselsritt, Monsieur Poirot. Können Sie die Eingeborenendörfer empfehlen?«

»Ist das Ihr heutiger Ausflug, Mademoiselle? *Eh bien*, sie sind sehr malerisch – aber geben Sie nicht zu viel Geld für exotischen Trödel aus.«

»Der sowieso aus Europa importiert ist? Nein, so einfach bin ich nicht zu beschummeln.« Sie nickte kurz und ging hinaus in die strahlende Sonne.

Poirot packte zu Ende – was sehr unkompliziert war, da er seine Habseligkeiten immer in penibelster Ordnung hielt. Dann begab er sich in den Speisesaal zum frühen Mittagessen.

Nach dem Essen brachte der Hotelbus die Passagiere für die Fahrt zum zweiten Katarakt an den Bahnhof, wo sie den Eilzug Kairo–Shellal nehmen sollten, eine Strecke von zehn Minuten.

Die Gruppe bestand aus den Allertons, Poirot, dem jungen Mann in der schmutzigen Flanellhose und dem Italiener. Mrs Otterbourne und ihre Tochter machten vorher die Tour zum Staudamm und nach Philae und sollten erst in Shellal auf den Dampfer kommen.

Der Zug aus Kairo hatte etwa zwanzig Minuten Verspätung. Aber schließlich kam er, und es gab das übliche hektische Durcheinander. Eingeborene Gepäckträger, die Koffer aus dem Zug holten, kollidierten mit denen, die Koffer in den Zug brachten.

Endlich fand sich Poirot, ein bisschen außer Atem, aber mit seinem Gepäck, dem der Allertons und völlig unbekannten Koffern in einem Abteil wieder, während Tim und seine Mutter mit den restlichen vermischten Gepäckstücken irgendwo anders saßen. In Poirots Abteil thronte eine ältliche Dame mit sehr vielen Falten im Gesicht, einem steifen weißen Kragen, einem Haufen Diamanten und einem Gesichtsausdruck reptilienhafter Verachtung für den überwiegenden Teil der Menschheit. Sie schenkte Poirot einen aristokratischen Blick und zog sich hinter eine amerikanische Illustrierte zurück. Ihr gegenüber saß eine noch nicht dreißigjährige, dicke und ziemlich trampelige junge Frau. Sie hatte neugierige braune Augen, eher Hundeaugen, ungekämmte Haare und strahlte den enormen Wunsch aus, gefällig zu sein. In regelmäßigen Abständen sah die alte Lady über den Illustriertenrand und erteilte ihr Anweisungen. »Cornelia, leg die Decken zusammen.« – »Achte beim Aussteigen auf meinen Toilettenkoffer. Lass ihn auf gar keinen Fall von irgendjemand anders anfassen.« – »Vergiss mein Papiermesser nicht.«

Es war eine kurze Fahrt. Nach zehn Minuten hielten sie am Pier, wo die *Karnak* sie erwartete. Die Otterbournes waren schon an Bord.

Die *Karnak* war kleiner als die beiden Dampfer *Papyrus* und *Lotus*, die nur zum ersten Katarakt fuhren, weil sie für die Schleusen des Damms von Assuan zu groß waren. Die Passagiere begaben sich an Bord und bekamen ihre Kabinen zugewiesen. Das Schiff war nicht voll, deshalb wurden die meisten Fahrgäste auf dem Promenadendeck untergebracht. Dessen gesamter vorderer Teil bestand aus einem komplett verglasten Aussichtssalon, in dem die Passagiere sitzen und den Nil betrachten konnten, der sich vor ihnen auftat. Auf dem Deck darunter befanden sich ein Rauchsalon und ein kleiner Aufenthaltsraum und noch ein Deck tiefer der Speisesaal.

Nachdem er sein Gepäck in seine Kabine dirigiert hatte,

trat Poirot wieder auf das Deck und sah zu, wie das Schiff ablegte. Er stellte sich neben Rosalie Otterbourne, die über die Reling lehnte. »Nun denn, auf nach Nubien. Sie sind froh, Mademoiselle?«

Das Mädchen holte einmal tief Luft. »Ja. Es ist, als ob man endlich wirklich alles hinter sich lässt.«

Sie fuhr mit der Hand durch die Luft. Die riesige Fläche Wasser vor ihnen hatte etwas Wildes, wie auch die kahlen, bis ans Wasser reichenden Felsmassive – und hier und da Reste von Häusern, verlassen und verrottet infolge der Stauprojekte. Die ganze Szenerie hatte einen melancholischen, fast unheimlichen Zauber.

»Die *Leute* hinter sich lässt«, sagte Rosalie Otterbourne.

»Außer denen unserer eigenen Gruppe, Mademoiselle.«

Sie zuckte die Schultern. Dann sagte sie: »Irgendetwas an diesem Land erweckt in mir – böse Gefühle. Es bringt all die Dinge, die in einem brodeln, an die Oberfläche. Es ist alles so unfair – so ungerecht.«

»Ich bin da nicht sicher. Man darf nicht nach dem Anschein der Dinge urteilen.«

Rosalie murmelte: »Sehen Sie sich die – die Mütter von anderen Leuten an – und dann meine. Es gibt nur einen Gott, und der heißt Sex, und Salome Otterbourne ist sein Prophet.« Sie hielt inne. »Das hätte ich wohl nicht sagen sollen.«

Poirot winkte ab. »Warum denn nicht – mir? Ich gehöre zu den Menschen, die eine Menge zu hören bekommen. Wenn Sie, wie Sie sagen, innerlich brodeln – wie kochende Marmelade –, *eh bien*, soll doch der Abschaum ruhig nach oben kommen, dann kann man ihn mit dem Schaumlöffel abnehmen – so.« Er machte eine Geste, als ob er etwas in den Nil werfen wollte. »Und dann ist er weg.«

»Was für ein ungewöhnlicher Mann Sie sind!«, sagte Rosalie. Ihr Schmollmund verwandelte sich in ein Lächeln. Aber plötzlich wurde sie starr und schrie auf: »O nein, da sind Mrs Doyle und ihr Mann! Ich hatte keine Ahnung, dass *die* die Tour auch machen!«

Linnet war gerade aus einer Kabine etwa in der Mitte des Decks getreten. Simon kam hinterher. Poirot war sehr verblüfft – sie strahlte, sie sah wieder sehr selbstsicher aus. Regelrecht arrogant vor lauter Glück. Auch Simon war wie ausgewechselt. Er grinste über das ganze Gesicht wie ein glücklicher Schuljunge.

»Es ist großartig«, sagte er und lehnte sich auch über die Reling. »Ich freue mich ja so auf diese Fahrt. Du doch auch, Linnet? Es kommt einem irgendwie viel weniger touristisch vor – als ob wir wirklich ins Herz von Ägypten fahren.«

Seine Frau antwortete sofort: »Genau. Es ist irgendwie so viel – wilder.« Sie schob ihre Hand unter seinen Arm.

Er drückte sie fest an seine Rippen. »Wir legen ab, Lin«, murmelte er.

Der Dampfer entfernte sich vom Pier. Die siebentägige Fahrt zum zweiten Nil-Katarakt und zurück hatte begonnen.

Plötzlich erklang hinter ihnen ein silberhelles Lachen. Linnet fuhr herum.

Da stand Jacqueline de Bellefort. Sie schien sich zu amüsieren. »Hallo, Linnet! Ich hatte nicht erwartet, *dich* hier zu treffen. Ich dachte, du hättest gesagt, du bleibst noch zehn Tage in Assuan. Das ist ja eine Überraschung!«

»Du – du hast nicht –«, stammelte Linnet. Dann zwang sie sich ein gequält förmliches Lächeln ab. »Ich – ich hatte dich hier auch nicht erwartet.«

»Nein?« Jacqueline spazierte zum anderen Ende des Schiffs.

Linnet klammerte sich fester an den Arm ihres Mannes. »Simon – Simon –«

Doyles ganze vergnügte Gutmütigkeit war verflogen. Er sah wütend aus. Seine Hände ballten sich zu Fäusten, trotz aller Bemühungen um Selbstbeherrschung.

Beide gingen ein paar Schritte weiter. Ohne den Kopf zu drehen, schnappte Poirot ein paar unzusammenhängende Wortfetzen auf: »... zurückfahren ... unmöglich ... wir könnten ...«, und ein bisschen lauter die verzweifelte, aber grimmige Stimme von Doyle: »Wir können nicht ewig weglaufen, Lin. Wir müssen es jetzt zu Ende bringen ...«

Einige Stunden später – das Tageslicht verschwand allmählich – stand Poirot im verglasten Salon und sah nach vorn. Die *Karnak* fuhr eben durch eine enge Schlucht. Die Felsen fielen steil und in ihrer ganzen ursprünglichen Schroffheit hinab in den Fluss, der tief und schnell zwischen ihnen strömte. Sie waren in Nubien.

Er hörte, wie sich etwas bewegte, und dann stand Linnet Doyle neben ihm. Sie verhakte und löste ihre Finger andauernd, und sie hatte einen Gesichtsausdruck, den er noch nie an ihr gesehen hatte. Sie sah aus wie ein völlig verschrecktes Kind.

»Monsieur Poirot«, sagte sie, »ich habe Angst – ich habe Angst vor allem. So habe ich mich noch niemals gefühlt. All diese wilden Felsen und diese schreckliche Härte und Kahlheit. Wohin geht die Reise? Was passiert denn noch? Ich habe Angst, das kann ich Ihnen sagen. Alle Welt hasst mich. Ich habe mich noch nie zuvor so gefühlt. Ich war doch immer nett zu allen Leuten, habe etwas für sie getan, aber sie hassen mich – ganz viele Leute hassen mich. Außer Simon. Sonst bin ich umgeben von Feinden ... Das ist ein furchtbares Gefühl – dass es Leute gibt, die einen hassen ...«

»Was ist denn los, Madame?«

Sie schüttelte den Kopf. »Ich nehme an, es sind die Nerven ... Ich habe einfach das Gefühl, dass alles um mich herum unsicher ist.« Sie warf einen raschen, nervösen Blick über seine Schulter. Dann fragte sie unvermittelt: »Wie wird das alles enden? Wir sitzen doch hier fest. In der Falle! Es gibt keinen Ausweg. Wir müssen weiter. Ich – ich weiß nicht, wo ich bin.« Sie sank auf einen Stuhl.

Poirot sah ernst auf sie hinunter; sein Blick war durchaus nicht frei von Mitleid.

»Woher wusste sie, dass wir mit diesem Schiff fahren würden?«, fragte Linnet. »Wie hat sie das erfahren können?«

Poirot schüttelte den Kopf und erwiderte: »Sie hat Köpfchen, das wissen Sie doch.«

»Ich habe das Gefühl, ich werde ihr nie mehr entkommen.«

Poirot sagte: »Es gibt etwas, das Sie hätten tun können. Ich wundere mich in der Tat, dass Sie darauf nicht gekommen sind. Denn schließlich ist Geld für Sie, Madame, doch kein Thema. Warum haben Sie sich nicht um eine eigene, private *dahabiyah* bemüht?«

»Wenn ich das alles gewusst hätte – aber wir wussten es doch nicht – vorher. Es war auch schwierig ...« Und dann platzte sie plötzlich sehr ungehalten heraus: »Ach! Sie verstehen ja nicht mal die Hälfte meiner Schwierigkeiten. Ich muss behutsam sein mit Simon. Er ist – er ist wahnwitzig empfindlich – in Sachen Geld. Weil ich so viel habe! Er wollte, dass ich mit ihm in irgendein Fleckchen in Spanien fahre – er – er wollte die ganzen Flitterwochen selbst bezahlen. Als ob *das* eine Rolle spielt! Männer sind dumm! Er muss sich noch daran gewöhnen, ein – ein – bequemes Leben zu führen. Die bloße Idee, ein Privatboot zu mieten, hat ihn schon rasend gemacht – die – sinnlose Ausgabe. Ich muss ihn erst dazu erziehen – ganz allmählich.«

Sie sah hoch und biss sich ärgerlich auf die Lippe, als bereue sie, sich so offen über ihre Schwierigkeiten geäußert zu haben. Dann stand sie auf. »Ich muss mich umziehen. Es tut mir leid, Monsieur Poirot. Ich fürchte, ich habe eine Menge törichten Unsinn geredet.«

Achtes Kapitel

Mrs Allerton wirkte gediegen und vornehm in ihrem schlichten Abendkleid aus schwarzer Spitze. Sie stieg zwei Decks hinunter zum Speisesaal.

An der Tür holte ihr Sohn sie ein. »Entschuldige, meine Liebe, ich dachte schon, ich komme zu spät.«

»Ich bin gespannt, wo wir sitzen.« Im Saal standen lauter kleine Tische. Mrs Allerton blieb stehen, bis der Steward, der gerade eine Gruppe Leute auf Plätze verteilte, sich um sie kümmern konnte. »Übrigens«, fuhr sie fort, »habe ich Hercule Poirot gebeten, an unserem Tisch zu sitzen.«

»O nein, Mutter!« Tim klang überrumpelt und ernsthaft ärgerlich.

Seine Mutter sah ihn verwundert an. Tim war eigentlich immer gelassen. »Mein Lieber, hast du denn etwas dagegen?«

»Ja, das habe ich. Das ist ein kleiner Banause durch und durch.«

»O nein, Tim! Das sehe ich nicht so.«

»Und überhaupt, wieso wollen wir uns mit einem Fremden einlassen? Zusammengepfercht auf einem kleinen Schiff ist so was immer grässlich. Der klebt morgens, mittags und abends an uns.«

»Das tut mir leid, mein Lieber.« Mrs Allerton sah geknickt aus. »Ich dachte wirklich, du fändest das amüsant. Er hat doch bestimmt die tollsten Erfahrungen. Und du liebst Detektivgeschichten.«

Tim brummelte: »Mir wäre lieber, du hättest nicht solche brillanten Einfälle, Mutter. Jetzt kommen wir da nicht mehr raus, nehme ich an?«

»Ich wüsste wirklich nicht, wie, Tim.«

»Nun ja, dann werden wir uns wohl damit abfinden müssen.«

In diesem Augenblick kam der Steward und brachte sie an einen Tisch. Mrs Allerton folgte ihm mit einem ziemlich verwirrten Gesicht. Normalerweise war Tim so gelassen und gutmütig. Dieser Ausbruch sah ihm gar nicht ähnlich. Er war ja auch keiner von den gewöhnlichen Briten, die Ausländer nun mal nicht mögen – oder mit Misstrauen beäugen. Tim war im Gegenteil sehr kosmopolitisch. Ach ja, seufzte sie. Männer waren nicht zu verstehen! Selbst die, die einem die nächsten und liebsten waren, zeigten völlig unvermutete Reaktionen und Gefühle.

Während sie Platz nahmen, lief Hercule Poirot schweigend durch den Speisesaal. Bei ihnen blieb er stehen und legte die Hand auf den dritten Stuhl. »Sie gestatten wirklich, Madame, dass ich von Ihrem freundlichen Vorschlag Gebrauch mache?«

»Natürlich. Setzen Sie sich, Monsieur Poirot.«

»Sie sind überaus liebenswürdig.«

Sie bemerkte zu ihrem Unbehagen, dass er Tim beim Hinsetzen einen raschen Blick zuwarf und dass Tim seinen ziemlich mürrischen Gesichtsausdruck nicht gerade erfolgreich hatte verbergen können. Also machte sie sich selbst daran, angenehme Stimmung zu erzeugen. Nach der Suppe griff sie zur Passagierliste, die neben ihren Teller gelegt worden war. »Wir wollen doch mal sehen, ob wir alle identifizieren können«, schlug sie fröhlich vor. »Mir macht so etwas ja immer Spaß.«

Dann fing sie an vorzulesen: »Mrs Allerton, Mr T. Allerton. Na, das ist ja leicht! Miss de Bellefort. Die haben sie an einen Tisch mit den Otterbournes gesetzt, aha. Ich möchte ja mal wissen, was die und Rosalie miteinander anfangen können. Wen haben wir dann? Dr. Bessner. Dr. Bessner? Wer weiß, wer Dr. Bessner ist?«

Sie richtete ihren Blick auf einen Tisch, an dem vier Männer saßen. »Ich vermute, das muss der Fette mit dem kahlrasierten

Kopf und dem Moustache sein. Ein Deutscher, nehme ich mal an. Die Suppe scheint ihm sehr zu schmecken.«

Gewisse Schlürfgeräusche drangen zu ihnen herüber.

»Miss Bowers?«, fuhr Mrs Allerton fort. »Können wir die erraten? Es gibt ja drei oder vier Frauen – nein, die heben wir uns auf. Mr und Mrs Doyle. Tja, in der Tat die Prominenz dieser Tour. Sie ist wirklich sehr schön, und dieses bildhübsche Kleid, das sie anhat.«

Tim wandte sich um. Linnet, ihr Mann und Andrew Pennington hatten einen Tisch in einer Ecke bekommen. Linnet trug ein weißes Kleid und eine Perlenkette.

»Für mich sieht es nach gar nichts aus«, befand Tim. »Einfach eine Stoffbahn mit einer Art Kordel in der Mitte.«

»Genau, Liebling«, sagte seine Mutter. »Eine sehr nette Beschreibung nach Männerart für ein Modellkleid zu achtzig Pfund.«

»Ich begreife sowieso nicht, wie Frauen so viel Geld für Kleider ausgeben können«, gab Tim zurück. »Ich finde das absurd.«

Mrs Allerton nahm das Studium der Mitreisenden wieder auf. »Mr Fanthorp muss einer von den vieren an dem Tisch da sein. Der beeindruckend stille junge Mann, der nie etwas sagt. Eigentlich ein ganz nettes Gesicht, umsichtig und intelligent.«

Poirot bestätigte das. »Intelligent ist er – ja. Er redet nicht, aber er hört sehr aufmerksam zu, und er beobachtet auch. Doch, er nutzt seine Augen sehr. Eigentlich nicht der Typ, den man auf einer Vergnügungsreise in diesem Teil der Welt erwarten würde. Ich wüsste gern, was er hier macht.«

»Mr Ferguson«, las Mrs Allerton weiter. »Ich nehme stark an, Mr Ferguson ist unser antikapitalistischer Freund. Mrs Otterbourne, Miss Otterbourne. Die kennen wir zur Genüge. Mr Pennington? Alias Onkel Andrew. Sieht gut aus, finde ich –«

»Also, Mutter«, sagte Tim.

»Ich finde wirklich, er sieht gut aus in seiner nüchternen Art«, erklärte Mrs Allerton. »Marke unbarmherziger Hai. Vermutlich die Sorte Mann, über welche die Zeitungen schreiben, auf der Wall Street tätig – oder heißt es *in* der Wall Street? Ich bin ganz sicher, der ist schwerreich. Als Nächsten haben wir Monsieur Hercule Poirot, dessen Talente derzeit wirklich brachliegen. Fällt dir nicht ein Verbrechen für Monsieur Poirot ein, Tim?«

Aber ihr gutgemeintes Witzchen schien ihren Sohn nur wieder zu verdrießen. Er zog einen Flunsch.

»Mr Richetti«, las Mrs Allerton schnell weiter. »Unser italienischer Archäologenfreund. Dann Miss Robson und zu guter Letzt Miss Van Schuyler. Das muss diese ungemein hässliche alte Amerikanerin sein, die auf ausgesprochen vornehm machen und mit niemandem auch nur reden wird, der ihren höchst anspruchsvollen Maßstäben nicht genügt! Die ist doch richtig herrlich, nicht? Eine Art Museumsstück. Die beiden Frauen in ihrer Begleitung sind bestimmt Miss Bowers und Miss Robson – die eine vielleicht die Sekretärin, die dünne mit dem Pincenez, die andere eine arme Verwandte, diese erbarmungswürdige junge Frau, die sich offensichtlich wohl fühlt, obwohl sie behandelt wird wie eine schwarze Sklavin. Robson ist, glaube ich, die Sekretärin und Bowers die arme Verwandte.«

»Falsch, Mutter«, grinste Tim. Er hatte plötzlich seine gute Laune wiedergefunden.

»Woher weißt du das denn?«

»Ich war vor dem Essen im Salon, und da hat die alte Schachtel zu der, die bei ihr war, gesagt: ›Wo ist Miss Bowers? Hol sie sofort, Cornelia.‹ Und Cornelia ist davongetrottet wie ein folgsames Hündchen.«

»Ich werde mich mal mit Miss Van Schuyler unterhalten müssen«, überlegte Mrs Allerton laut.

Wieder grinste Tim. »Die lässt dich abblitzen, Mutter.«

»Ganz und gar nicht. Ich werde mir den Weg schon ebnen. Ich setze mich in ihre Nähe und unterhalte mich leise (aber unüberhörbar) und in gewählten Worten über sämtliche hochmögenden Verwandten und Freunde, die mir einfallen. Ich denke, die beiläufige Erwähnung des Herzogs von Glasgow, immerhin dein Cousin zweiten Grades, wird der Durchbruch.«

»Wie skrupellos du bist, Mutter!«

An dem, was sich nach dem Abendessen tat, hätte jeder, der die menschliche Natur studiert, seine Freude gehabt. Der sozialistische junge Mann (der sich wie vermutet als Mr Ferguson entpuppte) zog sich in den Rauchsalon zurück und zeigte nur Verachtung für die Ansammlung von Fahrgästen im Aussichtssalon auf dem Topdeck.

Miss Van Schuyler sicherte sich, wie es ihr gebührte, den besten Platz ohne Zugluft, indem sie mit festem Schritt auf den Tisch zustrebte, an dem Mrs Otterbourne saß, und verfügte: »Sie werden gewiss entschuldigen, aber ich *denke*, ich habe mein Strickzeug hier hingelegt.«

Unter ihrem hypnotischen Blick erhob sich der Turban und überließ ihr das Feld. Miss Van Schuyler übernahm den Tisch mitsamt ihrem Tross. Mrs Otterbourne fand in der Nähe Platz und riskierte ein paar Gesprächsversuche, die aber mit einer so eisigen Höflichkeit bedacht wurden, dass sie bald aufgab. Ab da thronte Miss Van Schuyler in glorioser Unnahbarkeit am Tisch.

Die Doyles saßen zusammen mit den Allertons. Dr. Bessner machte den stillen Mr Fanthorp zu seinem Tischgenossen. Jacqueline de Bellefort saß allein mit einem Buch da. Rosalie Otterbourne war unruhig. Mrs Allerton sprach sie ein-, zweimal an und versuchte sie in ihren Kreis zu ziehen, aber das Mädchen reagierte nur ungnädig.

Hercule Poirot verbrachte den Abend damit, sich Mrs Otterbournes Vortrag über ihre Berufung als Schriftstellerin anzuhören.

Als er in seine Kabine zurückgehen wollte, traf er auf Jacqueline de Bellefort. Sie lehnte an der Reling, und als sie den Kopf zu ihm drehte, bekam er einen Schreck, weil in ihrem Gesicht nur das nackte Elend geschrieben stand. Nichts Unbekümmertes mehr, nichts boshaft Provozierendes, kein dunkler, flammender Triumph. »Gute Nacht, Mademoiselle.«

»Gute Nacht, Monsieur Poirot.« Sie zögerte, dann fragte sie: »Hat es Sie überrascht, dass ich auch hier bin?«

»Es hat mich weniger überrascht als mir leidgetan – sehr leid.« Er sagte das sehr ernst.

»Sie meinen, leid – *meinetwegen*?«

»Genau das meinte ich. Sie haben sich, Mademoiselle, für den gefährlichen Kurs entschieden … So wie wir alle hier auf dem Schiff uns auf eine Reise begeben haben, so haben Sie sich auf Ihre eigene private Reise begeben – eine Reise auf einem reißenden Fluss, zwischen gefährlichen Felswänden hindurch, auf wer weiß welche katastrophalen Strömungen zu …«

»Warum sagen Sie das?«

»Weil es wahr ist. Sie haben die Seile, mit denen Sie im Sicheren vertäut waren, gekappt. Ich bezweifle, dass Sie jetzt noch zurückkönnten, wenn Sie wollten.«

Sie sagte sehr langsam: »Das ist wahr …« Dann warf sie den Kopf in den Nacken. »Ach was – man muss seinem Stern folgen, wo immer er hinführt.«

»Passen Sie nur auf, Mademoiselle, dass es kein falscher Stern ist.«

Sie lachte und machte das papageienhafte Gekrähe der Eselsjungen nach: »Die Stern ganz schlecht, Sir! Die Stern fallen runter …«

Er wollte gerade einschlafen, als ein Stimmengemurmel ihn wieder wach machte. Es war Simon Doyles Stimme, und er hörte sie dieselben Worte sagen wie vorhin, als der Dampfer in Shellal abgelegt hatte: »Wir müssen es jetzt zu Ende bringen …«

Ja, dachte Poirot bei sich, wir müssen es jetzt zu Ende bringen …

Er war nicht glücklich darüber.

Neuntes Kapitel

Der Dampfer kam früh am nächsten Morgen in Ez-Zebua an.

Cornelia Robson sprang als eine der Ersten an Land, mit strahlendem Gesicht und einem breiten, flatternden Hut. Cornelia konnte niemandem die kalte Schulter zeigen. Sie hatte ein freundliches Wesen und den Hang, all ihre Mitgeschöpfe zu mögen.

Sie prallte auch beim Anblick von Hercule Poirot im weißen Anzug, dazu rosa Hemd, schwarze Fliege und weißer Tropenhelm, keineswegs angewidert zurück, wie es die aristokratische Miss Van Schuyler getan hätte. Beide gingen gemeinsam die Allee aus Sphinxen entlang, und Cornelia gab auf Poirots eher konventionelle Gesprächseröffnung: »Die Damen in Ihrer Begleitung gehen nicht an Land und besuchen die Tempel?« bereitwillig Auskunft: »Ach, wissen Sie, Cousine Marie – das ist Miss Van Schuyler – steht nie sehr früh auf. Sie muss sich gesundheitlich sehr, sehr vorsehen. Und natürlich braucht sie Miss Bowers, das ist ihre Pflegerin, dabei. Sie hat auch gesagt, der Tempel hier gehört nicht zu den besten – aber sie war furchtbar nett und fand es völlig in Ordnung, dass ich ihn mir ansehe.«

»Das war ja sehr gnädig von ihr«, sagte Poirot trocken.

Die arglose Cornelia pflichtete ihm ahnungslos bei. »Oh, sie ist sehr gut zu mir. Es ist einfach wunderbar, dass sie mich auf diese Reise mitnimmt. Ich habe das Gefühl, ich bin ein Glückskind. Ich konnte es kaum fassen, als sie meiner Mutter vorschlug, mich mitzunehmen.«

»Und Ihnen macht es Spaß – ja?«

»Oh, es war schon wunderbar! Ich habe Italien gesehen – Venedig und Padua und Pisa – und dann Kairo – bloß, in Kairo ging es Cousine Marie nicht sehr gut, deshalb konnte ich mir nicht viel ansehen, und jetzt diese wunderbare Tour nach Wadi Halfa und wieder zurück.«

Poirot lächelte. »Sie haben ein sonniges Gemüt, Mademoiselle.« Nachdenklich ließ er seinen Blick von ihr zu Rosalie schweifen, die schweigend und mürrisch allein vor ihnen hertrottete.

»Sie sieht sehr hübsch aus, nicht wahr?«, fragte Cornelia, die seinen Blick mitbekommen hatte. »Nur ein bisschen herablassend. Sie ist natürlich sehr englisch. Nicht so schön wie Mrs Doyle. Mrs Doyle ist, glaube ich, die schönste und eleganteste Frau, die ich je gesehen habe! Und ihr Mann küsst ja geradezu den Boden, auf dem sie geht, nicht wahr? Die Dame mit den grauen Haaren sieht irgendwie sehr fein aus, finde ich. Finden Sie nicht? Sie ist, glaube ich, die Cousine von einem Herzog. Sie hat gestern Abend über ihn erzählt, ganz in unserer Nähe. Sie selbst hat aber keinen Adelstitel, oder?«

Sie schwatzte weiter, bis der Dolmetscher »Halt!« rief und mit seinem Sermon begann: »Dieser Tempel war dem Gott Amun und dem Sonnengott Ra-Harachte geweiht – dessen Symbol ist der Habichtskopf ...« So leierte er weiter.

Dr. Bessner murmelte, den Baedeker in der Hand, vor sich hin. Er zog das geschriebene Wort vor.

Tim Allerton war nicht mitgekommen. Seine Mutter taute gerade den reservierten Mr Fanthorp auf. Andrew Pennington hörte, eingehakt bei Linnet Doyle, aufmerksam zu und schien höchst interessiert an den Maßen und Zahlen, die der Dolmetscher-Führer weiter herunterbetete.

»Zwanzig Meter soll der hoch sein? Sieht mir ein bisschen niedriger aus. Toller Bursche, dieser Ramses. Ägyptischer Schlaukopf.«

»Ein großartiger Geschäftsmann, Onkel Andrew.«

Andrew Pennington sah sie anerkennend an. »Du siehst gut

aus heute Morgen, Linnet. Ich habe mir ja in letzter Zeit ein bisschen Sorgen gemacht. Du hattest so was Verhärmtes.«

Plaudernd kam die kleine Gruppe zurück aufs Schiff. Dann glitt die *Karnak* weiter den Nil hinauf. Die Landschaft war jetzt nicht mehr so rau, sondern voller Palmen und Felder.

Es war, als hätte der Wechsel irgendeinen geheimen Druck weggenommen, der auf den Passagieren gelastet hatte. Tim Allerton hatte seinen Anfall von schlechter Laune überwunden. Rosalie sah nicht mehr so mürrisch aus. Linnet wirkte fast heiter.

Pennington sprach sie an. »Es ist zwar taktlos, mit einer Flitterwöchnerin über Geschäfte zu reden, aber es gibt da ein oder zwei Sachen –«

»Aber wo, natürlich, Onkel Andrew.« Linnet schaltete sofort um auf Geschäftsfrau. »Dass ich jetzt verheiratet bin, ändert natürlich einiges.«

»Genau darum geht's. Irgendwann oder so möchte ich, dass du ein paar Papiere unterschreibst.«

»Warum nicht gleich?«

Andrew Pennington sah sich um. Sie waren ziemlich ungestört in ihrer Ecke des Aussichtssalons. Die meisten Leute waren draußen auf dem Stück Deck zwischen dem Aussichtssalon und den Kabinen. Im Salon waren nur Mr Ferguson – er saß an einem Tischchen in der Mitte, biertrinkend, die Beine in der schmutzigen Flanellhose lang ausgestreckt, und pfiff, wenn er gerade keinen Schluck nahm, vor sich hin –, Monsieur Hercule Poirot am Tisch vor ihm und Miss Van Schuyler in einer anderen Ecke, in ein Buch über Ägypten vertieft.

»Ja, gut«, sagte Andrew Pennington und verließ den Salon.

Linnet und Simon lächelten sich an – es war ein Lächeln von der langgedehnten Art, das ein paar Minuten braucht, um sich voll zu entfalten.

»Alles in Ordnung, Schatz?«, fragte er endlich.

»Ja, immer noch … Komisch, dass ich gar nicht mehr so aufgewühlt bin.«

»Du bist wunderbar«, antwortete Simon im Ton tiefster Überzeugung.

Pennington kam zurück mit einem Packen engbeschriebener Papiere.

»Himmel!«, rief Linnet. »Muss ich die alle unterschreiben?«

Andrew Pennington sagte entschuldigend: »Es ist ein bisschen viel verlangt, ich weiß, aber ich möchte gern, dass deine Geschäfte korrekt abgewickelt werden. Zuallererst der Pachtvertrag für das Fifth-Avenue-Anwesen … dann die Konzessionen für Western Land …« Er redete und redete und raschelte und wühlte dabei in den Papieren. Simon gähnte.

Die Tür zum Deck ging auf, und Mr Fanthorp trat ein, sah sich zunächst ziellos um und schlenderte dann weiter, stellte sich neben Poirot und sah hinaus auf das blassblaue Wasser und die gelben Sandflächen darum herum.

»– du brauchst nur hier zu unterschreiben«, schloss Pennington, legte Linnet das Dokument vor und zeigte ihr die Stelle.

Linnet nahm es und sah es durch. Dann blätterte sie zurück zur ersten Seite, nahm den Füllfederhalter, den Pennington ihr hingelegt hatte, und schrieb *Linnet Doyle* …

Pennington zog das Dokument weg und legte ihr ein anderes hin.

Fanthorp schlenderte in ihre Richtung und starrte durch das Seitenfenster auf irgendetwas an dem gerade vorbeiziehenden Uferstück, das ihn zu interessieren schien.

»Das ist nur die Übertragung«, sagte Pennington. »Das musst du nicht lesen.«

Aber Linnet ging das Dokument kurz durch. Pennington legte ihr ein drittes Papier vor. Auch das sah Linnet aufmerksam durch.

»Die sind alle korrekt«, sagte Andrew. »Nichts von Bedeutung. Nur Juristenchinesisch.«

Wieder gähnte Simon. »Mein liebes Mädchen, du willst doch wohl nicht alles durchlesen? Damit hast du bis zum Mittagessen zu tun oder noch länger.«

»Ich lese immer alles durch«, sagte Linnet. »Das hat Vater mir beigebracht. Er sagte immer, es könnte doch ein Schreibfehler drin sein.«

Pennington lachte rau auf. »Du bist eine tolle Geschäftsfrau, Linnet.«

»Sie ist viel gewissenhafter als ich.« Simon lachte jetzt auch. »Ich habe in meinem Leben noch kein juristisches Papier gelesen. Ich schreibe meinen Namen auf die gestrichelte Linie, wo ich soll – und damit hat sich's.«

»Das ist aber schrecklich leichtsinnig«, sagte Linnet missbilligend.

»Ich habe nun mal keinen Geschäftssinn«, erklärte Simon fröhlich. »Hatte ich noch nie. Jemand sagt mir, ich soll da unterschreiben – also unterschreibe ich. Das ist doch am einfachsten.«

Andrew Pennington sah ihn nachdenklich an, strich sich die Oberlippe und sagte: »Ein kleiner Hasardeur, was, Doyle?«

»Unsinn«, erwiderte Simon. »Ich gehöre bloß nicht zu den Leuten, die glauben, die ganze Welt will sie fertigmachen. Ich bin mehr der vertrauensvolle Typ – zahlt sich übrigens aus. Ich bin eigentlich noch nie betrogen worden.«

Plötzlich und für alle unerwartet drehte sich der schweigsame Mr Fanthorp um und sprach Linnet an. »Ich hoffe, Sie nehmen es nicht als Aufdringlichkeit, aber ich muss Ihnen unbedingt sagen, wie sehr ich Ihren Geschäftssinn bewundere. Ich von meiner Berufswarte aus – ähm, ich bin Anwalt – stelle bei Damen ein trauriges geschäftliches Unvermögen fest. Kein Dokument zu unterschreiben, das man nicht genau gelesen hat, das ist bewundernswert – ausgesprochen bewundernswert.« Er machte eine kleine Verbeugung. Dann wandte er sich mit ziemlich rotem Kopf um und betrachtete wieder das Nilufer.

Linnet war einigermaßen verunsichert. »Äh – danke …« Sie biss sich auf die Lippe, um nicht loszukichern. Der junge Mann hatte so außergewöhnlich feierlich ausgesehen.

Andrew Pennington dagegen sah richtig ärgerlich drein.

Simon Doyle sah aus, als ob er nicht wüsste, ob er ärgerlich sein oder sich amüsieren sollte.

Mr Fanthorps Ohrmuscheln leuchteten karmesinrot.

»Das Nächste, bitte«, sagte Linnet lächelnd zu Pennington.

Aber Pennington war deutlich verstimmt. »Ich denke, es ist doch vielleicht ein andermal besser«, sagte er steif. »Wie – äh – Doyle schon sagt, wenn du das alles durchlesen musst, sitzen wir heute Mittag noch hier. Wir wollen doch auch noch die Landschaft genießen. Die beiden ersten Papiere waren sowieso die dringlichsten. Den Rest der Geschäfte erledigen wir später.«

»Es ist schrecklich heiß hier drin«, sagte Linnet. »Lass uns nach draußen gehen.«

Alle drei verließen den Salon durch die Schwingtür. Hercule Poirot drehte den Kopf. Er ließ seinen Blick erst lange auf Mr Fanthorps Rücken ruhen und dann zu Mr Ferguson schweifen, der, noch immer vor sich hin pfeifend, den Kopf in den Nacken geworfen, auf dem Stuhl fläzte. Schließlich sah er hinüber in die Ecke mit der sehr gerade sitzenden Miss Van Schuyler. Die starrte ihrerseits Mr Ferguson an.

Die Schwingtür an der Backbordseite flog auf, und herein eilte Cornelia Robson.

»Du warst sehr lange fort«, blaffte die alte Dame. »Wo bist du gewesen?«

»Bitte entschuldige, Cousine Marie. Die Wolle war nicht da, wo du gesagt hattest. Sie war in einem ganz anderen Koffer –«

»Mein liebes Kind, du bist eine komplette Niete, wenn's um das Finden von Dingen geht! Du bist ja willig, das weiß ich, meine Liebe, aber du musst versuchen, ein bisschen schlauer und schneller zu sein. Dazu bedarf es lediglich der *Konzentration.*«

»Bitte entschuldige, Cousine Marie. Ich fürchte, ich bin sehr dumm.«

»Niemand muss dumm sein, wenn er sich *anstrengt*, meine Liebe. Ich habe dich auf diese Reise mitgenommen, und ich erwarte dafür ein wenig Bemühen.«

Cornelia wurde rot. »Bitte, bitte entschuldige, Cousine Marie.«

»Und wo ist Miss Bowers? Die Zeit für meine Tropfen war vor zehn Minuten. Bitte lauf und hol sie sofort. Der Arzt hat gesagt, es ist äußerst wichtig –«

An dieser Stelle erschien Miss Bowers jedoch von selbst mit einem Medizingläschen. »Ihre Tropfen, Miss Van Schuyler.«

»Ich hätte sie um elf nehmen sollen«, blaffte die alte Dame wieder. »Wenn ich etwas verabscheue, dann ist es Unpünktlichkeit.«

»Ganz recht«, sagte Miss Bowers und sah auf ihre Armbanduhr. »Es ist exakt eine halbe Minute vor elf.«

»Auf meiner Uhr ist es aber zehn nach.«

»Sie werden, denke ich, feststellen, dass meine Uhr richtig geht. Sie ist vollkommen zuverlässig. Sie geht nie vor oder nach.« Miss Bowers war nicht aus der Ruhe zu bringen.

Miss Van Schuyler trank das Gläschen leer. »Es geht mir eindeutig schlechter«, schnappte sie dann.

»Tut mir leid, das zu hören, Miss Van Schuyler.« Nach Bedauern hörte es sich nicht an. Miss Bowers' Stimme klang vollkommen gleichgültig. Sie gab offensichtlich mechanisch die jeweils passende Antwort.

»Hier drin ist es zu heiß«, blaffte Miss Van Schuyler weiter. »Besorgen Sie mir einen Sessel auf dem Deck, Miss Bowers. Cornelia, bring mir das Strickzeug dahin. Aber sei nicht so tollpatschig, lass es nicht fallen. Und dann wünsche ich, dass du etwas Wolle aufwickelst.«

Die Prozession zog nach draußen.

Mr Ferguson seufzte, lockerte seine Beine und stellte ganz

allgemein fest: »Jessas, der Zicke könnte ich glatt die Gurgel zudrücken.«

Neugierig fragte Poirot: »Sie gehört wohl zu der Sorte, die Sie nicht ausstehen können, was?«

»Nicht ausstehen? Das kann man wohl sagen. Was hat die Frau je Gutes bedeutet, für irgendwen oder irgendwas? Die hat nie gearbeitet oder auch nur den Finger gerührt. Die hat sich bloß immer an anderen gemästet. Das ist ein Parasit – und zwar ein verdammt widerlicher. Hier an Bord sind überhaupt eine Menge Leute, die die Welt nicht gerade braucht.«

»Wirklich?«

»Ja. Das Mädchen hier eben, verschiebt per Unterschrift Aktien und macht sich wichtig. Hunderte und Tausende Arbeiter schuften für Hungerlöhne, damit die immer ihre Seidenstrümpfe und das ganze nutzlose Luxuszeug hat. Eine der reichsten Frauen in ganz England, hat mir jemand erzählt – aber nie im Leben Arbeit angefasst.«

»Wer hat Ihnen das denn erzählt?«

Mr Ferguson funkelte Poirot herausfordernd an. »Ein Mann, mit dem Sie nicht mal öffentlich reden würden! Ein Mann, der mit seinen Händen arbeitet und sich nicht schämt deshalb! Keiner von euren aufgeputzten, nichtsnutzigen Stutzern.« Er sah demonstrativ auf Poirots Fliege und das rosa Hemd.

»Ich persönlich arbeite mit meinem Hirn und schäme mich auch nicht dafür«, sagte Poirot und funkelte zurück.

Mr Ferguson schnaubte nur. »Gehören alle erschossen – die ganze Bagage!«, eiferte er weiter.

»Verehrter junger Mann«, sagte Poirot. »Sie haben aber eine richtige Passion für Gewalt!«

»Können Sie mir irgendetwas Gutes nennen, das ohne Gewalt zustande kommt? Man muss einreißen und zerstören, bevor man aufbauen kann.«

»Jedenfalls ist es so viel leichter und viel lauter und viel spektakulärer.«

»Womit verdienen *Sie* denn Ihren Lebensunterhalt? Ich wette, mit gar nichts. Wahrscheinlich nennen Sie sich Mittelsmann.«

»Ich bin kein Mittelsmann. Ich bin ein Spitzenmann«, erklärte Poirot ziemlich arrogant.

»Was *machen* Sie denn nun?«

»Ich bin Privatdetektiv«, sagte Poirot in der Bescheidenheit, mit der man sagt: »Ich bin König.«

»Großer Gott!« Der junge Mann schien ernstlich erschüttert. »Soll das heißen, dieses Mädchen schleppt auch noch einen dämlichen Schnüffler mit sich herum? Hat sie *so viel* Schiss um ihre kostbare Haut?«

»Ich unterhalte keinerlei Beziehungen mit Monsieur und Madame Doyle«, gab Poirot steif zurück. »Ich mache Ferien.«

»Und genießen die Freizeit – was?«

»Sie nicht? Sie machen nicht selber auch Ferien?«

»Ferien!«, schnaubte Mr Ferguson und gab eine etwas kryptische Erläuterung: »Ich studiere Verhältnisse.«

»Sehr interessant«, murmelte Poirot, bevor er hinaus auf das Deck schlenderte.

Miss Van Schuyler hatte sich in der besten Ecke niedergelassen. Cornelia kniete vor ihr mit einem Strang grauer Wolle um die ausgestreckten Hände. Miss Bowers saß kerzengerade daneben und las die *Saturday Evening Post*.

Poirot spazierte langsam das Steuerborddeck entlang. Als er am Achterdeck ankam und umkehren wollte, stieß er fast mit einer Frau zusammen, die ihm ein verblüfftes Gesicht zuwandte – ein dunkles, rassiges, mediterranes Gesicht. Sie trug ein adrettes schwarzes Kleid und hatte sich gerade mit einem großen, kräftigen Mann in Uniform unterhalten – dem Aussehen nach einer der Maschinisten. Beide hatten einen merkwürdigen Ausdruck im Gesicht – ein schlechtes Gewissen und gleichzeitig Erschrockenheit. Poirot hätte gern gewusst, worüber sie sich unterhalten hatten.

Er ging ums Achterdeck herum und setzte seinen Spaziergang zurück auf der Backbordseite fort. Eine Kabinentür sprang auf, und Mrs Otterbourne erschien darin und fiel ihm fast in die Arme. Sie trug einen Morgenrock aus scharlachrotem Satin.

»Oh, Verzeihung«, sagte sie. »Lieber Mr Poirot – tut mir ja so leid. Dieser Wellengang – nur der Wellengang, wissen Sie. War nie seefest. Wenn das Schiff bloß stillhalten könnte …« Sie packte seinen Arm. »Das Schwanken ist es, was ich nicht vertragen kann … Bin nie richtig glücklich auf dem Wasser … Und dann Stunden um Stunden hier allein bleiben müssen. Meine Tochter – kein Mitgefühl – kein Verständnis für ihre arme alte Mutter, die alles für sie getan hat …« Mrs Otterbourne fing an zu schluchzen. »Geschuftet wie ein Sklave hab ich für sie … mich geschunden bis auf die Knochen … bis auf die Knochen. Eine *grande amoureuse* – das hätte ich sein können – eine *grande amoureuse* – alles geopfert – alles … Und kein Mensch kümmert sich! Aber ich sag's allen – ich sag's jetzt allen, wie sie mich vernachlässigt … wie hart sie ist, mich zu dieser Fahrt zu zwingen – tödlich langweilig … Ich gehe jetzt und sag's allen –« Sie wollte losstürzen.

Poirot hielt sie sanft zurück. »Ich schicke sie zu Ihnen, Madame. Gehen Sie wieder in Ihre Kabine. Es ist das Beste –«

»Nein. Ich will das allen sagen – allen hier auf dem Schiff –«

»Das ist zu gefährlich, Madame. Das Wasser ist zu unruhig. Sie könnten über Bord gespült werden.«

Mrs Otterbourne sah ihn skeptisch an. »Glauben Sie? Glauben Sie wirklich?«

»Jawohl.«

Er obsiegte. Mrs Otterbourne schwankte, torkelte und ging zurück in ihre Kabine. Poirots Nasenflügel zuckten ein paar Mal. Dann nickte er zufrieden und ging zu Rosalie Otterbourne, die zwischen Mrs Allerton und Tim saß. »Ihre Mutter hätte Sie gern bei sich, Mademoiselle.«

Rosalie hatte gerade glücklich gelacht. Jetzt verfinsterte sich ihr Gesicht, sie schoss ihm einen argwöhnischen Blick zu und lief das Deck entlang.

»Ich werde nicht schlau aus dem Kind«, sagte Mrs Allerton. »Sie ist so wechselhaft. Einen Tag ist sie freundlich, am nächsten regelrecht grob.«

»Komplett verzogen und launisch«, sagte Tim.

Mrs Allerton schüttelte den Kopf. »Das ist es, glaube ich, nicht. Ich glaube, sie ist unglücklich.«

Tim zuckte die Schultern. »Gott ja, ich nehme an, wir haben alle unsere privaten Probleme.« Seine Stimme klang hart und schroff.

Ein Gong ertönte.

»Mittagessen«, rief Mrs Allerton erfreut. »Ich bin fast verhungert.«

An diesem Abend sah Poirot Mrs Allerton in ein Gespräch mit Miss Van Schuyler vertieft. Als er an ihrem Tisch vorbeiging, zwinkerte sie ihm zu. Sie sagte gerade: »Natürlich in Calfries Castle – der liebe Herzog –«

Cornelia hatte jetzt dienstfrei und stand draußen auf dem Deck. Dr. Bessner hielt ihr einen langatmigen Vortrag in Ägyptologie, den er sich aus dem Baedeker zusammengeklaubt hatte. Cornelia lauschte hingerissen.

Tim Allerton lehnte sich über die Reling und erklärte: »Jedenfalls, die Welt ist nun mal durch und durch schlecht …«

Rosalie Otterbourne antwortete: »Ja, es ist ungerecht; manche Leute haben alles.«

Poirot seufzte. Er war froh, dass er nicht mehr jung war.

Zehntes Kapitel

Am Montagmorgen erschollen Begeisterung und Freude in verschiedensten Tönen an Deck der *Karnak*. Während der Dampfer am Ufer vertäut wurde, streifte die Morgensonne ein paar hundert Meter entfernt eben einen großen, aus dem Felsen gehauenen Tempel. Vier aus einer Felswand gemeißelte kolossale Figuren sahen hier seit Ewigkeiten auf den Nil und in die aufgehende Sonne.

Cornelia Robson verschlug es fast die Sprache: »Oh, Monsieur Poirot, ist das nicht wunderschön? Ich meine, die sind so groß und friedlich – und wenn man die ansieht, kommt man sich so klein vor – wie ein Insekt – und hat das Gefühl, dass nichts wirklich viel bedeutet, oder?«

Mr Fanthorp stand in der Nähe und murmelte: »Sehr – ähm – eindrucksvoll.«

»Grandios, nicht?« Auch Simon Doyle kam herbeigeschlendert. Zu Poirot sagte er im vertraulichen Ton: »Ich bin eigentlich kein Freund von Tempeln und Besichtigungstouren und all solchen Sachen, aber so ein Ort packt einen ja doch irgendwie, wenn Sie verstehen, was ich sagen will. Diese alten Pharaonen müssen ja wunderbare Burschen gewesen sein.«

Die anderen hatten sich verzogen. Simon senkte die Stimme. »Ich bin unendlich froh, dass wir diese Tour mitmachen. Sie ist – also, sie hat so manches geklärt. Erstaunlich, wieso ausgerechnet die Tour – aber es ist so. Linnet hat wieder Mut gefasst. Sie sagt, es liegt daran, dass sie sich endlich mit der ganzen Chose *abgefunden* hat.«

»Das ist, glaube ich, sehr gut möglich«, sagte Poirot.

»Sie sagt, zuerst, als sie Jackie auf dem Schiff sah, da hat sie sich furchtbar gefühlt – aber dann hatte es plötzlich keine Bedeutung mehr. Wir haben beide beschlossen, wir wollen gar nicht mehr versuchen, ihr aus dem Weg zu gehen. Wir werden nicht das Feld räumen, sondern ihr einfach zeigen, dass ihre alberne Schau uns gar nichts mehr ausmacht. Die ist einfach schlechtes Benehmen – sonst nichts. Jackie hat gedacht, sie hätte uns nervlich erledigt, tja, und jetzt lassen wir uns nicht mehr erledigen. Das wird ihr eine Lehre sein.«

»Ja«, sagte Poirot nachdenklich.

»Und das ist doch herrlich, oder?«

»O ja, ja.«

Linnet kam das Deck entlang. Sie war in aprikosenfarbenes Leinen gehüllt. Sie lächelte. Sie begrüßte Poirot ohne sonderliche Begeisterung, nur mit einem kühlen Nicken, und zog ihren Mann fort.

Mit einem kurzen belustigten Schmunzeln verbuchte Poirot, dass er sich mit seiner kritischen Haltung nicht gerade beliebt gemacht hatte. Linnet war gewohnt, für alles, was sie war und tat, bedingungslos bewundert zu werden. Hercule Poirot hatte sich schwer versündigt an diesem Credo.

Mrs Allerton trat murmelnd zu ihm. »Hat sich ja enorm verändert, dieses Mädchen! In Assuan sah sie bekümmert und nicht gerade glücklich aus. Heute wirkt sie so überglücklich, dass man fast Angst hat, das ist reine Hoffart.«

Bevor Poirot seine Meinung dazu äußern konnte, ertönte der Ruf zum Sammeln. Der offizielle Dolmetscher übernahm die Führung, und die kleine Gruppe ging an Land zur Besichtigung von Abu Simbel.

Bei dem Fußmarsch geriet Poirot neben Andrew Pennington. »Das ist Ihre erste Ägyptenreise – ja?«, fragte er.

»Ach was, ich war 1923 schon mal hier. Das heißt, in Kairo. Diese Tour den Nil hoch habe ich noch nie gemacht.«

»Sie sind, glaube ich, auf der *Carmanic* herübergekommen – so jedenfalls erzählte mir Mrs Doyle.«

Pennington warf ihm einen misstrauischen Blick zu. »Aber ja, das stimmt«, bestätigte er.

»Ich habe mich gefragt, ob Ihnen da zufällig Freunde von mir begegnet sind, die dort drüben waren – die Rushington Smiths.«

»Ich kann mich nicht erinnern an jemanden, der so hieß. Das Schiff war voll, und wir hatten schlechtes Wetter. Eine Menge Passagiere waren überhaupt nicht zu sehen, und die Überfahrt ist ohnehin so kurz, dass man gar nicht mitkriegt, wer an Bord ist und wer nicht.«

»Ja, das ist sehr wahr. Was für eine schöne Überraschung, dass Ihnen Madame Doyle und ihr Mann über den Weg gelaufen sind. Sie hatten keine Ahnung, dass sie geheiratet hatten?«

»Nein. Mrs Doyle hatte mir zwar geschrieben, aber der Brief wurde mir nachgeschickt, ich bekam ihn erst ein paar Tage nach unserer unerwarteten Begegnung in Kairo.«

»Sie kennen sie seit vielen Jahren, wie ich gehört habe.«

»Das will ich wohl meinen, Monsieur Poirot. Ich kannte Linnet Ridgeway schon, da war sie noch ein aufgewecktes kleines Ding, ungefähr so groß« – er streckte die Hand vor. »Ihr Vater und ich waren lebenslang befreundet. Ein äußerst bemerkenswerter Mann, Melhuish Ridgeway – und ein äußerst erfolgreicher.«

»Seine Tochter erbt ein beträchtliches Vermögen, wenn ich das richtig sehe ... Oh, *pardon* – es ist vielleicht nicht sehr taktvoll, wenn ich das so sage.«

Andrew Pennington schien belustigt. »Ach, das ist doch allgemein bekannt. Ja, Linnet ist eine vermögende Frau.«

»Ich nehme an, der Börsenkrach jüngst hat aber Auswirkungen auf alle Aktien, so solide sie auch sein mögen?«

Pennington ließ sich einen Augenblick Zeit mit der Antwort. Schließlich sagte er: »Das stimmt natürlich bis zu einem gewissen Grad. Die Situation ist sehr schwierig dieser Tage.«

Poirot murmelte: »Ich könnte mir aber vorstellen, dass Madame Doyle einen scharfen Verstand in Geschäften hat.«

»So ist es. Ja, so ist es. Linnet ist ein kluges und praktisches Mädchen.«

Die Gruppe blieb stehen. Der Führer hielt einen Vortrag über den Tempel, den der große Ramses erbaut hatte; die vier kolossalen Ramsesskulpturen, ein Paar an jeder Seite des Eingangs aus dem Felsen gehauen, schauten hinab auf die kleine, durcheinanderlaufende Touristenschar.

Signor Richetti verschmähte die Belehrungen des Dolmetschers und untersuchte eifrig die Reliefs von schwarzen und syrischen Sklaven am Fuß der Kolosse zu beiden Seiten des Eingangs.

Im Innern des Tempels legte sich friedliches Halbdunkel über die kleine Gruppe. Die Reliefs an einigen der Wände in den noch immer lebhaften Farben wurden erklärt, aber die Besucher fingen schon an, sich in noch kleinere Grüppchen aufzuspalten. Dr. Bessner las mit wohltönender Stimme etwas Deutsches aus dem Baedeker und machte hin und wieder Pausen, um es für Cornelia zu übersetzen, die wissbegierig neben ihm ging. Lange sollte das jedoch nicht gutgehen. Miss Van Schuyler, die am Arm der phlegmatischen Miss Bowers hereingekommen war, kommandierte bald: »Cornelia, komm her«, und damit war der Bildungsversuch notgedrungen vorbei.

Dr. Bessner sah ihr durch seine dicken Brillengläser wohlgefällig nach. »Ein sehr nettes kleines Fräulein«, teilte er Poirot mit. »Sieht jedenfalls nicht so verhungert aus wie manche junge Frau heutzutage. Nein, hübsche Kurven hat sie. Hört auch sehr intelligent zu; ein Vergnügen, ihr etwas beizubringen.«

Poirot schoss durch den Kopf, dass es offenbar Cornelias Schicksal war, entweder geschurigelt oder belehrt zu werden. Jedenfalls war sie immer diejenige, die zuhörte, nie diejenige, die redete.

Die dank der herrisch herbeizitierten Cornelia kurzfristig entlastete Miss Bowers stand in der Mitte des Tempels und sah mit ihrem kühlen, gleichgültigen Blick um sich. Ihr Kommentar zu diesen Wundern der Vergangenheit war knapp: »Der Führer sagt, eine von diesen Göttern oder Göttinnen heißt Mut. Nicht zu fassen!«

Weiter innen gab es eine heilige Altarstätte mit vier sitzenden Figuren, die hier bis in alle Ewigkeit und in eigentümlich würdevoller Entrücktheit zu thronen schienen. Linnet und ihr Mann standen davor. Sie hatte ihren Arm in seinen gehängt, ihr Gesicht war nach oben gewandt – ein typisches Neue-Welt-Gesicht, intelligent, neugierig, unberührt von Vergangenem.

Simon sagte plötzlich: »Lass uns raus hier. Ich mag diese vier Burschen nicht – vor allem den mit dem hohen Hut.«

»Das ist Amun, glaube ich. Und der da ist Ramses. Warum magst du die denn nicht? Ich finde sie sehr beeindruckend.«

»Sie sind zu beeindruckend für eine verdammte Sehenswürdigkeit; irgendwie sind die mir nicht geheuer. Komm mit nach draußen in die Sonne.«

Linnet lachte, gab aber nach.

Draußen vor dem Tempel schien wirklich die Sonne, und der Sand unter ihren Füßen war gelb und warm. Linnet fing wieder an zu lachen. Unten zu ihren Füßen, aufgereiht und auf den ersten Blick schauerlich anzusehen, weil scheinbar von den Körpern abgetrennt, waren ein halbes Dutzend Köpfe von nubischen Jungen. Sie wiegten sich augenrollend rhythmisch von einer Seite zur anderen, und aus den Mündern ertönte eine neue Beschwörungsformel: »Hipp, hipp, *hurra*! Sehr gut, sehr schön. Vielen, vielen Dank.«

»Wie absurd! Wie machen die das denn? Haben die sich wirklich ganz tief eingegraben?«

Simon kramte ein bisschen Kleingeld hervor und parodierte sie: »Sehr gut, sehr schön, sehr teuer.«

Zwei kleine Jungen, die die »Vorführung« überwachten, nahmen die Münzen artig entgegen.

Linnet und Simon schlenderten weiter. Sie hatten keine Lust, zurück an Bord zu gehen, und sie hatten auch kein Interesse mehr an Sehenswürdigkeiten. Sie setzten sich in den Sand, lehnten sich an einen Felsen und ließen sich von der warmen Sonne braten.

Wie wunderbar Sonne ist, dachte Linnet. Wie warm – wie sicher … Wie wunderbar es ist, glücklich zu sein … Wie wunderbar, ich zu sein … ich … ich … Linnet … Die Augen fielen ihr zu. Sie trieb, halb schlafend, halb wach, dahin in einem Meer aus Gedanken, die wie der Sand dahintrieben und wirbelten.

Simons Augen waren offen. Auch in ihnen lag Zufriedenheit. Was für ein Narr er gewesen war, am ersten Abend die Nerven zu verlieren … Es gab nichts, weshalb man die Nerven verlieren musste … Es war alles in Ordnung … Es war schließlich Verlass auf Jackie …

Plötzlich gab es Geschrei – Leute kamen auf ihn zugerannt, händeringend – schreiend.

Einen Augenblick lang sah Simon sie verständnislos an. Dann sprang er auf die Füße und riss Linnet mit sich.

Keine Sekunde zu früh. Ein dicker Felsblock stürzte herab und krachte neben ihnen in den Sand. Wäre Linnet geblieben, wo sie war, sie wäre in Atome zerschmettert worden. Mit bleichen Gesichtern klammerten die beiden sich aneinander.

Hercule Poirot und Tim Allerton kamen herbeigerannt.

»*Ma foi*, Madame, das war knapp.«

Alle vier sahen unwillkürlich nach oben. Aber da war nichts zu sehen. Es gab jedoch einen Pfad entlang dem Felsplateau. Poirot erinnerte sich, ein paar Eingeborene dort gesehen zu haben, als die Gruppe von Bord gegangen war. Er betrachtete das Ehepaar. Linnet sah immer noch benommen aus – bestürzt.

Simon dagegen schien sprachlos vor Wut. »Der Teufel soll sie holen!«, stieß er hervor und warf hastig einen prüfenden Blick auf Tim Allerton.

Der sagte: »Puh, das war aber knapp! Hat irgendein Idiot das Ding da hingerollt, oder hat es sich von selbst gelöst?«

Linnet war kreidebleich und brachte nur mühsam hervor: »Ich glaube – irgendein Idiot muss das gemacht haben.«

»Hätte dich wohl zerschmettert wie eine Eierschale. Bist du sicher, dass du keinen Feind hast, Linnet?«

Linnet schluckte zweimal, fand aber keine Antwort auf den locker gemeinten Scherz.

»Kommen Sie mit zurück aufs Schiff, Madame«, warf Poirot schnell dazwischen. »Sie brauchen etwas zum Stärken.«

Eilig gingen sie zurück, Simon voller unterdrücktem Zorn, Tim fröhlich plaudernd, um Linnets Gedanken von der Gefahr abzulenken, der sie gerade entgangen war, Poirot mit ernstem Gesicht. Als sie an der Gangway ankamen, blieb Simon wie vom Donner gerührt stehen. Dann nahm sein Gesicht einen Ausdruck des Erstaunens an.

Jacqueline de Bellefort wollte eben an Land gehen. Sie trug ein blaues Gingankleid und sah an diesem Morgen sehr kindisch aus.

»Lieber Gott!«, flüsterte Simon. »Dann war es also *doch* ein Unfall.«

Der Ärger schwand aus seinem Gesicht. Die Erleichterung war so überwältigend deutlich zu sehen, dass Jacqueline den Eindruck hatte, irgendetwas lief hier schief.

»Guten Morgen«, sagte sie rasch. »Ich fürchte, ich bin ein bisschen spät dran.« Dann grüßte sie alle mit einem Kopfnicken, ging von Bord und lief in Richtung Tempel.

Simon packte Poirots Arm. Die beiden anderen waren schon weg.

»Mein Gott, das ist eine Erleichterung. Ich dachte – ich dachte –«

Poirot nickte. »Ja, ja, ich weiß, was Sie dachten.« Trotzdem sah er noch immer ernst und besorgt aus. Er drehte den Kopf und registrierte sorgfältig, was der Rest der Reisegruppe so machte.

Miss Van Schuyler kam langsam und an Miss Bowers' Arm zurück.

Etwas ferner stand Mrs Allerton lachend vor der Reihe kleiner nubischer Köpfe. Mrs Otterbourne war bei ihr.

Die anderen waren nirgends zu sehen.

Poirot schüttelte den Kopf und ging langsam hinter Simon her zurück an Bord.

Elftes Kapitel

»Würden Sie mir, Madame, die Bedeutung des Wortes ›Hoffart‹ erklären?«

Mrs Allerton sah Poirot verwundert an. Beide quälten sich langsam den Felsen über dem zweiten Katarakt hinauf. Die meisten anderen hatten dazu Kamele genommen, aber Poirot erinnerten die Bewegungen eines Kamels an die von Schiffen. Mrs Allerton hatte ihre persönliche Würde ins Feld geführt.

Sie waren am Vorabend in Wadi Halfa angekommen. Heute Morgen hatten zwei Barkassen die ganze Reisegruppe zum zweiten Katarakt gebracht, mit Ausnahme von Signor Richetti allerdings. Der hatte darauf bestanden, seine eigene Exkursion zu einem fernen Flecken namens Semna zu machen, der, wie er erläuterte, von überragender Bedeutung als Tor nach Nubien zur Zeit Amenemhets III. sei und wo es eine Stele gebe, mit der an den Umstand erinnert werde, dass Schwarze beim Betreten Ägyptens Zölle zu entrichten hatten. Alle Versuche, dieses Beispiel an Individualismus zu untergraben, waren vergeblich gewesen. Signor Richetti war entschlossen und hatte jeden der Einwände – 1. dass sich die Expedition nicht lohne, 2. dass die Expedition unmöglich, weil dort kein Wagen zu bekommen sei, 3. dass für die Tour überhaupt kein Wagen zu bekommen sei, 4. dass ein Wagen unerschwinglich teuer sei – vom Tisch gewischt. Nach Hohngelächter über Einwand 1, skeptischem Blick anlässlich Nr. 2, dem Angebot, für den Wagen aus Nr. 3 selbst zu sorgen, sowie Feilschen in fließendem Arabisch zu Nr. 4 war Signor Richetti schließlich abgereist – in aller Eile und Heimlichkeit, für den Fall, dass noch jemand von der Touristenschar auf die Idee käme, auch vom angezeigten Pfad der Sehenswürdigkeiten abweichen zu wollen.

»Hoffart?« Mrs Allerton legte zur Vorbereitung einer Antwort den Kopf zur Seite. »Nun, das ist ein etwas altmodisches Wort. Ich meinte diesen exaltierten Dünkel, der vor dem Fall in die Katastrophe kommt. Wissen Sie, dieses – zu schön und glücklich, um wahr zu sein.« Sie hielt einen kleinen Vortrag.

Poirot hörte aufmerksam zu. »Ich danke Ihnen, Madame. Ich verstehe es jetzt. Merkwürdig, dass Sie das Wort gestern benutzt haben – so kurz bevor Mrs Doyle dem Tod gerade noch entgehen sollte.«

Mrs Allerton schauderte leise. »Das muss ja wirklich knapp gewesen sein. Glauben Sie, jemand von diesen kleinen schwarzen Lumpen hat den Block aus Jux und Dollerei losgerollt? So etwas machen Jungs ja auf der ganzen Welt – und meinen vielleicht gar nichts Böses.«

Poirot zuckte die Schultern. »Das kann sein, Madame.« Dann wechselte er das Thema, kam auf Mallorca zu sprechen und erkundigte sich nach verschiedenen praktischen Dingen für den Fall eines eventuellen Besuchs dort.

Mrs Allerton war der kleine Mann regelrecht ans Herz gewachsen – zum Teil vielleicht aus Widerspruchsgeist. Tim, so schien ihr, versuchte immer, sie von freundlichen Gefühlen für Hercule Poirot abzubringen, er bezeichnete ihn auch stets als »Banause der schlimmsten Sorte«. Sie empfand ihn nicht so; ihrer Vermutung nach war es Poirots etwas fremde, exotische Kleidung, die ihren Sohn in seinen Vorurteilen bestärkte. Sie empfand ihn als intelligenten, anregenden Gesprächspartner. Außerdem war er ausgesprochen einfühlsam. Und so vertraute sie ihm einfach plötzlich ihre Abneigung gegen Joanna Southwood an. Es war befreiend, darüber zu reden. Und warum denn auch nicht? Er kannte Joanna nicht – würde ihr wahrscheinlich auch nie begegnen. Warum sollte sie sich eigentlich nicht ein bisschen befreien von diesen andauernden, belastenden Eifersuchtsgedanken?

Just im selben Augenblick unterhielten Tim und Rosalie Otterbourne sich über sie. Tim hatte sich gerade halb scherzhaft über sein Pech mokiert. Seine angegriffene Gesundheit, weder schlecht genug, um wirklich interessant zu sein, noch gut genug, um ihm das Leben möglich zu machen, das er gern gelebt hätte. Das allzu wenige Geld, die fehlende angemessene Beschäftigung.

»Ein zutiefst fades, gezähmtes Dasein«, schloss er missmutig.

Rosalie warf barsch ein: »Sie haben etwas, worum eine Menge Menschen Sie beneiden würden.«

»Was denn?«

»Ihre Mutter.«

Tim war überrascht und geschmeichelt. »Mutter? Ja, natürlich, sie ist ziemlich einzigartig. Nett, dass Sie das bemerkt haben.«

»Ich finde sie großartig. Sie sieht so wunderbar aus – so ausgeglichen und ruhig –, als könnte nichts ihr etwas anhaben, und trotzdem – trotzdem nimmt sie alles auch immer gern von der komischen Seite …« Rosalie stammelte fast vor lauter Eifer.

Tim verspürte eine Welle warmer Gefühle für das Mädchen. Er hätte das Kompliment sehr gern zurückgegeben, aber Mrs Otterbourne entsprach bedauerlicherweise exakt seiner Vorstellung des denkbar größten Ekels. Dass er nicht ebenso freundlich antworten konnte, machte ihn verlegen.

Miss Van Schuyler war auf der Barkasse geblieben. Sie konnte den Aufstieg nicht riskieren, weder auf einem Kamel noch auf den eigenen Beinen. Also hatte sie barsch verfügt: »Ich muss Sie leider bitten, bei mir zu bleiben, Miss Bowers. Ich hatte ursprünglich Sie gehen lassen und Cornelia hierbehalten wollen, aber junge Mädchen sind so egoistisch. Sie ist davongelaufen, ohne mir ein Wort zu sagen. Ich habe sie sogar mit diesem sehr unsympathischen und ungezogenen jungen Mann reden sehen, diesem Ferguson. Cornelia hat mich zutiefst enttäuscht. Sie hat nicht das geringste gesellschaftliche Gespür.«

Miss Bowers antwortete jetzt auf ihre übliche sachliche Art: »Das ist schon in Ordnung, Miss Van Schuyler. Es wäre ein schweißtreibender Fußmarsch gewesen, und ich will mir gar nicht ausmalen, wie diese Kamelsättel aussehen. Voller Flöhe, sehr wahrscheinlich.« Sie rückte die Brille zurecht, richtete den Blick auf die Gruppe, die den Hügel hinaufkletterte, und tat kund: »Miss Robson ist übrigens nicht mehr bei diesem jungen Mann. Sie ist bei Dr. Bessner.«

Miss Van Schuyler brummelte. Seit sie herausgefunden hatte, dass Dr. Bessner eine große Klinik in der Tschechoslowakei besaß und in Europa als Modearzt berühmt war, war sie geneigt, ihm gegenüber gnädig zu sein. Es konnte schließlich auch sein, dass sie seine professionellen Dienste brauchte, bevor die Reise vorbei war.

Als die Ausflugsgruppe auf die *Karnak* zurückkam, ertönte ein Überraschungsschrei von Linnet. »Ein Telegramm für mich.« Sie nahm es vom Brett und riss es auf. »Wie – das verstehe ich nicht – Kartoffeln, Rote Bete – was soll das denn bedeuten, Simon?«

Simon wollte ihr gerade über die Schulter sehen, als eine wütende Stimme erklang: »Entschuldigen Sie, das Telegramm ist für mich«, und Signor Richetti es Linnet grob aus der Hand riss und sie dabei mit einem wütenden Blick bedachte.

Linnet starrte ihn einen Augenblick lang überrascht an, dann drehte sie den Umschlag um.

»Oh, Simon, wie töricht ich bin! Da steht Richetti – nicht Ridgeway – und mein Name ist sowieso nicht mehr Ridgeway. Ich muss mich entschuldigen.«

Sie lief hinter dem kleinen Archäologen her bis zum Heck des Dampfers. »Es tut mir so leid, Signor Richetti. Wissen Sie, ich hieß Ridgeway vor meiner Heirat, und ich bin noch nicht sehr lange verheiratet, deshalb …«

Sie hielt inne, ihr Gesicht bekam Grübchen vor lauter Lächeln, das ihm ebenfalls ein Lächeln hätte abnötigen sollen über diesen *faux pas* einer frisch verheirateten Frau.

Aber Richetti war offensichtlich *not amused*. Königin Victoria hätte bei größter Missbilligung nicht grimmiger aussehen können. »Namen sollte man sorgfältig lesen. Es ist unverzeihlich, in solchen Dingen nachlässig zu sein.«

Linnet biss sich auf die Lippe und lief dunkelrot an. Sie war es nicht gewohnt, dass eine Entschuldigung von ihr auf diese Weise beantwortet wurde. Sie machte kehrt, ging zurück zu Simon und erklärte ärgerlich: »Diese Italiener sind wirklich unerträglich.«

»Mach dir nichts draus, Liebling, lass uns zu dem großen Elfenbeinkrokodil gehen, das dir so gefallen hat.« Gemeinsam schlenderten sie zurück an Land.

Poirot, der ihnen nachsah, wie sie über den Landungssteg gingen, hörte plötzlich jemanden tief Luft holen. Er drehte sich um, neben ihm stand Jacqueline de Bellefort. Ihre Hände umklammerten die Reling. Der Ausdruck in ihrem Gesicht, das sie ihm jetzt zuwandte, verwunderte ihn einigermaßen. Das war nicht mehr Frohlocken oder Bosheit. Jacqueline sah aus wie zerstört von einem zehrenden inneren Feuer.

»Es macht ihnen gar nichts mehr aus.« Die Wörter kamen leise und hastig. »Sie haben mich hinter sich gelassen. Ich komme nicht mehr an sie heran … Es ist ihnen egal, ob ich auch da bin oder nicht … Ich kann – ich kann denen gar nicht mehr wehtun …« Ihre Hände am Geländer zitterten.

»Mademoiselle –«

Sie fiel ihm ins Wort: »Oh, jetzt ist es zu spät – zu spät für Warnungen … Sie hatten recht. Ich hätte nicht herkommen dürfen. Nicht auf diese Reise. Wie haben Sie sie genannt? Eine Seelenreise? Ich kann nicht mehr zurück; ich muss weitermachen.

Und ich mache weiter. Sie dürfen nicht zusammen glücklich sein; sie dürfen nicht. Eher bringe ich ihn um …« Brüsk wandte sie sich ab und ging.

Poirot starrte ihr nach und fühlte plötzlich eine Hand auf seiner Schulter.

»Ihre kleine Freundin wirkt eine Spur durcheinander, Monsieur Poirot.«

Poirot drehte sich um und starrte überrascht in das Gesicht seines alten Bekannten. »Colonel Race.«

Der große, braungebrannte Mann lächelte. »Kleine Überraschung, was?«

Hercule Poirot hatte Colonel Race vor einem Jahr in London kennengelernt. Sie waren beide Gäste eines sehr seltsamen Dinners gewesen – eines Dinners, das mit dem Tod jenes seltsamen Mannes geendet hatte, der ihr Gastgeber gewesen war. Poirot wusste, dass Race immer unangemeldet kam und ging und sich gewöhnlich an einem der Vorposten des Empires aufhielt, an denen sich ein Konflikt zusammenbraute. »Sie sind also hier in Wadi Halfa«, stellte er fest.

»Ich bin hier an Bord.«

»Sie meinen?«

»Dass ich die Rückfahrt nach Shellal mit Ihnen zusammen antrete.«

Hercule Poirots Augenbrauen wanderten hoch. »Das ist sehr interessant. Sollen wir vielleicht eine Kleinigkeit trinken?«

Sie gingen in den Aussichtssalon, der jetzt ganz leer war. Poirot bestellte Whisky für den Colonel und eine doppelte Orangeade mit viel Zucker für sich.

»Sie fahren also mit uns zusammen zurück«, sagte Poirot und nippte am Glas. »Schneller wären Sie aber mit dem Linienschiff da, das tagsüber und nachts fährt?«

Colonel Race' Gesicht legte sich in anerkennende Falten. »Sie treffen den Nagel wie üblich auf den Kopf, Monsieur Poirot«, sagte er sehr freundlich.

»Dann sind es die Fahrgäste?«

»Ein Fahrgast.«

»Wer das wohl sein mag?«, fragte Poirot die verschnörkelte Salondecke.

»Das weiß ich leider selbst nicht«, sagte Race betrübt.

Poirot sah ihn neugierig an.

Race fuhr fort: »Ihnen gegenüber muss ich ja kein Geheimnis draus machen. Wir haben hier unten einen ziemlichen Haufen Ärger. Wir sind aber nicht hinter den Leuten her, die vermeintlich die Aufständischen anführen. Sondern hinter ein paar Männern, die höchst geschickt das Streichholz ans Pulver gehalten haben. Das waren drei. Einer ist tot. Einer im Gefängnis. Ich will den dritten Mann – der hat fünf oder sechs kaltblütige Morde auf dem Konto. Er ist einer der geschicktesten bezahlten Aufrührer, die es je gegeben hat … Und er ist auf diesem Schiff. Das weiß ich durch einen Brief, den wir abgefangen haben. Dechiffriert besagte der Absatz: ›X macht die *Karnak*-Tour vom Siebten bis zum Dreizehnten mit.‹ Es stand allerdings nicht drin, unter welchem Namen.«

»Haben Sie irgendeine Beschreibung?«

»Nein. Herkunft amerikanisch, irisch und französisch. Eine Art Promenadenmischung. Hilft uns nicht sehr. Fällt Ihnen dazu etwas ein?«

»Einfallen – das wäre schön«, sagte Poirot grüblerisch.

Sie lagen so auf einer Wellenlänge, dass Race ihn nicht weiter bedrängte. Er wusste, Hercule Poirot sagte immer erst etwas, wenn er sicher war.

Poirot schabte sich die Nase und sagte, noch immer nicht glücklich: »Es geht etwas vor auf diesem Schiff, das mir große Besorgnis verursacht.«

Race sah ihn fragend an.

»Stellen Sie sich«, fuhr Poirot fort, »eine Person A vor, die einer Person B schwer unrecht getan hat. Person B trachtet nach Rache. Person B stößt sogar Drohungen aus.«

»Und A und B sind beide an Bord?«

Poirot nickte. »Ganz recht.«

»B ist eine Frau, nehme ich an?«

»Ganz genau.«

Race zündete sich eine Zigarette an. »Dann würde ich mir keine Sorgen machen. Leute, die überall hinausposaunen, was sie alles machen wollen, machen es gewöhnlich nicht.«

»Und das ist insbesondere der Fall bei *les femmes*, würden Sie sagen! Ja, das stimmt.« Aber er sah nicht glücklich aus.

»Sonst noch etwas?«, fragte Race.

»Ja, da ist noch etwas. Gestern ist Person A nur ganz knapp dem Tod entronnen – und zwar der Art von Tod, die man günstigenfalls als Unfall bezeichnen könnte.«

»Eingefädelt von B?«

»Nein, genau das ist der Punkt. B kann nichts damit zu tun gehabt haben.«

»Dann *war* es ein Unfall.«

»Das nehme ich an – aber ich mag solche Unfälle nicht.«

»Und Sie sind ganz sicher, dass B die Hand nicht im Spiel gehabt haben kann?«

»Absolut.«

»Tja, nun, Zufälle gibt's. Wer ist A denn so? Jemand ausgesprochen Widerwärtiges?«

»Im Gegenteil. A ist eine bezaubernde, reiche und schöne junge Dame.«

Race grinste. »Klingt nach Schnulze.«

»*Peut-être.* Aber ich sage Ihnen, ich bin nicht glücklich darüber, mein Freund. Wenn ich recht habe, und ich habe ja nun mal die Angewohnheit, ständig recht zu haben« – bei dieser für Poirot typischen Bemerkung lächelte Race in seinen Moustache –, »dann ist das alles Anlass zu ernster Besorgnis. Und jetzt kommen *Sie* und fügen noch eine weitere Komplikation dazu. Sie erzählen mir, auf der *Karnak* sei auch noch ein Mann, der Leute umbringt.«

»Aber im Allgemeinen keine bezaubernden jungen Damen.«

Poirot schüttelte unzufrieden den Kopf. »Ich habe Angst, mein Freund«, sagte er, »ich fürchte … Heute habe ich jener Dame, Madame Doyle, geraten, mitsamt ihrem Mann nach Khartum weiterzufahren und nicht an Bord zurückzukehren. Aber beide wollten nicht. Ich bete zum Himmel, dass wir ohne Katastrophen in Shellal ankommen.«

»Sehen Sie das nicht alles ein bisschen düster?«

Wieder schüttelte Poirot den Kopf. »Ich habe Angst«, sagte er schlicht. »Ja, ich, Hercule Poirot, habe Angst …«

Zwölftes Kapitel

Cornelia Robson stand im Tempel von Abu Simbel. Es war der Abend des nächsten Tages – ein heißer, stiller Abend. Die *Karnak* hatte noch einmal in Abu Simbel Anker geworfen, damit die Passagiere den Tempel ein zweites Mal besichtigen konnten, diesmal im Kunstlicht. Der Unterschied war beträchtlich, und Cornelia sprach erstaunt Mr Ferguson darauf an, der neben ihr stand. »Ah, jetzt kann man das so viel besser sehen!«, rief sie aus. »All diese Feinde, denen der König die Köpfe abgeschlagen hat – die heben sich jetzt viel besser ab. Da ist ja auch ein tolles Schloss, das hatte ich noch gar nicht bemerkt. Schade, dass Dr. Bessner nicht hier ist, der könnte mir erklären, was das ist.«

»Wie Sie den alten Trottel aushalten, ist mir ein Rätsel«, maulte Ferguson.

»Wieso, das ist einfach einer der freundlichsten Männer, die mir je begegnet sind.«

»Ein aufgeblasener alter Langweiler.«

»Ich finde, Sie dürfen über ihn nicht so reden.«

Plötzlich packte der junge Mann ihren Arm. Sie traten gerade aus dem Tempel ins Mondlicht.

»Warum liegt Ihnen so viel daran, sich von einem alten Fettsack anöden – und von einer bösartigen alten Vettel kujonieren und schikanieren zu lassen?«

»Aber Mr Ferguson!«

»Haben Sie denn gar keinen Mumm? Wissen Sie nicht, dass Sie genauso gut sind wie die?«

»Bin ich doch gar nicht!« Cornelia sagte es aufrichtig überzeugt.

»Sie sind nicht so reich; das ist aber auch alles.«

»Nein, ist es nicht. Cousine Marie hat Kultur und –«

»Kultur!« Der junge Mann ließ ihren Arm ebenso abrupt wieder los, wie er ihn gepackt hatte. »Bei dem Wort wird mir übel.«

Cornelia sah ihn entsetzt an.

»Sie mag es nicht, wenn Sie mit mir reden, nicht?«, fragte der junge Mann.

Cornelia lief rot an und sah verlegen drein.

»Und warum nicht? Weil sie denkt, ich bin ihr gesellschaftlich nicht ebenbürtig! Pah! Sehen Sie da nicht rot?«

Cornelia stotterte: »Mir wäre es lieber, Sie würden sich nicht so aufregen.«

»Aber ist Ihnen denn nicht klar – Sie sind doch Amerikanerin –, dass jeder Mensch frei und gleich geboren ist?«

»Stimmt doch gar nicht«, sagte Cornelia ruhig und fest.

»Mein gutes Mädchen, das steht in Ihrer Verfassung!«

»Cousine Marie sagt, Politiker sind keine Gentlemen«, erwiderte Cornelia. »Und Menschen sind natürlich nicht gleich. Das ist Unsinn. Ich weiß, ich sehe irgendwie hausbacken aus, und früher hat mich das manchmal beschämt, aber darüber bin ich jetzt weg. Ich wäre auch lieber so elegant und schön wie Mrs Doyle geboren worden, bin ich aber nicht, also ist es wohl auch unnütz, sich darüber zu ärgern.«

»Mrs Doyle!«, rief Ferguson mit tiefster Verachtung. »Das ist die Sorte Frau, die erschossen gehört, als Exempel.«

Cornelia sah ihn besorgt an. »Das ist bestimmt Ihre Verdauung«, sagte sie fürsorglich. »Ich habe eine besondere Pepsin-Art, die Cousine Marie mal probiert hat. Möchten Sie die auch mal versuchen?«

Mr Ferguson sagte nur: »Sie sind unmöglich!« Dann drehte er sich um und eilte davon.

Cornelia ging zurück zum Schiff. Als sie die Gangway betreten wollte, hatte er sie wieder eingeholt. »Sie sind der netteste Mensch an Bord«, sagte er. »Vergessen Sie das bloß nie.«

Cornelia wurde rot vor Freude und lief zum Aussichtssalon. Dort saß Miss Van Schuyler ins Gespräch mit Dr. Bessner vertieft – ein freundliches Gespräch über gewisse königliche Patienten, die er hatte. Cornelia sagte schuldbewusst: »Ich hoffe, ich war nicht zu lange weg, Cousine Marie.«

Die alte Dame sah auf die Armbanduhr und schnarrte sie an: »Beeilt hast du dich nicht gerade, meine Liebe. Und was hast du mit meiner Samtstola angestellt?«

Cornelia sah sich um. »Soll ich nachsehen, ob sie in der Kabine ist, Cousine Marie?«

»Natürlich ist sie da nicht! Ich hatte sie hier drin nach dem Dinner, und ich habe diesen Raum nicht verlassen. Sie lag auf dem Stuhl da.«

Cornelia suchte planlos herum. »Ich sehe sie nirgends, Cousine Marie.«

»Unfug!«, sagte Miss Van Schuyler. »Sieh überall nach.« Das war ein Befehl, wie man ihn einem Hund gibt, und Cornelia gehorchte wie üblich wie ein Hündchen. Der stille Mr Fanthorp stand vom Nebentisch auf, wo er gesessen hatte, um ihr zu helfen. Aber die Stola war nicht zu finden.

Der Tag war so ungewöhnlich heiß und drückend gewesen, dass die meisten Leute sich nach dem Besuch des Tempels zurückgezogen hatten. Die Doyles dagegen spielten mit Pennington und Race an einem Ecktisch Bridge. Der einzige weitere Gast im Salon war Hercule Poirot, der an einem Tischchen neben der Tür saß und sich die Seele aus dem Leib gähnte.

Miss Van Schuyler, eskortiert von Cornelia und Miss Bowers auf dem königlichen Rückmarsch Richtung Bett befindlich, machte neben seinem Stuhl halt. Artig sprang er hoch und unterdrückte ein Gähnen von gargantuesken Ausmaßen.

Miss Van Schuyler erklärte: »Ich habe erst jetzt erfahren, wer Sie sind, Monsieur Poirot. Ich darf Ihnen sagen, dass ich über meinen alten Freund Rufus Van Aldin von Ihnen gehört habe. Sie müssen mir gelegentlich von Ihren Fällen erzählen.«

Poirot, dessen Augen trotz Übermüdung leise blitzten, verbeugte sich übertrieben tief. Miss Van Schuyler rauschte mit einem freundlich herablassenden Kopfnicken von dannen. Poirot gähnte noch einmal. Er fühlte sich schwer und albern vor lauter Müdigkeit und konnte die Augen kaum noch offen halten. Er sah hinüber zur Bridgerunde, die völlig in ihr Spiel vertieft war, und dann zum jungen Fanthorp, der in ein Buch versunken schien. Von ihnen abgesehen war der Salon leer.

Er ging durch die Schwingtür hinaus auf das Deck. Jacqueline de Bellefort kam den Gang entlanggelaufen und stieß fast mit ihm zusammen.

»*Pardon,* Mademoiselle.«

»Sie sehen müde aus, Monsieur Poirot«, sagte sie.

Er gab es sofort zu: »*Mais oui* – ich bin völlig übermüdet. Ich kann kaum die Augen offen halten. Es war ein sehr schwüler, drückender Tag.«

»Ja.« Sie schien darüber zu brüten. »Es war die Art Tag, an dem alles Mögliche – kaputtgeht! Zerbricht! An dem man einfach nicht mehr weiterkann ...« Ihre Stimme war leise und gefühlsgeladen. Sie sah nicht zu ihm, sondern auf den Ufersand. Ihre Hände waren verkrampft, steif ...

Plötzlich löste sich die Spannung, und sie sagte: »Gute Nacht, Monsieur Poirot.«

»Gute Nacht, Mademoiselle.«

Einen ganz kurzen Moment begegneten sich ihre Blicke.

Als er am nächsten Tag darüber nachdachte, kam er zu dem Schluss, dass in ihrem Blick etwas Flehendes gelegen hatte. Er sollte sich später daran erinnern.

Jetzt ging er zu seiner Kabine und sie zum Salon.

Cornelia hatte Miss Van Schuylers diverse Wünsche und Schrullen befriedigt und kam mit Stickzeug zurück in den Salon. Sie war alles andere als müde. Sie fühlte sich im Gegenteil hellwach und leicht aufgeregt.

Die vier saßen noch immer beim Bridge. Der stille Fanthorp las immer noch sein Buch. Cornelia nahm Platz und fing an zu sticken. Plötzlich schwang die Tür auf, und Jacqueline de Bellefort kam herein. Vor der Tür blieb sie stehen, den Kopf in den Nacken geworfen. Dann drückte sie eine Klingel, schlenderte auf Cornelia zu und setzte sich.

»An Land gewesen?«, fragte sie.

»Ja. Ich fand es einfach hinreißend im Mondschein.«

Jacqueline nickte. »Ja, wunderbare Nacht ... So richtig für Flitterwochen.« Ihr Blick wanderte zum Bridgetisch – und ruhte einen Moment lang auf Linnet Doyle.

Der Kellner erschien auf das Klingeln hin. Jacqueline bestellte einen doppelten Gin. Während sie mit dem Kellner sprach, warf ihr Simon Doyle einen raschen Blick zu. Zwischen seinen Augenbrauen zeichnete sich ein feiner, ängstlicher Strich ab.

Seine Frau sagte: »Simon, wir warten auf deine Ansage.«

Jacqueline summte vor sich hin. Als der Gin kam, nahm sie das Glas, sagte: »Alsdann, auf das Verbrechen«, trank es leer und bestellte dasselbe noch mal.

Wieder sah Simon vom Bridgetisch herüber. Er war nicht mehr richtig bei der Sache. Sein Partner Pennington ermahnte ihn.

Jacqueline fing wieder an zu summen, zuerst sehr leise, dann lauter: *»Er war ihr Mann, und er tat ihr weh ...«*

»Tut mir leid«, sagte Simon zu Pennington. »War dumm von mir, Ihre Farbe nicht zurückzuspielen. So haben die anderen den Rubber gemacht.«

Linnet stand auf. »Ich bin müde. Ich gehe wohl ins Bett.«

»Wird Zeit für eine Runde Schlaf«, sagte Colonel Race.

»Ich gehe auch«, pflichtete Pennington bei.

»Kommst du, Simon?«

»Jetzt noch nicht«, sagte Doyle langsam. »Ich glaube, ich nehme erst noch einen Schluck.«

Linnet nickte und ging hinaus, Race folgte ihr. Pennington trank sein Glas leer und ging ebenfalls.

Cornelia fing an, ihr Stickzeug zusammenzulegen.

»Gehen Sie noch nicht zu Bett, Miss Robson«, sagte Jacqueline. »Bitte nicht. Ich habe Lust, die Nacht durchzumachen. Lassen Sie mich nicht allein.«

Cornelia setzte sich wieder.

»Wir Mädels müssen doch zusammenhalten«, sagte Jacqueline. Sie warf den Kopf zurück und lachte – ein schrilles, sehr unfröhliches Lachen.

Der zweite Gin kam.

»Trinken Sie auch etwas«, sagte Jacqueline.

»Nein, vielen Dank«, antwortete Cornelia.

Jacqueline wippte mit dem Stuhl nach hinten und summte dazu sehr laut: *»Er war ihr Mann, und er tat ihr weh …«*

Mr Fanthorp blätterte eine Seite weiter in »Europa von innen«.

Simon Doyle nahm eine Illustrierte.

»Ich glaube, ich gehe jetzt wirklich zu Bett«, sagte Cornelia. »Es ist schon sehr spät.«

»Sie können jetzt nicht zu Bett«, verfügte Jacqueline. »Ich verbiete es Ihnen. Erzählen Sie mir von sich.«

»Na ja – ich weiß nicht. Da gibt es nicht viel zu erzählen«, stotterte Cornelia. »Ich habe immer zu Hause gewohnt, ich bin noch nicht weit herumgekommen. Das ist meine erste Reise nach Europa. Und ich liebe einfach jede Minute davon.«

Jacqueline lachte. »Sie sind eine glückliche Natur, nicht? Gott, ich wäre gern Sie.«

»Oh, Sie? Aber, ich meine – bestimmt –«

Cornelia war verwirrt. Miss de Bellefort trank mit Sicherheit zu viel. Für Cornelia war so etwas zwar nicht gerade sensationell, sie hatte eine Menge Trunkenheit während der Prohibition gesehen. Aber da war noch etwas … Jacqueline de Bellefort redete mit ihr – sah sie an – und trotzdem hatte Cornelia das Gefühl, als redete sie irgendwie zu jemand anderem …

Aber es gab doch nur noch zwei andere Leute im Salon,

Mr Fanthorp und Mr Doyle. Mr Fanthorp schien ganz in sein Buch vertieft. Mr Doyle sah allerdings ziemlich merkwürdig aus – er hatte etwas argwöhnisch Beobachtendes im Gesicht.

Jacqueline sagte noch einmal: »Erzählen Sie mir von sich.«

Die stets folgsame Cornelia versuchte es. Sie erzählte ziemlich umständlich und mit unnötigen winzigen Einzelheiten aus ihrem täglichen Leben. Sie war es überhaupt nicht gewohnt, selbst zu reden. Ihre Rolle war, ständig zuzuhören. Aber Miss de Bellefort schien alles Mögliche wissen zu wollen. Sie drängte sogar, wenn Cornelia anfing zu stottern und zu schweigen: »Nur zu – erzählen Sie weiter.«

Und so erzählte Cornelia weiter (»Natürlich ist Mutter sehr empfindlich – an manchen Tagen rührt sie nur Getreideflocken an …«), in dem unangenehmen Bewusstsein, dass alles, was sie sagte, hochgradig uninteressant war, und gleichzeitig geschmeichelt, weil das andere Mädchen sich scheinbar dafür interessierte. Aber tat sie das wirklich? Hörte sie nicht eigentlich woanders hin – *auf* etwas anderes vielleicht? Sie sah zwar Cornelia an, schon, aber saß da nicht *jemand anders* im Raum? »Wir haben natürlich sehr guten Kunstunterricht, und letzten Winter hatte ich –« (Wie spät war es eigentlich? Bestimmt sehr spät. Sie hatte ja geredet und geredet. Wenn doch nur irgendetwas Richtiges passierte –)

Und dann passierte etwas, auf der Stelle, als wäre es eine Reaktion auf ihren Wunsch. Nur dass es in diesem Augenblick völlig normal schien.

Jacqueline drehte den Kopf und sprach Simon Doyle an. »Drück die Klingel, Simon. Ich möchte noch etwas zu trinken.«

Simon Doyle sah von der Illustrierten hoch und sagte ruhig: »Die Stewards sind schlafen gegangen. Es ist nach Mitternacht.«

»Und ich sage, ich möchte noch etwas zu trinken.«

»Du hast mehr als genug getrunken, Jackie.«

Sie schwang herum. »Was geht dich das denn an?«

Er zuckte die Schultern. »Nichts.«

Sie starrte ihn lange an. Dann sagte sie: »Was ist denn los, Simon? Hast du Angst?«

Simon gab keine Antwort, sondern nahm umständlich seine Illustrierte wieder zur Hand.

Cornelia murmelte: »Oh, Himmel – schon so spät – ich – muss –« Sie fing an herumzunesteln und ließ den Fingerhut fallen.

Jacqueline sagte: »Gehen Sie nicht zu Bett. Ich brauche eine zweite Frau hier – zu meiner Unterstützung.« Sie lachte auf. »Wissen Sie, wovor unser Simon hier Angst hat? Er hat Angst, dass *ich* Ihnen die Geschichte *meines* Lebens erzähle.«

»Ach, wirklich?« Cornelia war im Bann widersprüchlicher Gefühle. Das Ganze war ihr schrecklich peinlich, aber gleichzeitig spürte sie einen wohligen Schauer. Wie – wie *finster* Simon Doyle aussah.

»Tja, das ist nämlich eine sehr traurige Geschichte«, sagte Jacqueline mit sanfter, leiser und ironischer Stimme. »Er hat mich sehr schlecht behandelt, nicht wahr, Simon?«

Simon Doyle sagte grob: »Geh ins Bett, Jackie. Du bist betrunken.«

»Wenn es dir peinlich ist, Simon, mein Lieber, dann solltest du lieber gehen.«

Simon Doyle sah sie an. Die Hand mit der Illustrierten zitterte leicht, aber er sagte fest und hart: »Ich bleibe.«

Cornelia murmelte zum dritten Mal: »Ich muss wirklich – es ist so spät –«

»Sie sollen nicht gehen«, erwiderte Jacqueline und drückte sie in den Stuhl zurück. »Sie sollen dableiben und hören, was ich zu sagen habe.«

»Jackie«, sagte Simon scharf, »du machst dich lächerlich! Geh um Gottes willen ins Bett.«

Jacqueline schoss im Stuhl hoch. Die Wörter brachen nur so aus ihr heraus, schnell und zischend wie ein Strom. »Du hast Angst vor einer Szene, nicht wahr? Weil du so englisch bist – so zugeknöpft. Du willst, dass ich mich ›anständig‹ benehme, nicht wahr? Mir ist aber ganz egal, ob mein Benehmen anständig ist oder nicht! Du solltest lieber machen, dass du hier rauskommst – weil ich jetzt nämlich erzähle – und zwar eine Menge.«

Jim Fanthorp klappte leise sein Buch zu, gähnte, sah auf seine Uhr, stand auf und ging. Ein sehr britischer und ausgesprochen unglaubwürdiger Auftritt.

Jacqueline fuhr herum und starrte Simon an. »Du verdammter Idiot«, sagte sie mit belegter Stimme, »hast du geglaubt, du kannst so mit mir umspringen und damit durchkommen?«

Simon Doyle machte den Mund auf, aber gleich wieder zu. Er saß einfach schweigend da, als ob er hoffte, ihr Ausbruch würde von selbst erlahmen, wenn er nichts sagte, was sie noch mehr hätte reizen können.

Jacquelines Stimme war belegt und nicht sehr deutlich. Die an schiere Emotion jedweder Art nicht gewöhnte Cornelia war fasziniert.

»Ich habe dir erklärt«, fing Jacqueline wieder an, »eher bringe ich dich um, als dass ich zusehe, wie du zu einer anderen Frau gehst … Glaubst du etwa, ich habe das nicht so gemeint? *Dann irrst du dich.* Ich habe bisher nur – gewartet! Du bist mein Mann! Hörst du? Du gehörst mir …«

Noch immer schwieg Simon. Jacqueline nestelte eine Zeitlang auf ihrem Schoß herum. Dann beugte sie sich vor: »Ich habe dir gesagt, dass ich dich umbringe, und das habe ich ernst gemeint …« Und plötzlich schoss ihre Hand hoch und hielt etwas Blitzendes, Schimmerndes. »Ich werde dich erschießen wie einen Hund – wie der räudige Hund, der du bist …«

Jetzt endlich handelte Simon. Er sprang auf, aber im selben Augenblick drückte sie ab …

Simon krümmte sich, stürzte – fiel auf einen Stuhl … Cornelia schrie auf und rannte zur Tür. Jim Fanthorp lehnte über der Reling an Deck. Sie rief ihn. »Mr Fanthorp … Mr Fanthorp …«

Er lief zu ihr, sie klammerte sich an ihn. »Sie hat ihn erschossen –! Oh, sie hat ihn erschossen ...«

Simon Doyle lag da, wie er gefallen war, quer über dem Stuhl ... Jacqueline stand wie gelähmt daneben. Sie zitterte heftig und starrte aus angstvoll aufgerissenen Augen auf den karmesinroten Fleck, der sich auf Simons Hosenbein ausbreitete, direkt unter dem Knie; er presste ein Taschentuch auf die Stelle.

»Ich wollte doch nicht ... Oh, mein Gott, ich wollte wirklich nicht ...«, stieß sie hervor.

Die Pistole entglitt ihrer bebenden Hand und fiel klappernd zu Boden. Sie schubste sie mit dem Fuß weg. Sie schlitterte unter eins der Sofas.

Simon stöhnte mit schwacher Stimme: »Fanthorp, um Himmels willen ... da kommt jemand ... Sagen Sie, es ist alles in Ordnung ... ein Unfall ... irgendwas. Es darf keinen Skandal deshalb geben.«

Fanthorp begriff sofort und nickte. Er lief zur Tür, in der ein verstörtes nubisches Gesicht aufgetaucht war, und sagte: »In Ordnung – alles in Ordnung! War nur Spaß!«

Das schwarze Gesicht sah erst skeptisch, dann verwirrt und schließlich beruhigt drein. Danach zeigte der schwarze Boy ein breites Grinsen, nickte und ging davon.

Fanthorp kam wieder zurück. »Geht in Ordnung. Glaub nicht, dass irgendjemand sonst etwas gehört hat. Klang ja auch bloß wie ein Korken. Als Nächstes muss man –« Er brach ab.

Jacqueline hatte plötzlich hysterisch zu wimmern angefangen. »O Gott, wäre ich doch lieber tot ... Ich bringe mich um. Es wäre besser, wenn ich tot wäre ... Oh, was habe ich getan ... was habe ich getan?«

Cornelia stürzte zu ihr. »Schschsch, Liebes, beruhigen Sie sich.«

Simon drängte mit schweißüberströmtem, schmerzverzerrtem Gesicht: »Schaffen Sie sie weg. Schaffen Sie sie um Gottes willen hier raus! Bringen Sie sie in ihre Kabine, Fanthorp. Bitte,

Miss Robson, holen Sie Ihre Pflegerin.« Er sah flehend von einer zum anderen. »Lassen Sie sie nicht allein. Sehen Sie zu, dass sie in Sicherheit ist und die Pflegerin auf sie aufpasst. Dann schnappen Sie sich den alten Bessner und schaffen ihn hierher. Und sorgen Sie um Gottes willen dafür, dass meine Frau nichts davon mitkriegt.«

Jim Fanthorp nickte einverständlich. Im Notfall war der schweigsame junge Mann offenbar besonnen und kompetent. Cornelia und er schleppten gemeinsam die wimmernde, um sich schlagende Jacqueline aus dem Salon und übers Deck zu ihrer Kabine. Dort fing sie wieder an, Ärger zu machen, wollte sich losreißen, schluchzte noch lauter. »Ich gehe ins Wasser ... Ich ertränke mich ... Ich bin nicht lebenstüchtig ... Oh, Simon – Simon!«

Fanthorp sagte zu Cornelia: »Holen Sie lieber Miss Bowers. Ich bleibe solange hier.«

Cornelia nickte und lief los.

Kaum war sie draußen, klammerte Jacqueline sich an Fanthorp. »Sein Bein – es blutet – gebrochen ... Wenn er nun verblutet. Ich muss zu ihm ... Oh, Simon – Simon – wie konnte ich nur?« Sie wurde wieder lauter.

Fanthorp bat inständig: »Ruhig – ganz ruhig ... Er wird schon wieder.«

Sie schlug wieder um sich. »Lassen Sie mich los! Ich will über Bord springen ... Lassen Sie mich sterben!«

Fanthorp packte sie an der Schulter und drückte sie aufs Bett. »Sie müssen hierbleiben. Machen Sie nicht so viel Wirbel. Reißen Sie sich zusammen. Es ist alles in Ordnung, ganz bestimmt.«

Zu seiner Erleichterung wurde das durchgedrehte Mädchen wirklich ein bisschen gefasster, trotzdem war er froh, als der Vorhang aufging und die tüchtige Miss Bowers hereinkam, in einem scheußlichen Kimono, aber adrett und mitsamt Cornelia.

»Nun«, fragte sie forsch, »was ist hier los?« Dann übernahm

sie das Kommando ohne eine Andeutung von Erstaunen oder Beunruhigung.

Fanthorp überließ die völlig überreizte Jacqueline dankbar Miss Bowers' geschulten Händen und lief zu der von Dr. Bessner bewohnten Kabine. Er klopfte und trat sofort danach ein. »Dr. Bessner?«

Dem entrang sich zuerst ein gigantischer Schnarcher, dann eine verdutzte Stimme: »Wie? Was gibt's?«

Fanthorp hatte inzwischen Licht gemacht. Der Doktor blinzelte ihn an und sah aus wie ein riesiger Uhu.

»Es geht um Doyle. Er wurde angeschossen. Miss de Bellefort hat geschossen. Er ist im Aussichtssalon. Können Sie mitkommen?«

Der beleibte Doktor war sofort bereit. Er stellte ein paar kurze Fragen, zog Hausschuhe und Morgenmantel an, griff sein Köfferchen und folgte Fanthorp in den Salon.

Simon hatte es mittlerweile geschafft, das Fenster neben sich zu öffnen. Er lehnte mit dem Kopf an der Scheibe und sog frische Luft ein. Sein Gesicht war totenbleich.

Dr. Bessner ging zu ihm. »Ha! Na? Was haben wir denn hier?«

Ein blutgetränktes Taschentuch lag am Boden, und der Teppich hatte einen dunklen Fleck.

Der Doktor unterbrach seine Untersuchung hin und wieder mit teutonischen Grunzlauten und Ausrufen. »Tja, sieht böse aus ... Der Knochen ist gesplittert. Viel Blutverlust. Herr Fänssorp, Sie und ich, wir müssen ihn in meine Kabine bringen. So – sehen Sie. Er darf nicht gehen. Wir müssen ihn tragen, so.«

Sie hatten ihn gerade hochgehoben, als Cornelia in der Tür erschien. Der Doktor grunzte zufrieden bei ihrem Anblick. »Ach, Sie sind's? Fabelhaft. Kommen Sie mit. Ich brauche eine Assistentin. Sie können das bestimmt besser als mein junger Freund hier. Der ist schon ein bisschen blass um die Nase.«

Fanthorp lächelte ziemlich matt. »Soll ich Miss Bowers holen?«, fragte er.

»Die junge Dame hier wird das tadellos machen«, erwiderte Dr. Bessner. »Sie kippen doch nicht um oder drehen durch, hm?«

»Ich tue alles, wie Sie es wollen«, sagte Cornelia eifrig.

Er nickte zufrieden. Die Prozession zog über das Deck. Die folgenden zehn Minuten waren chirurgisch drastisch, und Mr Fanthorp kam damit gar nicht gut zurecht. Er genierte sich auch, weil Cornelia in solchen Dingen offenbar stärker war.

»So«, verkündete Dr. Bessner endlich, »besser kriege ich das nicht hin. Sie waren heldenhaft, mein Freund.« Er klopfte Simon anerkennend auf die Schulter. Dann krempelte er die Ärmel hoch und zückte eine Spritze. »Ich gebe Ihnen jetzt etwas, damit Sie schlafen. Ihre Frau, was ist denn mit ihr?«

»Sie braucht das nicht zu wissen vor morgen früh«, sagte Simon schwach. »Ich – Sie dürfen das nicht auf Jackie schieben. Es war alles meine Schuld. Ich habe sie schändlich behandelt. Das arme Kind – sie wusste doch gar nicht, was sie tat …«

Dr. Bessner nickte verständnisvoll. »Ja, ja – das verstehe ich …«

»Meine Schuld«, beharrte Simon. Sein Blick wanderte zu Cornelia. »Jemand – muss bei ihr bleiben. Sie könnte sich doch – etwas antun –«

Dr. Bessner gab ihm die Spritze. Cornelia erklärte ruhig und sachkundig: »Ist schon in Ordnung, Mr Doyle. Miss Bowers wird die ganze Nacht bei ihr bleiben …«

Ein dankbarer Ausdruck huschte über Simons Gesicht. Sein ganzer Körper entspannte sich. Die Augen fielen ihm zu. Aber plötzlich riss er sie wieder auf. »Fanthorp?«

»Ja, Doyle?«

»Die Pistole … darf man da nicht … herumliegen lassen. Die Boys finden die sonst morgens …«

Fanthorp nickte. »Völlig richtig. Ich hole sie sofort.« Er ging aus der Kabine und den Gang entlang. Miss Bowers erschien in Jacquelines Kabinentür.

»Gleich geht es ihr besser«, meldete sie. »Ich habe ihr Morphium gespritzt.«

»Aber Sie bleiben doch bei ihr?«

»Oh, ja. Morphin regt manche Leute auf. Ich bleibe die ganze Nacht.«

Fanthorp lief weiter zum Salon. Ein paar Minuten später klopfte es an Dr. Bessners Kabinentür. »Dr. Bessner?«

Der beleibte Doktor öffnete. »Ja?«

Fanthorp bat ihn mitzukommen. »Sehen Sie doch mal – ich kann diese Pistole nicht finden.«

»Was meinen Sie?«

»Die Pistole. Sie ist ihr aus der Hand gefallen. Sie hat sie weggeschubst und sie ist unter ein Sofa gerutscht. Aber da liegt sie nicht mehr.«

Sie sahen sich an.

»Wer kann sie denn genommen haben?«

Fanthorp zuckte die Schultern.

Bessner sagte: »Das ist ja seltsam. Aber ich wüsste nicht, was wir da machen könnten.«

Verwundert und leicht beunruhigt verabschiedeten sich die beiden Männer.

Dreizehntes Kapitel

Hercule Poirot wischte sich eben den Schaum vom frischrasierten Gesicht, als es kurz an seiner Tür klopfte und gleich danach Colonel Race eintrat, ohne sich mit Förmlichkeiten aufzuhalten.

»Ihr Instinkt war ganz richtig«, sagte er knapp. »Es ist passiert.«

Poirot richtete sich auf und fragte harsch: »Was ist passiert?«

»Linnet Doyle ist tot – Kopfschuss, gestern Nacht.«

Poirot schwieg eine Weile und sah zwei Szenen lebhaft vor sich – ein Mädchen in einem Garten in Assuan, atemlos und mit harter Stimme erklärend: »Ich möchte ihr meine liebe kleine Pistole ganz dicht an den Kopf halten und abdrücken«, und dieselbe Stimme, die etwas später gesagt hatte: »Man hat das Gefühl, man kann nicht mehr weiter – das ist so ein Tag, an dem etwas zerbricht«, dazu dieses kurze, flehende Blitzen in ihren Augen. Was war mit ihm los gewesen, dass er auf dieses Flehen nicht reagiert hatte? Er war blind, taub und verblödet vor lauter Schlafbedürfnis gewesen.

Race berichtete weiter: »Da ich ohnehin in dienstlichem Auftrag hier bin, haben sie mich hinzugezogen und mir die Sache übertragen. Das Schiff soll in einer halben Stunde ablegen, aber es fährt erst, wenn ich den Befehl gebe. Es ist natürlich möglich, dass der Mörder vom Land gekommen ist.«

Poirot schüttelte den Kopf.

Race pflichtete ihm bei. »Sehe ich auch so. Das kann man getrost ausschließen. Tja, Mann, dann sind Sie dran. Das ist Ihre Sache.«

Wieselflink hatte Poirot sich in seine Garderobe geworfen. »Ich stehe zu Ihrer Verfügung«, sagte er nur.

Beide Männer traten hinaus aufs Deck.

»Bessner müsste schon da sein«, sagte Race, »ich habe den Steward nach ihm geschickt.«

Das Schiff hatte vier Luxuskabinen mit Bädern. Die zwei auf der Backbordseite wurden von Dr. Bessner und Andrew Pennington bewohnt, die auf der Steuerbordseite von Miss Van Schuyler und von Linnet Doyle. Gleich daneben lag die Ankleidekabine ihres Mannes.

Vor Linnet Doyles Kabine stand ein Steward mit weißem Gesicht. Er hielt ihnen die Tür auf, und sie gingen hinein. Dr. Bessner stand über das Bett gebeugt. Als die beiden eintraten, sah er hoch und grunzte etwas.

»Was können Sie uns über die Angelegenheit sagen, Doktor?«, fragte Race.

Bessner kratzte sich nachdenklich das unrasierte Kinn. »Ach! Sie ist erschossen worden – aus unmittelbarer Nähe. Sehen Sie mal – hier über dem Ohr – da ging die Kugel hinein. Eine sehr kleine Kugel – ich würde sagen Kaliber zweiundzwanzig. Der Schuss war aufgesetzt, sehen Sie hier, da ist es schwarz.«

Wieder schwappte eine Erinnerungswelle hoch, die Poirot mit Unbehagen erfüllte, als er an die Worte in Assuan dachte.

Bessner fuhr fort: »Sie hat geschlafen; einen Kampf hat es nicht gegeben; der Mörder hat sich im Dunkeln angeschlichen und sie erschossen, so, wie sie dalag.«

»Ah! *Non!*«, rief Poirot aus. Das alles beleidigte seinen Sinn für Psychologie. Jacqueline de Bellefort, mit einer Pistole in der Hand im Dunkeln in eine Kabine schleichend – nein, es »stimmte« nicht, dieses Bild.

Bessner starrte ihn durch seine dicken Brillengläser an. »Aber so ist es passiert, ich sage es Ihnen.«

»Ja, ja. Ich meinte auch nicht Ihre Beschreibung. Ich wollte Ihnen gar nicht widersprechen.«

Bessner grunzte befriedigt.

Poirot kam näher und stellte sich neben ihn. Linnet Doyle lag auf der Seite. Ihre Haltung war natürlich und friedvoll. Aber oberhalb des Ohrs war ein winziges Loch mit einer Kruste aus getrocknetem Blut drum herum.

Poirot schüttelte traurig den Kopf.

Dann fiel sein Blick auf die weiße Wand genau vor ihm, und er holte tief Luft. Das saubere Weiß war beschmiert mit einem großen, krakeligen J in irgendeiner bräunlich roten Farbe. Poirot starrte es an, dann beugte er sich über die Tote und hob sehr behutsam ihre rechte Hand hoch. Deren einer Finger hatte bräunlich rote Flecken. *»Nom d'un nom d'un nom!«*, stieß er hervor.

»Wie? Was ist?« Dr. Bessner sah hoch. »Ach! *Das.*«

Race sagte: »Ich will verdammt sein. Was sagt Ihnen das, Poirot?«

Poirot wippte kurz auf den Zehenspitzen. »Sie fragen, was mir das sagt? *Eh bien*, das ist doch ganz einfach, nicht? Madame Doyle liegt im Sterben; sie will aber mitteilen, wer ihr Mörder war, also schreibt sie mit einem Finger, den sie in ihr eigenes Blut getaucht hat, den Anfangsbuchstaben des Namens. O ja, das ist erstaunlich einfach.«

»Ach, aber –«

Dr. Bessner wollte lospoltern, aber eine gebieterische Geste von Race brachte ihn zum Schweigen. »Und das beeindruckt Sie so?«, fragte Race langsam.

Poirot drehte sich zu ihm und nickte. »Ja, ja. Es ist, wie ich sagte, von erstaunlicher Einfachheit! Es ist einem so vertraut, nicht wahr? Es ist so oft passiert auf den Seiten von Kriminalromanzen! Es ist inzwischen tatsächlich ein bisschen *vieux jeu*! Es legt den Verdacht nahe, unser Mörder ist – altmodisch!«

»Ich verstehe …«, sagte Race und pfiff durch die Zähne. »Zuerst dachte ich –«

»Dass ich auf jedes melodramatische Klischee hereinfalle?«,

unterbrach ihn Poirot mit einem flüchtigen Lächeln. »Aber entschuldigen Sie, Dr. Bessner, was wollten Sie gerade sagen?«

»Dass Ihre Theorie absurd ist! Völlig unsinnig! Die arme Frau starb sofort. Sie konnte nicht mehr ihren Finger in ihr Blut tauchen und einen Buchstaben an die Wand malen, Sie sehen selbst, dass sie kaum geblutet hat. Das Ganze ist Unsinn.«

»*C'est de l'enfantillage*«, bestätigte Poirot.

»Aber dahinter steckte doch eine Absicht«, fand Race.

»Das – natürlich«, stimmte Poirot zu und bekam ein ernstes Gesicht.

»Wofür steht denn das J?«, fragte Race.

Poirots Antwort kam sofort: »J steht für Jacqueline de Bellefort, eine junge Dame, die mir vor nicht einmal einer Woche erklärt hat, sie täte nichts lieber als …« Er setzte eine Pause und zitierte dann sorgfältig: »… ›meine liebe kleine Pistole ganz dicht an ihren Kopf halten und dann einfach mit meinem Finger –‹«

»Gott im Himmel!«, rief Dr. Bessner aus.

Einen Augenblick lang herrschte Schweigen. Dann holte Race einmal tief Luft und fragte: »Und genau das ist hier getan worden?«

Bessner nickte. »So ist es, ja. Es war eine sehr kleinkalibrige Pistole – wie ich schon sagte, wahrscheinlich eine Zweiundzwanziger. Die Kugel muss natürlich herausoperiert werden, bevor wir das endgültig sagen können.«

Race nickte verständnisvoll. Dann fragte er: »Was ist mit dem Todeszeitpunkt?«

Bessner strich sich wieder über das Kinn. Seine Finger machten ein schabendes Geräusch. »Ich will mich nicht zu genau festlegen. Es ist jetzt acht Uhr. Ich will mal sagen, in Anbetracht der Temperaturen in der letzten Nacht, sie ist sicher schon sechs Stunden tot und wahrscheinlich nicht länger als acht.«

»Das heißt, zwischen Mitternacht und zwei Uhr morgens.«

»So ist es.«

Wieder gab es eine Schweigepause. Race sah sich um. »Was ist mit ihrem Mann? Ich nehme an, er schläft in der Kabine nebenan.«

»Im Augenblick«, sagte Dr. Bessner, »schläft er in meiner Kabine.«

Beide Männer sahen ihn überrascht an.

Bessner nickte mehrmals hintereinander. »Ach so. Ich sehe, Sie haben noch nicht erfahren, dass Mr Doyle gestern Abend im Salon angeschossen wurde.«

»Angeschossen? Von wem?«

»Von der jungen Dame, Jacqueline de Bellefort.«

Race fragte erregt: »Ist er schwer verwundet?«

»Ja, der Knochen ist gesplittert. Ich habe alles getan, was im Augenblick möglich ist, aber der Bruch muss geröntgt werden, wissen Sie, so schnell wie möglich, und er muss korrekt versorgt werden, wie es an Bord gar nicht geht.«

Poirot murmelte: »Jacqueline de Bellefort.« Sein Blick wanderte wieder zu dem J auf der Wand.

Race sagte brüsk: »Wenn es nichts mehr gibt, was wir hier im Augenblick tun können, lassen Sie uns nach unten gehen. Der Veranstalter hat uns den Rauchsalon zur Verfügung gestellt. Wir müssen herausfinden, was gestern Nacht im Einzelnen passiert ist.«

Sie verließen die Kabine. Race verschloss die Tür und nahm den Schlüssel an sich.

»Wir können später wiederkommen«, sagte er. »Zuallererst müssen wir alle Fakten klären.«

Sie gingen zum Unterdeck, wo der Manager der *Karnak*-Tour schon ungeduldig in der Tür zum Rauchsalon stand und auf sie wartete. Der arme Mann war furchtbar aufgeregt und besorgt über die ganze Angelegenheit und wollte nichts lieber, als alles in Colonel Race' Hände zu legen.

»Ich finde es am allerbesten, alles Ihnen zu überlassen, Sir,

Sie sind ja von Amts wegen hier. Ich hatte auch schon Order, mich in der – äh – anderen Angelegenheit zu Ihrer Verfügung zu halten. Wenn Sie die Sache übernehmen, sorge ich dafür, dass alles nach Ihren Wünschen getan wird.«

»Guter Mann! Zunächst möchte ich, dass dieser Raum hier für mich und Monsieur Poirot freigehalten wird, während der ganzen Ermittlung.«

»Selbstverständlich, Sir.«

»Das ist alles für den Augenblick. Machen Sie weiter mit Ihrer eigenen Arbeit. Ich weiß ja, wo ich Sie finde.«

Etwas erleichtert verließ der Manager den Raum.

Race sagte: »Setzen Sie sich, Bessner, und erzählen Sie uns, was gestern Abend passiert ist, die ganze Geschichte.«

Schweigend hörten sie der grollenden Stimme des Doktors zu.

»Alles klar«, sagte Race danach, »das Mädchen hat sich in Rage geredet, mit Hilfe von ein, zwei Drinks obendrein, und schließlich mit einer Zweiundzwanziger auf den Mann geballert. Und dann ist sie in Linnet Doyles Kabine gegangen und hat auf sie ebenfalls geschossen.«

Aber Dr. Bessner schüttelte den Kopf. »Nein, nein, das glaube ich nicht. Ich glaube nicht, dass das möglich gewesen wäre. Erstens würde sie nicht ihren eigenen Anfangsbuchstaben an die Wand schreiben; das wäre doch albern, nicht wahr?«

»Doch«, erklärte Race, »wenn sie so blindwütig und eifersüchtig war, wie sie klingt; vielleicht wollte sie ihre – na ja – Unterschrift unter das Verbrechen setzen, sozusagen.«

Auch Poirot schüttelte den Kopf. »Nein, nein, ich glaube nicht, dass sie so – *grob* wäre.«

»Dann gibt es nur eine Erklärung für das J. Jemand anders hat es dort absichtlich hingeschrieben, um den Verdacht auf sie zu lenken.«

Bessner nickte. »Ja, und der Verbrecher hat Pech gehabt, denn, sehen Sie, es ist nicht nur *unwahrscheinlich*, dass das junge

Fräulein den Mord begangen hat; es ist, glaube ich, auch *unmöglich*.«

»Wie das?«

Bessner erläuterte, wie hysterisch Jacqueline gewesen war und unter welchen Umständen Miss Bowers sie unter ihre Fittiche genommen hatte. »Und ich glaube – ich bin sicher –, dass Miss Bowers die ganze Nacht bei ihr geblieben ist.«

Race stellte fest: »Wenn das so ist, dann macht es die Sache sehr viel einfacher.«

»Wer hat das Verbrechen entdeckt?«, fragte Poirot.

»Mrs Doyles Dienstmädchen, Louise Bourget. Sie ging wie üblich zu ihr, fand sie tot und lief wieder hinaus und sank ohnmächtig dem Steward in die Arme. Der ging zum Manager und der kam zu mir. Ich habe mir Dr. Bessner geschnappt und bin dann zu Ihnen gekommen.«

Poirot nickte.

Race sagte: »Doyle muss es erfahren. Sie sagen, er schläft noch?«

Bessner nickte. »Ja, er schläft noch in meiner Kabine. Ich habe ihm gestern Nacht ein starkes Opiat gespritzt.«

Race drehte sich zu Poirot. »Nun«, sagte er, »ich glaube, wir brauchen den Doktor hier nicht länger festzuhalten, hm? Danke, Doktor.«

Bessner stand auf. »Ich will dann mal frühstücken, ja. Und dann gehe ich in meine Kabine und sehe nach, ob Mr Doyle aufwachen möchte.«

»Danke.«

Bessner ging hinaus. Die beiden Männer sahen sich an.

»Na, was sagen Sie dazu, Poirot?«, fragte Race. »Sie haben ja das Sagen. Sie dürfen mir befehlen. Sie sagen, was getan werden soll.«

Poirot verbeugte sich. *»Eh bien!«*, sagte er. »Wir müssen wohl Untersuchungsausschuss spielen. Zuallererst müssen wir, denke ich, die Affäre von gestern Abend überprüfen. Das heißt, wir müssen Fanthorp und Miss Robson dazu befragen, denn sie waren unmittelbar Zeugen der Ereignisse. Das Verschwinden der Pistole ist sehr signifikant.«

Race klingelte und schickte den Steward los.

Poirot seufzte und schüttelte den Kopf. »Ganz schlimm, das«, murmelte er. »Ganz schlimm.«

»Haben Sie schon eine Idee?«, fragte Race neugierig.

»Mehrere, die sich widersprechen. Sie passen nicht gut zusammen, sie sind nicht sortiert. Sehen Sie, es gibt dieses wichtige Faktum, dass das Mädchen Linnet Doyle hasste und umbringen wollte.«

»Und Sie glauben, dass sie dazu fähig ist?«

»Das glaube ich – ja.« Poirot klang skeptisch.

»Aber nicht auf diese Weise? Das macht Ihnen Sorgen, nicht wahr? Dass sie nicht im Dunkeln in die Kabine schleichen und sie im Schlaf erschießen würde. Die Kaltblütigkeit passt für Sie nicht ins Bild.«

»In gewissem Sinne, ja.«

»Sie halten dieses Mädchen, Jacqueline de Bellefort, für unfähig zum vorsätzlichen, kaltblütigen Mord?«

Bedächtig sagte Poirot: »Ich bin mir nicht sicher, wissen Sie. Den Verstand dafür hätte sie – ja. Aber ich bezweifle, dass sie sich auch dazu durchringen könnte, die *Tat* wirklich zu begehen …«

Race nickte. »Ja, verstehe … Tja, laut Dr. Bessners Geschichte wäre es ja auch praktisch unmöglich gewesen.«

»Wenn die Geschichte stimmt, klärt sich die Lage beträchtlich. Wollen wir hoffen, dass sie stimmt.« Poirot machte eine Pause und sagte dann schlicht: »Ich wäre froh, wenn es so wäre, denn ich empfinde für die Kleine große Sympathie.«

Die Tür ging auf, und herein kamen Fanthorp und Cornelia, gefolgt von Dr. Bessner.

Cornelia keuchte: »Ist das nicht einfach schrecklich? Die arme, arme Mrs Doyle! Sie war doch so liebenswert. Das muss ein wahrer *Unhold* sein, der ihr etwas antun konnte! Und der arme Mr Doyle; er wird ja wahnsinnig, wenn er es erfährt! O nein, er war doch sogar gestern Abend so furchtbar besorgt, dass sie nur nichts hört von seinem Unfall.«

»Genau darüber sollen Sie uns erzählen, Miss Robson«, sagte Race. »Wir möchten genau wissen, was gestern Abend passiert ist.«

Cornelia fing ein wenig konfus an zu erzählen, aber ein, zwei Fragen von Poirot halfen ihr auf die Sprünge. »Ach so, jetzt verstehe ich. Nach dem Bridge ist Madame Doyle in ihre Kabine gegangen. Das heißt, ist sie das wirklich?«

»Ist sie«, sagte Race. »Ich habe sie selbst gesehen. Ich habe ihr vor der Tür noch gute Nacht gesagt.«

»Und wann ist sie gegangen?«

»Himmel, das weiß ich wirklich nicht«, erwiderte Cornelia.

»Es war zwanzig nach elf«, sagte Race.

»*Bien.* Also um zwanzig nach elf war Madame Doyle gesund und am Leben. Zu diesem Zeitpunkt war wer im Salon?«

Jetzt antwortete Fanthorp: »Doyle war da. Und Miss de Bellefort. Ich selbst und Miss Robson.«

»Das stimmt«, bestätigte Cornelia. »Mr Pennington hat noch ein Glas getrunken und ist dann auch zu Bett gegangen.«

»Das war wie viel später?«

»Oh, ungefähr drei oder vier Minuten.«

»Vor halb zwölf also?«

»O ja.«

»Also waren im Salon noch Sie, Mademoiselle Robson sowie Mademoiselle de Bellefort, Monsieur Doyle und Monsieur Fanthorp. Was haben Sie denn so gemacht?«

»Mr Fanthorp hat ein Buch gelesen. Ich hatte meine Stickerei. Miss de Bellefort war – sie hat –«

Fanthorp sprang ihr bei. »Sie hat reichlich getrunken.«

»Ja«, stimmte Cornelia zu. »Sie hat vor allem mit mir geredet und mich ausgefragt, nach meinem Zuhause. Und sie selbst hat alles Mögliche erzählt – meistens mir, aber ich glaube, es war eher für Mr Doyle gemeint. Mr Doyle ärgerte sich über sie, aber er sagte nichts. Ich glaube, er dachte, wenn er den Mund hält, dann kühlt sie vielleicht wieder ab.«

»Das tat sie aber nicht?«

Cornelia schüttelte den Kopf. »Ich wollte ein-, zweimal gehen, aber sie ließ mich nicht, und ich fühlte mich sehr, sehr unwohl dabei. Dann ist Mr Fanthorp aufgestanden und hinausgegangen –«

»Es war alles etwas peinlich«, sagte Fanthorp. »Ich dachte, ich könnte mich unauffällig verziehen. Miss de Bellefort hatte es deutlich auf eine Szene angelegt.«

»Und dann hat sie die Pistole gezogen«, fuhr Cornelia fort, »und Mr Doyle ist aufgesprungen und wollte sie ihr wegnehmen, und da ist sie losgegangen und ihm ins Bein; und Miss de Bellefort hat angefangen zu schluchzen und zu weinen – und ich habe Todesangst gekriegt und bin rausgelaufen, hinter Mr Fanthorp her, und er ist mit mir zusammen zurückgegangen, und Mr Doyle hat gesagt, wir sollen bloß kein Aufhebens machen, und einer von den nubischen Boys hatte den Schuss gehört und kam angelaufen, aber Mr Fanthorp hat ihm gesagt, dass alles in Ordnung ist; und dann haben wir Jacqueline in ihre Kabine gebracht und Mr Fanthorp ist so lange bei ihr geblieben, bis ich Miss Bowers geholt hatte.« Cornelia hielt atemlos inne.

»Wann war das?«

»Himmel, das weiß ich nicht«, sagte Cornelia.

Aber Mr Fanthorp erwiderte sofort: »Das muss etwa zwanzig nach zwölf gewesen sein. Ich weiß, es war genau halb eins, als ich endlich in meine eigene Kabine kam.«

»Lassen Sie uns ein, zwei Punkte noch einmal sicherstellen«, sagte Poirot. »Nachdem Madame Doyle den Salon verlassen hatte, ist irgendjemand von Ihnen vier hinausgegangen?«

»Nein.«

»Sie sind ganz sicher, dass Mademoiselle de Bellefort den Salon gar nicht verlassen hat?«

Wieder antwortete Fanthorp sofort: »Absolut sicher. Weder Doyle, Miss de Bellefort, Miss Robson noch ich haben den Salon verlassen.«

»Gut. Das erhärtet die Tatsache, dass Mademoiselle de Bellefort Madame Doyle nicht vor – sagen wir – zwanzig nach zwölf erschossen haben könnte. Sie, Mademoiselle Robson, sind nun Miss Bowers holen gegangen. War Mademoiselle de Bellefort während dieser Zeit allein in ihrer Kabine?«

»Nein, Mr Fanthorp blieb bei ihr.«

»Gut! Bis hierher hat Mademoiselle de Bellefort ein perfektes Alibi. Mademoiselle Bowers wird als Nächste vernommen, aber bevor ich sie herbitte, wüsste ich gern Ihre Meinung zu ein oder zwei Punkten. Monsieur Doyle, sagen Sie, war sehr darauf bedacht, dass Mademoiselle de Bellefort nicht allein blieb. Hatte er, Ihrer Ansicht nach, Angst, dass sie noch eine unbesonnene Tat plante?«

»Meiner Ansicht nach, ja«, sagte Fanthorp.

»Er hatte erkennbare Angst, sie könnte auf Madame Doyle losgehen?«

»Nein«, Fanthorp schüttelte den Kopf. »Daran hat er, glaube ich, gar nicht gedacht. Ich glaube, er hatte Angst, sie könnte – äh – sich selbst etwas Unbesonnenes antun.«

»Selbstmord?«

»Ja. Wissen Sie, was sie getan hatte, hatte sie wohl wieder völlig nüchtern gemacht, und sie schien verzweifelt zu sein. Sie machte sich ständig Vorwürfe. Sie sagte dauernd, sie wäre lieber tot.«

Cornelia sagte schüchtern: »Ich glaube, er war ziemlich fassungslos wegen ihr. Er hat so – nett geredet. Er hat gesagt, dass alles seine Schuld sei – dass er sie schlecht behandelt habe. Er – er war wirklich sehr nett.«

Hercule Poirot nickte nachdenklich. »Was ist mit dieser Pistole«, fragte er weiter. »Was geschah mit der?«

»Sie hat sie fallen lassen«, sagte Cornelia.

»Und danach?«

Fanthorp erzählte, wie er zurückgegangen war, um sie zu suchen, sie aber nicht hatte finden können.

»Aha!«, sagte Poirot. »Jetzt kommen wir allmählich zum Kern. Lassen Sie uns jetzt, ich bitte Sie, ganz genau sein. Beschreiben Sie exakt, was geschah.«

»Miss de Bellefort ließ sie fallen. Dann schubste sie sie mit dem Fuß weg.«

»Sie hat sie irgendwie gehasst«, erklärte Cornelia. »Ich glaube, ich weiß, wie sie sich gefühlt hat.«

»Und die Pistole rutschte unter das Sofa, sagen Sie. Nun denken Sie genau nach. Mademoiselle de Bellefort hat sie nicht wieder an sich genommen, bevor sie den Salon verließ?«

Sowohl Fanthorp als auch Cornelia waren völlig sicher.

»*Précisément*. Ich bin nur bestrebt, ganz exakt vorzugehen, das sehen Sie sicher ein. Damit ist dieser Punkt klar. Als Mademoiselle de Bellefort den Raum verlässt, liegt die Pistole unter dem Sofa, und Mademoiselle de Bellefort hat, da sie danach nicht mehr allein ist – Monsieur Fanthorp, Mademoiselle Robson oder Mademoiselle Bowers sind bei ihr –, keinerlei Gelegenheit, an die Pistole zu kommen, nachdem sie den Salon verlassen hat. Wie spät war es, Monsieur Fanthorp, als Sie danach suchten?«

»Das muss kurz vor halb eins gewesen sein.«

»Und wie viel Zeit könnte verstrichen sein zwischen dem Augenblick, in dem Sie und Dr. Bessner Monsieur Doyle aus dem Salon trugen, und dem, in dem Sie zurückgingen, um nach der Pistole zu suchen?«

»Vielleicht fünf Minuten – vielleicht etwas mehr.«

»Dann nimmt in diesen fünf Minuten jemand diese Pistole da weg, wo sie lag, unsichtbar unter dem Sofa. Dieser Jemand war *nicht* Mademoiselle de Bellefort. Wer war es? Es ist wohl höchst wahrscheinlich, dass die Person, die sie dort weggenommen hat, der Mörder von Madame Doyle war. Wir dürfen auch davon ausgehen, dass diese Person etwas von den gerade vorher abgelaufenen Ereignissen mit angehört oder gesehen hat.«

»Mir ist nicht klar, wie Sie darauf kommen«, widersprach Fanthorp.

»Dadurch«, sagte Hercule Poirot, »dass Sie uns eben erzählt haben, dass die Pistole unter dem Sofa nicht zu sehen war. Deshalb ist es kaum plausibel, dass sie *zufällig* entdeckt wurde. Genommen hat sie jemand, der wusste, dass sie dort lag. Deshalb muss dieser Jemand der Szene beigewohnt haben.«

Fanthorp schüttelte den Kopf. »Ich habe niemanden gesehen, als ich, kurz bevor der Schuss fiel, hinaus aufs Deck ging.«

»Nun ja, aber Sie sind durch die Tür auf der Steuerbordseite hinausgegangen.«

»Ja, auf der Seite liegt auch meine Kabine.«

»Falls also jemand an der Backbordtür gestanden und durch die Scheibe hineingesehen hätte, dann hätten Sie ihn nicht gesehen?«

»Nein«, gab Fanthorp zu.

»Hat irgendjemand außer dem nubischen Boy den Schuss gehört?«

»Soweit ich weiß, nein«, sagte Fanthorp und fuhr fort: »Wissen Sie, die Fenster waren alle zu. Miss Van Schuyler hatte früher an dem Abend über Zugluft geklagt. Auch die Schwingtüren waren geschlossen. Ich bezweifle, dass der Schuss deutlich zu hören gewesen ist. Er muss einfach geklungen haben wie das Plopp von einem Korken.«

Race schaltete sich ein. »Soweit ich weiß, scheint auch niemand den anderen Schuss gehört zu haben – den Schuss, der Mrs Doyle getötet hat.«

»Das werden wir gleich ermitteln«, sagte Poirot. »Im Augenblick befassen wir uns noch mit Mademoiselle de Bellefort. Wir müssen mit Miss Bowers sprechen. Aber bevor Sie gehen«, er hielt Fanthorp und Cornelia mit einer Handbewegung zurück, »werden Sie mir erst noch ein bisschen von sich erzählen. Dann müssen wir Sie nicht später noch einmal rufen. Sie zuerst, Monsieur – Ihr vollständiger Name?«

»James Lechdale Fanthorp.«

»Anschrift?«

»Glasmore House, Market Donnington, Northamptonshire.«

»Von Beruf?«

»Ich bin Rechtsanwalt.«

»Und Ihre Gründe für den Besuch dieses Landes?«

Es gab eine Schweigepause. Zum ersten Mal schien der unerschütterliche Mr Fanthorp aus der Ruhe zu geraten. Schließlich sagte er fast hingemurmelt das Wort: »Äh – Vergnügen.«

»Aha!«, sagte Poirot. »Sie machen Ferien; das ist es, ja?«

»Äh – ja.«

»Sehr gut, Monsieur Fanthorp. Würden Sie mir kurz berichten, was Sie selbst gestern Nacht nach den Ereignissen, über die wir gerade sprachen, alles taten?«

»Ich bin direkt ins Bett gegangen.«

»Das war um –?«

»Kurz nach halb eins.«

»Ihre Kabine ist die Nummer zweiundzwanzig auf der Steuerbordseite – die nächste zum Salon.«

»Ja.«

»Ich will Ihnen noch eine letzte Frage stellen. Haben Sie etwas – irgendetwas – gehört, nachdem Sie in Ihre Kabine gegangen waren?«

Fanthorp dachte nach. »Ich bin sehr schnell ins Bett gegangen. Ich *glaube*, ich habe eine Art Platsch gehört, als ich gerade einschlafen wollte. Sonst nichts.«

»Sie hörten eine Art Platsch? In der Nähe?«

Fanthorp schüttelte den Kopf. »Kann ich wirklich nicht sagen. Ich schlief schon halb.«

»Um welche Uhrzeit wäre das gewesen?«

»Es könnte etwa eins gewesen sein. Ich kann es wirklich nicht sagen.«

»Danke, Monsieur Fanthorp. Das ist alles.« Poirot wandte seine Aufmerksamkeit Cornelia zu. »Nun Sie, Mademoiselle Robson. Ihr vollständiger Name?«

»Cornelia Ruth. Und meine Anschrift ist The Red House, Bellfield, Connecticut.«

»Was hat Sie nach Ägypten geführt?«

»Cousine Marie, Miss Van Schuyler, hat mich mitgenommen auf ihre Reise.«

»Sind Sie Madame Doyle vor dieser Fahrt je begegnet?«

»Nein, nie.«

»Und was taten Sie alles noch gestern Nacht?«

»Ich bin, nachdem ich Dr. Bessner mit Mr Doyles Bein geholfen hatte, sofort ins Bett gegangen.«

»Ihre Kabine ist –?«

»Dreiundvierzig auf der Backbordseite – genau neben Miss de Bellefort.«

»Und haben Sie irgendetwas gehört?«

Cornelia schüttelte den Kopf. »Ich habe gar nichts gehört.«

»Kein Platsch?«

»Nein, aber das könnte ich wohl auch nicht, weil auf meiner Seite vom Schiff das Ufer ist.«

Poirot nickte. »Danke, Mademoiselle Robson. Jetzt werden Sie sicher so freundlich sein und Mademoiselle Bowers bitten, hierherzukommen.«

Fanthorp und Cornelia verließen den Rauchsalon.

»Scheint eindeutig«, sagte Race. »Falls nicht drei Zeugen unabhängig voneinander lügen, kann Jacqueline de Bellefort unmöglich wieder an die Pistole gekommen sein. Aber jemand ist drangekommen. Und jemand hat die Szene mit angehört. Und jemand ist so ein Sch...kerl, dass er ein großes J auf die Wand schreibt.«

Es klopfte an der Tür, und herein trat Miss Bowers. In ihrer gewohnt nüchternen, tüchtigen Art nahm die Krankenschwester Platz. Auf Poirots Frage nannte sie ihren Namen, ihre Anschrift und ihre Examen und fügte hinzu: »Ich pflege Miss Van Schuyler jetzt seit über zwei Jahren.«

»Ist Mademoiselle Van Schuylers Gesundheit denn so angegriffen?«

»I wo, nein, das würde ich nicht sagen«, erwiderte Miss Bowers. »Sie ist nur nicht mehr die Jüngste und ängstlich, und sie hat einfach gern ständig eine Pflegerin in greifbarer Nähe. Irgendetwas Ernstes hat sie nicht. Sie braucht eben jede Menge Aufmerksamkeit und ist bereit, dafür zu zahlen.«

Poirot nickte verständnisvoll. Dann sagte er: »Wenn ich es richtig sehe, hat Mademoiselle Robson Sie gestern Nacht geholt?«

»Aber ja, so ist es.«

»Würden Sie mir genau erzählen, was dann geschah?«

»Nun, Miss Robson schilderte mir nur kurz, was passiert war, und ich ging mit ihr mit. Ich fand Miss de Bellefort in sehr erregter, hysterischer Verfassung vor.«

»Hat sie irgendwelche Drohungen gegen Madame Doyle geäußert?«

»Nein, nichts dergleichen. Sie war in einem Zustand krankhafter Selbstbezichtigung. Sie hatte reichlich Alkohol zu sich genommen, würde ich sagen, und litt unter der Wirkung. Ich fand, dass man sie nicht allein lassen sollte. Ich habe ihr etwas Morphium gespritzt und bin bei ihr sitzen geblieben.«

»Mademoiselle Bowers, ich möchte Sie jetzt um folgende Antwort bitten. Hat Mademoiselle de Bellefort je ihre Kabine verlassen?«

»Nein, hat sie nicht.«

»Und Sie?«

»Ich blieb bis zum frühen Morgen bei ihr.«

»Sie sind sich dessen ganz sicher?«

»Absolut sicher.«

»Danke, Mademoiselle Bowers.«

Die Pflegerin ging hinaus. Die beiden Männer sahen sich an.

Jacqueline de Bellefort war eindeutig nicht schuld an dem Verbrechen. Wer also hatte Linnet Doyle erschossen?

Vierzehntes Kapitel

Race sagte: »Irgendjemand hat sich die Pistole geschnappt. Es war nicht Jacqueline de Bellefort. Irgendjemand wusste aber genug, um zu glauben, man würde ihr das Verbrechen zuschreiben. Aber dieser Jemand wusste nicht, dass eine Krankenschwester ihr Morphium geben und die ganze Nacht neben ihr sitzen würde. Und noch etwas. Irgendjemand hatte schon einmal versucht, Linnet Doyle zu töten, indem er einen Felsbrocken über die Klippe rollte; auch dieser Jemand war *nicht* Miss de Bellefort. Wer war es dann?«

Poirot sagte: »Es ist einfacher zu sagen, wer es nicht gewesen sein kann. Weder Monsieur Doyle, Madame Allerton, Monsieur Allerton, Mademoiselle Van Schuyler noch Mademoiselle Bowers können irgendetwas damit zu tun gehabt haben. Die waren allesamt in meinem Blickfeld.«

»Hm«, sagte Race, »bleibt ein ziemlich großes Feld übrig. Was ist denn mit dem Motiv?«

»Dabei, hoffe ich, kann Monsieur Doyle uns helfen. Es gab da einige Zwischenfälle –«

Die Tür ging auf, und herein trat Jacqueline de Bellefort. Sie war sehr bleich und torkelte leicht beim Gehen. »Ich habe es nicht getan«, sagte sie mit der Stimme eines verängstigten Kindes. »Ich habe es nicht getan. Oh, bitte, glauben Sie mir. Bestimmt denken alle, dass ich es war – aber ich war es nicht – ich war es nicht. Es ist – es ist furchtbar. Wäre es doch nie passiert! Ich hätte Simon gestern umbringen können; ich war verrückt, glaube ich. Aber ich habe nicht den anderen …« Sie setzte sich hin und brach in Tränen aus.

Poirot tätschelte ihr die Schulter. »Aber, aber. Wir wissen, dass Sie Madame Doyle nicht umgebracht haben. Das ist bewiesen, ja, bewiesen, *mon enfant*. Das waren nicht Sie.«

Jackie setzte sich ruckartig aufrecht und hielt das nasse Taschentuch umklammert. »Aber wer war es?«

»Das«, sagte Poirot, »ist genau die Frage, die wir uns gerade stellen. Sie können uns dabei nicht helfen, mein Kind?«

Jacqueline schüttelte den Kopf. »Ich weiß nicht ... Ich kann mir nicht vorstellen ... Nein, ich habe nicht die leiseste Ahnung.« Sie zog die Stirn in tiefe Falten. »Nein«, sagte sie schließlich, »ich wüsste niemanden, der sie tot sehen wollte.« Ihre Stimme zitterte leicht. »Außer mir.«

Race sagte: »Entschuldigen Sie mich einen Augenblick – mir kam da gerade eine Idee.« Er lief hinaus.

Jacqueline de Bellefort saß mit hängendem Kopf da und verhakte nervös ihre Finger. Plötzlich stöhnte sie laut auf: »Der Tod ist schrecklich – schrecklich! Ich – hasse allein den Gedanken daran.«

»Ja«, sagte Poirot. »Es ist keine angenehme Vorstellung, nicht wahr, dass genau in diesem Augenblick irgendjemand sich darüber freut, wie erfolgreich er oder sie den Mordplan ausgeführt hat.«

»Nicht – nicht!«, schrie Jackie. »Das klingt so schrecklich, wie Sie darüber reden.«

Poirot zuckte die Schultern. »Aber so ist es.«

Leise sagte Jackie: »Ich – ich wollte, dass sie tot ist – und jetzt *ist* sie tot ... Und was noch schlimmer ist ... sie ist genau so gestorben – wie ich gesagt habe.«

»Ja, Mademoiselle. Durch einen Kopfschuss.«

Sie schrie laut heraus: »Dann hatte ich recht an dem Abend im *Hotel Cataract*. Es hat uns jemand zugehört!«

»Ah!«, nickte Poirot. »Ich war schon neugierig, ob Sie sich daran noch erinnern würden. Ja, es wäre alles in allem ein bisschen viel Zufall – dass Madame Doyle genau so umgebracht wird, wie Sie damals beschrieben haben.«

Jackie schauderte. »Der Mann an jenem Abend – wer kann das gewesen sein?«

Poirot schwieg eine Weile, dann fragte er, mit einer sehr anderen Stimme: »Sie sind sicher, dass es ein Mann war, Mademoiselle?«

Jackie sah ihn verwundert an. »Ja, natürlich. Wenigstens …«

»Ja, Mademoiselle?«

Sie runzelte die Stirn und schloss die Augen, um sich besser erinnern zu können. Dann sagte sie langsam: »Ich *dachte*, es sei ein Mann …«

»Aber jetzt sind Sie nicht mehr so sicher?«

Langsam antwortete sie: »Nein, ganz sicher kann ich nicht sein. Ich hatte einfach angenommen, es sei ein Mann – aber in Wirklichkeit war es bloß – eine Gestalt – ein Schatten …«

Sie schwieg und fuhr erst fort, als Poirot nichts sagte. »Sie glauben, dass es eine Frau war? Aber von den Frauen auf dem Schiff hier konnte doch bestimmt keine Linnet umbringen wollen?«

Poirot wiegte nur leicht den Kopf.

Die Tür ging auf, und Dr. Bessner erschien. »Wollen Sie bitte mitkommen und mit Mr Doyle sprechen, Monsieur Poirot? Er möchte Sie gern sehen.«

Jackie sprang auf und packte Bessner am Arm. »Wie geht es ihm? Geht es ihm – gut?«

»Natürlich geht es ihm nicht gut«, entgegnete Dr. Bessner vorwurfsvoll. »Der Knochen ist gebrochen, verstehen Sie.«

»Aber er wird doch nicht sterben?«, schrie Jackie.

»Ach, wer hat denn was von Sterben gesagt? Wir werden ihn in die Zivilisation zurückbringen, und da werden wir ihn röntgen und ordentlich versorgen.«

»Oh!« Jackie presste krampfhaft die Hände zusammen und sank wieder auf den Stuhl.

Poirot trat mit dem Doktor hinaus aufs Deck, wo ihnen Race gerade entgegenkam. Gemeinsam gingen sie über das Promenadendeck und zu Bessners Kabine.

Simon Doyle lag da, gestützt von Kissen und Decken und mit einem eilig gebastelten Käfig über dem Bein. Seine Gesichtsfarbe war gespenstisch, der Ausdruck gezeichnet von Schmerzen und Schock. Vor allem aber von Verwirrtheit – der heillosen Verwirrtheit eines Kindes. Er murmelte: »Bitte, kommen Sie herein. Der Arzt hat mir gesagt – gesagt, dass – Linnet … Ich kann es nicht glauben. Ich kann einfach nicht glauben, dass das stimmt.«

»Ich weiß. Es ist ein schwerer Schlag«, sagte Race.

Simon stammelte weiter: »Wissen Sie – Jackie hat das nicht getan. Ich bin sicher, dass Jackie das nicht getan hat! Es sieht finster aus für sie, das muss man wohl sagen, aber sie *hat* das nicht getan. Sie – sie war beschwipst gestern Abend, und total erregt, deshalb ist sie auf mich losgegangen. Aber sie würde – sie würde keinen *Mord* begehen … keinen kaltblütigen Mord …«

Poirot sagte sanft: »Quälen Sie sich nicht, Monsieur Doyle. Wer immer Ihre Frau erschossen hat, Mademoiselle de Bellefort war es nicht.«

Simon sah ihn zweifelnd an. »Ist das ehrlich gemeint?«

»Aber da es nicht Mademoiselle de Bellefort war«, fuhr Poirot fort, »können Sie uns irgendeinen Hinweis geben, wer es gewesen sein könnte?«

Simon schüttelte den Kopf. Der verwirrte Ausdruck verstärkte sich wieder. »Das ist verrückt – unmöglich. Abgesehen von Jackie kann doch niemand ihren Tod gewollt haben.«

»Denken Sie nach, Monsieur Doyle. Hatte sie keine Feinde? Gibt es niemanden, der einen Groll gegen sie hatte?«

Wieder schüttelte Simon verzweifelt den Kopf. »Es klingt vollkommen grotesk. Windlesham, natürlich. Sie hat ihm mehr oder weniger den Laufpass gegeben, um mich zu heiraten – aber ich kann mir nicht vorstellen, dass ein steifer Ehrenmann wie Windlesham einen Mord begeht, außerdem ist er meilenweit entfernt. Genauso der alte Sir George Wode. Der hegt einen

Groll gegen Linnet, wegen des Hauses – mochte gar nicht, wie sie das durchgezogen hat; aber der ist auch meilenweit weg in London, und in so einem Zusammenhang an Mord zu denken wäre sowieso grotesk.«

»Hören Sie mal zu, Monsieur Doyle.« Poirot sprach jetzt sehr ernst. »An unserem ersten Tag an Bord der *Karnak* hatte ich eine sehr beeindruckende kleine Unterhaltung mit Madame Ihrer Frau. Sie war ganz durcheinander – sehr aufgewühlt. Sie hat gesagt – merken Sie auf –, dass *alle* sie hassen. Sie hat gesagt, sie habe Angst – sie fühle sich unsicher – als seien *alle* um sie herum ihre Feinde.«

»Sie war ziemlich durcheinander, weil sie Jackie an Bord gesehen hatte. Ich auch«, sagte Simon.

»Das stimmt, aber es erklärt solche Worte nicht ganz. Als sie sagte, sie sei von Feinden umzingelt, war das mit Sicherheit übertrieben, aber trotzdem hat sie an mehr als eine Person gedacht.«

»Da könnten Sie recht haben«, räumte Simon ein. »Ich glaube, das kann ich erklären. Es war ein Name auf der Passagierliste, der sie so erregt hat.«

»Ein Name auf der Passagierliste? Welcher denn?«

»Tja, sehen Sie, das hat sie mir auch nicht gesagt. Ehrlich gesagt, habe ich ihr auch nicht sehr genau zugehört. Ich war in Gedanken bei der Sache mit Jackie. Soweit ich mich erinnere, hat Linnet etwas erwähnt wie ›Leute in den Bankrott treiben‹ und dass es ihr sehr unangenehm sei, jemandem zu begegnen, der einen Groll gegen ihre Familie hat. Sehen Sie, ich kenne ihre Familiengeschichte nicht sehr gut, aber soviel ich weiß, war Linnets Mutter Millionärstochter. Ihr Vater war bloß schlicht wohlhabend, aber nach der Hochzeit fing er natürlich an mit Spekulieren an der Börse oder wie immer man das nennt. Und selbstverständlich ging es deshalb einigen Leuten an den Kragen. Sie wissen ja, heute im Luxus, morgen in der Gosse. Tja, ich nehme an, hier ist jemand an Bord, dessen Vater sich mit Linnets Vater angelegt und dabei ziemlich eins auf die Nase gekriegt hat. Ich erinnere mich, dass Linnet sagte: ›Es ist ziemlich scheußlich, wenn Leute einen hassen, ohne einen zu kennen.‹«

»Ja«, sagte Poirot nachdenklich. »Das würde erklären, was sie zu mir sagte. Sie empfand zum ersten Mal die Bürde ihres Erbes und nicht seine Vorteile. Sie sind ganz sicher, Monsieur Doyle, dass sie den Namen dieses Mannes nicht erwähnt hat?«

Simon schüttelte bekümmert den Kopf. »Ich habe wirklich nicht sehr darauf geachtet. Nur geantwortet: ›Ach, heutzutage schert sich doch niemand mehr um die Angelegenheiten der Väter. Das Leben ist viel zu kurz dafür.‹ Irgendetwas in der Art.«

Bessner sagte trocken: »Ach, aber ich hätte einen Vorschlag. Hier an Bord ist ein Mann, der mit Sicherheit Ressentiments hat.«

»Sie meinen Ferguson?«, fragte Poirot.

»Ja. Er hat ein-, zweimal sehr schlecht über Mrs Doyle gesprochen. Ich habe es selbst gehört.«

»Wie können wir das herausfinden?«, fragte Simon.

Poirot erwiderte: »Colonel Race und ich müssen sämtliche Passagiere vernehmen. Es wäre nicht klug, Theorien zu entwickeln, bevor wir alle Geschichten gehört haben. Da ist auch noch das Dienstmädchen. Wir müssten sie eigentlich zuerst befragen. Vielleicht könnten wir das ebenso gut hier tun. Die Anwesenheit von Monsieur Doyle könnte hilfreich sein.«

»Ja, das ist ein guter Vorschlag«, sagte Simon.

»Ist sie schon lange bei Mrs Doyle?«

»Ein paar Monate, länger nicht.«

»Ein paar Monate erst!«, rief Poirot.

»Wieso, Sie glauben doch nicht –«

»Besaß Madame wertvollen Schmuck?«

»Eine Perlenkette«, sagte Simon. »Sie hat mir mal erzählt,

dass sie vierzig- oder fünfzigtausend wert sei.« Er schauderte. »Mein Gott, glauben Sie, diese verdammten Perlen –?«

»Raub ist ein mögliches Motiv«, sagte Poirot. »Trotz allem scheint es aber kaum denkbar … Nun, wir werden sehen. Lassen Sie uns das Dienstmädchen herbitten.«

Louise Bourget war die temperamentvolle, brünette Südländerin, die Poirot eines Abends gesehen und sich gemerkt hatte. Jetzt wirkte sie alles andere als temperamentvoll. Sie sah verweint und verängstigt aus. Aber ihr Gesicht hatte einen gerissenen, schlauen Zug, der die beiden Männer eher gegen sie einnahm.

»Sie sind Louise Bourget?«

»Ja, Monsieur.«

»Wann haben Sie Madame Doyle zuletzt lebend gesehen?«

»Gestern Abend, Monsieur. Ich war in ihrer Kabine, um ihr beim Auskleiden zu helfen.«

»Wie spät war es da?«

»Es war ein bisschen später als elf, Monsieur. Ich kann es nicht genau sagen. Ich helfe Madame beim Auskleiden, bringe sie zu Bett und dann gehe ich wieder.«

»Wie lange hat das insgesamt gedauert?«

»Zehn Minuten, Monsieur. Madame war müde. Sie hat gesagt, ich soll die Lichter ausmachen, wenn ich gehe.«

»Und was taten Sie, als Sie sie verlassen hatten?«

»Ich bin in meine eigene Kabine gegangen, Monsieur, auf dem Unterdeck.«

»Und Sie hörten oder sahen nichts mehr, das uns helfen könnte?«

»Was denn, Monsieur?«

»Das, Mademoiselle, müssen Sie wissen, nicht wir«, konterte Hercule Poirot.

Sie sah ihn verstohlen von der Seite an. »Aber, Monsieur, ich war doch gar nicht in der Nähe … Was hätte ich sehen oder hören sollen? Ich war auf dem Unterdeck. Meine Kabine, die ist ja sogar auf der anderen Seite vom Schiff. Ich kann doch unmöglich irgendwas gehört haben. Natürlich, wenn ich nicht hätte schlafen können, wenn ich die Treppe hochgegangen wäre, *dann* hätte ich den Mörder vielleicht gesehen, dieses Ungeheuer, wie es in Madames Kabine geht oder wieder rauskommt, aber so –« Sie streckte Simon flehend die Hände entgegen. »Monsieur, ich beschwöre Sie – Sie sehen doch, wie es ist. Was kann ich denn sagen?«

»Gutes Mädchen«, sagte Simon barsch, »seien Sie nicht töricht. Kein Mensch denkt, dass Sie etwas gesehen oder gehört haben. Niemand tut Ihnen etwas. Ich werde für Sie sorgen. Kein Mensch macht Ihnen irgendwelche Vorwürfe.«

Louise murmelte: »Monsieur ist sehr gut«, und schlug artig die Augen nieder.

»Wir sollen also annehmen, dass Sie nichts gesehen und gehört haben?«, fragte Race ungehalten.

»Das habe ich gesagt, Monsieur.«

»Und Sie wissen von niemandem, der einen Groll gegen Ihre Herrin gehegt hat?«

Zur Überraschung aller nickte Louise heftig mit dem Kopf. »Oh, doch. Weiß ich. Auf die Frage kann ich ganz entschieden ›Ja‹ sagen.«

Poirot fragte: »Sie meinen Mademoiselle de Bellefort?«

»Die auch, klar. Aber die meine ich jetzt nicht. Es war noch jemand auf diesem Schiff, der Madame nicht leiden konnte, der sehr böse war, weil Madame ihn irgendwie gekränkt hatte.«

»Lieber Gott!«, rief Simon. »Was soll das denn heißen?«

Louise nickte noch immer entschieden und heftig und fuhr fort. »Ja, ja, ja, es ist so, wie ich sage! Es geht um das frühere Mädchen von Madame – meine Vorgängerin. Ein Mann, einer von den Maschinisten dieses Schiffes, wollte, dass sie ihn heiratet. Und meine Vorgängerin, Marie hieß die, wollte das auch. Aber Madame Doyle, also sie hat Nachforschungen angestellt, und sie hat rausgefunden, dass dieser Fleetwood schon eine Frau hatte – eine farbige Frau, Sie verstehen, eine aus diesem Land hier. Sie war allerdings zu ihrer Familie zurückgegangen, aber er war ja noch immer mit ihr verheiratet, Sie verstehen. Und Madame, also die hat das alles Marie erzählt, und Marie war ganz unglücklich und wollte Fleetwood nie wiedersehen. Und dieser Fleetwood, also der hat getobt vor Zorn, und als der rausgekriegt hatte, dass Madame Doyle die frühere Linnet Ridgeway war, da wollte er sie, hat er mir gesagt, umbringen! Dass sie sich da eingemischt hat, hat ihm das Leben ruiniert, sagt er.« Louise schwieg und sah triumphierend drein.

»Ist ja interessant«, sagte Race.

Poirot wandte sich Simon zu. »Haben Sie davon irgendetwas gewusst?«

»Überhaupt nichts«, antwortete Simon glaubhaft ehrlich. »Ich bezweifle auch, dass Linnet wusste, dass der Mann auf dem Schiff ist. Sie hatte den ganzen Vorgang wahrscheinlich längst vergessen.« Er wandte sich brüsk an das Dienstmädchen: »Haben Sie Mrs Doyle irgendetwas davon erzählt?«

»Nein, Monsieur, natürlich nicht.«

Poirot fragte: »Wissen Sie irgendetwas über die Perlen Ihrer Herrin?«

»Ihre Perlen?« Louise riss die Augen auf. »Sie hat die Kette gestern Abend umgehabt.«

»Sie haben sie gesehen, als sie sich zu Bett begeben wollte?«

»Ja, Monsieur.«

»Wo hat sie sie hingelegt?«

»Auf den Nachttisch, wie immer.«

»Da haben Sie sie zuletzt gesehen?«

»Ja, Monsieur.«

»Haben Sie sie da auch heute Morgen gesehen?«

Das Mädchen blickte erschrocken. »*Mon Dieu!* Ich hab gar nicht geguckt. Ich gehe ans Bett, ich sehe – ich sehe Madame; und dann schreie ich und renne aus der Kabine und falle in Ohnmacht.«

Hercule Poirot nickte. »Sie haben nicht geguckt. Aber ich, ich habe nämlich Augen, die alles wahrnehmen, und es war keine Perlenkette auf dem Nachttisch heute Morgen.«

Fünfzehntes Kapitel

Hercule Poirots Beobachtung war nicht falsch gewesen. Auf dem Tisch neben Linnet Doyles Bett lag keine Perlenkette. Louise Bourget wurde gebeten, Linnets Habe zu durchsuchen. Ihrer Meinung nach war alles komplett. Nur die Perlen waren verschwunden.

Als sie aus der Kabine traten, stand ein Steward vor der Tür und meldete, dass im Rauchsalon Frühstück für sie bereitstehe. Bei ihrem Gang über Deck blieb Race stehen und sah über die Reling.

»Aha! Richtig, Sie hatten eine Idee, mein Freund.«

»Ja. Die war mir plötzlich eingefallen, als Fanthorp erwähnte, er habe einen Platscher gehört. Wäre doch absolut möglich, dass der Mörder nach dem Mord die Pistole über Bord geworfen hat.«

Bedächtig fragte Poirot: »Sie halten das wirklich für möglich, mein Freund?«

Race zuckte die Schultern. »Ist nur so eine Idee. Denn die Pistole war ja nirgends in der Kabine. War das Erste, wonach ich gesucht habe.«

»Trotzdem«, sagte Poirot, »ist es unplausibel, dass sie über Bord geworfen worden ist.«

Race fragte: »Wo ist sie dann?«

Poirot antwortete nachdenklich: »Wenn sie nicht in Madame Doyles Kabine ist, gibt es logischerweise nur einen Ort, an dem sie sein könnte.«

»Und wo ist der?«

»In Mademoiselle de Belleforts Kabine.«

Race sagte nachdenklich: »Ja. Ich verstehe –« Er unterbrach

sich plötzlich. »Sie ist jetzt nicht in ihrer Kabine. Sollen wir nachsehen?«

Poirot schüttelte den Kopf. »Nein, mein Freund, das wäre voreilig. Womöglich ist die Pistole da noch nicht hingelegt worden.«

»Und wenn wir sofort das ganze Schiff durchsuchen?«

»Dann würden wir unsere Karten aufdecken. Wir müssen mit großer Vorsicht zu Werk gehen, unsere Lage ist sehr delikat. Lassen Sie uns die Situation beim Frühstück besprechen.«

Race stimmte zu. Sie gingen zum Rauchsalon.

»Tja«, sagte Race, während er sich Kaffee in die Tasse goss, »wir haben zwei klare Anhaltspunkte. Da ist einmal die verschwundene Perlenkette. Und da ist der Mann namens Fleetwood. Was die Perlen betrifft, die scheinen auf Raub hinzudeuten, aber – ich weiß nicht, ob Sie mir da zustimmen –«

Poirot fiel ihm fast ins Wort: »Aber der Zeitpunkt war merkwürdig?«

»Genau. Die Kette in einem solchen Augenblick zu stehlen ist praktisch eine Aufforderung zur Durchsuchung von jedermann an Bord. Wie könnte der Dieb da hoffen, mitsamt der Beute rauszukommen?«

»Er hätte an Land gehen und sie da verstecken können.«

»Die Schifffahrtsgesellschaft hat einen ständigen Wachmann am Ufer.«

»Dann ist es unwahrscheinlich. Wurde der Mord vielleicht begangen, um vom Raub abzulenken? Nein, das ergibt keinen Sinn; es wäre auch nicht einleuchtend. Aber wenn Madame Doyle nun aufgewacht wäre und den Dieb auf frischer Tat ertappt hätte?«

»Und der Dieb sie deshalb erschossen hätte? Sie wurde aber im Schlaf erschossen ...«

»Also ergibt das auch keinen Sinn ... Wissen Sie, ich habe da so eine Idee, was die Perlen angeht – aber die – nein, das ist unmöglich. Denn wenn meine Idee stimmte, wären die Perlen nicht weg. Sagen Sie mir, was halten Sie eigentlich von dem Dienstmädchen?«

»Ich war nicht sicher«, sagte Race langsam, »ob sie nicht mehr weiß, als sie gesagt hat.«

»Ah, den Eindruck hatten Sie auch?«

»Jedenfalls kein nettes Mädchen.«

Hercule Poirot nickte. »Ja, trauen würde ich ihr nicht.«

»Sie meinen, die hat etwas mit dem Mord zu tun?«

»Nein, das würde ich so nicht sagen.«

»Aber mit dem Diebstahl der Perlenkette?«

»Das ist schon wahrscheinlicher. Sie war erst kurze Zeit bei Madame Doyle. Sie könnte zu einer Bande gehören, die sich auf Juwelenraub spezialisiert hat. In solchen Fällen hat man gern ein Dienstmädchen mit ausgezeichneten Referenzen dabei. Leider können wir dazu im Augenblick keine Informationen einholen. Trotzdem, irgendwie befriedigt mich die Überlegung nicht sehr ... Diese Perlen – ah, *sacré*, meine kleine Idee müsste doch stimmen. Aber es wäre doch kein Mensch so imbezil –« Er brach ab.

»Und was ist mit diesem Fleetwood?«

»Wir müssen ihn vernehmen. Es kann sein, dass hier die Lösung liegt. Wenn Louise Bourgets Geschichte stimmt, hatte er eindeutig ein Motiv für Rache. Er könnte die Szene zwischen Jacqueline und Monsieur Doyle mit angehört und, nachdem sie den Salon verlassen hatten, die Pistole an sich genommen haben. Ja, das ist alles gut möglich. Auch der mit Blut gekrakelte Buchstabe J. Der würde passen zu einem schlichten, eher brutalen Wesen.«

»Dann ist er eigentlich die Person, nach der wir suchen.«

»Ja – nur« – Poirot rieb sich die Nase und verzog leicht das Gesicht – »sehen Sie, ich kenne meine Schwächen. Man hat schon oft gesagt, dass ich einen Fall gern kompliziert mache. Diese Lösung, die Sie mir nahelegen – sie ist zu simpel, zu einfach. Ich kann nicht nachvollziehen, dass es so passiert ist. Allerdings, das kann schiere Voreingenommenheit meinerseits sein.«

»Lassen wir doch den Burschen lieber mal kommen.« Race klingelte und gab dem Steward Order. Dann fragte er Poirot: »Sonst noch – Möglichkeiten?«

»Eine Menge, mein Freund. Da ist zum Beispiel der amerikanische Treuhänder.«

»Pennington?«

»Ja, Pennington. Es gab hier nämlich neulich eine merkwürdige kleine Szene.« Er erzählte Race, was vorgefallen war. »Sehen Sie – das ist doch signifikant. Madame will alle Papiere durchlesen, bevor sie sie unterschreibt. Also verschiebt er das Ganze unter einem Vorwand auf einen späteren Tag. Und dann der Ehemann, der macht eine sehr signifikante Bemerkung.«

»Was für eine denn?«

»Er sagt: ›Ich lese nie etwas durch. Ich unterschreibe, wo man es mir sagt.‹ Sie begreifen die Tragweite? Pennington hat sie begriffen. Das habe ich an seinen Augen gesehen. Er sah Doyle an, als wäre ihm gerade eine ganz neue Idee eingefallen. Stellen Sie sich einfach mal vor, mein Freund, Sie sind der Verwalter des Vermögens der Tochter eines immens reichen Mannes. Sie nehmen dieses Geld vielleicht, um damit zu spekulieren. Ich weiß, dass so was in sämtlichen Detektivromanen vorkommt – aber man liest davon auch in der Zeitung. Es kommt eben vor, mein Freund, es *kommt vor.*«

»Will ich gar nicht bestreiten«, sagte Race.

»Noch haben Sie vielleicht ein bisschen Zeit, die Scharte auszuwetzen durch gewagte Spekuliererei. Ihr Mündel ist noch nicht volljährig. Aber plötzlich – heiratet sie! Und die Kontrolle geht im Augenblick der Bekanntgabe von Ihren in ihre Hände über! Eine Katastrophe! Aber es gibt noch eine Chance. Sie ist auf Hochzeitsreise. Da ist sie vielleicht nicht so penibel in Geschäftsdingen. Ein Papier, das aus Versehen zwischen die anderen gerutscht ist und mit unterschrieben wird, ohne vorheriges Lesen … Aber so hat Linnet Doyle sich nicht benommen. Flitterwochen hin oder her, sie ist Geschäftsfrau. Und da macht ihr Mann diese Bemerkung, und dem verzweifelten Treuhänder auf der Suche nach einem Ausweg aus dem Ruin kommt eine Idee. Wenn Linnet Doyle sterben sollte, würde ihr Vermögen an ihren Ehemann übergehen – und mit dem würde man leicht fertig; er wäre formbar wie ein Kind unter den Händen eines Fuchses wie Andrew Pennington. *Mon cher colonel*, ich sage Ihnen, diesen Gedanken *sah* ich förmlich durch Andrew Penningtons Kopf schießen. ›Wenn doch nur *Doyle* mein Verhandlungspartner wäre …‹ Genau das dachte er.«

»Sehr wahrscheinlich, muss ich wohl sagen«, sagte Race trocken, »aber Sie haben keine Beweise.«

»Nein, leider.«

»Da ist auch noch der junge Ferguson«, sagte Race. »Der macht ja wirklich giftige Sprüche. Nicht dass ich viel auf Sprüche gebe. Aber er *könnte* doch der Bursche sein, dessen Vater der alte Ridgeway ruiniert hat. Ein bisschen weit hergeholt vielleicht, aber *möglich*. Man brütet ja manchmal lange über vergangenes Unrecht.« Er hielt einen Augenblick inne. »Und mein Bursche ist auch noch da.«

»Ja, ›Ihr Bursche‹, wie Sie ihn nennen, ist auch noch da.«

»Der ist ein Mörder«, sagte Race. »Das wissen wir. Andererseits – ich wüsste nicht, wieso er gegen Linnet Doyle hätte vorgehen sollen. Deren Lebenskreise haben keine Berührungspunkte.«

Poirot erwiderte bedächtig: »Es sei denn, sie wäre zufällig in den Besitz eines Beweises gekommen, der seine Identität verrät.«

»Das wäre möglich, scheint mir aber höchst unwahrscheinlich.« Es klopfte an der Tür. »Ah, da kommt unser Möchtegern-Bigamist.«

Fleetwood war ein bulliger, rüpelhaft aussehender Mann. Er sah argwöhnisch von einem zum anderen, als er in den Rauchsalon trat. Poirot erkannte ihn; er war es, den er zusammen mit Louise Bourget gesehen hatte.

Misstrauisch fragte Fleetwood: »Sie wollten mich sprechen?«

»Wollten wir«, sagte Race. »Sie wissen vermutlich, dass auf diesem Schiff letzte Nacht ein Mord begangen wurde?«

Fleetwood nickte.

»Und ich nehme an, es stimmt auch, dass Sie Grund hatten, auf die ermordete Frau wütend zu sein.«

In Fleetwoods Blick flackerte Angst auf. »Wer hat Ihnen das erzählt?«

»Sie waren der Ansicht, Mrs Doyle habe sich in Ihre Beziehung zu einer jungen Frau eingemischt.«

»Ich weiß schon, wer das erzählt hat – dieses lügnerische französische Flittchen. Eine durch und durch verlogene Person.«

»Diese Geschichte allerdings stimmt zufällig.«

»Das ist eine dreckige Lüge!«

»Sie sagen das, aber Sie wissen noch gar nicht, worum es geht.«

Das saß. Der Mann schluckte und lief rot an.

»Es stimmt doch, dass Sie ein Mädchen namens Marie heiraten wollten und dass Marie mit Ihnen gebrochen hat, als sie erfuhr, dass Sie verheiratet waren, oder etwa nicht?«

»Was geht die das denn an?«

»Sie meinen, was geht das Mrs Doyle an? Tja, Sie wissen ja wohl, Bigamie ist Bigamie.«

»Es war ja gar nicht so. Ich hatte mal ein Mädchen von hier geheiratet. Aber das wurde nichts. Sie ist dann wieder zu ihrer Familie gegangen. Ich hab sie seit einem halben Dutzend Jahren nicht mehr gesehen.«

»Aber Sie waren immer noch mit ihr verheiratet.«

Der Mann schwieg.

Race setzte nach. »Mrs Doyle oder vielmehr damals noch Miss Ridgeway hat das alles herausbekommen?«

»Ja, hat sie, verflucht soll sie sein! Schnüffelt rum, obwohl kein Mensch sie drum gebeten hat. Ich hätte Marie gut behandelt. Ich hätte alles für sie getan. Sie hätte nie was von der anderen erfahren, wenn diese aufdringliche junge Lady nicht gewesen wäre. Ja, ich sag's offen, ich *hatte* Groll gegen die Lady, und es kam mich bitter an, als ich die hier an Bord sah, aufgetakelt mit Perlen und Diamanten, und wie die überall die Herrin herauskehrte und nie auf die Idee gekommen wäre, dass sie einem Mann das Leben kaputtgemacht hat! Das kam mich verdammt hart an, aber wenn Sie glauben, ich bin ein dreckiger Mörder – wenn Sie glauben, ich hab sie erschossen, also, das ist eine verdammte Lüge! Ich hab sie nicht angerührt. Und das ist die Wahrheit vor Gott.« Er brach ab. Der Schweiß lief ihm übers Gesicht.

»Wo waren Sie gestern Nacht zwischen zwölf und zwei Uhr?«

»In meiner Koje, schlafend – und das sagt Ihnen auch mein Kollege.«

»Das werden wir sehen«, sagte Race. Mit einem knappen Kopfnicken ließ er ihn gehen. »Das reicht uns.«

»Eh bien?«, fragte Poirot, als sich die Tür hinter Fleetwood geschlossen hatte.

Race zuckte die Schultern. »Klingt aufrichtig, was er erzählt. Er ist natürlich nervös, aber auch nicht über Gebühr. Wir müssen wohl sein Alibi überprüfen – auch wenn das vermutlich keine Klarheit bringt. Sein Kojenkamerad hat wahrscheinlich geschlafen, und der Bursche kann hinein- und hinausgeschlüpft sein, falls er wollte. Es kommt darauf an, ob ihn irgendjemand sonst gesehen hat.«

»Ja, das muss man ermitteln.«

»Das Nächste ist, glaube ich«, sagte Race, »ob irgendjemand irgendetwas gehört hat, das einen Hinweis auf den Zeitpunkt des Verbrechens geben könnte. Bessner setzt die Tat zwischen zwölf und zwei Uhr an. Ich finde es nicht ganz abwegig, darauf zu hoffen, dass jemand von den Passagieren den Schuss gehört hat – selbst wenn er ihn nicht als solchen erkannte. Ich selbst habe nichts dergleichen gehört. Und Sie?«

Poirot schüttelte den Kopf. »Ich habe geschlafen wie ein Baum. Ich habe nichts gehört – aber wirklich gar nichts. Ich hätte unter Drogen sein können, so tief habe ich geschlafen.«

»Schade«, sagte Race. »Tja, wollen wir hoffen, dass wir mit den Leuten in den Kabinen auf der Steuerbordseite ein bisschen Glück haben. Fanthorp haben wir befragt. Die Allertons kommen als Nächste. Ich schicke den Steward nach ihnen.«

Mrs Allerton stürmte fast herein. Sie trug ein fließendes, graugestreiftes Seidenkleid und sah besorgt aus. »Es ist zu schrecklich«, sagte sie und nahm den Stuhl, den Poirot ihr hinstellte. »Ich kann's kaum glauben. Dieses liebreizende Geschöpf, das alles hatte, wofür sich lohnt zu leben – tot. Ich weiß nicht, aber das ist doch nicht zu glauben.«

»Ich weiß, was Sie empfinden, Madame«, sagte Poirot mitfühlend.

»Ich bin froh, dass *Sie* an Bord sind«, sagte Mrs Allerton erleichtert. »Sie werden herauskriegen, wer das getan hat. Ich bin ja so froh, dass es nicht das arme tragische Mädchen war.«

»Sie meinen Mademoiselle de Bellefort? Wer sagt Ihnen, dass sie es nicht getan hat?«

»Cornelia Robson«, antwortete Mrs Allerton mit einem schwachen Lächeln. »Die findet das ja alles einfach spannend. Es ist vermutlich das einzig Aufregende, was sie je erlebt hat, und vermutlich auch das einzig Aufregende, was sie je erleben wird. Aber sie ist so lieb, dass sie sich schrecklich geniert für ihr Vergnügen. Sie findet, es ist gemein von ihr.« Mrs Allerton sah Poirot an und fügte hinzu: »Aber ich soll nicht klatschen. Sie wollten mich befragen.«

»Wenn Sie erlauben. Sie gingen wann zu Bett, Madame?«

»Kurz nach halb elf.«

»Und Sie schliefen sofort ein?«

»Ja. Ich war müde.«

»Und haben Sie in der Nacht etwas gehört – irgendetwas?«

Mrs Allerton legte die Augenbrauen in Falten. »Ja, ich glaube, ich habe etwas platschen und jemanden laufen gehört – oder war es andersherum? Ich habe das nur verschwommen im Kopf. Ich dachte vage, dass jemand über Bord und ins Wasser gefallen ist – im Traum, wissen Sie –, und dann bin ich aufgewacht und habe gelauscht, aber es war alles ruhig.«

»Wissen Sie, wie spät es war?«

»Nein, das weiß ich leider nicht. Aber es war, glaube ich, nicht sehr lange, nachdem ich eingeschlafen war. Ich meine, innerhalb der ersten Stunde oder so.«

»Madame, das ist leider nicht sehr präzise.«

»Nein, das ist mir klar. Aber es wäre auch nicht gut, wenn ich raten würde, obwohl ich nicht die leiseste Vorstellung habe, nicht wahr?«

»Das ist alles, was Sie uns sagen können, Madame?«

»Ich fürchte, ja.«

»Kannten Sie eigentlich Mrs Doyle schon vorher?«

»Nein, aber Tim kannte sie. Und ich wusste ziemlich viel über sie – durch eine Cousine, Joanna Southwood. Aber mit ihr gesprochen hatte ich nie, bevor wir uns in Assuan kennenlernten.«

»Ich habe noch eine Frage, Madame, wenn Sie mir die verzeihen wollen.«

Mrs Allerton lächelte fein und murmelte: »Aber gern dürfen Sie mir eine indiskrete Frage stellen.«

»Es ist Folgendes: Hatten Sie oder Ihre Familie je finanzielle Einbußen durch Transaktionen von Madame Doyles Vater, Melhuish Ridgeway?«

Mrs Allerton sah ihn völlig verwundert an. »Oh, nein! Unsere Familienfinanzen haben gar nichts eingebüßt, außer dem üblichen Verfall … Sie wissen ja, Zinsen werden immer niedriger. Unsere Armut hatte nie irgendetwas Melodramatisches. Mein Mann hat mir einfach sehr wenig Geld hinterlassen, aber das besitze ich immer noch, nur dass es eben nicht mehr so viel abwirft wie früher.«

»Ich danke Ihnen, Madame. Vielleicht möchten Sie Ihren Sohn bitten, jetzt zu uns zu kommen.«

Tim feixte, als seine Mutter zurückkam. »Feuerprobe bestanden? Dann bin ich jetzt dran! Was für Sachen fragen die denn so?«

»Nur ob ich gestern Nacht etwas gehört habe«, sagte Mrs Allerton. »Und dummerweise habe ich gar nichts gehört. Ich kann mir das nicht erklären. Linnets Kabine ist doch die übernächste neben meiner. Man sollte meinen, ich hätte den Schuss hören müssen. Lauf schon, Tim; sie warten auf dich.«

Poirot stellte Tim dieselben Fragen.

»Ich bin früh zu Bett gegangen«, antwortete Tim, »halb elf oder so. Ich habe noch ein bisschen gelesen. Und das Licht ausgemacht um kurz nach elf.«

»Haben Sie danach irgendetwas gehört?«

»Eine Männerstimme, die ›gute Nacht‹ sagte, glaube ich, nicht weit entfernt.«

»Das war ich, ich habe Mrs Doyle gute Nacht gesagt«, sagte Race.

»Ja. Danach bin ich eingeschlafen. Später habe ich dann eine Art Tohuwabohu gehört, jemand hat Fanthorp gerufen, das weiß ich noch.«

»Mademoiselle Robson, als sie aus dem Aussichtssalon gelaufen kam.«

»Ja, das war sie wohl. Dann eine Menge verschiedene Stimmen. Und dann rannte jemand an Deck entlang. Dann ein Platsch. Und dann hat der alte Bessner geröhrt, so etwas wie ›jetzt aufpassen‹ und ›nicht zu schnell‹.«

»Sie hörten etwas platschen.«

»Ja, so in der Art.«

»Sie sind sicher, dass es kein *Schuss* war, den Sie da gehört haben?«

»Ja, das könnte es wohl auch gewesen sein … Ich habe einen Korken ploppen gehört. Vielleicht *war* das der Schuss, und an einen Platscher habe ich bloß gedacht, weil mich der Korken auf die Vorstellung von etwas Flüssigem, das ins Glas platscht, gebracht hat … Ich weiß noch, ich hatte nebelhaft die Vorstellung, da ist irgendeine Party im Gange, und ich wollte, dass die alle ins Bett gehen und ruhig sind.«

»Sonst noch etwas, danach?«

Tim zuckte die Schultern. »Danach – Amnesie.«

»Sie haben nichts mehr gehört?«

»Überhaupt nichts.«

»Danke, Monsieur Allerton.«

Tim stand auf und verließ den Rauchsalon.

Sechzehntes Kapitel

Race studierte grübelnd einen Plan vom Promenadendeck der *Karnak*. »Fanthorp, Allerton junior, Mrs Allerton. Dann eine leere Kabine – die von Simon Doyle. So, und wer wohnt auf der anderen Seite von Mrs Doyle? Die alte amerikanische Dame. Wenn irgendjemand irgendetwas gehört haben kann, dann sie. Wir sollten sie herholen, falls sie schon aufgestanden ist.«

Miss Van Schuyler erschien. Sie sah an diesem Morgen noch älter und vergilbter aus als sonst. In ihrem Blick lag ein Hauch boshafter Verdrießlichkeit.

Race stand auf und verbeugte sich. »Wir bedauern sehr, dass wir Sie stören müssen, Miss Van Schuyler. Sehr nett, dass Sie gekommen sind. Nehmen Sie bitte Platz.«

Miss Van Schuyler verkündete spitz: »Es missfällt mir, in die Sache verwickelt zu werden. Ich nehme das sehr übel. Ich möchte in keiner Weise in Verbindung gebracht werden mit dieser – äh – sehr unangenehmen Angelegenheit.«

»Gewiss – gewiss. Ich hatte gerade zu Monsieur Poirot gesagt, je schneller wir Ihre Aussage bekommen, desto besser, dann haben Sie keine weiteren Umstände.«

Miss Van Schuyler musterte Poirot mit einem Blick, der beinah gnädig war. »Freut mich, dass Sie beide Verständnis für mein Befinden aufbringen. Ich bin derartige Vorgänge absolut nicht gewohnt.«

Poirot sagte beschwichtigend: »Exakt, Mademoiselle. Ebendeshalb möchten wir Sie auch so schnell wie möglich vom Ungemach befreien. Sie gingen also zu Bett gestern Abend – um welche Uhrzeit?«

»Ich gehe gewöhnlich um zehn Uhr zu Bett. Gestern Abend

war es allerdings etwas später, da Cornelia Robson mich warten ließ, was sehr rücksichtslos war.«

»*Très bien*, Mademoiselle. Nun, was haben Sie gehört, nachdem Sie sich zurückgezogen hatten?«

Miss Van Schuyler erklärte: »Ich habe einen sehr leichten Schlaf.«

»Eine *merveille*! Für uns ist das ein großes Glück.«

»Geweckt hat mich eine ziemlich aufdringliche junge Frau, Mrs Doyles Dienstmädchen, mit ihrem *›bonne nuit, Madame‹* und einer Stimme, die ich nur als unnötig laut bezeichnen kann.«

»Und danach?«

»Bin ich wieder eingeschlafen. Aufgewacht bin ich mit dem Gefühl, dass jemand in meiner Kabine ist, aber ich stellte fest, dass es jemand in der Nachbarkabine war.«

»In Madame Doyles Kabine?«

»Ja. Dann hörte ich jemanden auf dem Deck und dann ein platschendes Geräusch.«

»Sie haben nicht zufällig eine Ahnung, wann das war?«

»Ich kann Ihnen die Uhrzeit sogar genau sagen. Es war zehn Minuten nach eins.«

»Sie wissen das ganz sicher?«

»Ja. Ich habe auf die kleine Uhr neben meinem Bett gesehen.«

»Einen Schuss haben Sie nicht gehört?«

»Nein, nichts dergleichen.«

»Aber es könnte möglicherweise ein Schuss gewesen sein, der Sie geweckt hat?«

Miss Van Schuyler legte ihren krötenartigen Kopf schräg und dachte über die Frage nach. »Könnte es«, räumte sie etwas mürrisch ein.

»Und Sie haben keine Ahnung, woher das Platschen rührte, das Sie gehört haben?«

»Oh, doch – das weiß ich ganz genau.«

Colonel Race fuhr aufgeregt hoch. »Das wissen Sie?«

»Sicher. Es gab ein Geräusch, als ob jemand draußen herumschleicht, und das gefiel mir nicht. Ich stand auf und ging zu meiner Kabinentür. Miss Otterbourne hing über die Bordwand. Sie hatte gerade etwas ins Wasser geworfen.«

»Miss Otterbourne?« Race klang echt überrascht.

»Ja.«

»Sie sind ganz sicher, dass es Miss Otterbourne war?«

»Ich habe deutlich ihr Gesicht gesehen.«

»Sie hat Sie aber nicht gesehen?«

»Ich glaube, nicht.«

Poirot beugte sich vor. »Und wie war ihr Gesicht, Mademoiselle?«

»Miss Otterbourne war in einem Zustand erheblicher Gefühlswallung.«

Race und Poirot tauschten einen kurzen Blick.

»Und dann?«, drängte Race.

»Sie ging in Richtung Heck und ich zurück ins Bett.«

Es klopfte, und der Manager trat mit einem tropfenden Bündel in der Hand ein. »Wir haben sie, Colonel.«

Race nahm das Päckchen, wickelte Schicht um Schicht klitschnassen Samt ab, und heraus fiel ein grobes Taschentuch mit blassrosa Flecken, in das eine kleine Pistole mit Perlmuttgriff gewickelt war. Race warf Poirot einen leicht maliziösen, triumphierenden Blick zu. »Sehen Sie«, sagte er, »ich hatte die richtige Idee. Sie *ist* über Bord geworfen worden.«

Er legte die Pistole auf seine Handfläche und hielt sie ihm hin. »Was sagen Sie, Monsieur Poirot? Ist dies die Pistole, die Sie in jener Nacht im *Hotel Cataract* gesehen haben?«

Poirot untersuchte sie sorgfältig; dann sagte er leise: »Ja – das ist sie. Da sind die eingearbeiteten Ornamente – und da sind auch die Initialen J. B. Es ist ein *article de luxe*, ein sehr femininer Gegenstand zwar, aber trotzdem eine tödliche Waffe.«

»Zweiundzwanzig«, murmelte Race. Er zog das Magazin heraus. »Zwei Kugeln abgefeuert. Tja, da gibt's wohl kaum noch einen Zweifel.«

Miss Van Schuyler hüstelte bedeutungsvoll. »Und was ist mit meiner Stola?«

»Ihrer Stola, Mademoiselle?«

»Ja, das da ist meine Samtstola.«

Race hob die triefenden Stoffschichten hoch. »Die gehört Ihnen, Miss Van Schuyler?«

»Sicher gehört sie mir!«, schnappte die alte Dame. »Gestern Abend habe ich sie schon vermisst. Ich habe alle gefragt, ob sie sie gesehen haben.«

Poirot sah Race fragend an und der nickte zustimmend.

»Wo hatten Sie sie zuletzt gesehen, Miss Van Schuyler?«

»Ich hatte sie bei mir im Salon gestern Abend. Als ich zu Bett gehen wollte, konnte ich sie nirgends finden.«

Rasch sagte Race:

»Sie begreifen, wofür sie benutzt wurde?« Er breitete die Stola aus und deutete auf die versengte Stelle und etliche kleine Löcher. »Der Mörder hat sie um die Pistole gewickelt, um den Krach des Schusses zu ersticken.«

»Frechheit!«, schnappte Miss Van Schuyler. Die Farbe ihrer welken Wangen wurde kräftiger.

Race fuhr fort: »Ich wäre Ihnen dankbar, Miss Van Schuyler, wenn Sie mir erzählen würden, in welchem Ausmaß Sie mit Mrs Doyle schon vorher bekannt waren.«

»Ich war vorher nicht mit ihr bekannt.«

»Aber Sie wussten von ihr?«

»Ich wusste selbstverständlich, wer sie war.«

»Aber Ihre Familien waren nicht miteinander bekannt?«

»Unsere Familie hat stets sehr auf Exklusivität gehalten, Colonel Race. Meine liebe Mutter hätte sich nicht im Traum mit irgendjemandem von der Familie Hartz abgegeben, das waren, abgesehen von ihrem Geld, Niemande.«

»Das ist alles, was Sie dazu zu sagen haben, Miss Van Schuyler?«

»Ich habe dem nichts hinzuzufügen. Linnet Ridgeway wuchs

in England auf, und ich habe sie nie gesehen, bevor ich dieses Schiff betrat.« Sie erhob sich.

Poirot hielt ihr die Tür auf, und sie rauschte hinaus. Die beiden Männer sahen sich an.

»Das ist ihre Geschichte«, sagte Race, »und an der wird sie festhalten! Vielleicht stimmt sie ja. Ich weiß es nicht. Aber – Rosalie Otterbourne? Damit hatte ich nicht gerechnet.«

Poirot schüttelte immer wieder verblüfft den Kopf. Plötzlich ließ er die Hand mit einem Peng auf den Tisch sausen. »Aber das ergibt alles keinen Sinn«, schrie er. »*Nom d'un nom d'un nom!* Das ergibt keinen Sinn.«

Race sah ihn an. »Was meinen Sie genau?«

»Ich meine, dass bis zu einem bestimmten Punkt alles klar Schiff ist. Jemand wollte unbedingt Linnet Doyle umbringen. Jemand hat die Szene gestern Abend im Salon mit angehört. Jemand hat sich hineingestohlen und die Pistole geholt – Jacqueline de Belleforts Pistole, nicht zu vergessen. Jemand hat Linnet Doyle mit dieser Pistole erschossen und den Buchstaben J an die Wand geschrieben ... Alles ganz klar, nicht wahr? Alles deutet auf Jacqueline de Bellefort als Mörderin. Und was macht der Mörder dann? Lässt die Pistole – die belastende Pistole – Jacqueline de Belleforts Pistole da liegen, wo sie jeder finden kann? Nein, er – oder sie – wirft die Pistole, dieses besonders belastende Beweisstück, über Bord. Warum, mein Freund, warum?«

Race schüttelte den Kopf. »Das ist merkwürdig.«

»Es ist mehr als merkwürdig – es ist *unmöglich*!«

»Unmöglich nicht, es ist ja passiert!«

»Das meine ich nicht. Ich meine die Abfolge der Ereignisse, die ist unmöglich. Daran ist etwas falsch.«

Siebzehntes Kapitel

Colonel Race sah seinen Koermittler neugierig an. Er empfand – aus gutem Grund – Hochachtung für Hercule Poirots Hirn. Im Augenblick allerdings kam er mit dessen Gedankengängen nicht ganz mit. Aber er stellte keine Frage. Er stellte überhaupt selten Fragen. Er ging geradlinig weiter vorwärts, anhand der konkreten Dinge. »Was muss als Nächstes gemacht werden? Die Vernehmung der kleinen Otterbourne?«

»Ja, die könnte uns ein wenig voranbringen.«

Rosalie Otterbourne kam lustlos herein. Sie sah keineswegs nervös oder ängstlich aus – sondern einfach widerwillig und mürrisch. »Also«, fragte sie, »was gibt's?«

Race übernahm das Gespräch. »Wir ermitteln den Tod von Mrs Doyle«, erläuterte er.

Rosalie nickte.

»Würden Sie mir sagen, was Sie gestern Abend taten?«

Rosalie überlegte einen Augenblick. »Mutter und ich sind früh zu Bett gegangen – vor elf. Etwas Besonderes gehört haben wir nicht, außer ein bisschen Trara vor Dr. Bessners Kabine. Ich hörte den alten Mann mit seiner deutschen Stimme röhren und sich entfernen. Natürlich wusste ich bis heute Morgen nicht, worum es da gegangen war.«

»Einen Schuss haben Sie nicht gehört?«

»Nein.«

»Haben Sie Ihre Kabine gestern Nacht mal verlassen?«

»Nein.«

»Sind Sie da ganz sicher?«

Rosalie starrte ihn an. »Was wollen Sie damit sagen? Natürlich bin ich sicher.«

»Sie sind nicht zum Beispiel zur Steuerbordseite hinübergegangen und haben etwas über Bord geworfen?«

Ihr Gesicht bekam eine lebhaftere Farbe. »Gibt es ein Gesetz, das verbietet, etwas über Bord zu werfen?«

»Nein, natürlich nicht. Sie haben es also getan?«

»Nein, habe ich nicht. Ich sage Ihnen doch, ich habe die Kabine nicht verlassen.«

»Wenn aber jemand sagt, er habe Sie gesehen –?«

Sie fiel ihm ins Wort. »Wer sagt das?«

»Miss Van Schuyler.«

»Miss Van Schuyler?« Sie klang echt überrascht.

»Ja. Miss Van Schuyler, sie hat aus ihrer Kabine geguckt und gesehen, wie Sie etwas über die Reling geworfen haben.«

Rosalie erwiderte scharf: »Das ist eine verdammte Lüge.« Und als wäre ihr plötzlich etwas eingefallen, fragte sie: »Wann war das?«

Diesmal antwortete Poirot. »Es war zehn Minuten nach eins, Mademoiselle.«

Rosalie nickte. »Hat sie sonst noch etwas gesehen?«

Poirot sah sie neugierig an und kratzte sich am Kinn. »Gesehen – nein«, antwortete er, »aber sie hat etwas gehört.«

»Was hat sie denn gehört?«

»Bewegung in Madame Doyles Kabine.«

»Ich verstehe«, murmelte Rosalie. Sie war blass geworden – totenblass.

»Und Sie bestehen darauf, Mademoiselle, dass Sie nichts über Bord geworfen haben?«

»Warum in aller Welt sollte ich wohl mitten in der Nacht herumlaufen und Sachen über Bord werfen?«

»Es könnte doch einen Grund haben – einen unschuldigen.«

»Unschuldig?«, wiederholte Rosalie spitz.

»Das sagte ich. Sehen Sie, Mademoiselle, etwas *ist* gestern Nacht über Bord geworfen worden – etwas, das gar nicht unschuldig ist.«

Race hielt schweigend das befleckte Samtbündel hoch, faltete es auseinander und zeigte ihr den Inhalt.

Rosalie Otterbourne schrak zurück. »Ist das – ist sie – damit getötet worden?«

»Ja, Mademoiselle.«

»Und Sie denken, ich – ich habe das getan? Was für ein ausgemachter Unsinn! Warum in aller Welt sollte ich Linnet Doyle umbringen wollen? Ich kenne sie ja nicht einmal!« Sie lachte verächtlich und stand auf. »Das ist doch alles zu albern.«

»Vergessen Sie nicht, Miss Otterbourne«, sagte Race, »Miss Van Schuyler ist bereit zu schwören, dass sie deutlich Ihr Gesicht im Mondlicht gesehen hat.«

Wieder lachte Rosalie. »Die alte Nuss? Die ist doch halb blind. Mich hat sie jedenfalls nicht gesehen.« Sie schwieg. »Kann ich jetzt gehen?«

Race nickte, und Rosalie verließ den Salon. Die beiden Männer sahen sich an. Race zündete sich eine Zigarette an. »Tja, das war das. Glatter Widerspruch. Welcher von beiden glauben wir denn?«

Poirot schüttelte den Kopf. »Ich habe so einen leisen Verdacht, dass beide nicht ganz offen waren.«

»Das ist das Schlimmste an unserem Job«, sagte Race deprimiert. »So viele Leute halten mit der Wahrheit hinterm Berg, aus völlig blödsinnigen Gründen. Was machen wir als Nächstes? Die anderen Passagiere vernehmen?«

»Ich denke, ja. Geordnetes, methodisches Vorgehen ist immer gut.«

Race nickte.

Mrs Otterbourne in einem wallenden Batikgewand folgte ihrer Tochter nach. Sie bestätigte Rosalies Aussage, nach der beide schon vor elf Uhr zu Bett gegangen waren. Sie selbst hatte die ganze Nacht lang nichts Interessantes gehört. Sie konnte auch nicht sagen, ob Rosalie die Kabine verlassen hatte oder nicht. Zum Thema Verbrechen an sich allerdings hatte sie einiges in petto. »*Le crime passionel!*«, deklamierte sie. »Der primitive Trieb zum – Töten! So innig verbündet mit dem Sextrieb. Dieses Mädchen Jacqueline, halb südländisch, heißblütig, wie sie den tiefsten Instinkten ihres Wesens gehorcht, sich fortstiehlt, den Revolver in der Hand –«

»Jacqueline de Bellefort hat Madame Doyle nicht erschossen. Das wissen wir mit Sicherheit. Es ist bewiesen«, erklärte Poirot.

»Dann also der Ehemann«, verkündete Mrs Otterbourne, als sie sich von dem Schlag erholt hatte. »Blutrausch und Sextrieb – ein Sexualverbrechen. Dafür gibt es etliche berühmte Vorbilder.«

»Mr Doyle hat einen Beindurchschuss und war ziemlich unfähig, sich zu rühren – der Knochen ist gebrochen«, erläuterte Colonel Race. »Er hat die Nacht bei Dr. Bessner zugebracht.«

Jetzt war Mrs Otterbourne noch enttäuschter. Sie grübelte, in der Hoffnung auf eine Lösung. »Natürlich«, sagte sie schließlich. »Wie töricht von mir! Miss Bowers!«

»Miss Bowers?«

»Ja. Natürlich. Psychologisch *sonnenklar*. Unterdrückung! Die triebunterdrückte Jungfrau! Wird wahnsinnig angesichts der beiden – ein junges Paar, leidenschaftlich verliebt. Natürlich war sie es! Sie ist genau der Typ – sexuell unattraktiv, die Sittlichkeit in Person. In meinem Buch ›Die unfruchtbare Rebe‹ –«

Höflich unterbrach Colonel Race. »Ihre Vorschläge waren eine große Hilfe, Mrs Otterbourne. Aber wir müssen mit unserer Arbeit weiterkommen. Ganz herzlichen Dank.« Galant geleitete er sie zur Tür. Auf dem Rückweg wischte er sich die Stirn. »Was für ein widerliches Weibsbild! Puh! Warum hat *die* eigentlich keiner ermordet!«

»Das kann ja noch kommen«, tröstete Poirot.

»Hätte jedenfalls einen gewissen Sinn. Wen haben wir noch? Pennington – den heben wir uns als Letzten auf, finde ich. Richetti – Ferguson.«

Signor Richetti sprudelte wie immer und war sehr erschüttert. »Nein, so eine Scheußlichkeit, so eine Infamie – so eine junge und schöne Frau – wirklich unmenschlich, so ein Verbrechen!« Er warf dramatisch die Hände in die Luft.

Seine Antworten kamen präzise. Er war früh zu Bett gegangen – sehr früh. Nämlich sofort nach dem Dinner. Er hatte noch ein wenig gelesen – eine vor kurzem erschienene, sehr interessante deutsche Broschüre, »Prähistorische Forschung in Kleinasien«, die die Tontopfmalerei des anatolischen Berglands in völlig neuem Licht erscheinen ließ. Sein eigenes Licht ausgemacht hatte er kurz vor elf. Nein, irgendeinen Schuss hatte er nicht gehört. Auch nicht irgendetwas, das wie das Plopp eines Korkens klang. Das Einzige, was er gehört hatte – aber das war viel später gewesen, mitten in der Nacht –, war ein platschendes Geräusch gewesen, ein lauter Platscher, direkt neben seinem Bullauge.

»Ihre Kabine liegt im Unterdeck auf der Steuerbordseite, nicht wahr?«

»Ja, ja, tut sie. Und ich habe es laut platschen gehört.« Wieder flogen seine Arme zwecks Demonstration der großen Lautstärke in die Luft.

»Können Sie auch sagen, wann das war?«

Signor Richetti überlegte. »Das war eine, zwei, drei Stunden nachdem ich schlafen gegangen bin. Vielleicht zwei Stunden.«

»Etwa zehn Minuten nach eins, zum Beispiel?«

»Das kann sehr wohl sein, ja. Ah! Aber so ein schreckliches Verbrechen – so unmenschlich ... So bezaubernd diese Frau ...«

Abgang Signor Richetti, weiter wild gestikulierend.

Race sah Poirot an. Poirot zog vielsagend die Brauen hoch und zuckte dann die Schultern. Sie nahmen sich Ferguson vor.

Ferguson war schwierig. Ungezogen fläzte er sich in einen Stuhl und schnaubte verächtlich: »So ein Riesentamtam! Wen kratzt denn die ganze Sache? Sowieso zu viele Luxusweiber auf der Welt!«

Race fragte kühl: »Dürfen wir hören, was Sie gestern Abend so getrieben haben, Mr Ferguson?«

»Wüsste nicht, wieso, aber von mir aus. Ich bin eine ganze Zeitlang rumgestreunt. Dann eine kleine Landpartie mit Miss Robson. Als die wieder aufs Schiff ging, bin ich noch eine Weile allein weitergestreunt. Bin so gegen Mitternacht zurückgekommen.«

»Ihre Kabine ist im Unterdeck, Steuerbordseite?«

»Tja, nicht oben bei den großen Tieren.«

»Haben Sie einen Schuss gehört? Er könnte auch wie ein ploppender Korken geklungen haben.«

Ferguson dachte nach. »Ja, ich glaube, so was wie einen Korken habe ich gehört ... Weiß nicht mehr, wann – jedenfalls vor dem Einschlafen. Aber da waren noch eine Menge Leute unterwegs – Trara und Gerenne auf dem oberen Deck.«

»Wahrscheinlich war das der Schuss, den Miss de Bellefort abgegeben hat. Noch einen haben Sie nicht gehört?«

Ferguson schüttelte den Kopf.

»Auch keinen Platscher?«

»Platscher? Ja, ich glaube, ich habe etwas platschen gehört. Aber da war so ein Trubel, da bin ich mir nicht sicher.«

»Haben Sie Ihre Kabine nachts mal verlassen?«

Ferguson grinste. »Nein, habe ich nicht. Und ich war an der guten Tat auch nicht beteiligt, Pech.«

»Na, na, Mr Ferguson, werden Sie jetzt nicht kindisch.«

Der junge Mann gab wütend zurück: »Wieso soll ich nicht sagen, was ich denke? Ich glaube an Gewalt.«

»Aber praktizieren, was Sie predigen, tun Sie nicht?«, murmelte Poirot. »Oder doch?« Er beugte sich vor. »Dieser Fleetwood war's, nicht wahr, der Ihnen erzählt hat, Linnet Doyle sei eine der reichsten Frauen in ganz England?«

»Was hat Fleetwood denn damit zu tun?«

»Fleetwood, mein Freund, hatte ein exzellentes Motiv, Linnet Doyle zu töten. Er hegte einen ganz besonderen Groll gegen sie.«

Mr Ferguson schoss im Stuhl hoch wie ein Springteufelchen. »Ach, das dreckige Spiel spielt ihr also!«, sagte er grimmig. »Schiebt es auf ein armes Schwein wie Fleetwood, der sich nicht wehren kann, der kein Geld für teure Anwälte hat. Ich will euch mal was sagen – wenn ihr versucht, das Ding hier Fleetwood anzuhängen, dann kriegt ihr es mit mir zu tun.«

»Und wer *sind* Sie?«, fragte Poirot liebenswürdig.

Mr Ferguson lief rot an. »Ich halte jedenfalls zu meinen Freunden«, sagte er schroff.

»Tja, Mr Ferguson, ich glaube, das wär's im Augenblick«, sagte Race. Und ließ, als sich die Tür hinter Ferguson geschlossen hatte, die Bemerkung fallen: »Ein ausgesprochen sympathischer Bengel, muss ich wohl sagen.«

»Sie halten ihn aber nicht für den Mann, hinter dem *Sie* eigentlich her sind?«, fragte Poirot.

»Kaum. Obwohl der vermutlich an Bord *ist*. Die Meldung war sehr exakt. Nun ja, eins nach dem anderen. Knöpfen wir uns Pennington vor.«

Achtzehntes Kapitel

Andrew Pennington brachte sämtliche konventionellen Formen von Trauer bis Schock zum Vortrag. Er war wie stets korrekt gekleidet und hatte eigens eine schwarze Krawatte angelegt. Auf seinem glattrasierten langen Gesicht lag der Ausdruck der Bestürzung. »Meine Herren«, begann er traurig, »die ganze Sache nimmt mich ungeheuer mit! Die kleine Linnet – nein, ich kenne sie doch noch als das aufgeweckteste kleine Ding, das man sich vorstellen kann. Auch Melhuish Ridgeway war ja so stolz auf sie! Nun ja, ich will das hier jetzt nicht vertiefen. Sagen Sie mir einfach, was ich tun kann; mehr will ich gar nicht verlangen.«

Race sagte: »Zuerst mal, Mr Pennington, haben Sie gestern Nacht irgendetwas gehört?«

»Nein, Sir, eigentlich nichts Besonderes. Ich habe ja die Kabine neben der Nummer vierzig von Dr. Bessner – die einundvierzig. Und da habe ich wohl einen gewissen Trubel gehört, so gegen Mitternacht oder so. Ich wusste zu dem Zeitpunkt natürlich nicht, was das war.«

»Sonst haben Sie nichts gehört? Keine Schüsse?«

Andrew Pennington schüttelte den Kopf. »Überhaupt nichts dergleichen.«

»Und zu Bett gegangen sind Sie wann?«

»Muss etwas nach elf gewesen sein.« Er beugte sich vor. »Ich nehme an, Sie wissen längst, dass hier auf dem Schiff jede Menge Gerüchte herumschwirren. Diese kleine Halbfranzösin – Jacqueline de Bellefort –, also, da war irgendetwas anrüchig, wissen Sie. Linnet hat mir nichts erzählt, aber ich bin ja nun nicht blind und taub. Es hat da wohl irgendwann eine Affäre zwischen ihr und Simon gegeben – *cherchez la femme* – tja, eine gute alte Regel, sehr verlässlich, und ich möchte meinen, sehr weit müssen Sie hier nicht *chercher*.«

»Sie wollen sagen, Ihrer Meinung nach hat Jacqueline de Bellefort Madame Doyle erschossen?«, fragte Poirot.

»So sieht's aus für mich. Ich *weiß* natürlich nichts ...«

»Aber *wir*, leider!«

»Hä?« Mr Pennington sah verblüfft drein.

»Wir wissen, dass es Mademoiselle de Bellefort gar nicht möglich war, Madame Doyle zu erschießen.« Er erläuterte ausführlich, weshalb.

Pennington schien das nicht gern einzusehen. »Einverstanden, oberflächlich sieht es ganz so aus – aber diese Krankenschwester, ich wette, die war nicht die ganze Nacht wach. Die ist mal eingenickt, und da konnte das Mädchen raus- und reinschlüpfen.«

»Kaum wahrscheinlich, Monsieur Pennington. Sie hatte ihr ein starkes Opiat verabreicht, vergessen Sie das nicht. Außerdem hat eine Krankenschwester aus Gewohnheit einen leichten Schlaf und wird wach, wenn ihr Patient wach wird.«

»Klingt mir alles nicht geheuer«, erklärte Pennington.

Mit sanfter Bestimmtheit erwiderte Race: »Sie müssen mir wohl abnehmen, Mr Pennington, dass wir sehr sorgfältig alle Möglichkeiten geprüft haben. Das Ergebnis ist ganz eindeutig – Jacqueline de Bellefort hat Mrs Doyle nicht erschossen. Also sind wir gezwungen, woanders zu suchen. Und dabei, hoffen wir, können Sie uns vielleicht helfen.«

»Ich?«, brauste Pennington nervös auf.

»Ja. Sie waren eng mit der Toten befreundet. Sie kennen aller Wahrscheinlichkeit nach ihre Lebensumstände viel besser als ihr Mann, denn er hat sie erst vor wenigen Monaten kennengelernt. Sie wüssten es zum Beispiel, wenn jemand Groll auf sie hatte. Sie müssten eigentlich auch wissen, ob irgendjemand einen Grund hatte, ihren Tod herbeizusehnen.«

Andrew Pennington fuhr sich mit der Zunge über die Lippen, die offenbar ziemlich trocken waren. »Ich versichere Ihnen, ich habe keine Ahnung ... Sehen Sie, Linnet ist in England aufgewachsen. Ich weiß sehr wenig über ihr Umfeld und ihre Kreise.«

»Trotzdem«, überlegte Poirot laut, »gab es an Bord jemanden, der Interesse hatte, Madame zu beseitigen. Sie war ja schon einmal knapp entkommen, wenn Sie sich erinnern, als genau da, wo sie war, dieser Felsbrocken herunterkrachte – ah! Da waren Sie aber vielleicht gar nicht dabei?«

»Nein. Ich war im Tempel zu der Zeit. Ich habe natürlich davon gehört, hinterher. War wohl ganz knapp. Aber vielleicht doch ein Unfall, meinen Sie nicht?«

Poirot zuckte die Schultern. »Das hat man damals gedacht. Jetzt – ist man nicht mehr sicher.«

»Ja – ja, natürlich.« Pennington tupfte sich das Gesicht mit einem feinen Seidentaschentuch.

Colonel Race setzte die Vernehmung fort. »Mr Doyle hat beiläufig erwähnt, dass jemand an Bord ist, der Groll hegte – nicht gegen sie selbst, aber gegen ihre Familie. Wissen Sie, wer das sein könnte?«

Pennington sah aufrichtig erstaunt aus. »Nein, keine Ahnung.«

»Sie hat Ihnen gegenüber nichts davon erwähnt?«

»Nein.«

»Sie waren ein enger Freund ihres Vaters – Sie wüssten keinen Geschäftsvorgang, mit dem er am Ende einen Konkurrenten ruiniert haben könnte?«

Pennington schüttelte ratlos den Kopf. »Keinen von Bedeutung. So etwas kam natürlich öfter vor, aber ich kann mich nicht erinnern, dass deshalb mal jemand gedroht hätte – oder sonst dergleichen.«

»Kurz, Mr Pennington, Sie können uns nicht helfen?«

»So sieht's aus. Mit dem tiefsten Bedauern, meine Herren, dass ich Ihnen nicht von Nutzen bin.«

Race tauschte einen Blick mit Poirot und sagte: »Ganz meinerseits. Wir hatten auf Sie gehofft.« Er stand auf wie zum Zeichen, dass die Vernehmung beendet war.

Andrew Pennington hatte noch Fragen. »Da Doyle ja nun das Bett hütet, möchte er sicher, dass ich ein paar Dinge in die Hand nehme. Mit Verlaub, Colonel, aber wie ist denn die Lage jetzt konkret?«

»Wir fahren von hier aus direkt nach Shellal und werden dort morgen Vormittag ankommen.«

»Und die Leiche?«

»Wird in eine der Kühlkammern gebracht.«

Andrew Pennington deutete mit dem Kopf eine Verbeugung an und verließ den Raum.

Poirot und Race sahen sich gegenseitig an.

»Mr Pennington«, Race zündete sich eine Zigarette an, »hat sich aber gar nicht wohlgefühlt.«

Poirot nickte. »Und«, ergänzte er, »Mr Pennington war sogar so aus der Fassung, dass er eine ziemlich dumme Lüge erzählt hat. Er war nämlich *nicht* im Tempel von Abu Simbel, als der Felsbrocken herunterkam. Ich – *moi qui vous parle* – kann das beschwören. Ich kam nämlich gerade daher.«

»Eine sehr dumme Lüge«, sagte Race, »und eine sehr verräterische dazu.«

Wieder nickte Poirot. »Aber im Augenblick«, lächelte er, »wollen wir ihn noch mit Glacéhandschuhen anfassen, nicht wahr?«

»Ganz recht«, stimmte Race zu.

»Mein Freund, Sie und ich verstehen uns ganz wunderbar.«

Ein schwaches mahlendes Geräusch erklang, der Boden erzitterte unter ihnen. Die *Karnak* trat eben ihre Heimfahrt nach Shellal an.

»Die Perlen«, sagte Race. »Die sind das Nächste, was wir klären müssen.«

»Sie haben schon einen Plan?«

»Ja.« Er sah auf die Armbanduhr. »In einer halben Stunde gibt es Mittagessen. Ich schlage vor, gegen Ende gebe ich eine Erklärung ab – einfach dass die Perlenkette gestohlen ist und ich alle Leute bitten muss, im Speisesaal zu bleiben, während das Schiff durchsucht wird.«

Poirot nickte zustimmend. »Gut überlegt. Wer immer die Kette genommen hat, hat sie noch bei sich. Wenn niemand vorgewarnt ist, kann auch niemand sie in Panik über Bord werfen.«

Race zog ein paar Blatt Papier heran und murmelte entschuldigend: »Ich will nur eben kurz notieren, welche Fakten ich schon habe. Das hält den Kopf frei von Durcheinander.«

»Gut so. Methode und Ordnung sind alles«, erwiderte Poirot.

Race kritzelte ein paar Minuten in seiner klaren, winzigen Schrift. Schließlich schob er das Resultat seiner Anstrengung Poirot zu. »Irgendetwas drin, womit Sie nicht einverstanden sind?«

Poirot nahm die Seiten und las unter der Überschrift:

Der Mord an Mrs Linnet Doyle

Mrs Doyle wurde zuletzt lebend gesehen von ihrem Dienstmädchen, Louise Bourget, Zeit: 23.30 (ca.).

Alibis zwischen 23.30 und 0.20 haben: Cornelia Robson, James Fanthorp, Simon Doyle, Jacqueline de Bellefort – *sonst niemand* –, Tat aber mit Sicherheit *danach* begangen, da praktisch gesichert, dass benutzte Pistole Jacqueline de Bellefort gehört, vormals in deren Handtasche befindlich. Dass ihre Pistole benutzt wurde, ist erst nach Obduktion und ballistischer Untersuchung *absolut* gesichert – kann aber als hochgradig wahrscheinlich angenommen werden.

Mutmaßlicher Tathergang: X (Mörder) war Zeuge von Szene zwischen Jacqueline und Simon Doyle in Aussichtssalon und wusste, wo Pistole unter Sofa gerutscht. Nachdem Salon sich geleert, holt X Pistole – mit dem

Hintergedanken, Jacqueline de Bellefort würde verdächtigt. Mit dieser Theorie wären automatisch entlastet:

Cornelia Robson – hatte keine Gelegenheit, Pistole zu nehmen, bevor Fanthorp suchen ging.

Miss Bowers – desgl.

Dr. Bessner – desgl.

nota bene – Fanthorp nicht endgültig unverdächtig, da er die Pistole eingesteckt, dann aber behauptet haben kann, sie nicht zu finden.

Jede andere Person hätte die Pistole während der zehn Minuten an sich nehmen können.

Mögliche Mordmotive:

Andrew Pennington. Vorausgesetzt, er hat sich tatsächlich betrügerischer Machenschaften schuldig gemacht. Für diese Annahme gibt es einige Indizien, aber keinen Beweis, der eine Beschuldigung rechtfertigt. Wenn er den Felsbrocken über den Rand gerollt haben sollte, dann ist er jemand, der eine sich bietende Gelegenheit beim Schopf packt. Der Mord war eindeutig nicht geplant bzw. nur ganz *allgemein.* Die Schussszene gestern Abend war diesbezüglich eine ideale Gelegenheit.

Einwände gegen Schuldhypothese Pennington: *Warum warf er die Pistole über Bord, obwohl sie ein wertvolles Beweismittel gegen J. B. ist?*

Fleetwood. Motiv Rache. Fleetwood betrachtet sich als durch Linnet Doyle geschädigt. Hätte Szene mit anhören und Lage Pistole sehen können. Hätte Pistole nehmen können, weil handliche Waffe, nicht um Verdacht auf Jacqueline zu lenken. Würde passen zum Wegwerfen über Bord. *Wenn das aber zuträfe, warum schrieb er J mit Blut an Wand?*

nota bene – billiges Taschentuch um Pistole wahrscheinlicher Eigentum eines Mannes wie Fleetwood als von einem der wohlhabenden Passagiere.

Rosalie Otterbourne. Sollen wir von Miss Van Schuylers Aussage oder von Rosalies Dementi ausgehen? Etwas *ist* zu dem Zeitpunkt über Bord geworfen worden, und das war mutmaßlich die in die Samtstola gewickelte Pistole.

Weiter beachten: Hatte Rosalie ein Motiv? Sie kann Linnet Doyle nicht gemocht haben oder sogar neidisch auf sie gewesen sein – als Mordmotiv erscheint das aber höchst unbrauchbar. Die Indizien gegen sie überzeugen nur, wenn wir ein brauchbares Motiv finden. Soweit wir wissen, gibt es keinerlei vorherige Bekanntschaft oder Verbindung zwischen Rosalie Otterbourne und Linnet Doyle.

Miss Van Schuyler. Samtstola um Pistole herum Eigentum von Miss Van Schuyler. Nach ihrer eigenen Aussage von ihr zuletzt gesehen in Aussichtssalon. Sie selbst hat Verlust abends angezeigt, die Suche danach blieb erfolglos.

Wie kam Stola in Besitz von X? Hat X sie früher am Abend entwendet? Wenn ja, warum? Niemand konnte vorhersehen, dass es zwischen Jacqueline und Simon eine Szene geben würde. Fand X die Stola im Salon beim Holen der Pistole? Wenn ja, warum wurde sie vorher bei der Suche nicht gefunden? War sie eventuell immer bei Miss Van Schuyler? Das heißt: Hat Miss Van Schuyler Linnet Doyle ermordet? Hat sie absichtlich gelogen, als sie Rosalie Otterbourne beschuldigte? Wenn sie sie ermordet hat, mit welchem Motiv?

Andere Möglichkeiten:

Motiv Raub. Möglich, da Perlen verschwunden, aber mit Sicherheit getragen von Linnet Doyle gestern Abend.

Jemand mit Groll gegen Familie Ridgeway. Möglich – aber ebenfalls bisher nicht nachweisbar.

Wir wissen, dass sich an Bord ein gefährlicher Mann befindet – ein Killer. Wir haben also einen Killer und einen Todesfall. Könnte zwischen beiden nicht eine Verbindung bestehen? Dazu müssten wir allerdings nachweisen, dass Linnet Doyle gefährliche Informationen über diesen Mann besaß.

Fazit: Wir können die an Bord Befindlichen in zwei Klassen sortieren – Personen, die ein mögliches Motiv hatten oder gegen die es eindeutige Beweise gibt, und Personen, die unseres Wissens nicht verdächtig sind:

Gruppe I	*Gruppe II*
Andrew Pennington	Mrs Allerton
Fleetwood	Tim Allerton
Rosalie Otterbourne	Cornelia Robson
Miss Van Schuyler	Miss Bowers
Louise Bourget (Raub?)	Dr. Bessner
Ferguson (polit. Motiv?)	Signor Richetti
	Mrs Otterbourne
	James Fanthorp

Poirot schob die Seiten zurück. »Sehr richtig, sehr exakt, was Sie da geschrieben haben.«

»Sie sind damit einverstanden?«

»Ja.«

»Und was wollen Sie noch beitragen?«

Poirot setzte sich bedeutungsvoll aufrecht. »*Ich* stelle mir *eine* Frage: *Warum* wurde die Pistole über Bord geworfen?«

»Das ist alles?«

»Im Augenblick ja. Solange ich auf diese Frage keine zufriedenstellende Antwort habe, ergibt auch alles andere keinen Sinn. Das heißt – sie *muss* der Ausgangspunkt sein. Sie werden bemerken, mein Freund, dass Sie diese Frage in Ihrer Zusammenfassung nicht zu beantworten versucht haben.«

Race zuckte die Schultern. »Panik zum Beispiel.«

Poirot schüttelte ratlos den Kopf. Er nahm die nasse Samtstola hoch und breitete sie, tropfend und schlabberig, wie sie war, auf dem Tisch aus. Dann fuhr er mit den Fingern über die versengten Stellen und Brandlöcher. »Sagen Sie mal, mein Freund«, sagte er plötzlich, »Sie sind bewanderter in Sachen Feuerwaffen als ich. Macht so ein Ding hier um eine Pistole gewickelt wirklich viel aus für die Lautstärke des Schusses?«

»Nein, macht es nicht. Jedenfalls nicht so viel wie ein Schalldämpfer zum Beispiel.«

Poirot nickte und fuhr fort. »Ein Mann – natürlich einer, der viel Umgang mit Feuerwaffen hatte – wüsste das. Eine Frau dagegen – eine Frau wüsste das nicht.«

Race sah ihn neugierig an. »Vermutlich nicht.«

»Nein. Sie hätte ihre Bildung aus Detektivgeschichten, die es mit Details nicht immer sehr genau nehmen.«

Race schnippte gegen die kleine Pistole mit dem Perlmuttgriff. »Der kleine Bursche hier macht sowieso nicht viel Krach«, sagte er. »Nur ›Plopp‹, mehr nicht. Ich wette zehn zu eins, dass Sie das bei irgendwelchen Nebengeräuschen nicht hören würden.«

»Ja, darüber habe ich auch schon nachgedacht.« Poirot nahm das Taschentuch in die Hand und untersuchte es. »Ein Männertaschentuch – aber keins für Gentlemen. *Ce cher* Woolworth, könnte ich mir vorstellen. Drei Pence, höchstens.«

»Die Sorte Taschentuch, die einer wie Fleetwood hätte.«

»Ja. Andrew Pennington, habe ich bemerkt, benutzt eins aus feinster Seide.«

»Und Ferguson?«, überlegte Race.

»Möglich. Als Demonstration. Das müsste dann aber eher ein buntes Halstuch sein.«

»Das hier ist statt Handschuhen benutzt worden, vermute ich, um die Pistole zu halten, ohne Fingerabdrücke zu hinterlassen.« Und halb scherzhaft setzte Race hinzu: »Das Rätsel des errötenden Schnupftuchs.«

»Ah, ja. Ziemlich *jeune fille*, die Farbe, nicht?« Poirot legte es wieder weg und untersuchte noch einmal die Pulverspuren auf der Stola. »Trotz allem«, murmelte er, »es ist doch merkwürdig …«

»Was denn?«

Sanft sagte Poirot: »*Cette pauvre* Madame Doyle. Liegt ganz friedlich da … mit einem kleinen Loch im Kopf. Sie wissen doch noch, wie sie aussah?«

Race sah ihn fragend an. »Also«, sagte er, »es kommt mir vor, als ob Sie mir etwas zu sagen versuchten – aber ich habe nicht die leiseste Ahnung, was.«

Neunzehntes Kapitel

Es klopfte an der Tür.

»Herein!«, rief Race.

Ein Steward trat ein. »Entschuldigung, Sir«, sagte er zu Poirot, »Mr Doyle bittet Sie zu sich.«

»Ich komme.« Poirot stand auf. Er ging aus dem Rauchsalon, stieg die Kajütstreppe hoch und lief das Promenadendeck entlang zu Dr. Bessners Kabine.

Simon saß an Kissen gelehnt mit rotglühendem Fieberkopf im Bett. Er sah verlegen aus. »Furchtbar nett, dass Sie gekommen sind, Monsieur Poirot. Sehen Sie, ich habe eine Bitte an Sie.«

»Ja?«

Simon wurde noch röter. »Es – es geht um Jackie. Ich möchte sie sehen. Meinen Sie – hätten Sie etwas dagegen – hätte sie, glauben Sie, etwas dagegen, dass Sie sie bitten, hierherzukommen? Ich liege ja die ganze Zeit hier und grübele … Dieses arme gebeutelte Kind – sie ist doch trotz allem noch ein Kind – und ich habe sie verdammt schlecht behandelt – und –« Er brach stotternd ab.

Poirot sah ihn interessiert an. »Sie begehren Mademoiselle Jacqueline zu sehen? Ich hole sie.«

»Danke. Schrecklich nett von Ihnen.«

Poirot machte sich auf die Suche. Er fand Jacqueline de Bellefort in einer Ecke des Aussichtssalons in einen Sessel geschmiegt. Ein Buch lag offen auf ihrem Schoß, aber sie las nicht.

Sanft sagte Poirot: »Würden Sie mitkommen, Mademoiselle? Monsieur Doyle möchte Sie gern sehen.«

Sie schrak zusammen und wurde erst rot und dann blass. Sie sah völlig verwirrt aus. »Simon? Er will mich sehen – *mich*?«

Er fand sie rührend in ihrer Ungläubigkeit. »Wollen Sie mitkommen, Mademoiselle?«

Sie folgte ihm artig wie ein Kind, ein sehr verwirrtes Kind. »Ich – ja, natürlich will ich.«

Poirot brachte sie in die Kabine. »Hier ist Mademoiselle.«

Sie trat nach ihm ein, schwankte, blieb stehen … und stand stumm und betäubt da, den Blick starr auf Simons Gesicht gerichtet.

»Hallo, Jackie.« Er war auch verlegen. »Schrecklich nett, dass du gekommen bist. Ich wollte sagen – ich meine – also, was ich meine, ist –«

Jetzt unterbrach sie ihn. Sie sprudelte – atemlos, verzweifelt. »Simon – ich habe Linnet nicht umgebracht. Du weißt, dass ich das nicht getan habe … Ich – ich war verrückt gestern Abend. Oh, kannst du mir verzeihen?«

Auch er stockte jetzt nicht mehr. »Natürlich. Das geht in Ordnung! Völlig in Ordnung! Das war es, was ich dir sagen wollte. Ich dachte, du machst dir ein bisschen Sorgen deshalb …«

»*Sorgen? Ein bisschen?* Oh! Simon!«

»Deshalb wollte ich dich sehen. Das geht wirklich in Ordnung. Du warst einfach ein bisschen aus dem Gleis gestern Abend – eine Spur überdreht. Alles völlig normal!«

»Oh, Simon! Ich hätte dich umbringen können!«

»Du nicht. Nicht mit so einer jämmerlichen kleinen Musspritze …«

»Aber dein Bein! Vielleicht kannst du nie wieder laufen.«

»Jetzt hör auf, Jackie, werd nicht rührselig. Sobald wir in Assuan sind, werfen sie ihren Röntgenapparat an und holen die lumpige Kugel da raus, und alles wird gut wie Gold.«

Jacqueline schluckte ein paar Mal, dann lief sie ans Bett, fiel auf die Knie, legte ihren Kopf in Simons Schoss und schluchzte. Simon tätschelte ihn unbeholfen. Sein Blick kreuzte sich mit Poirots, und der seufzte widerstrebend und verließ die Kabine. Beim Hinausgehen hörte er noch stockendes Gemurmel.

»Wie konnte ich nur so gemein sein? Oh, Simon! ... Es tut mir so entsetzlich leid.«

Draußen lehnte Cornelia Robson über der Reling. Sie drehte sofort den Kopf zu ihm. »Oh, Sie sind's, Monsieur Poirot. Es kommt einem so schrecklich vor, dass so ein Tag auch so schön sein kann.«

Poirot sah hinauf zum Himmel. »Wenn die Sonne scheint, kann man den Mond nicht sehen«, sagte er. »Wenn die Sonne aber weg ist – ah, wenn die Sonne untergegangen ist.«

Cornelia fiel die Kinnlade herunter. »Wie bitte?«

»Ich habe, Mademoiselle, nur gesagt, wenn die Sonne untergegangen ist, sehen wir den Mond. So ist das, oder nicht?«

»Wie – wieso, doch – natürlich.« Sie sah ihn skeptisch an.

Poirot lachte freundlich. »Ich gebe dummes Zeug von mir«, sagte er, »achten Sie nicht darauf.«

Gemächlich schlenderte er in Richtung Achterschiff. Als er an der nächsten Kabine vorbeikam, blieb er einen Augenblick stehen. Drinnen waren Gesprächsfetzen zu hören.

»Ausgesprochen undankbar – nach allem, was ich für dich getan habe – keine Rücksicht auf deine arme, geschundene Mutter – keine Ahnung, was ich durchmache ...«

Poirot kniff die Lippen zusammen. Dann hob er eine Hand und klopfte. »Ist Mademoiselle Rosalie hier?«

Rosalie erschien in der Tür. Poirot war schockiert, wie sie aussah. Sie hatte dunkle Ringe unter den Augen und scharfe Züge um den Mund. »Was gibt's?«, fragte sie ruppig. »Was wollen Sie?«

»Das Vergnügen einer kleinen Unterhaltung mit Ihnen, Mademoiselle. Wollen Sie mitkommen?«

Sie zog augenblicklich ihren Schmollmund und schoss ihm einen argwöhnischen Blick zu. »Warum sollte ich?«

»Ich ersuche Sie dringlich, Mademoiselle.«

»Oh, ich nehme an –« Sie trat heraus und zog die Tür hinter sich zu. »Also?«

Poirot nahm sanft ihren Arm und dirigierte sie das Deck entlang in Richtung Achterschiff. Sie kamen vorbei an den Badekabinen, bogen um die Ecke und hatten die ganze Steuerbordhälfte für sich allein. Hinter ihnen strömte der Nil davon. Poirot legte die Ellbogen auf die Reling.

Rosalie stand steif und kerzengerade da. »Also?«, fragte sie noch einmal, und ihre Stimme klang noch genauso ruppig.

Poirot sagte langsam, jedes Wort bedächtig setzend: »Ich könnte Ihnen so manche Frage stellen, Mademoiselle, aber ich glaube nicht eine Sekunde, dass Sie sie freiwillig beantworten würden.«

»Dann war's wohl Zeitverschwendung, mich hierherzuholen.«

Poirot fuhr langsam mit einem Finger das Holzgeländer entlang. »Sie sind gewohnt, Mademoiselle, Ihr Päckchen allein zu tragen ... Aber das kann man auch zu lange so machen. Die Last kann auch zu schwer werden. Für Sie, Mademoiselle, ist die Last allmählich zu schwer.«

»Ich weiß gar nicht, wovon Sie reden«, sagte Rosalie.

»Ich rede von Tatsachen, Mademoiselle – schlichten, hässlichen Tatsachen. Reden wir Klartext und machen wir es kurz. Ihre Mutter trinkt, Mademoiselle.«

Rosalie sagte nichts. Sie klappte zwar den Mund auf, schloss ihn aber gleich wieder. Zum ersten Mal schien sie sprachlos.

»Sie müssen nichts sagen, Mademoiselle. Ich werde das Reden übernehmen. Ich habe in Assuan angefangen, mich für die Beziehung zwischen Ihnen zu interessieren. Ich merkte sofort, dass Sie, im Gegensatz zu Ihren gut einstudierten untöchterlichen Sprüchen, Ihre Mutter in Wirklichkeit erbittert zu schützen versuchen. Ich wusste sehr schnell, vor was. Ich wusste es, lange bevor ich Ihre Mutter eines Morgens im unverkennbaren Zustand der Alkoholvergiftung traf. Noch schlimmer, es handelte sich, das erkannte ich auch, bei ihr um heimliches Trinken – bei weitem die schwierigste Art für die Umgebung.

Sie haben sich mannhaft geschlagen. Aber sie ist gerissen wie alle heimlichen Säufer. Sie hat es wieder geschafft, sich einen geheimen Vorrat an Hochprozentigem anzulegen und vor Ihnen zu verstecken. Es würde mich nicht wundern, wenn Sie das Versteck erst gestern entdeckt hätten. Und deshalb haben Sie sich gestern Nacht, als Ihre Mutter richtig fest schlief, mitsamt Ihrem Fund hinausgeschlichen, sind hier herum auf die andere Seite des Schiffs gegangen (denn Ihre Kabine liegt auf der Landseite) und haben ihn in den Nil geworfen.« Er hielt inne. »Habe ich recht oder nicht?«

»Ja – Sie haben völlig recht«, sagte Rosalie überraschend heftig. »Es war vermutlich dumm, dass ich nicht davon erzählt habe! Aber ich wollte nicht, dass es alle erfahren. Es sollte einfach alles über Bord gehen. Und es kam mir so – so absurd – ich meine – dass ich –«

Poirot beendete ihren Satz: »So absurd vor, dass man Sie verdächtigt, einen Mord begangen zu haben?«

Rosalie nickte. Dann brach es wieder aus ihr heraus. »Ich habe mir solche Mühe gegeben, dass kein Mensch etwas erfährt … Es ist doch nicht ihre Schuld. Sie hat einfach keinen Mut mehr. Ihre Bücher gehen nicht mehr. Die Leute haben das ganze billige Sexzeug satt … Das war eine Kränkung für sie – eine entsetzliche Kränkung. Und deshalb hat sie angefangen zu – zu trinken. Ich wusste selber lange nicht, warum sie so komisch ist. Als ich es dann wusste, habe ich versucht, sie davon abzubringen. Das ging immer eine Weile gut, aber plötzlich fing sie wieder an, und dann gab es entsetzliche Streitereien und Kräche mit allen Leuten. Es war schrecklich.« Sie schauderte. »Ich war ständig auf der Hut – um sie abzuhalten … Und dann – fing sie an, mir ihre Zuneigung zu entziehen. Sie hat sich – hat sich richtig von mir abgewandt. Ich glaube, manchmal hasst sie mich fast.«

»*Pauvre petite*«, sagte Poirot.

Sie fuhr heftig herum. »Kommen Sie mir nicht mit Mitleid.

Seien Sie nicht so nett. Es ist einfacher, wenn Sie es nicht sind.« Sie seufzte einmal tief und herzzerreißend auf. »Ich bin so müde … Ich bin einfach unendlich müde.«

»Ich weiß«, sagte Poirot.

»Die Leute finden mich grässlich. Hochnäsig und miesepetrig und übellaunig. Ich kann's nicht ändern. Ich weiß gar nicht mehr, wie man – wie man ein netter Mensch ist.«

»Das war es, was ich meinte; Sie haben Ihr Päckchen zu lange getragen.«

Rosalie sagte langsam: »Es ist eine Erleichterung – darüber zu reden. Sie – Sie waren immer freundlich zu mir, Monsieur Poirot. Ich fürchte, ich war zu Ihnen oft grob.«

»*La politesse*, unter Freunden ist sie nicht nötig.«

Plötzlich bekam sie wieder ein argwöhnisches Gesicht. »Erzählen Sie das jetzt etwa – allen Leuten? Wahrscheinlich müssen Sie das wegen der verdammten Flaschen, die ich über Bord geworfen habe.«

»Nein, nein, das ist nicht nötig. Sagen Sie mir nur, was ich wissen möchte. Wann war das? Um zehn nach eins?«

»So ungefähr, glaube ich. Ich weiß es nicht mehr genau.«

»Jetzt noch etwas, Mademoiselle. Mademoiselle Van Schuyler hat *Sie* gesehen, haben Sie *sie* auch gesehen?«

Rosalie schüttelte den Kopf. »Nein.«

»Sie sagt, sie hat aus ihrer Kabinentür geguckt.«

»Ich hätte sie, glaube ich, auch nicht gesehen. Ich habe nur das Deck entlang und ins Wasser geguckt.«

Poirot nickte. »Und haben Sie jemanden gesehen – irgendjemanden –, als Sie zum Deck geguckt haben?«

Es gab eine lange Pause. Rosalie hatte die Stirn gerunzelt. Sie schien genau zu überlegen. Schließlich schüttelte sie entschieden den Kopf. »Nein, ich habe niemanden gesehen.«

Poirot nickte bedächtig. Aber sein Blick war ernst.

Zwanzigstes Kapitel

Einzeln oder paarweise, in gedrückter Stimmung kamen die Leute in den Speisesaal. Alle schienen das Gefühl zu haben, eifriges Streben zum Essen sei ein Zeichen bedauernswerter Herzlosigkeit. Mit fast entschuldigender Mimik nahm ein Passagier nach dem anderen an seinem Tisch Platz.

Tim Allerton erschien, als seine Mutter schon eine Zeitlang dasaß. Er sah aus, als sei er äußerst schlecht gelaunt. »Hätten wir bloß nie diese verfluchte Tour gemacht«, knurrte er.

Mrs Allerton schüttelte traurig den Kopf. »Ach, mein Lieber, das denke ich auch. Dieses schöne Mädchen! Das kommt einem alles so sinnlos vor. Die Vorstellung, dass jemand sie kaltblütig erschießt. Ich finde es schrecklich, dass jemand so etwas tun kann. Und dann dieses andere arme Kind.«

»Jacqueline?«

»Ja. Ich fühle von Herzen mit ihr. Sie sieht so entsetzlich unglücklich aus.«

»Man sollte ihr beibringen, nicht rumzulaufen und mit Spielzeugpistolen in der Gegend herumzuballern«, gab Tim mitleidlos zurück und langte nach der Butter.

»Sie hatte bestimmt eine schlechte Kinderstube.«

»Mein Gott, Mutter, komm jetzt nicht mit mütterlichen Gefühlen.«

»Du hast ja grauenvoll schlechte Laune, Tim.«

»Ja, habe ich. Wer hätte die nicht?«

»Ich weiß gar nicht, was man so übelnehmen muss. Das ist doch alles furchtbar traurig.«

Mürrisch entgegnete Tim: »Du siehst das alles romantisch!

Du scheinst gar nicht zu begreifen, dass es nicht sehr komisch ist, in einen Mordfall verwickelt zu werden.«

Mrs Allerton sah verblüfft drein. »Aber wir –«

»Es ist einfach so. Da gibt's kein ›Aber wir‹. Jeder auf diesem verdammten Schiff ist verdächtig – du und ich genauso wie alle anderen.«

Mrs Allerton wollte das nicht hinnehmen. »Grundsätzlich sind wir das wohl – aber eigentlich ist es lächerlich!«

»Lächerlich ist gar nichts, wenn es um Mord geht! Du kannst hier sitzen, meine Liebe, und Tugend und Redlichkeit verströmen, solange du willst, in Shellal oder Assuan kommt eine Menge unangenehme Polizisten dazu, und die nehmen das nicht für bare Münze.«

»Vielleicht kennt man die Wahrheit bis dann längst.«

»Woher denn?«

»Monsieur Poirot könnte doch darauf gekommen sein.«

»Der alte Klugscheißer? Der kommt auf gar nichts. Der besteht bloß aus Schnurren und Schnurrbart.«

»Tja, Tim«, sagte Mrs Allerton, »ich muss zugeben, dass alles, was du sagst, stimmt; trotzdem müssen wir die Sache durchstehen. Wir könnten also ebenso gut beschließen, es so fröhlich wie möglich durchzustehen.«

Ihrem Sohn schien auch das die düstere Stimmung nicht aufzuhellen. »Da ist auch noch diese verfluchte Geschichte mit den verschwundenen Perlen.«

»Linnets Perlen?«

»Ja. Scheint, als hätte sie jemand geklaut.«

»Dann war das wohl das Motiv für die Tat«, sagte Mrs Allerton.

»Warum das denn? Du bringst zwei völlig verschiedene Dinge durcheinander.«

»Woher weißt du, dass die verschwunden sind?«

»Von Ferguson. Der hat es von seinem Rüpelfreund aus dem Maschinenraum und der wiederum vom Dienstmädchen.«

»Bildschöne Perlen waren das«, befand Mrs Allerton.

Poirot erschien mit einer kleinen Verbeugung und setzte sich zu Tisch. »Ich habe mich ein wenig verspätet«, sagte er.

»Ich kann mir gut vorstellen, dass Sie zu tun hatten«, erwiderte Mrs Allerton.

»Ja, ich war sehr beschäftigt.« Er bestellte beim Kellner eine Flasche Wein.

»Wir sind sehr katholisch, was unsere Geschmäcker angeht«, sagte Mrs Allerton. »Sie trinken stets Wein, Tim trinkt Whisky Soda, und ich probiere zum Ausgleich die verschiedenen Mineralwassermarken durch.«

»Tiens!«, sagte Poirot, starrte sie einen Augenblick lang an und murmelte dann zu sich: »Eine Idee wäre, dass …«

Gleich darauf zuckte er ungeduldig die Schultern, ließ den Gedankenblitz, der ihn kurz abgelenkt hatte, wieder fallen und begann im Plauderton von anderen Dingen zu sprechen.

»Ist Mr Doyle schwer verletzt?«, fragte Mrs Allerton.

»Ja, die Verletzung ist recht ernst. Dr. Bessner will unbedingt bald nach Assuan, damit das Bein geröntgt und die Kugel entfernt werden kann. Er hofft aber, dass es keine dauerhafte Lähmung gibt.«

»Der arme Simon«, sagte Mrs Allerton. »Gestern sah er noch aus wie ein Glückskind, ein Junge, der alles auf der Welt hat, was er sich wünscht. Und jetzt ist seine schöne Frau ermordet und er selbst ans Bett gefesselt und hilflos. Ich hoffe wirklich, obwohl –«

»Was hoffen Sie, Madame?«, fragte Poirot in Mrs Allertons Pause hinein.

»Ich hoffe, er ist nicht zu böse auf das arme Kind.«

»Auf Mademoiselle Jacqueline? Ganz im Gegenteil. Er war überaus besorgt ihretwegen.« Er wandte sich Tim zu. »Wissen Sie, das ist ein hübsches kleines psychologisches Problem. Die ganze Zeit, in der Mademoiselle Jacqueline den beiden von Ort zu Ort nachgereist ist, war er völlig aufgebracht; aber jetzt, wo sie wirklich auf ihn geschossen, ihn gefährlich verwundet, womöglich lebenslang zum Krüppel geschossen hat, da scheint seine ganze Wut verpufft. Können Sie das begreifen?«

»Ja«, sagte Tim nachdenklich. »Ich glaube, das kann ich. Bei Ersterem musste er sich vorkommen, als würde er zum Narren gemacht –«

Poirot nickte. »Sie haben recht. Das hat seine männliche Würde beleidigt.«

»Aber jetzt – wenn Sie es mal so sehen wollen, ist *sie* es, die sich selbst zum Narren gemacht hat. Alle sind gegen sie –«

»Und er kann den großzügig Verzeihenden geben«, schloss Mrs Allerton. »Was für Kindsköpfe Männer doch sind!«

»Eine zutiefst irrige Ansicht, die Frauen immer vertreten«, murmelte Tim.

Poirot lächelte. Dann sagte er zu Tim: »Erzählen Sie doch mal, Madame Doyles Cousine, Miss Joanna Southwood – sah sie Madame Doyle ähnlich?«

»Das haben Sie ein bisschen falsch verstanden, Monsieur. Sie ist mit uns verwandt und war mit Linnet befreundet.«

»Ah, *pardon* – da war ich wohl durcheinander. Die junge Dame ist ja oft in der Zeitung. Ich interessiere mich schon länger für sie.«

»Und warum?«, fragte Tim scharf.

Poirot stand halb auf, um Jacqueline de Bellefort, die eben herein- und auf dem Weg zu ihrem Tisch bei ihnen vorbeigekommen war, mit einer Verbeugung zu grüßen. Sie hatte rote Wangen und glänzende Augen, und ihr Atem ging ein wenig unregelmäßig. Als er wieder Platz nahm, schien er Tims Frage vergessen zu haben. Er murmelte nur undeutlich: »Ich frage mich, ob alle jungen Damen so unachtsam mit kostbaren Juwelen umspringen wie Madame Doyle.«

»Dann stimmt es also, dass sie gestohlen wurden?«, fragte Mrs Allerton.

»Wer hat das denn behauptet, Madame?«

»Ferguson hat das gesagt«, mischte Tim sich ein.

Poirot nickte ernst. »Es stimmt genau.«

»Ich nehme an, es bedeutet eine Menge Unannehmlichkeiten für uns alle. Das sagt jedenfalls Tim.« Mrs Allerton klang nervös.

Ihr Sohn warf ihr einen finsteren Blick zu, aber Poirot hatte sich zu ihm umgewandt. »Ah! Sie haben damit schon Erfahrungen gemacht, vielleicht? Sie waren in einem Haus, in dem ein Raub stattfand?«

»Nie«, sagte Tim.

»Doch, Liebling, du warst bei den Portarlingtons damals – als dieser scheußlichen Frau die Diamanten gestohlen wurden.«

»Du bringst aber auch immer alles hoffnungslos durcheinander, Mutter. Ich war dabei, als herauskam, dass die Diamanten um ihren fetten Hals bloß Strassklunkern waren! Ausgetauscht worden waren die vermutlich Monate davor. Übrigens waren eine Menge Leute sogar der Meinung, dass sie das selbst getan hatte!«

»Joanna war der Meinung, nehme ich an.«

»Joanna war gar nicht dabei.«

»Aber sie kannte die Portarlingtons sehr gut. Und die Art Kommentar sieht ihr sehr ähnlich.«

»Du hast einfach immer etwas gegen Joanna, Mutter.«

Poirot wechselte rasch das Thema. Er habe vor, in einem der Läden in Assuan einen richtig großen Einkauf zu machen, einen sehr verlockenden purpurroten, mit Gold durchwirkten Stoff bei einem der indischen Händler. Er werde ihn natürlich verzollen müssen, aber … »Man hat mir gesagt, sie können das – wie sagt man – zu mir expedieren. Und das kostet auch nicht allzu viel. Was denken Sie, es wird gut ankommen?«

Mrs Allerton sagte, soweit sie gehört habe, seien alle Sachen, die von Läden dieser Art direkt nach England geschickt wurden, immer sicher angekommen.

»*Bien*. Dann werde ich das tun. Aber welchen Ärger hat man, wenn man im Ausland ist und ein Päckchen aus England bekommt! Hatten Sie auch damit Erfahrung? Haben Sie schon Päckchen bekommen, während Sie auf Reisen waren?«

»Das hatten wir, glaube ich, nicht, oder, Tim? Du kriegst manchmal Bücher, aber mit denen gibt es natürlich nie Ärger.«

»Ah, *non*, Bücher sind etwas anderes.«

Der Nachtisch war aufgetragen. Und jetzt stand, ohne jede Vorwarnung, Colonel Race auf und hielt seine Rede. Er nahm Bezug auf das Kapitalverbrechen und gab den Diebstahl der Perlenkette bekannt. Eine Durchsuchung des Schiffs werde gleich vorgenommen, und er wäre allen Passagieren sehr verbunden, wenn sie im Speisesaal blieben, bis sie durchgeführt worden sei. Danach seien sie, ihr Einverständnis vorausgesetzt, wovon er aber ausgehe, sicher so freundlich, sich selbst ebenfalls einer Durchsuchung zu unterziehen.

Poirot erhob sich behände, um zu Race hinüberzugehen. Ringsum gab es ein großes Gesumme und Gebrumme. Skeptische Stimmen, indignierte, aufgeregte …

Poirot erwischte Race gerade, als dieser den Speisesaal verlassen wollte, und flüsterte ihm etwas ins Ohr.

Race hörte zu, nickte zustimmend und winkte einen Steward herbei. Dem gab er kurze Anweisungen; dann trat er zusammen mit Poirot hinaus an Deck und zog die Saaltür hinter ihnen zu.

Ein paar Minuten lang standen sie an der Reling. Race zündete sich eine Zigarette an. »Keine schlechte Idee, die Sie da hatten«, sagte er. »Gleich werden wir sehen, ob etwas dran ist. Ich gebe Ihnen drei Minuten.«

Die Tür zum Speisesaal ging auf, und der Steward, mit dem er kurz vorher gesprochen hatte, kam heraus. Er nahm Haltung an und meldete Race: »Sehr richtig, Sir. Da ist eine Dame, die sagt, es sei dringend, sie müsse sofort und unverzüglich mit Ihnen sprechen.«

»Ah!« Races Gesicht verriet Zufriedenheit. »Welche ist es?«

»Miss Bowers, Sir, die Krankenschwester.«

Ein leiser Hauch Überraschung trat auf Races Gesicht. Er sagte: »Bringen Sie sie in den Rauchsalon. Und lassen Sie niemand sonst hinaus.«

»Nein, Sir – der andere Steward passt darauf auf.« Er ging zurück in den Speisesaal.

Poirot und Race machten sich auf den Weg zum Rauchsalon. »Bowers also«, murmelte Race.

Sie waren kaum im Rauchsalon, als der Steward mit Miss Bowers auftauchte. Er schob sie hinein, ging wieder hinaus und schloss die Tür.

»Nun, Miss Bowers?« Colonel Race sah sie eindringlich an. »Was soll das alles?«

Miss Bowers gab sich, wie es ihre Art war, gefasst und ohne Hast. Sie zeigte keinerlei Gefühlsregung. »Ich bitte um Verzeihung, Colonel Race«, erklärte sie, »aber unter diesen Umständen hielt ich es für das Beste, sofort mit Ihnen zu sprechen ...« Sie öffnete ihre adrette schwarze Handtasche. »... und Ihnen das hier zurückzugeben.«

Sie zog eine Perlenkette heraus und legte sie auf den Tisch.

Einundzwanzigstes Kapitel

Hätte Miss Bowers zu den Frauen gehört, die es mit Freuden auf Sensationen anlegen, wäre sie angesichts der Wirkung ihres Handelns reichlich auf ihre Kosten gekommen. Ein Ausdruck äußersten Erstaunens überzog Colonel Races Gesicht, als er die Perlen vom Tisch nahm. »Das ist höchst überraschend«, sagte er. »Würden Sie das freundlicherweise erklären, Miss Bowers?«

»Selbstverständlich. Deshalb bin ich ja hier.« Miss Bowers machte es sich in einem Sessel bequem. »Natürlich ist mir die Entscheidung, was ich am besten tue, ein bisschen schwergefallen. Die Familie wäre natürlich gegen jede Art von Skandal, und sie hat immer auf meine Diskretion vertraut, aber die Umstände sind so ungewöhnlich, dass ich wirklich keine Wahl habe. Selbstverständlich wäre, wenn Sie in den Kabinen nichts finden, Ihr nächster Schritt, die Passagiere zu durchsuchen, und wenn die Perlen dann bei mir gefunden würden, wäre auch das eine sehr missliche Lage, und die Wahrheit würde dabei ebenfalls herauskommen.«

»Was ist denn nun die Wahrheit? Haben Sie diese Perlen aus Mrs Doyles Kabine genommen?«

»O nein, Colonel Race, selbstverständlich nicht. Es war Miss Van Schuyler.«

»Miss Van Schuyler?«

»Ja. Sie kann nicht anders, wissen Sie, sie – äh – stiehlt Sachen. Vor allem Schmuck. Deshalb bin ich in Wirklichkeit ständig bei ihr. Um ihre Gesundheit geht es gar nicht; es geht um diese kleine krankhafte Marotte. Ich bin immer auf der Hut, und glücklicherweise hat es auch keinen Ärger mehr gegeben, seit ich bei ihr bin. Man muss einfach ständig aufpassen, wissen Sie. Und sie versteckt die Sachen, die sie nimmt, auch immer an derselben Stelle – sie wickelt sie in ein Paar Strümpfe –, das macht es auch sehr einfach. Ich sehe jeden Morgen nach. Ich habe natürlich einen leichten Schlaf, und ich schlafe immer im Nebenzimmer und mit offener Verbindungstür, wenn es ein Hotelzimmer ist, deshalb höre ich normalerweise alles. Ich stehe dann auf und überrede sie, wieder ins Bett zu gehen. Das war auf dem Schiff natürlich viel schwieriger. Aber nachts wird sie eigentlich normalerweise nie aktiv. Sie nimmt einfach Gegenstände mit, die sie irgendwo herumliegen sieht. Perlen hatten natürlich immer schon eine große Anziehungskraft.« Miss Bowers hielt inne.

Race fragte: »Wie haben Sie entdeckt, dass die Perlen entwendet worden waren?«

»Sie waren heute Morgen in ihren Strümpfen. Ich wusste natürlich, wem sie gehörten. Ich hatte sie oft gesehen. Ich bin losgegangen, um sie zurückzubringen, in der Hoffnung, dass Mrs Doyle noch nicht wach ist und den Verlust noch nicht bemerkt hat. Aber da stand ein Steward vor der Tür und erzählte von dem Mord und dass niemand da hineindarf. Da saß ich ja nun in der Klemme. Ich hoffte aber, ich könnte sie später heimlich in die Kabine zurücklegen, bevor jemand ihr Fehlen bemerkt. Ich kann Ihnen versichern, ich habe einen sehr unangenehmen Vormittag hinter mir und immer überlegt, was ich am besten tun soll. Wissen Sie, die Familie Van Schuyler ist *überaus* eigen und vornehm. So etwas dürfte nie in die Zeitung geraten. Aber das ist doch auch nicht nötig, nicht wahr?« Miss Bowers sah wirklich besorgt aus.

»Das kommt drauf an«, sagte Colonel Race behutsam. »Aber wir tun für Sie selbstverständlich, was wir können. Was sagt denn Miss Van Schuyler zu alldem?«

»Oh, sie wird es natürlich leugnen. Das tut sie immer. Behauptet, irgendein böser Mensch hat den Schmuck dort hingelegt.

Sie gibt niemals zu, selbst etwas gestohlen zu haben. Deshalb geht sie auch, wenn man sie rechtzeitig erwischt, lammfromm wieder zu Bett und behauptet, sie sei nur hinausgegangen, um den Mond anzusehen. Oder so ähnlich.«

»Weiß Miss Robson von dieser – äh – Schwäche?«

»Nein, sie nicht. Ihre Mutter weiß es, aber ihre Tochter ist ein sehr schlichtes Gemüt, deshalb fand sie es besser, sie nicht einzuweihen. Und ich bin auch immer sehr wohl allein mit Miss Van Schuyler fertiggeworden«, fügte die tüchtige Miss Bowers hinzu.

»Wir müssen uns bei Ihnen, Mademoiselle, bedanken, dass Sie sofort zu uns gekommen sind«, sagte Poirot.

Miss Bowers stand auf. »Ich bin sicher, es war das Beste, hoffentlich.«

»Seien Sie versichert, das war es.«

»Nun ja, wenn es nicht gleichzeitig einen Mord –«

Colonel Race fiel ihr ins Wort. »Miss Bowers, ich möchte Ihnen eine Frage stellen und Sie eindringlich bitten, sie wahrheitsgemäß zu beantworten. Miss Van Schuyler ist geistig so aus dem Gleis, dass sie einen Hang zur Kleptomanie hat. Könnte sie auch eine mörderische Manie haben?«

Miss Bowers antwortete prompt: »Du liebe Güte, nein! Nichts dergleichen. Das kann ich absolut beschwören. Die alte Dame könnte keiner Fliege etwas zuleide tun.«

Die Antwort kam so überzeugt, dass eigentlich nichts mehr zu sagen blieb. Trotzdem schob Poirot sanft eine Frage nach. »Leidet Miss Van Schuyler vielleicht unter Taubheit?«

»Ja, das tut sie, Monsieur Poirot. Nicht dass man das in irgendeiner Weise bemerkt, wenn man sich mit ihr unterhält. Aber sie hört oft nicht, wenn man ins Zimmer kommt, zum Beispiel.«

»Glauben Sie, sie hätte gehört, wenn sich in Mrs Doyles Kabine jemand zu schaffen gemacht hätte, die ja neben ihrer liegt?«

»Oh, das kann ich mir nicht vorstellen – auf keinen Fall. Die

Schlafkoje liegt ja auch auf der anderen Kabinenseite und nicht an der Trennwand. Nein, ich glaube nicht, dass sie etwas gehört hätte.«

»Danke, Miss Bowers.«

Race sagte: »Würden Sie jetzt vielleicht wieder in den Speisesaal gehen und mit den übrigen Passagieren warten?« Er hielt ihr die Tür auf und sah ihr nach, wie sie die Treppe hinunter- und in den Speisesaal ging. Dann schloss er die Tür und kam zum Tisch zurück. Poirot hielt die Perlenkette in der Hand.

»Tja«, sagte Race grimmig, »das war ja wohl eine rasche Reaktion. Die junge Frau hat einen kühlen und scharfen Verstand – sie wäre durchaus imstande, uns etwas zu verschweigen, auch weiterhin, wenn es ihr in den Kram passt. Was machen wir jetzt mit Miss Van Schuyler? Ich finde, wir dürfen sie nicht mehr ausschließen aus der Gruppe der Verdächtigen. Sie *könnte* einen Mord begangen haben, um an diese Juwelen zu kommen. Auf das Wort der Pflegerin können wir uns nicht verlassen. Die ist nur darauf bedacht, das Beste für die Familie zu tun.«

Poirot nickte zustimmend. Er war vollauf mit den Perlen beschäftigt, ließ sie durch die Finger gleiten, hielt sie dicht vor die Augen. »Wir können, glaube ich, davon ausgehen, dass das, was die alte Dame uns erzählt hat, teilweise stimmt. Sie *hat* aus ihrer Kabine geguckt und sie *hat* Rosalie Otterbourne gesehen. Aber ich glaube nicht, dass sie irgendetwas oder irgendjemanden in Linnet Doyles Kabine *gehört* hat. Ich glaube, sie hat die Nase aus ihrer Kabine gesteckt, weil sie vorhatte, hinauszuschlüpfen und die Perlen zu stibitzen.«

»Dann war die kleine Otterbourne also da?«

»Ja. Sie warf gerade den heimlich gehorteten Alkohol ihrer Mutter über Bord.«

Colonel Race schüttelte mitfühlend den Kopf. »Ach, das war's! Ganz schön hart für ein junges Ding.«

»Ja, ihr Leben war nicht das unbeschwerteste, *cette pauvre petite Rosalie.*«

»Na, ich bin froh, dass das jetzt geklärt ist. *Sie* hat aber nichts gesehen oder gehört?«

»Das habe ich sie auch gefragt. Sie hat – nach bestimmt zwanzig Sekunden Denkpause – geantwortet, dass sie niemanden gesehen hat.«

»So?« Race schien skeptisch.

»Ja, das ist verwunderlich.«

Bedächtig sagte Race:

»Wenn Linnet Doyle so etwa um zehn nach eins erschossen wurde, oder jedenfalls erst nachdem Ruhe auf dem Schiff eingekehrt war, dann finde ich es erstaunlich, dass niemand den Schuss gehört hat. Ich gebe zu, so eine kleine Pistole ist nicht sehr laut, aber auf dem Schiff wäre es totenstill gewesen und jedes Geräusch, sogar ein kleiner Plopp, wäre zu hören gewesen. Aber allmählich fange ich an zu begreifen. Die Kabine Richtung Vorderschiff war leer – der Ehemann lag ja bei Dr. Bessner. In der Kabine achtern war diese Van Schuyler, und die ist taub. Bleibt nur« – er hielt inne und sah erwartungsvoll zu Poirot, der ihm zunickte – »die angrenzende Kabine auf der anderen Seite des Schiffs. Mit anderen Worten – Pennington. Wir scheinen immer wieder bei Pennington zu landen.«

»Wir werden bald auf ihn zurückkommen, aber dann ohne Glacéhandschuhe! O ja, das Vergnügen werde ich mir gönnen.«

»Bis dahin sollten wir mit der Durchsuchung des Schiffs weiterkommen. Die Perlen bieten immer noch einen guten Vorwand, auch wenn wir sie wiederhaben – Miss Bowers wird das kaum an die große Glocke hängen.«

»Ah, diese Perlen!« Poirot hielt sie noch einmal gegen das Licht. Er streckte die Zunge heraus und leckte an ihnen; er nahm sogar eine vorsichtig zwischen die Zähne. Dann warf er die Kette mit einem Seufzer auf den Tisch. »Es gibt noch mehr Komplikationen, mein Freund«, sagte er. »Ich bin zwar kein

Fachmann für kostbare Steine, aber ich hatte zu meiner Zeit eine ganze Menge damit zu tun, und ich bin ziemlich sicher. Diese Perlen sind bloß geschickte Imitationen.«

Zweiundzwanzigstes Kapitel

Colonel Race stieß einen Fluch aus. »Dieser verdammte Fall wird immer verzwickter.« Er nahm die Perlen in die Hand. »Ich nehme an, ein Irrtum Ihrerseits ist ausgeschlossen? Für mich sehen die nämlich in Ordnung aus.«

»Es ist eine gute Imitation – ja.«

»Und wohin bringt uns das jetzt? Ich nehme kaum an, dass Linnet Doyle sich eigens eine Kopie hat anfertigen lassen und sie sicherheitshalber mit an Bord brachte. Viele Frauen machen das ja.«

»Ich denke, wenn es so wäre, wüsste ihr Mann etwas davon.«

»Vielleicht hat sie es ihm nicht gesagt.«

Poirot schüttelte unzufrieden den Kopf. »Nein, ich glaube nicht, dass es so ist. Ich habe Madame Doyles Perlen am ersten Abend auf dem Schiff mit Bewunderung betrachtet – ihren wunderbaren Schmelz und Schimmer. Ich bin sicher, sie trug da die echten.«

»Das bringt uns auf zwei Möglichkeiten. Erstens, dass Miss Van Schuyler bloß die imitierte Kette gestohlen hat, nachdem die echte schon von jemand anderem gestohlen worden war. Zweitens, dass die ganze Kleptomanie-Geschichte eine Erfindung ist. Entweder ist Miss Bowers eine Diebin und hat diese Geschichte schnell erfunden und jeden Verdacht zerstreut, indem sie uns die falschen Perlen ausgehändigt hat, oder sie stecken alle gemeinsam dahinter. Das heißt, sie sind eine Bande von raffinierten Juwelendieben, die sich als feinste amerikanische Familie tarnen.«

»Ja«, murmelte Poirot. »Das ist schwer zu sagen. Aber ich möchte Sie auf eins hinweisen: Eine Kopie der Perlen, die so perfekt und präzise ist, samt Verschluss und allem, dass sie Madame Doyle selbst täuschen konnte, verlangt größtes handwerkliches Geschick. In aller Eile ließe sich so etwas nicht erledigen. Wer immer diese Perlen kopiert hat, muss ausreichend Gelegenheit gehabt haben, das Original genau zu studieren.«

Race stand auf. »Unnütz, darüber jetzt weiter zu spekulieren. Machen wir lieber vorwärts mit unserer Arbeit. Wir müssen die echten Perlen finden. Und wir werden gleichzeitig die Augen offen halten.«

Sie nahmen sich die Kabinen auf dem Unterdeck vor. Die von Signor Richetti bewohnte enthielt verschiedene Werke der Archäologie in verschiedenen Sprachen, ein Sortiment von Kleidungsstücken, höchst geruchsintensive Haarwässer sowie zwei persönliche Briefe – einen von einer archäologischen Expeditionsgruppe in Syrien und einen offenbar von seiner Schwester in Rom. All seine Taschentücher waren bunt und aus Seide.

Sie gingen in Fergusons Kabine. Hier gab es ein Sammelsurium kommunistischer Literatur, etliche Schnappschüsse, Samuel Butlers »Erewhon« sowie eine Billigausgabe von Samuel Pepys' »Tagebuch«. Viel Persönliches besaß Ferguson nicht. Die meisten seiner Kleidungsstücke waren kaputt und schmutzig; seine Unterwäsche allerdings war von sehr guter Qualität. Und seine Taschentücher aus feinstem Leinen.

»Interessante Widersprüche«, murmelte Poirot.

Race nickte. »Sehr merkwürdig, dass es absolut keine persönlichen Papiere, Briefe und so weiter gibt.«

»Ja, das gibt einem zu denken. Ein merkwürdiger junger Mann, dieser Monsieur Ferguson.« Er betrachtete nachdenklich einen Siegelring, den er in einer Schublade gefunden hatte, bevor er ihn wieder dorthin zurücklegte.

Sie gingen weiter zur Kabine von Louise Bourget. Zwar aß das Dienstmädchen immer erst nach den anderen Passagieren, aber Race hatte angeordnet, dass man sie zu den anderen in den Speisesaal brachte.

Ein Steward kam auf sie zu. »Tut mir leid, Sir«, entschuldigte er sich, »aber ich habe die junge Frau nirgends finden können. Ich habe keine Ahnung, wo sie noch sein könnte.«

Race warf einen Blick in die Kabine. Sie war leer.

Sie gingen nach oben auf das Promenadendeck und fingen mit der Steuerbordseite an. Die erste Kabine war die von James Fanthorp. Hier war alles penibel geordnet. Mr Fanthorp reiste mit leichtem Gepäck, aber was er besaß, war von guter Qualität.

»Keine Briefe«, sagte Poirot nachdenklich. »Er ist vorsichtig, unser Monsieur Fanthorp, und vernichtet seine Korrespondenz.«

Sie gingen eine Tür weiter in Tim Allertons Kabine. Hier gab es Belege für seine anglokatholische Ausrichtung: ein erlesenes kleines Triptychon und einen Rosenkranz mit feinsten Schnitzereien. Außer seinen persönlichen Kleidungsstücken fanden sich noch ein halbfertiges, mit ziemlich vielen gekritzelten Einfügungen versehenes Manuskript sowie ein größeres Sortiment Bücher, die meisten davon Neuerscheinungen. Es gab auch eine Menge Briefe, die einfach in den Papierkorb geworfen worden waren. Poirot, der nie die leisesten Skrupel hatte, anderer Leute Korrespondenz zu lesen, sah sie durch. Er stellte fest, dass kein einziger von Joanna Southwood dabei war. Er nahm eine Tube Klebstoff in die Hand, spielte zerstreut ein paar Minuten damit herum und sagte schließlich: »Gehen wir in die nächste.«

»Keine Woolworth-Taschentücher«, meldete Race und legte alles hastig wieder zurück in die Schublade.

Die nächste war Mrs Allertons Kabine. Sie war pieksauber und duftete leicht und ganz altmodisch nach Lavendel. Die beiden Männer waren schnell fertig mit der Durchsuchung. Als sie sie verließen, bemerkte Race: »Nette Frau.«

Die nächste war die Kabine, die Simon Doyle als Ankleidezimmer benutzt hatte. Seine persönlichen Dinge – Schlafanzüge, Toilettenartikel und so weiter – waren in Dr. Bessners

Kabine gebracht worden, aber der Rest seiner Sachen war noch da – zwei geräumige Lederkoffer und ein Seesack. Auch einige Kleidungsstücke hingen noch im Schrank.

»Wir wollen uns hier gründlich umsehen, mein Freund«, sagte Poirot, »denn es ist möglich, dass der Dieb die Perlen hier versteckt hat.«

»Das halten Sie für wahrscheinlich?«

»Aber ja doch. Überlegen Sie mal! Der Dieb oder die Diebin, wer auch immer, musste wissen, dass es früher oder später eine Durchsuchung geben würde, und deshalb wäre ein Versteck in seiner oder ihrer eigenen Kabine äußerst unklug. Die öffentlich zugänglichen Räume sind anderweitig schwierig. Aber dies hier ist eine Kabine, die einem Mann gehört, der sie selbst unmöglich betreten kann, sodass wir, falls die Perlen sich hier finden sollten, keinerlei Hinweis hätten.«

Aber trotz sorgfältigster Suche fand sich keine Spur der fehlenden Kette. Poirot sagte *»Zut!«* zu sich selbst, und sie traten wieder auf das Deck hinaus.

Linnet Doyles Kabine war verschlossen, seit ihre Leiche weggebracht worden war, aber Race hatte den Schlüssel dabei. Er schloss auf, und die beiden Männer traten ein. Abgesehen von der jetzt fehlenden Leiche des Mädchens war die Kabine genauso wie an jenem Morgen.

»Poirot«, sagte Race, »wenn es hier irgendetwas zu finden gibt, dann finden Sie es um Gottes willen. Wenn irgendjemand das kann, dann Sie – das weiß ich.«

»Diesmal meinen Sie aber nicht die Perlen, *mon ami*?«

»Nein. Der Mord ist die Hauptsache. Vielleicht gibt es irgendetwas, das ich heute Morgen übersehen habe.«

Schweigend und gekonnt machte sich Poirot an die Durchsuchung. Er kniete sich auf den Boden und untersuchte jeden Zentimeter. Er nahm sich das Bett vor. Er ging rasch die Garderobe und die Kommode mit den Schubladen durch. Ebenso den Schrankkoffer und die beiden Luxuskoffer. Er sah sich das teure, goldverzierte Reisenecessaire an. Schließlich wandte er sich dem Waschtisch zu. Dort standen diverse Creme- und Puderdosen und Gesichtswässer. Aber das Einzige, was Poirot zu interessieren schien, waren zwei Fläschchen mit dem Etikett Nailex. Die brachte er schließlich zum Toilettentisch. Das eine hieß Nailex Rose und war leer bis auf ein, zwei Tropfen dunkelroter Flüssigkeit. Das andere, genauso groß, hieß Nailex Cardinal und war fast voll. Poirot öffnete zuerst das leere, dann das volle und beschnupperte beide sorgfältig.

Durch die Kabine strömte ein künstlicher Geruchsstoff wie von Birnen. Poirot verzog das Gesicht und verschloss beide Fläschchen.

»Fündig geworden?«, fragte Race.

Poirot antwortete mit einem französischen Sprichwort: »*On prend plus de mouches avec du miel qu'avec du vinaigre.*« Dann sagte er seufzend: »Mein Freund, wir haben kein Glück. Der Mörder war nicht entgegenkommend. Er hat keinen Manschettenknopf für uns fallen lassen, keine Zigarettenkippe, Zigarrenasche – oder falls es eine Mörderin ist, kein Taschentuch, keinen Lippenstift, keine Haarspange.«

»Nur die Flasche Nagellack?«

Poirot zuckte die Schultern. »Ich muss das Dienstmädchen fragen. Da ist etwas – ja – ein wenig kurios.«

»Möchte wissen, wo zum Teufel das Mädel steckt«, sagte Race.

Sie verließen die Kabine, verschlossen sie wieder und gingen weiter zu der von Miss Van Schuyler. Auch hier gab es alle Insignien des Reichtums, teure Toilettengegenstände, Luxuskoffer, etliche säuberlich geordnete private Briefe und Papiere.

Die nächste war Poirots Doppelkabine und die von Race dahinter. »Kaum wahrscheinlich, dass die Perlen in einer von unsern beiden versteckt sind«, sagte der Colonel.

Poirot widersprach. »Das könnte doch sein. Einmal habe ich im Orientexpress einen Mord aufgeklärt. Dabei ging es auch um einen scharlachroten Kimono. Er war verschwunden, aber er musste noch im Zug sein. Ich fand ihn – was glauben Sie, wo? In meinem eigenen verschlossenen Koffer! Ah! Eine Impertinenz war das!«

»Na, dann wollen wir mal sehen, ob auch diesmal jemand zu Ihnen oder zu mir impertinent ist.«

Aber der Perlendieb hatte sich weder gegenüber Hercule Poirot noch gegenüber Colonel Race impertinent benommen.

Sie durchsuchten Miss Bowers' Kabine an der Heckkurve sehr gründlich, fanden aber nichts Verdächtiges. Ihre Taschentücher waren aus reinem Leinen und trugen ihr Monogramm.

Die Kabine der Otterbournes kam als nächste dran. Auch hier suchte Poirot alles sehr gründlich ab, aber vergebens.

Danach kam Dr. Bessners Kabine. Simon Doyle lag im Bett und hatte neben sich unangetastet ein Tablett. »Bin aus dem Essrhythmus«, sagte er entschuldigend.

Er fieberte und sah entschieden schlechter aus als vorher. Poirot fand Dr. Bessners Sorge, ihn so rasch wie möglich einem Krankenhaus und angemessener Behandlung zuzuführen, sehr richtig. Dann erklärte der kleine Belgier, womit er und Race beschäftigt waren, und Simon nickte zustimmend. Als er hörte, dass die Perlen von Miss Bowers zurückgebracht worden waren, sich aber als Imitationen erwiesen hatten, reagierte er vollkommen überrascht.

»Sie sind ganz sicher, Monsieur Doyle, dass Ihre Frau keine Imitation der Kette besaß und die statt der echten mit an Bord genommen hat?«

Simon schüttelte entschieden den Kopf. »Oh, nein. Da bin ich ganz sicher. Linnet hat diese Perlen geliebt, und sie hat sie überall getragen. Sie waren gegen jedes Risiko versichert. Ich glaube, deshalb war sie ein bisschen leichtsinnig.«

»Dann müssen wir weitersuchen.«

Poirot fing an, Schubladen aufzuziehen. Race knöpfte sich einen Koffer vor.

Simon sah ihnen zu. »Hören Sie mal, Sie haben doch wohl nicht den alten Bessner im Verdacht, sie geklaut zu haben?«

Poirot zuckte die Schultern. »Es wäre möglich. Denn was wissen wir eigentlich über Dr. Bessner? Nur das, was er selbst preisgibt.«

»Aber er hätte sie hier nicht verstecken können, ohne dass ich das gesehen hätte.«

»*Heute* hätte er gar nichts verstecken können, ohne dass Sie das gesehen hätten. Aber wir wissen nicht, wann die Perlen vertauscht worden sind. Er kann sie schon vor ein paar Tagen ersetzt haben.«

»Daran habe ich noch gar nicht gedacht.«

Aber die Suche blieb fruchtlos.

Die nächste war Penningtons Kabine. Die beiden Männer nahmen sich viel Zeit, sie zu durchsuchen. Besonders gründlich untersuchten Poirot und Race eine Kassette voller Rechts- und Geschäftspapiere, von denen die meisten Linnets Unterschrift benötigten.

Poirot schüttelte trübsinnig den Kopf. »Sie scheinen alle korrekt und sauber zu sein. Einverstanden?«

»Absolut. Aber der Mann ist ja kein Trottel. Wenn es ein kompromittierendes Dokument gegeben *hätte* – eine Vollmacht oder irgend so etwas –, dann hätte er das mit ziemlicher Sicherheit als Erstes vernichtet.«

»So ist es, ja.« Poirot nahm einen schweren Colt aus der obersten Schublade einer Kommode, besah ihn und legte ihn wieder zurück. »Anscheinend gibt es immer noch Leute, die mit Revolvern reisen«, murmelte er.

»Ja, vielleicht sollte uns das zu denken geben. Nur, mit einem Ding von der Größe ist Linnet Doyle nicht erschossen worden.« Race hielt einen Augenblick inne. »Wissen Sie, ich habe nachgedacht über Ihre Bemerkung bezüglich der Pistole und dass sie über Bord geworfen wurde. Mal angenommen, der Mörder selbst hat sie in Linnet Doyles Kabine gelassen und dann irgendjemand anders sie genommen und in den Fluss geworfen.«

»Ja, das ist möglich. Daran habe ich auch schon gedacht. Aber das eröffnet gleich einen ganzen Reigen von Fragen. Wer war dieser andere Jemand? Aus welchem Interesse haben der oder die sich so bemüht, Jacqueline de Bellefort zu beschützen, indem sie die Pistole entfernten? Was tat dieser andere Jemand dort? Die einzige andere Person, von der wir wissen, dass sie in der Kabine gewesen war, ist Miss Van Schuyler. Ist es vorstellbar, dass Mademoiselle Van Schuyler sie entfernt hat? Warum sollte *sie* Jacqueline de Bellefort schützen wollen? Und – welchen anderen Grund könnte es geben für die Entfernung der Pistole?«

Race hatte einen Vorschlag.

»Sie hat vielleicht ihre Stola erkannt, einen Koller gekriegt und deshalb das ganze Bündel mit dem Krempel über Bord geworfen.«

»Die Stola vielleicht, aber hätte sie auch die Pistole loswerden wollen? Aber ich stimme Ihnen zu, es ist eine mögliche Lösung. Trotzdem ist es immer noch – *bon Dieu*! Es ist so plump. Und Sie haben einen Punkt bezüglich der Stola noch nicht beachtet …«

Als sie aus Penningtons Kabine traten, schlug Poirot vor, dass Race die übrigen Kabinen, die von Jacqueline, Cornelia sowie die beiden unbewohnten am Ende des Decks, allein durchsuchte und er selbst sich noch einmal mit Simon Doyle unterhielt. Und deshalb ging Poirot das Deck zurück und wieder in Dr. Bessners Kabine.

Simon sagte: »Sehen Sie, ich habe noch mal überlegt. Ich bin vollkommen sicher, dass die Perlen gestern echt waren.«

»Warum sind Sie das, Monsieur Doyle?«

»Weil Linnet«, er schluchzte beim Namen seiner Frau, »sie vor dem Abendessen lange in der Hand hatte und über sie geredet hat. Sie verstand etwas von Perlen. Ich bin überzeugt, sie hätte es gemerkt, wenn sie falsch gewesen wären.«

»Sie sind allerdings sehr gut kopiert. Sagen Sie, hatte Madame Doyle die Angewohnheit, sie aus der Hand zu geben? Hat sie sie zum Beispiel mal einer Freundin geliehen?«

Simon war etwas verlegen und wurde rot. »Wissen Sie, Monsieur Poirot, das kann ich schwer sagen ... ich – ich – na ja, wissen Sie, ich kannte Linnet nicht sehr lange.«

»Ah, nein, sie war ja kurz – Ihre Romanze.«

Simon fuhr fort. »Und deshalb kann ich – wirklich – so etwas nicht wissen. Linnet war allerdings schrecklich großzügig mit ihren Sachen. Ich könnte mir vorstellen, auch damit.«

»Sie hat sie aber nie, zum Beispiel«, Poirot sprach sehr zartfühlend, »sie hat sie nie, zum Beispiel, an Mademoiselle de Bellefort verliehen?«

»Was soll das heißen?« Simon wurde ziegelrot, versuchte sich aufzusetzen und sackte stöhnend wieder weg. »Worauf wollen Sie hinaus? Dass Jackie die Perlen gestohlen hat? Hat sie nicht. Das werde ich beschwören. Jackie ist ein grundehrlicher Mensch. Allein der Gedanke, dass sie eine Diebin sein soll, ist lächerlich – absolut lächerlich.«

Poirot betrachtete ihn mit sanftem Augenzwinkern. »*O là là là!*«, sagte er überraschend. »Mein Vorschlag, er hat wohl in ein Hornissennest getroffen.«

Verbissen und unbeeindruckt von Poirots unbeschwertem Tonfall, wiederholte Simon: »Jackie ist ein ehrlicher Mensch!«

Poirot erinnerte sich an eine Mädchenstimme, die am Nilufer in Assuan gesagt hatte: »Ich liebe Simon – und er liebt mich ...«

Er war neugierig gewesen, welche der drei Erzählungen, die er an jenem Abend gehört hatte, die richtige war. Er hatte den Eindruck, dass Jacqueline jetzt als diejenige dastand, die der Wahrheit am nächsten war.

Die Tür ging auf, und Race kam herein. »Nichts«, sagte er knapp. »Tja, wir hatten auch nicht damit gerechnet. Ich sehe, die Stewards sind im Anmarsch mit ihren Berichten über die Durchsuchung der Passagiere.«

Ein Steward und eine Stewardess erschienen in der Tür. Der Steward sprach als Erster. »Nichts, Sir.«

»Hat irgendeiner der Gentlemen Ärger gemacht?«

»Nur der italienische Gentleman, Sir. Hat ziemlich lange geschimpft. Sagt, es wäre entwürdigend – so in der Art. Der hatte auch ein Schießeisen dabei.«

»Was für eins?«

»Fünfundzwanziger Mauser Automatik, Sir.«

»Italiener sind ganz schön heißblütig«, sagte Simon. »Richetti hat sich einmal in Wadi Halfa endlos aufgespult, bloß wegen eines Fehlers mit einem Telegramm. War verdammt grob zu Linnet deshalb.«

Race wandte sich an die Stewardess, eine große, gutaussehende Frau.

»Nichts bei irgendeiner der Ladys, Sir. Die haben alle eine Menge Wirbel gemacht – außer Mrs Allerton, die war so nett, wie man nur sein kann. Keine Spur von Perlen. Übrigens, die junge Lady, Miss Rosalie Otterbourne, hatte eine kleine Pistole in der Handtasche.«

»Was für eine?«

»Das war eine ganz kleine, Sir, mit Perlmuttgriff. Eine Art Spielzeug.«

Race starrte sie an. »Zum Teufel mit diesem Fall«, brummte er. »Ich dachte, *die* wäre nicht mehr in Verdacht, und jetzt – schleppt hier eigentlich jedes Mädchen auf diesem verflixten Schiff eine Spielzeugpistole mit Perlmuttgriff mit sich rum?«

Er sah die Stewardess scharf an. »Hat sie irgendwie gefühlsmäßig reagiert auf den Fund?«

Die Frau schüttelte den Kopf. »Ich glaube, sie hat das gar nicht mitgekriegt. Ich stand mit dem Rücken zu ihr, als ich ihre Handtasche durchsuchte.«

»Aber sie muss gewusst haben, dass Sie darauf stoßen würden. Ich begreife wirklich nichts mehr. Was ist mit dem Dienstmädchen?«

»Wir haben das ganze Schiff nach ihr abgesucht, Sir. Wir können Sie nirgends finden.«

»Worum geht's?«, fragte Simon.

»Um Mrs Doyles Dienstmädchen – Louise Bourget. Sie ist verschwunden.«

»Verschwunden?«

Race sagte nachdenklich: »Sie könnte die Perlen gestohlen haben. Sie ist die Einzige, die jede Gelegenheit hatte, eine Replik davon machen zu lassen.«

»Und als sie gemerkt hat, dass es eine Durchsuchung gibt, ist sie über Bord gesprungen?«, überlegte Simon.

»Unfug«, erwiderte Race gereizt. »Keine Frau kann am helllichten Tag über Bord springen auf so einem Schiff, ohne dass das jemand mitkriegt. Sie muss irgendwo an Bord sein.« Er wandte sich noch einmal an die Stewardess. »Wann ist sie zuletzt gesehen worden?«

»Ungefähr eine halbe Stunde bevor die Glocke zum Mittagessen geläutet hat, Sir.«

»Wir sehen uns auf jeden Fall ihre Kabine an«, sagte Race. »Vielleicht erfahren wir da etwas.«

Er ging vor in Richtung Unterdeck. Poirot folgte ihm. Sie schlossen die Tür auf und traten in die Kabine.

Louise Bourget, deren Metier es war, anderer Leute Sachen in Ordnung zu halten, hatte offensichtlich Feierabend, wo es um ihre eigenen ging. Auf der Kommode lag Krempel kreuz und quer; ein Koffer stand sperrangelweit offen, Kleider hingen an den Seiten heraus, weshalb er sich nicht schließen ließ; Unterwäsche baumelte von den Stuhllehnen.

Poirot zog mit spitzen flinken Fingern die Schubladen der Kommode auf, Race untersuchte den Koffer.

Louise' Schuhe standen in Reih und Glied dicht neben dem Bett. Einer davon, ein schwarzer Lackschuh, schien allerdings in einem ungewöhnlichen Winkel fast in der Luft zu hängen. Er sah so merkwürdig aus, dass Race aufmerksam wurde.

Er klappte den Koffer zu und beugte sich über die Reihe Schuhe. Dann stieß er einen scharfen Laut aus.

»*Qu'est-ce qu'il y a?*«

Race sagte grimmig: »Sie ist nicht verschwunden. Sie ist hier – unterm Bett …«

Dreiundzwanzigstes Kapitel

Der Körper der Toten, die zu Lebzeiten Louise Bourget gewesen war, lag auf dem Boden der Kabine. Die beiden Männer beugten sich über sie.

Race richtete sich als Erster wieder auf. »Seit einer knappen Stunde tot, würde ich sagen. Wir holen Bessner her. Herzstich. Tod ziemlich rasch eingetreten, möchte ich meinen. Hübsch sieht sie nicht aus, was?«

»Nein.« Poirot schüttelte leicht schaudernd den Kopf.

Das dunkle, katzenhafte Gesicht war verzerrt, als wäre Louise überrascht und wütend gewesen, die Lippen gaben die Zähne frei.

Poirot beugte sich sanft wieder hinab und nahm ihre rechte Hand. Sie hielt deutlich etwas in den Fingern. Er zog es heraus und zeigte es Race; es war ein abgewetztes Papierfetzchen in schmutzig blassem Dunkelrosa. »Erkennen Sie das?«

»Geld«, sagte Race.

»Die Ecke einer Tausendfrancnote, nehme ich an.«

»Tja, dann ist klar, was passiert ist«, sagte Race. »Sie wusste etwas – und sie hat den Mörder mit ihrem Wissen erpresst. Wir fanden sie ja auch heute Morgen nicht ganz aufrichtig.«

»Wir waren Idioten – Trottel!«, rief Poirot laut. »Wir hätten es wissen müssen – da schon. Was hat sie gesagt? ›Was hätte ich sehen oder hören sollen? Ich war auf dem Unterdeck. Natürlich, wenn ich nicht hätte schlafen können, wenn ich die Treppe hochgegangen wäre, *dann* hätte ich den Mörder vielleicht gesehen, dieses Ungeheuer, wie es in Madames Kabine geht oder wieder rauskommt, aber so –‹ Natürlich, genau das ist passiert! Sie *ist* hochgegangen. Sie *hat* jemanden in Linnet Doyles Kabine schlüpfen oder herauskommen sehen. Und wegen ihrer Gier, ihrer unvernünftigen Gier, liegt sie jetzt hier –«

»Und wir wissen kein bisschen besser, wer sie getötet hat«, vollendete Race angewidert.

Poirot schüttelte den Kopf. »Doch, doch. Wir wissen jetzt viel mehr. Wir wissen – wir wissen fast alles. Nur, was wir wissen, erscheint unglaublich … Aber so muss es sein. Nur, ich verstehe nicht – pah! Was für ein Trottel war ich heute Morgen! Wir hatten das Gefühl – alle beide hatten wir es –, dass sie uns etwas verheimlichte, aber auf den logischen Grund dafür sind wir nicht gekommen: Erpressung.«

»Sie muss sofort Schweigegeld verlangt haben«, sagte Race. »Und zwar drohend. Der Mörder war gezwungen, auf die Forderung einzugehen, und zahlte mit französischen Noten. Sind hier noch welche?«

Poirot schüttelte nachdenklich den Kopf. »Ich glaube kaum. Viele Leute nehmen kleine Geldvorräte mit auf Reisen – mal Fünfpfundnoten, mal Dollar, aber oft auch Franc. Möglicherweise hat der Mörder ihr gegeben, was er hatte, in gemischten Währungen. Lassen Sie uns weiter rekonstruieren.«

»Der Mörder kommt zu ihr in die Kabine, gibt ihr das Geld und dann …«

»Und dann«, sagte Poirot, »sie zählt es. O ja, ich kenne ihre Klasse. Sie würde das Geld zählen, und während sie es tat, war sie nicht mehr auf der Hut. Da hat der Mörder zugestochen und danach das Geld wieder eingesammelt und ist geflüchtet – ohne zu merken, dass von einer Banknote eine Ecke abgerissen war.«

»Vielleicht kriegen wir ihn damit«, überlegte Race laut, aber skeptisch.

»Das bezweifle ich«, sagte Poirot. »Er wird sich die Scheine genau ansehen und vermutlich merken, dass einer abgerissen ist. Natürlich, wenn er zur Knauserei neigt, dann bringt er es nicht über sich, *mille francs* zu vernichten – aber ich habe die starke Befürchtung, dass er genau die umgekehrte Einstellung hat.«

»Woraus schließen Sie das?«

»Sowohl dieses Verbrechen als auch der Mord an Madame Doyle setzen gewisse Eigenschaften voraus – Mut, Kühnheit, kaltblütige Durchführung, blitzartiges Agieren. Solche Eigenschaften passen nicht zusammen mit der Anlage zu Sparsamkeit und Vorsicht.«

Race schüttelte traurig den Kopf. »Ich lasse jetzt wohl besser Dr. Bessner kommen«, sagte er.

Die Untersuchung des stattlichen Arztes dauerte nicht lange. Er machte sich, unter etlichen *Achs* und *Sos*, gleich an die Arbeit. »Sie ist nicht länger als eine Stunde tot«, verkündete er dann. »Der Tod, der war sehr schnell – sofort.«

»Und was für eine Waffe, glauben Sie, wurde benutzt?«

»Ach, das ist interessant, ja. Es war etwas sehr Scharfes, sehr Dünnes, sehr Feines. Ich könnte Ihnen die Art Gegenstand zeigen.«

Sie gingen in seine Kabine, und dort öffnete er einen Instrumentenkoffer und holte ein langes, schmales Skalpell hervor.

»Es war etwas in der Art, mein Freund; es war kein gewöhnliches Messer zum Essen.«

»Ich nehme an«, fragte Race vorsichtig, »dass keins von Ihren Messern hier – äh – fehlt, Doktor?«

Dr. Bessner starrte ihn an; dann wurde sein Gesicht rot vor Empörung. »Was sagen Sie da? Glauben Sie, ich – ich, Dr. Carl Bessner – berühmt in ganz Österreich – ich mit meiner Klientel, meinen hochwohlgeborenen Patienten – ich habe eine erbärmliche kleine *femme de chambre* umgebracht? Ah, das ist ja wohl lächerlich – absurd, was Sie da sagen! Keins von meinen Messern fehlt – nicht ein einziges, das sage ich Ihnen. Sie sind alle da, korrekt an ihrem Platz. Das können Sie selbst sehen. Aber diese Schmähung meines Standes, das werde ich mir merken.«

Dr. Bessner knallte seinen Koffer zu, setzte ihn unsanft auf den Boden und stampfte wütend hinaus aufs Deck.

»Puh!«, sagte Simon. »Sie haben den alten Knaben aber hochgebracht.«

Poirot zuckte die Schultern. »Wie bedauerlich.«

»Sie sind auf dem Holzweg. Der alte Bessner ist einer der Besten, auch wenn er etwas grobschlächtig ist.«

Dr. Bessner kam plötzlich zurück. »Hätten Sie die Freundlichkeit, mir jetzt meine Kabine zu überlassen? Ich muss meinem Patienten den Verband wechseln.«

Miss Bowers war bei ihm und wartete, ganz tüchtiger Profi, bis Poirot und Race gingen.

Sie schlichen hinaus. Draußen lief Race murmelnd davon. Poirot ging nach links. Er hörte Fetzen einer mädchenhaften Unterhaltung mit kleinen Lachern. Sie kamen von Jacqueline und Rosalie aus der Kabine von Rosalie.

Beide standen an der offenen Tür. Als Poirots Schatten auf sie fiel, drehten sie die Köpfe zu ihm. Er stellte fest, dass Rosalie ihn zum ersten Mal anlächelte – ein schüchternes, einladendes Lächeln – noch ein wenig unsicher, wie von jemandem, der etwas Neues, Ungewohntes tut.

»Sie klatschen, Mesdemoiselles?«, fragte er vorwurfsvoll.

»Nein, gar nicht«, sagte Rosalie. »Eigentlich hatten wir gerade Lippenstifte verglichen.«

Poirot lächelte. *»Les chiffons d'aujourd'hui«*, murmelte er dann.

Aber etwas an seinem Lächeln war ein bisschen mechanisch, und Jacqueline de Bellefort, die schneller schaltete und besser beobachtete als Rosalie, sah es. Sie legte den Lippenstift aus der Hand und kam heraus.

»Ist etwas – was ist jetzt wieder passiert?«

»Wie Sie richtig raten, Mademoiselle, es ist etwas passiert.«

»Was?« Rosalie kam ebenfalls heraus.

»Noch ein Todesfall«, sagte Poirot.

Rosalie hielt den Atem an. Poirot beobachtete sie aus nächster Nähe. Er sah, dass ihre Augen einen Moment lang Erschrecken und noch etwas – Bestürztheit – zeigten.

»Madame Doyles Dienstmädchen ist umgebracht worden«, erklärte er beiden schlicht.

»Umgebracht?«, schrie Jacqueline auf. »*Umgebracht*, sagen Sie?«

»Ja, das habe ich gesagt.« Die Antwort ging zwar an sie, aber er behielt Rosalie im Blick. Und zu ihr sagte er weiter: »Dieses Dienstmädchen hat nämlich etwas gesehen, das sie nicht hätte sehen sollen. Und deshalb – sie wurde zum Schweigen gebracht, für den Fall, dass sie ihren Mund nicht halten kann.«

»Was hat sie denn gesehen?«

Wieder fragte Jacqueline, und wieder ging Poirots Antwort an Rosalie. Es war eine seltsame kleine Dreiecksgeschichte.

»Es besteht, glaube ich, sehr wenig Zweifel daran, was sie gesehen hat«, sagte er. »Sie hat jemanden an jenem fatalen Abend Linnet Doyles Kabine betreten und verlassen sehen.«

Er besaß scharfe Ohren. Er hörte Luftschnappen und sah Augenlider zucken. Rosalie Otterbourne hatte genau so reagiert, wie er beabsichtigt hatte.

»Hat sie gesagt, wen sie da gesehen hat?«, fragte Rosalie.

Sanft – und bedauernd – schüttelte Poirot den Kopf.

Rasche Schritte kamen das Deck hinauf. Es war Cornelia Robson, mit aufgerissenen Augen und ganz durcheinander. »Oh, Jacqueline«, rief sie, »etwas Furchtbares ist passiert! Noch etwas Grauenhaftes!«

Jacqueline drehte sich zu ihr. Die beiden gingen ein paar Schritte zusammen. Fast unbewusst bewegten Poirot und Rosalie Otterbourne sich in die entgegengesetzte Richtung.

Rosalie sagte barsch: »Warum sehen Sie mich an? Was geht in Ihrem Kopf vor?«

»Das sind zwei Fragen, die Sie mir stellen. Ich stelle Ihnen im Gegenzug nur eine. Warum sagen Sie mir nicht die ganze Wahrheit, Mademoiselle?«

»Ich weiß nicht, was Sie meinen. Ich habe Ihnen – alles gesagt – heute Morgen.«

»Nein, es gibt einiges, das Sie mir nicht gesagt haben. Sie haben mir nicht gesagt, dass Sie eine kleinkalibrige Pistole mit Perlmuttgriff in der Handtasche herumtragen. Sie haben mir auch nicht alles gesagt, was Sie gestern Nacht gesehen haben.«

Sie wurde rot. Dann sagte sie schroff: »Das stimmt überhaupt nicht. Ich besitze keinen Revolver.«

»Ich habe auch nicht Revolver gesagt. Ich sagte, eine kleine Pistole, die Sie in Ihrer Handtasche herumtragen.«

Sie wirbelte herum, schoss in ihre Kabine und wieder heraus und schleuderte ihm ihre graue Lederhandtasche hin. »Sie reden dummes Zeug. Gucken Sie selbst rein, wenn Sie mögen.«

Poirot öffnete die Tasche. Es war keine Pistole drin. Er reichte ihr die Tasche zurück, während sie ihn höhnisch-triumphierend ansah. »Nein«, sagte er liebenswürdig. »Da ist sie nicht.«

»Sehen Sie. Sie haben nicht immer recht, Monsieur Poirot. Und Sie liegen auch falsch mit Ihrer anderen albernen Behauptung.«

»Nein, das glaube ich nicht.«

»Sie machen einen rasend!« Sie stampfte wütend auf. »Sie setzen sich etwas in den Kopf, und dann hacken Sie immer wieder darauf herum.«

»Weil ich will, dass Sie mir die Wahrheit sagen.«

»Was ist denn die Wahrheit? Sie scheinen das ja besser zu wissen als ich.«

Poirot sagte: »Sie wollen, dass ich Ihnen erzähle, was Sie gesehen haben? Und wenn ich recht habe, werden Sie dann auch zugeben, dass ich recht habe? Dann will ich Ihnen von meiner kleinen Idee erzählen. Ich denke, als Sie um das Heck herumkamen, sind Sie ganz unwillkürlich stehen geblieben, weil Sie einen Mann aus einer Kabine etwa in der Mitte des Decks kommen sahen – Linnet Doyles Kabine, wie Sie am nächsten Tag erfuhren. Sie haben gesehen, wie er herauskam, die Tür hinter sich zuzog und das Deck hinunterlief und – vielleicht – in eine der beiden Kabinen am Ende ging. Nun, also, habe ich recht, Mademoiselle?«

Sie antwortete nicht.

Poirot fuhr fort: »Vielleicht glauben Sie, es ist klüger, nichts zu sagen. Vielleicht haben Sie Angst, Sie könnten, wenn Sie reden, auch umgebracht werden.«

Einen Augenblick dachte Poirot, sie würde anbeißen, der Köder, ihren Mut zu bezweifeln, würde etwas bringen, wo subtilere Argumente versagt hätten.

Sie öffnete den Mund – ihre Lippen bebten –, dann sagte Rosalie Otterbourne: »Ich habe niemanden gesehen.«

Vierundzwanzigstes Kapitel

Miss Bowers kam aus Dr. Bessners Kabine und strich die Manschetten über den Handgelenken glatt.

Jacqueline ließ Cornelia unvermittelt stehen und sprach die Krankenschwester an. »Wie geht es ihm?«, fragte sie.

Poirot kam im richtigen Augenblick, um die Antwort zu hören.

Miss Bowers sah einigermaßen besorgt aus. »Es könnte alles schlimmer sein«, sagte sie.

Jacqueline schrie auf. »Sie meinen, es geht ihm schlechter?«

»Nun, ich muss sagen, ich bin erst beruhigt, wenn wir anlegen und eine anständige Röntgenaufnahme und die ganze Sache unter Narkose sauber bearbeitet kriegen. Wann, denken Sie, sind wir in Shellal, Monsieur Poirot?«

»Morgen früh.«

Miss Bowers zog einen spitzen Mund und schüttelte den Kopf. »Was für ein Glück. Wir tun, was wir können, aber die Gefahr einer Sepsis ist doch sehr groß.«

Jacqueline packte Miss Bowers' Arm und schüttelte ihn. »Muss er sterben? Muss er sterben?«

»Liebe Güte, nein, Miss de Bellefort. Das heißt, ich hoffe, nein, bestimmt nicht. Die Wunde an sich ist nicht gefährlich, aber sie muss zweifellos so schnell wie möglich geröntgt werden. Außerdem hätte der arme Mr Doyle heute natürlich absolute Ruhe haben müssen. Er hatte viel zu viel Kummer und Aufregung. Kein Wunder, dass seine Temperatur steigt. Allein der Schock über den Tod seiner Frau und was dann alles noch dazukam …«

Jacqueline ließ den Arm der Krankenschwester wieder los

und wandte sich ab. Sie lehnte sich über die Reling und drehte den beiden den Rücken zu.

»Ich will nur sagen, wir müssen immer das Beste hoffen«, sagte Miss Bowers. »Natürlich ist Mr Doyles Konstitution sehr kräftig – das sieht man. Vermutlich war er in seinem ganzen Leben noch keinen Tag krank. Das ist also ein Vorteil. Aber es lässt sich nicht leugnen, dass der Temperaturanstieg ein böses Zeichen ist und ...« Sie schüttelte den Kopf, zog noch einmal die Manschetten zurecht und ging eilig davon.

Jacqueline drehte sich um und taumelte mit tränenblinden Augen zu ihrer Kabine. Eine Hand unter einem ihrer Ellbogen stützte und führte sie. Sie sah hoch und erkannte durch die Tränen hindurch Poirot neben sich. Sie lehnte sich leicht an ihn, und er geleitete sie durch die Kabinentür. Sie sank aufs Bett, und dann strömten die Tränen richtig, unterbrochen von heftigen Schluchzern. »Er stirbt! Er stirbt! Ich weiß, dass er stirbt ... Und ich habe ihn umgebracht. Ja, ich habe ihn dann umgebracht ...«

Poirot zuckte die Schultern und schüttelte traurig den Kopf. »Mademoiselle, was geschehen ist, ist geschehen. Man kann eine getane Tat nicht ungeschehen machen. Es ist zu spät zum Bereuen.«

Sie rief noch heftiger: »Ich habe ihn umgebracht! Dabei liebe ich ihn so ... Ich liebe ihn so sehr.«

Poirot seufzte. »Zu sehr ...«

Dieser Gedanke war ihm schon vor langer Zeit in Monsieur Blondins Restaurant gekommen. Und jetzt kam er ihm wieder.

Ein bisschen zögernd sagte er: »Glauben Sie auf keinen Fall alles, was Miss Bowers sagt. Krankenschwestern, also, ich finde, die malen immer so schwarz! Die Nachtschwester, sie ist immer erstaunt, wenn ihr Patient abends noch lebt; die Tagschwester, sie ist immer überrascht, wenn er morgens noch lebt! Sehen Sie, die wissen zu viel von dem, was alles eintreten kann. Wenn man Auto fährt, könnte man sich auch sagen: ›Wenn jetzt ein Wagen aus der Querstraße kommt – oder wenn der Laster da jetzt zurücksetzt – oder wenn jetzt bei dem Auto da der Reifen abfällt – oder wenn ein Hund von der Hecke da mir auf den Arm springt – *eh bien*, dann bin ich wahrscheinlich tot!‹ Und trotzdem nimmt man, und meistens zu Recht, an, dass nichts von alldem wirklich passieren wird und man durchkommt. Wenn man natürlich einen Unfall gehabt oder einen oder mehrere Unfälle erlebt hat, dann neigt man leicht zum Gegenteil.«

Halb durch die Tränen hindurch lächelnd, fragte Jacqueline: »Versuchen Sie mich zu trösten, Monsieur Poirot?«

»Weiß der *bon Dieu*, was ich gerade versuche! Sie hätten diese ganze Reise nicht machen sollen.«

»Ja – jetzt wünschte ich auch, ich hätte sie lieber nicht gemacht. Es war – so schrecklich. Aber – jetzt ist es bald vorbei.«

»*Mais oui – mais oui.*«

»Und Simon kommt in ein Krankenhaus und kriegt eine ordentliche Behandlung, und alles wird wieder gut.«

»Sie reden wie ein Kind! ›Und sie lebten glücklich bis ans Ende ihrer Tage.‹ Das meinen Sie doch, oder?«

Sie lief scharlachrot an. »Monsieur Poirot, das wollte ich nie – niemals –«

»Es ist noch zu früh für solche Gedanken! So sehen das die braven Heuchler, nicht wahr? Aber Sie sind halb Südländerin, Mademoiselle Jacqueline. Sie sollten Tatsachen zugeben können, auch wenn sie nicht ganz schicklich klingen. *Le roi est mort – vive le roi!* Die Sonne geht unter, und der Mond geht auf. So ist es doch, nicht wahr?«

»Sie verstehen gar nichts. Ich tue ihm bloß leid – weil er weiß, wie schrecklich das Wissen, dass ich ihn so schwer verletzt habe, für mich ist.«

»Ah, je«, sagte Poirot. »Das reine Mitleid, das ist ein sehr erhabenes Sentiment.«

Er sah sie an, mit einem halb spöttischen, halb von einem anderen Gefühl geprägten Blick. Dann murmelte er sanft und kaum hörbar auf Französisch:

La vie est vaine.
Un peu d'amour,
Un peu de haine,
Et puis bonjour.

La vie est brève.
Un peu d'espoir,
Un peu de rêve,
Et puis bonsoir.

Er ging wieder hinaus an Deck.

Dort lief Colonel Race entlang und rief ihm sofort zu: »Poirot. Mein Bester! Ich brauche Sie. Ich habe eine Idee.«

Er hakte Poirot unter und zog ihn mit sich. »Bloß eine zufällige Bemerkung von Doyle. Ist mir in dem Moment kaum aufgefallen. Irgendwas mit einem Telegramm.«

»*Tiens – c'est vrai.*«

»Vielleicht ist ja gar nichts dran, aber man darf keinen Weg unerforscht lassen. Verdammt noch mal, Mann, zwei Morde, und wir tappen noch immer im Dunkeln.«

Poirot schüttelte den Kopf. »Nein, nicht im Dunkeln. Im Licht.«

Race sah ihn neugierig an. »Sie haben eine Idee?«

»Es ist mehr als eine Idee. *Ich bin sicher.*«

»Seit wann denn das?«

»Seit dem Tod von Louise Bourget, dem Dienstmädchen.«

»Verdammt, wieso begreife ich das nicht!«

»Mein Freund, es ist so klar – so klar. Nur, es gibt auch Schwierigkeiten – Peinlichkeiten – Hindernisse! Sehen Sie mal, um jemanden wie Linnet Doyle herum gibt es so viele widerstreitende Gefühle, Hass und Eifersucht und Neid und Gemeinheit. Das ist wie eine Wolke aus lauter Fliegen, die summen und summen …«

»Aber Sie glauben, Sie wissen jetzt Bescheid?« Der andere sah ihn neugierig an. »Sie würden das nicht sagen, wenn Sie nicht sicher wären. Ich persönlich kann nicht behaupten, dass ich irgendwo wirklich klarsehe. Ich habe natürlich den einen oder anderen Verdacht …«

Poirot blieb stehen und legte bedeutungsvoll die Hand auf Races Arm. »Sie sind ein großartiger Mann, *mon Colonel* … Sie sagen nicht: ›Reden Sie. Was denken Sie?‹ Sie wissen, wenn ich jetzt reden könnte, würde ich es tun. Aber erst gibt es noch viel zu klären. Überlegen Sie mal, überlegen Sie entlang der Linie, die ich Ihnen sage. Es gibt gewisse Anhaltspunkte … Es gibt die Aussage von Mademoiselle de Bellefort, dass jemand unser Gespräch an jenem Abend in Assuan mit angehört hat. Es gibt die Aussage von Monsieur Tim Allerton bezüglich dessen, was er zum Zeitpunkt des Verbrechens gehört und getan hat. Es gibt Louise Bourgets bedeutungsvolle Antworten auf unsere Fragen heute Morgen. Es gibt die Tatsache, dass Mrs Allerton Wasser trinkt, dass ihr Sohn Whisky mit Soda trinkt und dass ich Wein trinke. Fügen Sie dazu die Tatsache der zwei Nagellackflaschen und das Sprichwort, das ich zitiert habe. Und schließlich kommen wir zur Krux der ganzen Angelegenheit, der Tatsache, dass die Pistole in ein billiges Taschentuch und eine Samtstola gewickelt war und über Bord geworfen wurde …«

Race schwieg lange, dann schüttelte er den Kopf. »Nein«, sagte er. »Ich begreif's nicht. Missverstehen Sie mich nicht, ich habe eine vage Idee, worauf Sie hinauswollen, aber soweit ich sehen kann, haut das nicht hin.«

»Doch … doch. Sie sehen nur die halbe Wahrheit. Und vergessen Sie nicht – wir müssen ganz von vorn anfangen, denn unser erster Ansatz war völlig falsch.«

Race verzog leicht das Gesicht. »Daran bin ich gewöhnt. Ich habe oft den Eindruck, Detektivarbeit besteht bloß darin, falsche Ansätze zu löschen und wieder von vorn anzufangen.«

»Ja, sehr wahr, das. Und es ist auch genau das, was manche

Leute eben nicht machen. Sie entwerfen eine bestimmte Theorie, und in diese Theorie muss alles hineinpassen. Wenn eine Kleinigkeit nicht passt, dann kommt sie weg. Es sind aber immer die nicht passenden Kleinigkeiten, die Bedeutung haben. Die ganze Zeitlang war mir klar, dass die Entfernung der Pistole vom Tatort von Bedeutung ist. Ich wusste, das heißt etwas, aber was dieses Etwas ist, das ist mir erst vor einer knappen halben Stunde klargeworden.«

»Aber ich sehe es immer noch nicht!«

»Gleich werden Sie Klarheit haben. Überlegen Sie anhand der Linien, die ich vorgezeichnet habe. Und jetzt lassen Sie uns diese Sache mit dem Telegramm klären. Das heißt, wenn der Herr Doktor uns lässt.«

Dr. Bessner war immer noch sehr unwirsch. Das Klopfen beantwortete er mit einer finsteren Miene. »Was ist? Sie wünschen meinen Patienten noch einmal zu sprechen? Aber ich sage Ihnen doch, das ist unklug. Er hat Fieber. Er hat heute schon mehr als genug Aufregung gehabt.«

»Nur eine Frage«, sagte Race. »Mehr nicht, das garantiere ich Ihnen.«

Widerwillig trat der Arzt beiseite. Die beiden Männer gingen in die Kabine. Dr. Bessner drängte sich knurrend an ihnen vorbei. »Ich komme in drei Minuten wieder«, sagte er. »Und dann – das garantiere *ich* Ihnen – verschwinden Sie!«

Sie hörten, wie er das Deck hinunterstapfte.

Simon Doyle sah fragend von einem zum anderen. »Ja?«, sagte er. »Was gibt's?«

»Nur eine Kleinigkeit«, erwiderte Race. »Also, als die Stewards mir Meldung machten, erwähnten sie, dass Signor Richetti sich besonders aufgeführt hatte. Sie sagten, das wundere Sie gar nicht, da Sie ihn als leicht aufbrausend kennen und er auch einmal sehr grob zu Ihrer Frau gewesen sei. Es ging irgendwie um ein Telegramm. Können Sie mir den Zwischenfall etwas genauer erzählen?«

»Ganz einfach. Das war in Wadi Halfa. Wir kamen gerade vom zweiten Katarakt zurück. Linnet dachte, sie hätte ein Telegramm für sich am Brett entdeckt. Sehen Sie, sie hatte ganz vergessen, dass sie nicht mehr Ridgeway hieß, und Ridgeway und Richetti, das sieht ja ziemlich ähnlich aus, wenn es jemand mit einer Klaue schreibt. Also riss sie es auf, wurde aber nicht schlau draus, und während sie noch daran herumrätselte, kam dieser Bursche Richetti, grapschte es ihr aus der Hand und schäumte vor Wut. Sie ist noch hinter ihm hergelaufen, um sich zu entschuldigen, aber er hat sie furchtbar angepöbelt.«

Race holte tief Luft. »Und haben Sie eine Ahnung, Mr Doyle, was in dem Telegramm stand?«

»Ja. Linnet hat es teilweise vorgelesen. Da stand –«

Er hielt inne. Draußen gab es Tumult. Eine schrille Stimme kam rasch näher. »Wo sind Monsieur Poirot und Colonel Race? Ich muss sie *auf der Stelle* sprechen! Es ist höchst wichtig. Ich habe lebenswichtige Informationen. Sind sie bei Mr Doyle?«

Dr. Bessner hatte die Tür offen gelassen und nur den Vorhang zugezogen. Mrs Otterbourne wischte ihn beiseite und fegte herein wie ein Wirbelsturm. Ihr Gesicht war knallrot, ihr Gang leicht wackelig, ihre Worte überstürzten sich. »Mr Doyle«, sagte sie dramatisch, »ich weiß, wer Ihre Frau umgebracht hat!«

»Was?« Simon starrte sie an.

Das taten auch die beiden anderen.

Mrs Otterbourne bedachte alle drei mit einem triumphierenden Blick. Sie war glücklich – geradezu selig. »Ja«, sagte sie. »Meine Theorien haben sich vollkommen bestätigt. Die tief verborgenen, uralten Urtriebe – das klingt vielleicht unmöglich – phantastisch –, aber es ist die Wahrheit!«

Race fragte barsch: »Verstehe ich Sie richtig, Sie sind im Besitz von Beweisen, wer Mrs Doyle umgebracht hat?«

Mrs Otterbourne setzte sich auf einen Stuhl, beugte sich vor und nickte heftig. »Sicher bin ich das. Sie stimmen doch zu, oder nicht, dass, wer immer Louise Bourget getötet hat, auch

Linnet Doyle getötet hat – dass also beide Verbrechen von ein und derselben Person begangen wurden?«

»Ja, ja«, sagte Simon ungeduldig. »Natürlich. Das liegt auf der Hand. Reden Sie weiter.«

»Dann stehe ich zu meiner Behauptung. Ich weiß, wer Louise Bourget getötet hat, und deshalb weiß ich, wer Linnet Doyle getötet hat.«

»Sie meinen, Sie haben eine Theorie, wer Louise Bourget umgebracht hat«, korrigierte Race skeptisch.

Mrs Otterbourne fuhr herum wie ein Tiger. »Nein, ich habe konkrete Kenntnis. Ich habe die Person nämlich mit eigenen Augen *gesehen*.«

Fiebernd schrie Simon sie an. »Um Gottes willen, erzählen Sie der Reihe nach. Sie kennen die Person, die Louise Bourget getötet hat, sagen Sie.«

Mrs Otterbourne nickte. »Ich will Ihnen erzählen, was sich genau ereignet hat.«

Ja, sie war sehr glücklich – ohne jeden Zweifel! Dies war ihr Augenblick, ihr Triumph! Was machte es, wenn ihre Bücher sich jetzt nicht mehr verkauften, wenn das blöde Publikum, das sie einst gekauft und gierig verschlungen hatte, sich jetzt neuen Lieblingen zuwandte? Salome Otterbourne würde wieder in aller Munde sein. Ihr Name würde in allen Zeitungen stehen. Sie würde Hauptzeugin der Anklage im Prozess.

Sie holte tief Luft und begann. »Es war, als ich zum Mittagessen hinunterging. Mir war kaum nach Essen zumute – all das Entsetzen über die Tragödie vor kurzem … Nun, ich muss das wohl nicht vertiefen. Auf halbem Weg fiel mir ein, dass ich – äh – etwas in der Kabine vergessen hatte. Ich bat Rosalie, allein vorzugehen. Das tat sie.« Mrs Otterbourne hielt einen Augenblick inne.

Der Vorhang in der Tür bewegte sich sachte wie durch einen Windstoß, aber keiner der drei Männer bemerkte es.

»Ich – äh«, wieder unterbrach Mrs Otterbourne ihre Rede.

Jetzt kam dünnes Eis, aber irgendwie musste sie drüber. »Ich habe – äh – eine Abmachung mit jemandem vom – äh – Schiffs*personal*. Er sollte mir – äh – etwas bringen, was ich brauchte, wovon aber meine Tochter nichts wissen sollte. Sie hat gewisse lästige Angewohnheiten –«

Klang nicht besonders gut, aber sie konnte sich immer noch etwas Besseres ausdenken, bevor sie die Geschichte vor Gericht schildern würde.

Races Augenbrauen wanderten nach oben, während er Poirot fragend ansah. Poirot nickte kaum merklich und formte mit den Lippen das Wort: »Trinkt.«

Wieder bewegte sich der Vorhang in der Tür. Im Spalt zwischen Vorhang und Türrahmen tauchte etwas auf, das stahlblau schimmerte.

Mrs Otterbourne fuhr fort: »Die Abmachung war so, ich sollte zum Heck des Unterdecks gehen, und da sollte der Mann auf mich warten. Als ich das Deck entlanglief, ging eine Kabinentür auf, und jemand sah hinaus. Es war dieses Mädchen – Louise Bourget oder wie sie hieß. Sie schien jemanden zu erwarten. Als sie mich sah, guckte sie enttäuscht und verschwand sofort in die Kabine. Ich dachte mir natürlich nichts dabei. Ich ging einfach weiter wie verabredet und holte mir – äh – das Zeug von dem Mann. Ich bezahlte und – äh – redete kurz mit ihm. Dann ging ich zurück. Und genau als ich um die Ecke komme, da sehe ich, wie jemand an die Tür von diesem Dienstmädchen klopft und hineingeht.«

Race sagte: »Und dieser Jemand war –?«

Peng!

Die Explosion krachte durch die Kabine. Es roch säuerlich und beißend nach Pulverrauch. Mrs Otterbourne machte eine sachte Drehung seitwärts, dann kippte ihr Körper vornüber und fiel schwer zu Boden. Aus einem akkuraten runden Loch genau hinter ihrem Ohr strömte Blut.

Einen Augenblick lang schwiegen alle wie betäubt. Dann

sprangen beide einsatzfähigen Männer hoch und setzten sich, leicht behindert durch die Leiche, in Bewegung. Race beugte sich über sie, während Poirot mit einem katzenhaften Satz zur Tür und an Deck sprang.

Es war leer. Auf dem Boden genau vor der Türschwelle lag ein großer Colt.

Poirot sah in beide Richtungen. Das Deck blieb leer. Dann rannte er zum Heck. Gleich hinter der Kurve stieß er mit Tim Allerton zusammen, der mit Riesenschritten aus der entgegengesetzten Richtung kam.

»Was zum Teufel war das?«, keuchte Tim atemlos.

Poirot fragte barsch: »Ist Ihnen jemand entgegengekommen auf Ihrem Weg hierher?«

»Entgegengekommen? Nein.«

»Dann kommen Sie mit.« Er packte den jungen Mann am Arm und lief zurück. Mittlerweile hatte sich eine kleine Ansammlung gebildet. Rosalie, Jacqueline und Cornelia waren aus ihren Kabinen gestürzt. Andere kamen aus dem Salon das Deck entlang – Ferguson, Jim Fanthorp und Mrs Allerton.

Race stand neben dem Revolver. Poirot drehte sich zu Tim Allerton und fragte barsch: »Haben Sie Handschuhe in der Tasche?«

Tim nestelte. »Ja, habe ich.«

Poirot nahm sie ihm ab, zog sie an und beugte sich hinunter, um den Revolver zu untersuchen. Das tat auch Race. Alle anderen sahen atemlos zu.

Race sagte: »Der ist nicht andersrum gegangen. Fanthorp und Ferguson saßen auf diesem Deck in der Lounge; sie hätten ihn gesehen.«

Poirot erwiderte: »Und Monsieur Allerton wäre ihm begegnet, wenn er nach achtern gelaufen wäre.«

Race zeigte auf den Revolver. »Ich bilde mir ein, dass wir den vor gar nicht so langer Zeit schon mal gesehen haben. Muss man aber noch mal überprüfen.«

Er klopfte an Penningtons Kabinentür. Niemand antwortete. Die Kabine war leer. Race lief zur Kommode und riss die rechte Schublade auf. Der Revolver war weg.

»Das wäre geklärt«, sagte Race. »Und jetzt – wo ist Pennington selbst?«

Sie gingen wieder aufs Deck. Mrs Allerton war jetzt auch dabei.

Poirot ging sofort zu ihr. »Madame, nehmen Sie Mademoiselle Otterbourne zu sich und passen Sie auf sie auf. Ihre Mutter ist« – er sah Race kurz fragend an, und Race nickte – »umgebracht worden.«

Dr. Bessner kam polternd herbei. »Gott im Himmel! Was ist denn jetzt wieder?«

Sie machten ihm Platz. Race deutete auf die Kabine. Dr. Bessner lief hinein.

»Pennington suchen«, sagte Race. »Fingerabdrücke auf dem Revolver?«

»Nein«, sagte Poirot.

Sie fanden Pennington auf dem unteren Deck. Er saß in einem kleinen Kabinett und schrieb Briefe. Er hob den Kopf und präsentierte sein glattrasiertes, nettes Gesicht.

»Gibt's was Neues?«, fragte er.

»Haben Sie keinen Schuss gehört?«

»Wie – jetzt, wo Sie's sagen – ich glaube, ich habe eine Art Knall gehört. Aber ich hätte im Traum nicht … Wer ist denn erschossen worden?«

»Mrs Otterbourne.«

»Mrs Otterbourne?« Pennington klang ganz erstaunt. »Na, das ist ja eine Überraschung. Mrs Otterbourne.« Er schüttelte den Kopf. »Das verstehe ich nun gar nicht.« Er senkte die Stimme. »Mir kommt das so vor, meine Herren, als hätten wir einen manischen Mörder an Bord. Wir sollten dringend ein Verteidigungssystem organisieren.«

»Mr Pennington«, sagte Race, »wie lange sind Sie in diesem Zimmer?«

»Wie – warten Sie mal.« Mr Pennington fuhr sich sanft übers Kinn. »Ich würde sagen, zwanzig Minuten oder so.«

»Und Sie haben es nicht verlassen?«

»Wie – nein, bestimmt nicht.« Er sah die beiden Männer fragend an.

»Sehen Sie, Mr Pennington«, sagte Race, »Mrs Otterbourne ist mit Ihrem Revolver erschossen worden.«

Fünfundzwanzigstes Kapitel

Mr Pennington war schockiert. Mr Pennington mochte es kaum glauben. »Nun, meine Herren«, sagte er, »das ist eine ernste Sache. Wirklich sehr ernst.«

»Äußerst ernst für Sie, Mr Pennington.«

»Für mich?« Pennington zog verblüfft und erschrocken die Augenbrauen hoch. »Aber, mein bester Herr, ich habe in aller Ruhe hier gesessen und geschrieben, als der Schuss fiel.«

»Und Sie haben vielleicht auch einen Zeugen, der das bestätigen kann?«

Pennington schüttelte den Kopf. »Wie – nein, das könnte ich nicht behaupten. Aber es ist doch eindeutig unmöglich, dass ich auf das obere Deck gehe, diese arme Frau erschieße (warum sollte ich die überhaupt erschießen?) und wieder hier herunterkomme, ohne dass mich jemand sieht. Es sind immer eine Menge Leute da oben in der Lounge um diese Zeit.«

»Wie erklären Sie, dass Ihr Revolver benutzt wurde?«

»Tja – ich fürchte, daran bin ich selbst schuld. Kurz nachdem wir alle an Bord gegangen waren, kam es eines Abends im Salon zu einer Unterhaltung über Feuerwaffen, das weiß ich noch, und da habe ich erwähnt, dass ich auf Reisen stets einen Revolver dabeihabe.«

»Wer war anwesend?«

»Tja, das weiß ich nicht mehr genau. Die meisten, glaube ich. Eine ganze Menge Leute jedenfalls.« Er schüttelte bedächtig den Kopf. »Nun ja. Den Vorwurf muss ich mir machen.« Dann fuhr er fort: »Erst Linnet, dann Linnets Dienstmädchen und jetzt Mrs Otterbourne. Dafür scheint es doch gar keinen Grund zu geben!«

»Es *gab* einen Grund«, sagte Race.

»So?«

»Ja. Mrs Otterbourne hatte uns gerade erzählt, dass sie jemanden Bestimmtes in Louise Bourgets Kabine gehen sah. Genau als sie den Namen sagen wollte, wurde sie erschossen.«

Andrew Pennington fuhr sich mit einem teuren Seidentaschentuch über die Stirn. »Das ist ja alles schrecklich«, murmelte er.

Poirot sagte: »Monsieur Pennington, ich würde gern gewisse Punkte des Falls mit Ihnen erörtern. Würden Sie in einer halben Stunde in meine Kabine kommen?«

»Es wäre mir ein Vergnügen.«

Vergnügt klang Pennington nicht. Er sah auch nicht vergnügt aus. Race und Poirot tauschten einen Blick und verließen danach sofort das Zimmer.

»Gerissener Hund«, sagte Race, »aber Angst hat er, was?«

Poirot nickte. »Ja, glücklich ist er nicht, unser Monsieur Pennington.«

Als sie wieder auf das Promenadendeck kamen, zog Mrs Allerton eben ihre Kabinentür auf, sah Poirot und winkte ihn eindringlich herbei.

»Madame?«

»Das arme Kind! Sagen Sie mir, Monsieur Poirot, gibt es nicht irgendwo eine Zweierkabine, die ich mit ihr teilen könnte? Sie darf doch nicht zurück in die, die sie mit ihrer Mutter geteilt hat, und ich habe nur eine Einzelkabine.«

»Das lässt sich arrangieren, Madame. Sehr gütig von Ihnen.«

»Einfach Anstand. Außerdem mag ich das Mädchen sehr gern. Ich mochte sie von Anfang an.«

»Ist sie sehr erschüttert?«

»Schrecklich. Sie scheint total an dieser abscheulichen Frau gehangen zu haben. Das macht es ja alles so erbarmungswürdig. Tim glaubt, sie hat getrunken. Stimmt das?«

Poirot nickte.

»Ja, dann – die arme Frau, man darf sie wohl nicht verurteilen; aber das Mädchen muss doch ein schreckliches Leben gehabt haben.«

»Das hat sie, Madame. Aber sie ist sehr stolz, und sie war immer loyal.«

»Ja, und das mag ich – Loyalität, meine ich. Ist ja heutzutage nicht mehr in Mode. Seltsam, dieses Mädchen – stolz, reserviert, dickköpfig, und innen drin wahrscheinlich furchtbar warmherzig.«

»Ich sehe, ich habe sie in gute Hände gegeben, Madame.«

»Ja, keine Sorge. Ich kümmere mich um sie. Sie hängt auch schon auf das rührendste an mir.«

Mrs Allerton ging zurück in ihre Kabine, Poirot zurück zum Ort der Tragödie.

Cornelia stand noch immer mit aufgerissenen Augen an Deck. »Ich verstehe das nicht, Monsieur Poirot«, sagte sie. »Wie konnte jemand sie erschießen und verschwinden, ohne von uns gesehen zu werden?«

»Ja – wie?«, echote Jacqueline.

»Ah«, sagte Poirot, »so ein Zauberkunststück, wie Sie denken, war das nicht, Mademoiselle. Es gab drei verschiedene Wege, die der Mörder gegangen sein könnte.«

Jacqueline sah verblüfft drein. »Drei?«

»Er könnte nach rechts oder er könnte nach links gegangen sein, aber sonst sehe ich keinen Weg«, rätselte Cornelia laut.

Auch Jacqueline runzelte die Stirn. Dann hellte sich ihr Gesicht auf. »Natürlich«, sagte sie. »Auf derselben Ebene hatte er nur zwei Richtungen, aber es gibt ja auch rechte Winkel. Das heißt, der nach oben wäre nicht möglich gewesen, aber nach unten konnte er kommen.«

Poirot lächelte. »Sie haben Köpfchen, Mademoiselle.«

Cornelia sagte: »Ich weiß ja, dass ich ein dummes Huhn bin, aber ich verstehe es immer noch nicht.«

»Liebling«, sagte Jacqueline, »Monsieur Poirot meint, er

hätte sich über die Reling auf das untere Deck schwingen können.«

»Ach so!«, keuchte Cornelia. »Darauf wäre ich nie gekommen. Er müsste aber ganz schön flink gewesen sein. Dann hätte er es wohl schaffen können.«

»Mit Leichtigkeit«, sagte Tim Allerton. »Nicht vergessen, es gibt immer einen Schockmoment nach so etwas. Man hört einen Schuss und ist sekundenlang viel zu gelähmt, um sich zu rühren.«

»So haben Sie es erlebt, Monsieur Allerton?«

»Genau so. Ich stand da wie eine Puppe, bestimmt fünf Sekunden lang. Erst dann bin ich ums Deck gerannt.«

Race kam aus Dr. Bessners Kabine und verfügte streng: »Würden Sie den Weg räumen? Wir wollen die Leiche wegbringen.«

Alle trotteten folgsam von dannen. Poirot ging mit ihnen. Cornelia erklärte ihm ernst und traurig: »Die Reise werde ich mein Leben lang nicht vergessen. Drei Todesfälle … Das ist, wie wenn man in einem Albtraum lebt.«

Ferguson hatte ihre Worte aufgeschnappt und gab aggressiv zurück: »Das kommt davon, wenn man überzivilisiert ist. Man sollte den Tod wie ein Orientale sehen. Als bloßen Zwischenfall – kaum beachtenswert.«

»Das mag wohl sein«, sagte Cornelia. »Sie sind eben ungebildet, die armen Geschöpfe.«

»Tja, und das ist gut so. Bildung hat die weißen Rassen kraftlos gemacht. Kann man ja an Amerika sehen – veranstaltet Orgien an Kultur. Einfach ekelhaft.«

»Ich finde, Sie reden Quatsch«, sagte Cornelia und wurde rot. »Ich höre jeden Winter Vorträge über griechische Kunst und die Renaissance, ich habe auch schon welche über berühmte Frauen der Geschichte gehört.«

Mr Ferguson stöhnte gequält auf. »Griechische Kunst, Renaissance! Berühmte Frauen der Geschichte! Mir wird ganz übel bei Ihrem Gerede. Was zählt, ist die *Zukunft*, nicht die

Vergangenheit. Drei tote Frauen hier an Bord. Na, und? Die sind kein Verlust! Linnet Doyle und ihr Geld! Das französische Dienstmädchen – ein Hausparasit. Mrs Otterbourne – eine unnütze Närrin. Glauben Sie, irgendjemanden interessiert wirklich, ob die tot sind oder nicht? *Mich* jedenfalls nicht. Ich finde es sogar verdammt gut!«

»Dann haben Sie unrecht!«, gab Cornelia wutentbrannt zurück. »Und mir wird übel von all Ihrem Gerede, als ob überhaupt nur eins zählt, *Sie*. Ich mochte Mrs Otterbourne nicht besonders, aber ihre Tochter hat sie sehr gerngehabt, und der bricht der Tod ihrer Mutter das Herz. Ich weiß nicht viel über das französische Dienstmädchen, aber ich bin sicher, die hatte auch irgendwer irgendwo sehr gern; und was Linnet Doyle angeht – mal abgesehen von allem anderen, sie war einfach liebenswert! Sie war so schön – wenn sie in einen Raum kam, dann hat man einen Kloß im Hals gehabt. Ich bin ja selber ein Heimchen, aber deshalb weiß ich Schönheit desto mehr zu schätzen. Sie war so schön – einfach als Frau – wie jedes griechische Kunstwerk. Und wenn etwas Schönes tot ist, dann ist das ein Verlust für die Welt. Schluss jetzt!«

Mr Ferguson fuhr einen Schritt zurück. Er raufte sich die Haare mit beiden Händen.

»Ich geb's auf«, sagte er. »Sie sind unglaublich. Sie haben ja nirgendwo auch nur ein bisschen natürliche weibliche Gehässigkeit.« Er wandte sich Poirot zu. »Wissen Sie eigentlich, Sir, dass Cornelias Vater von Linnet Ridgeways Altem praktisch ruiniert worden ist? Aber knirscht das Mädchen mit den Zähnen, wenn sie die Erbin mit Perlen und Pariser Modellkleidern herumstolzieren sieht? Nein, die blökt bloß: ›Ist sie nicht schön?‹ Wie ein frommes Bähschaf. Ich glaube, sie war ihr nie auch nur böse.«

Cornelia wurde wieder rot. »Doch, war ich – einen Augenblick lang. Papa ist nämlich an Enttäuschung gestorben, weil er es zu nichts gebracht hatte.«

»Einen Augenblick lang böse war sie ihr! Ich bitte Sie.«

Cornelia schoss herum. »Na, haben Sie nicht gerade behauptet, was zählt, sei die Zukunft, nicht die Vergangenheit? Das alles war in der Vergangenheit, oder? Es ist vorbei.«

»Ich strecke die Waffen«, sagte Ferguson. »Cornelia Robson, Sie sind die einzige nette Frau, die mir je über den Weg gelaufen ist. Wollen Sie mich heiraten?«

»Seien Sie nicht albern.«

»Das ist ein echter Antrag – auch wenn ich ihn in Anwesenheit des alten Schnüfflers gemacht habe. Damit sind Sie Zeuge, Monsieur Poirot. Ich habe aus freien Stücken diesem Weibe die Ehe angetragen – gegen meine sämtlichen Prinzipien, ich halte nämlich nichts von Rechtsverträgen zwischen den Geschlechtern; aber wahrscheinlich würde sie sich auf etwas anderes nicht einlassen, also soll's die Ehe sein. Komm, Cornelia, sag ja.«

»Ich finde, Sie sind ausgesprochen lächerlich«, sagte Cornelia und wurde noch röter.

»Warum willst du mich nicht heiraten?«

»Sie meinen es nicht ernst«, sagte Cornelia.

»Was meinst du jetzt, meinen Heiratsantrag oder meinen Charakter?«

»Beides, aber eigentlich den Charakter. Sie machen sich lustig über alle möglichen ernsten Dinge. Bildung und Kultur – und – und den Tod. Auf Sie könnte man sich nie verlassen.« Sie brach ab und rannte mit knallrotem Kopf in ihre Kabine.

Ferguson starrte ihr nach. »Verdammtes Mädchen! Ich glaube, sie meint das wirklich so. Sie will sich auf einen Mann verlassen können. *Verlassen* – herrje!« Er hielt inne und fragte dann neugierig: »Was ist denn mit Ihnen los, Poirot? Sie sehen aus, als wären Sie tief in Gedanken versunken.«

Poirot kam ruckartig zu sich. »Ich reflektiere, sonst nichts. Ich reflektiere.«

»Meditation über den Tod. Der Tod, die unendliche Dezimalzahl, von Hercule Poirot. Eine seiner berühmten Monographien.«

»Monsieur Ferguson«, sagte Poirot, »Sie sind ein sehr impertinenter junger Mann.«

»Sie müssen mir das nachsehen. Ich attackiere einfach gern etablierte Institutionen.«

»Und ich bin eine etablierte Institution?«

»Exakt. Was halten Sie von dem Mädchen?«

»Mademoiselle Robson?«

»Ja.«

»Ich glaube, sie hat einen sehr starken Charakter.«

»Das stimmt. Sie hat Haltung. Sieht sanftmütig aus, ist es aber nicht. Sie hat Mumm. Sie – oh, verdammt noch mal, ich will sie haben. Es wäre vielleicht kein schlechter Zug, der alten Dame auf die Zehen zu treten. Wenn ich die richtig gegen mich aufbringe, bricht vielleicht das Eis bei Cornelia.« Er machte auf dem Absatz kehrt und ging in den Aussichtssalon.

Miss Van Schuyler thronte in ihrer angestammten Ecke und sah noch arroganter aus als sonst. Sie strickte. Ferguson ging mit Riesenschritten auf sie zu. Hercule Poirot, der unauffällig mit hineingegangen war, nahm in diskreter Entfernung Platz und tat, als wäre er vertieft in eine Illustrierte.

»Guten Tag, Miss Van Schuyler.«

Miss Van Schuyler sah eine Sekunde lang hoch, dann sofort wieder nach unten und murmelte kühl: »Äh – guten Tag.«

»Hören Sie mal, Miss Van Schuyler, ich will mit Ihnen reden, über etwas ziemlich Wichtiges. Ich will Ihre Cousine heiraten.«

Miss Van Schuyler fiel das Wollknäuel herunter und sauste durch den Salon.

Sie erklärte giftig: »Sie müssen von Sinnen sein, junger Mann.«

»Ganz und gar nicht. Ich bin entschlossen, sie zu heiraten. Ich habe sie schon gebeten, mich zu heiraten!«

Miss Van Schuyler musterte ihn kalt, mit dem rein theoretischen Interesse, das sie für irgendeinen seltsamen Käfer erübrigt hätte. »So? Und sie hat Ihnen vermutlich gesagt, Sie sollen sich um Ihre eigenen Sachen scheren.«

»Sie hat abgelehnt.«

»Natürlich.«

»Von wegen ›natürlich‹. Ich werde sie so lange bitten, bis sie einwilligt.«

»Ich darf Ihnen versichern, Sir, ich werde dafür Sorge tragen, dass meine Cousine derartigen Nachstellungen nicht ausgesetzt wird«, antwortete Miss Van Schuyler bissig.

»Was haben Sie eigentlich gegen mich?«

Miss Van Schuyler zog nur knapp die Brauen hoch, ruckte einmal kräftig an ihrem Wollknäuel, ein Versuch, es zurückzuholen, und wollte das Gespräch für beendet erklären.

»Na, kommen Sie«, beharrte Mr Ferguson, »was haben Sie gegen mich?«

»Ich möchte meinen, das liegt auf der Hand, Mr – äh – ich weiß nicht, wie Sie heißen.«

»Ferguson.«

»Mr Ferguson.« Miss Van Schuyler sprach den Namen deutlich angewidert aus. »Jeder Gedanke daran erübrigt sich.«

»Sie meinen«, fragte Ferguson weiter, »ich bin nicht gut genug für sie?«

»Ich möchte meinen, das müsste auch Ihnen klar sein.«

»Weshalb bin ich denn nicht gut genug?«

Miss Van Schuyler gab wieder keine Antwort.

»Ich habe zwei Beine, zwei Arme, einen ganz brauchbaren Verstand und bin gesund. Was ist daran falsch?«

»Es gibt so etwas wie die gesellschaftliche Stellung, Mr Ferguson.«

»Die gesellschaftliche Stellung ist Quark!«

Die Tür flog auf, und Cornelia kam herein. Sie blieb wie angewurzelt stehen, als sie ihre ehrfurchtheischende Cousine im Gespräch mit ihrem Möchtegern-Freier sah.

Der frevelfreudige Mr Ferguson drehte den Kopf, grinste breit und rief laut: »Komm ruhig her, Cornelia. Ich halte gerade in aller konventioneller Form um deine Hand an.«

»Cornelia«, sagte Miss Van Schuyler, und ihre Stimme war jetzt wirklich furchterregend, *»hast du diesen jungen Mann ermuntert?«*

»Ich – nein, natürlich nicht – jedenfalls – nicht richtig – ich meine –«

»Was meinst du?«

»Sie hat mich nicht ermuntert«, kam Mr Ferguson ihr zu Hilfe. »Das war ich ganz allein. Dass sie mir keine Ohrfeige verpasst hat, liegt nur an ihrem zu weichen Herzen. Cornelia, deine Cousine findet, ich bin nicht gut genug für dich. Das stimmt natürlich, aber nicht so, wie sie es meint. Moralisch kann ich dir bestimmt nicht das Wasser reichen, aber sie findet, ich stehe gesellschaftlich hoffnungslos weit unter dir.«

»Das dürfte Cornelia wohl klar sein«, sagte Miss Van Schuyler.

»So?« Mr Ferguson sah Cornelia fragend an. »Willst du mich deshalb nicht heiraten?«

»Nein, das ist es nicht.« Cornelia lief rot an. »Wenn – wenn ich Sie gernhätte, würde ich Sie heiraten, egal, wer Sie sind.«

»Aber du hast mich nicht gern?«

»Ich – ich finde, Sie haben einfach keine Achtung. Wie Sie reden ... *Was* Sie reden ... Ich – ich habe noch nie jemanden getroffen, der nur annähernd ist wie Sie. Ich ...« Sie war kurz davor, von Tränen überwältigt zu werden, und lief aus dem Salon.

»Alles in allem«, sagte Mr Ferguson, »nicht schlecht für den Anfang.« Er machte es sich in seinem Sessel bequem, starrte an die Decke, schlug seine unerwünschten Knie übereinander und verkündete: »Ich fange schon mal an, dich als Cousine zu betrachten.«

Miss Van Schuyler bebte vor Wut. »Verlassen Sie sofort diesen Raum, Sir, sonst lasse ich den Steward kommen.«

»Ich habe meine Fahrkarte bezahlt«, erwiderte Mr Ferguson. »Niemand könnte mich aus diesem öffentlichen Raum werfen. Aber du sollst deinen Willen haben.« Leise »Jo-ho, und 'ne Buddel voll Rum« singend, stand er auf und schlenderte nonchalant zur Tür und hinaus.

Starr vor Zorn, stand Miss Van Schuyler mühsam auf. Poirot kam unauffällig aus seinem Versteck hinter der Illustrierten zum Vorschein und brachte ihr das Wollknäuel.

»Danke, Monsieur Poirot. Wenn Sie vielleicht Miss Bowers zu mir schicken würden – ich bin ganz erledigt – dieser unverschämte junge Mann.«

»Ein bisschen exzentrisch, leider«, sagte Poirot. »Das sind die meisten in der Familie. Verzogen, natürlich. Kämpfen gegen jeden Windmühlenflügel.« Und beiläufig fügte er hinzu: »Sie haben ihn doch sicher erkannt?«

»Erkannt?«

»Nennt sich Ferguson und würde nie seinen Titel führen, aufgrund seiner fortschrittlichen Ideen.«

»Seinen *Titel*?«, fragte Miss Van Schuyler scharf.

»Ja, das ist der junge Lord Dawlish. Schwimmt natürlich im Geld, ist aber Kommunist geworden, in Oxford.«

Miss Van Schuylers Gesicht war ein Schlachtfeld widerstreitender Gefühle. »Seit wann wissen Sie das, Monsieur Poirot?«

»In einer von den Zeitungen war ein Foto – die Ähnlichkeit fiel mir auf. Dann fand ich einen Siegelring mit dem Familienwappen. Ah, da gibt es nichts zu zweifeln, das versichere ich Ihnen.«

Mit großem Vergnügen beobachtete Poirot, wie sich in Miss Van Schuylers Gesicht die widersprüchlichen Emotionen abwechselten.

Schließlich erklärte sie mit einem huldvollen Nicken: »Ich bin Ihnen sehr zu Dank verpflichtet, Monsieur Poirot.«

Poirot sah ihr nach und lächelte, als sie aus dem Salon schritt. Dann setzte er sich, und sein Gesicht wurde wieder ernst. Er hing verbissen einem Gedankengang nach. Hin und wieder nickte er dabei. »*Mais oui*«, sagte er endlich, »es passt alles zusammen.«

Sechsundzwanzigstes Kapitel

So fand ihn Race. »Nun, Poirot, was machen wir? Pennington ist in zehn Minuten dran. Ich überlasse das Gespräch Ihnen.«

Eilig stand Poirot auf. »Als Erstes schnappen Sie sich Fanthorp.«

»Fanthorp?« Race sah ihn überrascht an.

»Ja. Bringen Sie ihn in meine Kabine.«

Race verschwand nickend. Poirot ging zu seiner Kabine. Kurz darauf erschien dort auch Race mit dem jungen Fanthorp.

Poirot bot Stühle und Zigaretten an. »Tja, Mr Fanthorp«, sagte er dann, »kommen wir zur Sache! Ich stelle fest, dass Sie die gleiche Krawatte tragen wie mein Freund Hastings.«

Jim Fanthorp sah einigermaßen verwundert auf seinen Schlips hinab. »Das ist die Etonkrawatte«, sagte er.

»Exakt. Sie müssen nämlich wissen, dass ich, obwohl ich Ausländer bin, ein bisschen von englischer Lebensart verstehe. Ich weiß zum Beispiel, dass es Dinge gibt, die ›sich gehören‹, und solche, die ›sich nicht gehören‹.«

Jim Fanthorp grinste. »Wir sagen das heute nicht mehr so, Sir.«

»Vielleicht nicht, aber die guten Sitten, sie gelten noch. Ein Etonzögling ist ein Etonzögling, und es gibt Dinge – das weiß ich aus Erfahrung –, die tut ein Etonzögling nicht, schon gar nicht mit der Krawatte! Er platzt, zum Beispiel, nicht in eine private Unterhaltung, wenn er die Leute nicht kennt.«

Fanthorp starrte ihn an.

»Aber neulich, Mr Fanthorp«, fuhr Poirot fort, »haben Sie genau das getan. Gewisse Leute besprachen still für sich ihre Geschäfte im Aussichtssalon. Sie schlichen sich hinzu, offensichtlich um zu hören, was da vor sich ging, und plötzlich drehten Sie sich um und gratulierten einer Dame – Madame Simon Doyle – zu ihrem soliden Geschäftsgebaren.«

Jim Fanthorps Gesicht lief dunkelrot an.

Poirot ließ ihm keine Chance, etwas zu sagen. »So, Monsieur Fanthorp, benimmt sich keinesfalls jemand, der eine ähnliche Krawatte wie mein Freund Hastings trägt! Hastings ist das Taktgefühl selbst, er würde sich zu Tode schämen, wenn er so etwas täte! Also, wenn ich dieses Benehmen Ihrerseits in Verbindung mit der Tatsache bringe, dass Sie für eine teure Ferienreise eigentlich noch sehr jung sind, dass Sie zu einer Anwaltskanzlei auf dem Land gehören und deshalb vermutlich keine extravaganten Einkünfte haben und dass Sie auch keinerlei Hinweis auf eine kürzliche Erkrankung bieten, die einen längeren Auslandsaufenthalt notwendig machen würde, frage ich mich – und jetzt auch Sie –, was ist der Grund für Ihre Anwesenheit auf diesem Schiff?«

Jim Fanthorp warf ruckartig den Kopf zurück. »Ich lehne es ab, Ihnen irgendwelche Auskünfte zu geben, Monsieur Poirot. Ich habe wirklich den Eindruck, Sie sind verrückt.«

»Ich bin nicht verrückt. Ich bin sehr, sehr klar im Kopf. Wo sitzt Ihre Kanzlei? In Northampton; das ist nicht sehr weit weg von Wode Hall. Was für ein Gespräch versuchten Sie mit anzuhören? Eins über juristische Papiere. Was bezweckte Ihre Bemerkung – eine Bemerkung, die Sie mit sichtlicher Verlegenheit und *malaise* vortrugen? Der Zweck war, Madame Doyle davon abzuhalten, irgendein Dokument ungelesen zu unterschreiben.« Er hielt einen Augenblick inne.

»Wir hatten auf diesem Schiff einen Mord und in dessen Gefolge sehr rasch nacheinander noch zwei Morde. Wenn ich Ihnen weiterhin mitteile, dass die Waffe, durch die Madame Otterbourne starb, ein Revolver war, der Monsieur Andrew Pennington gehört, dann sehen Sie vielleicht doch ein, dass es sogar Ihre Pflicht ist, uns alles zu erzählen, was Sie wissen.«

Jim Fanthorp schwieg eine ganze Weile. Schließlich sagte er: »Sie haben eine ziemlich seltsame Art des Vorgehens, Monsieur Poirot, aber ich akzeptiere Ihre Argumente. Das Problem ist, dass ich keine genauen Informationen habe, die ich Ihnen vorlegen könnte.«

»Sie meinen, es handelt sich lediglich um einen Verdacht?«

»Ja.«

»Und deshalb halten Sie es für unklug zu reden? Das könnte stimmen, juristisch gesprochen. Aber dies ist kein Gerichtssaal. Colonel Race und ich sind bemüht, einem Mörder auf die Spur zu kommen. Alles, was uns dabei helfen kann, kann wertvoll sein.«

Wieder dachte Jim Fanthorp nach. Dann sagte er: »Also schön. Was möchten Sie wissen?«

»Warum machen Sie diese Reise?«

»Mein Onkel Mr Carmichael, Mrs Doyles englischer Anwalt, hat mich hierhergeschickt. Er wickelt viele ihrer Geschäfte ab. Auf diese Weise hatte er auch häufig Briefwechsel mit Mr Andrew Pennington, Mrs Doyles amerikanischem Treuhänder. Ein paar kleine Zwischenfälle – ich kann sie nicht alle aufzählen – ließen bei meinem Onkel den Verdacht aufkommen, dass nicht alles so lief, wie es sollte.«

»Im Klartext«, sagte Race. »Ihr Onkel verdächtigte Pennington, ein Betrüger zu sein?«

Jim Fanthorp nickte mit einem feinen Lächeln. »Sie sagen es direkter, als ich das dürfte, aber die Richtung ist korrekt. Verschiedene Ausreden, gewisse scheinbar plausible Erklärungen seitens Penningtons bezüglich der Verwendung von Fonds erregten das Misstrauen meines Onkels. Sein Verdacht war noch vage, als Miss Ridgeway unerwartet heiratete und auf Hochzeitsreise nach Ägypten ging. Die Heirat beruhigte meinen Onkel zunächst, denn er wusste, dass bei ihrer Rückkehr nach England das Vermögen korrekt festgestellt und übergeben werden musste. Dann schrieb sie jedoch einen Brief aus

Kairo und erwähnte darin beiläufig, dass sie dort ganz unerwartet Andrew Pennington über den Weg gelaufen war. Mein Onkel war sofort sehr argwöhnisch. Er war sicher, dass Pennington, der womöglich inzwischen in einer verzweifelten Lage war, versuchen würde, Unterschriften von ihr zu bekommen, um Unterschlagungen seinerseits zu decken. Da mein Onkel ihr aber keinerlei konkrete Beweise vorlegen konnte, war er in einer höchst prekären Lage. Das Einzige, was ihm einfiel, war, mich mit dem Flugzeug hierherzuschicken, mit dem Auftrag, herauszufinden, was im Busche war. Ich sollte die Augen offen halten und notfalls schnell eingreifen – ein höchst unangenehmer Auftrag, das kann ich Ihnen versichern. Bei der Gelegenheit, die Sie zitieren, musste ich mich in der Tat aufführen wie ein ungehobelter Lümmel, aber insgesamt war ich mit dem Ergebnis zufrieden.«

»Sie meinen, Sie haben Mrs Doyle wachsam gemacht?«, fragte Race.

»Das weniger, aber ich glaube, ich habe Pennington ins Bockshorn gejagt. Ich war überzeugt, er würde eine Zeitlang keine Geschäftstricks mehr versuchen, und hoffte, dass ich mittlerweile vertraut genug mit Mr und Mrs Doyle wäre, um sie irgendwie zu warnen. Genau gesagt, ich hoffte dabei auf Doyle. Mrs Doyle hing so an Mr Pennington, dass es ein bisschen heikel gewesen wäre, ihr etwas über ihn zu stecken. Es wäre für mich leichter gewesen, den Ehemann anzusprechen.«

Race nickte.

Poirot fragte: »Würden Sie mir zu einem Punkt Ihre aufrichtige Meinung sagen, Monsieur Fanthorp? Wenn Sie eine Betrügerei zu inszenieren hätten, würden Sie sich Madame Doyle oder Monsieur Doyle als Opfer aussuchen?«

Fanthorp lächelte fein. »Mr Doyle, jederzeit. Linnet Doyle war sehr eigensinnig in Geschäftsdingen. Ihr Mann, würde ich sagen, gehört zu den vertrauensseligen Burschen, die von Geschäften nichts verstehen und immer bereit sind, ihren Namen ›auf die gestrichelte Linie‹ zu schreiben, wie er selbst es ausdrückte.«

»Ich bin derselben Meinung«, sagte Poirot. Er sah Race an. »Und da liegt Ihr Motiv.«

Jim Fanthorp sagte: »Aber das sind alles reine Vermutungen. Kein *Beweis*.«

Poirot erwiderte gut gelaunt: »*Ah, bah!* Beweise werden wir bekommen!«

»Wie denn?«

»Möglicherweise von Pennington selbst.«

Fanthorp sah ihn zweifelnd an. »Das würde mich wundern. Das würde mich sehr wundern.«

Race sah auf seine Armbanduhr. »Er soll gleich hier sein.«

Jim Fanthorp begriff den Hinweis sofort und ging.

Zwei Minuten später erschien Andrew Pennington. Sein Auftreten war ganz die lächelnde Selbstsicherheit des Stadtmenschen. Nur sein energisches Kinn und seine wachsamen Augen verrieten, dass er ein erfahrener Kämpfer und auf der Hut war. »Nun, meine Herren«, sagte er, »hier bin ich.«

Er setzte sich und sah sie fragend an.

»Wir haben Sie hergebeten, Monsieur Pennington«, fing Poirot an, »weil klar auf der Hand liegt, dass Sie ein ganz besonderes und direktes Interesse an diesem Fall haben.«

Pennington zog leicht die Augenbrauen hoch. »Tatsächlich?«

Poirot erwiderte sanft: »Gewiss. Sie kannten Linnet Ridgeway, wenn ich das richtig sehe, schon als Kind.«

»Oh! Das meinen Sie –« Sein Gesichtsausdruck wechselte, er sah nicht mehr so alarmiert aus. »Ich bitte um Verzeihung, ich hatte Sie nicht richtig verstanden. Ja, ich habe Ihnen heute Morgen erzählt, dass ich Linnet schon kannte, als sie noch ein aufgewecktes kleines Ding war und ein Lätzchen umhatte.«

»Sie hatten sehr vertrauliche Beziehungen zu ihrem Vater?«

»Ganz recht. Melhuish Ridgeway und ich standen uns nahe – sehr nahe.«

»Sie waren so eng mit ihm vertraut, dass er Sie zum Treuhänder für seine Tochter und zum Verwalter des riesigen Vermögens erklärte, das sie nach seinem Tod erben würde?«

»Tja, grob gesagt ist das richtig.« Die Wachsamkeit war wieder da. Der Ton wurde vorsichtiger. »Ich war natürlich nicht der einzige Vermögensverwalter; es gab noch andere, mir beigeordnete.«

»Die inzwischen gestorben sind?«

»Zwei davon sind tot. Der andere, Mr Sterndale Rockford, lebt noch.«

»Ihr Teilhaber?«

»Ja.«

»Mademoiselle Ridgeway war, soviel ich weiß, noch nicht volljährig bei ihrer Heirat?«

»Sie wäre erst im nächsten Juli einundzwanzig Jahre alt geworden.«

»Und beim normalen Lauf der Dinge hätte sie dann die Verfügungsgewalt über ihr Vermögen bekommen?«

»Ja.«

»Was ihre Heirat aber beschleunigt hat?«

Penningtons Kiefermuskeln versteiften sich. Aggressiv reckte er das Kinn vor. »Sie werden mir verzeihen, meine Herren, aber was geht Sie das eigentlich an?«

»Wenn Sie die Frage lieber nicht beantworten möchten …«

»Um mögen geht's hier nicht. Mir ist egal, was Sie mich fragen. Ich verstehe allerdings nicht, warum das bedeutend sein soll.«

»Oh, aber gewiss doch. Monsieur Pennington«, Poirot beugte sich vor und sah ihn aus grauen Katzenaugen an, »es gibt ja die Frage nach dem Motiv. Und wenn man die bedenkt, muss man finanzielle Erwägungen immer in Betracht ziehen.«

Mürrisch antwortete Pennington: »Laut Ridgeways Testament sollte Linnet die Verfügungsgewalt über ihren Zaster kriegen, wenn sie einundzwanzig würde oder wenn sie heiratete.«

»Keinerlei sonstige Bedingungen?«

»Keine Bedingungen.«

»Und es handelt sich, wie mir glaubhaft versichert wurde, um Millionen.«

»Millionen ist richtig.«

Poirot sagte sanft: »Die Verantwortung, die Sie, Mr Pennington, und Ihr Teilhaber hatten, war sehr groß.«

Pennington erwiderte schroff: »Wir sind gewohnt, Verantwortung zu übernehmen. Macht uns keine Probleme.«

»Das wundert mich.«

Etwas an Poirots Ton traf Penningtons Nerv. Ärgerlich fragte er: »Was zum Teufel soll das heißen?«

Poirot erwiderte in liebenswürdiger Direktheit: »Es würde mich wundern, Monsieur Pennington, wenn Linnet Ridgeways plötzliche Heirat in Ihrer Firma keinerlei – Bestürzung hervorgerufen hätte.«

»Bestürzung?«

»Das Wort sagte ich.«

»Worauf wollen Sie eigentlich hinaus?«

»Auf etwas ganz Einfaches. Sind Linnet Doyles Angelegenheiten so korrekt geordnet, wie sie sein sollten?«

Pennington stand auf. »Das reicht. Schluss jetzt.« Er lief zur Tür.

»Aber meine Frage würden Sie noch beantworten?«

»Korrekt geordnet«, schnappte Pennington.

»Die Nachricht von Linnet Doyles Heirat hat Sie nicht so in Alarmzustand versetzt, dass Sie mit dem ersten Schiff nach Europa fuhren und ein scheinbar zufälliges Treffen in Ägypten arrangierten?«

Pennington kam zurück. Er hatte sich jetzt wieder unter Kontrolle. »Was Sie da erzählen, ist absoluter Mumpitz! Ich wusste ja nicht mal, dass Linnet geheiratet hatte, bis ich in Kairo war. Ich war äußerst überrascht. Ihr Brief muss mich um einen Tag in New York verpasst haben. Er wurde mir nachgeschickt, und ich bekam ihn etwa eine Woche später.«

»Sie sind auf der *Carmanic* herübergekommen, sagten Sie, glaube ich?«

»Ganz recht.«

»Und der Brief kam in New York an, nachdem die *Carmanic* abgelegt hatte?«

»Wie oft soll ich das noch sagen?«

»Das ist merkwürdig«, sagte Poirot.

»Was ist merkwürdig?«

»Dass auf Ihrem Gepäck nirgends Aufkleber von der *Carmanic* sind. Die einzigen Gepäckaufkleber von der Transatlantiküberquerung in letzter Zeit sind von der *Normandie*. Die *Normandie* hat aber meines Wissens zwei Tage nach der *Carmanic* abgelegt.«

Einen Augenblick lang war Pennington in Verlegenheit. Seine Augen flackerten.

Colonel Race setzte energisch nach. »Nun kommen Sie, Mr Pennington«, herrschte er ihn an, »wir haben einige Gründe für die Annahme, dass Sie mit der *Normandie* gekommen sind und nicht mit der *Carmanic*, wie Sie behaupten. In diesem Fall haben Sie Mrs Doyles Brief bekommen, bevor Sie New York verließen. Es bringt nichts, das zu leugnen, es ist nämlich das Einfachste auf der Welt, die Schifffahrtsgesellschaften zu überprüfen.«

Andrew Pennington langte abwesend nach einem Stuhl und setzte sich. Seine Miene war unerschüttert – ein Pokerface. Hinter dieser Maske machte sich sein flinker Verstand auf den nächsten Zug gefasst. »Das muss ich Ihnen lassen, meine Herren. Sie sind zu clever für mich. Aber auch ich hatte Gründe für mein Verhalten.«

»Zweifellos.« Race klang schroff.

»Wenn ich sie Ihnen sage, dann in aller Vertraulichkeit, damit wir uns richtig verstehen.«

»Ich denke, Sie können darauf vertrauen, dass wir angemessen damit umgehen. Eine Blankogarantie kann ich Ihnen selbstverständlich nicht geben.«

»Also gut«, seufzte Pennington. »Ich will reinen Tisch machen. Es gab ein paar krumme Dinge in England. Das hat mir Sorgen gemacht. Brieflich konnte ich nicht viel tun. Die einzige Möglichkeit war hinfahren und selber nachsehen.«

»Was meinen Sie mit ›krumme Dinge‹?«

»Ich hatte Grund zu der Annahme, dass Linnet beschwindelt wurde.«

»Von wem?«

»Von ihrem britischen Anwalt. Nun ist das ja kein Vorwurf, mit dem man einfach so um sich wirft. Ich beschloss also, sofort hinzufahren und mir selber ein Bild zu machen.«

»Das macht Ihrer Wachsamkeit gewiss alle Ehre. Aber warum das kleine Täuschungsmanöver mit dem Brief, den Sie angeblich nicht bekommen hatten?«

»Na, ich bitte Sie –« Pennington spreizte die Hände. »Man kann doch einem Hochzeitspaar nicht in die Flitterwochen platzen, wenn man dann nicht Nägel mit Köpfen machen und seine Gründe belegen kann. Ich hielt es für das Beste, sie ganz zufällig zu treffen. Außerdem wusste ich auch nichts über den Ehemann. Er hätte doch sehr wohl in die Schiebereien verwickelt sein können.«

»Ihr gesamtes Handeln war demnach komplett uneigennützig«, bemerkte Race trocken.

»Sie sagen es, Colonel.«

Es gab eine Pause. Race sah Poirot an.

Der kleine Mann beugte sich vor. »Monsieur Pennington, wir glauben kein Wort von Ihrer Geschichte.«

»Warum, zum Teufel? Und was zum Teufel glauben Sie dann?«

»Wir glauben, dass Linnet Ridgeways überraschende Heirat Sie finanziell in die Klemme gebracht hat. Dass Sie postwendend hierherkamen, um einen Ausweg aus der Bredouille zu suchen, in der Sie stecken – das heißt, um irgendwie Zeit zu gewinnen. Dass Sie zu diesem Zweck darauf aus waren, Madame

Doyles Unterschrift unter gewisse Papiere zu bekommen, und gescheitert sind. Dass Sie während der Fahrt den Nil hoch in Abu Simbel auf der Klippe entlanggegangen sind und den Felsbrocken gelockert haben, der dann herunterfiel und sein Ziel nur sehr knapp verfehlte …«

»Sie sind ja wahnsinnig.«

»Wir glauben, dass sich eine ähnliche Gelegenheit auf der Rückfahrt ergab. Das heißt, es bot sich die Möglichkeit, Madame Doyle aus dem Weg zu räumen, und zwar zu einem Zeitpunkt, zu dem ihr Tod fast mit Sicherheit jemand anderem zugeschrieben werden würde. Wir glauben nicht nur, wir *wissen*, dass Ihnen der Revolver gehört, mit dem eine Frau getötet wurde, die uns gerade den Namen der Person verraten wollte, von der sie mit Grund annahm, sie habe sowohl Linnet Doyle als auch deren Dienstmädchen Louise getötet –«

»Zur Hölle!« Der Ausbruch war so heftig, dass er Poirots eloquenten Fluss unterbrach. »Worauf wollen Sie hinaus? Sind Sie verrückt? Was für ein Motiv hätte ich denn, Linnet umzubringen? Ich würde ihr Geld nicht kriegen; das kriegt ihr Mann. Warum schnappen Sie sich den nicht? *Der* profitiert doch – nicht ich.«

Race antwortete kalt: »Doyle hat den Salon am Abend der Tragödie nicht verlassen, bis er selbst angeschossen und am Bein getroffen wurde. Dass er danach unmöglich auch nur einen Schritt tun konnte, bestätigen ein Arzt und eine Krankenschwester – zwei unabhängige und vertrauenswürdige Zeugen. Simon Doyle hätte seine Frau nicht umbringen können. Er hätte auch Louise Bourget nicht umbringen können. Und er hat definitiv nicht Mrs Otterbourne umgebracht. Das wissen Sie so gut wie wir.«

»Ich weiß, dass er Linnet nicht umgebracht hat.« Pennington klang wieder etwas ruhiger. »Ich sage ja auch nur, warum schnappen Sie sich mich, wenn ich von ihrem Tod doch gar nicht profitiere?«

»Aber mein lieber Herr«, Poirots Stimme klang sanft wie das

Schnurren einer Katze, »das ist Ansichtssache. Madame Doyle war eine sehr interessierte Geschäftsfrau, bestens im Bilde über ihre Belange und mit einem wachen Sinn für Unregelmäßigkeiten. Sobald sie die Verfügungsgewalt über ihr Vermögen ausüben würde, also bei ihrer Rückkehr nach England, würde sie Verdacht schöpfen müssen. Jetzt, wo sie tot ist und ihr Mann, wie Sie erwähnten, alles erbt, liegt die Sache allerdings anders. Simon Doyle hat keine Ahnung von den Finanzen seiner Frau, er weiß nur, dass sie reich war. Er ist ein einfacher, vertrauensseliger Mensch. Es wird Ihnen nicht schwerfallen, ihm komplizierte Schriftstücke vorzulegen, die wahren Vorgänge hinter einem Zahlenwust zu verbergen und die Feststellung des Vermögens mit dem Hinweis auf juristische Formalien und die derzeitige Wirtschaftskrise zu verzögern. Ich finde, es ist doch ein beträchtlicher Unterschied, ob Sie mit dem Mann oder der Frau verhandeln müssen.«

Pennington zuckte die Schultern. »Ihre Vorstellungen sind – reine Phantasie.«

»Warten wir's ab.«

»Was sagten Sie?«

»Ich sagte: ›Warten wir's ab!‹ Wir haben es hier mit drei Todesfällen zu tun – drei Morden. Das Gesetz verlangt penibelste Ermittlungen in Bezug auf den Zustand von Madame Doyles Vermögen.«

Poirot bemerkte, dass Penningtons Schultern plötzlich nach unten sackten, und wusste, dass er gewonnen hatte. Jim Fanthorps Verdacht war begründet gewesen. Er fuhr fort: »Sie haben das Spiel gewagt – und verloren. Weiterbluffen nützt nichts.«

»Sie verstehen gar nichts«, brummte Pennington. »Es ist eigentlich alles korrekt. Es war dieser Börseneinbruch – Wall Street hat verrücktgespielt. Aber ich hätte es wieder hingekriegt. Mit etwas Glück ist bis Mitte Juni alles wieder in Ordnung.« Mit zitternden Fingern nahm er eine Zigarette, versuchte sie anzuzünden und schaffte es nicht.

»Ich vermute«, sagte Poirot nachdenklich, »die Sache mit dem Felsbrocken kam spontan, als Versuchung. Sie dachten, niemand hat Sie gesehen.«

»Das war ein Unfall. Ich schwör's, es war ein Unfall!« Der Mann beugte sich vor, das Gesicht verzerrt, die Augen schreckensgeweitet. »Ich bin gestolpert und gegen den Stein gefallen. Ich schwör's, das war ein Unfall …«

Die beiden anderen schwiegen.

Plötzlich gab Pennington sich einen Ruck. Er war ein Wrack, aber sein Kampfgeist war einigermaßen wieder da. Er ging zur Tür. »Das können Sie mir nicht anhängen, meine Herren. Es war ein Unfall. Und ich habe sie auch nicht erschossen. Haben Sie gehört? Das können Sie mir genauso wenig anhängen – und das werden Sie auch nicht.«

Er ging hinaus.

Siebenundzwanzigstes Kapitel

Als die Tür hinter ihm zufiel, stieß Race einen tiefen Seufzer aus. »Wir haben mehr herausgekriegt, als wir gedacht hatten. Er gibt Betrug zu. Er gibt einen Mordversuch zu. Weiter kann man unmöglich kommen. Einen Mordversuch kann ein Mann gerade noch gestehen, aber man kriegt ihn nicht dazu, die wirkliche Tat zu gestehen.«

»Manchmal doch«, sagte Poirot und sah verträumt drein – katzenhaft.

Race blickte ihn neugierig an. »Schon einen Plan?«

Poirot nickte. Dann zählte er die Anhaltspunkte an den Fingern ab: »Der Garten in Assuan. Mr Allertons Aussage. Die beiden Nagellackflaschen. Meine Weinflasche. Die Samtstola. Das befleckte Taschentuch. Die Pistole, die am Tatort liegen gelassen wurde. Louise' Tod. Madame Otterbournes Tod. Ja, alles da. Pennington war's nicht, Race!«

»Was?« Race war perplex.

»Pennington war's nicht. Er hatte ein Motiv, ja. Er war willens, ja. Sogar einen Versuch unternahm er. *Mais c'est tout.* Für dieses Verbrechen brauchte es etwas, das Pennington nicht hat! Dieses Verbrechen bedurfte der Kühnheit, der schnellen und fehlerfreien Durchführung, der Beherztheit und Gleichgültigkeit gegenüber Gefahren sowie eines einfallsreichen und berechnenden Verstands. Pennington hat diese Eigenschaften nicht. Er könnte kein Verbrechen begehen, wenn er nicht wüsste, der Ausgang ist sicher. Bei diesem Verbrechen war er nicht sicher! Alles stand auf des Messers Schneide. So etwas braucht Verwegenheit. Pennington ist nicht verwegen. Er ist nur verschlagen.«

Race musterte ihn mit der Achtung, die ein fähiger Mann einem anderen zollt. »Sie haben das alles gut sortiert«, sagte er dann.

»Ich denke schon. Es gibt noch ein, zwei Dinge – das Telegramm zum Beispiel, das Linnet Doyle gelesen hatte. Ich würde das gern noch klären.«

»Beim Zeus! Wir haben ganz vergessen, Doyle zu fragen. Er wollte es gerade erzählen, als die bedauernswerte Mutter Otterbourne dazwischenkam. Wir holen das nach.«

»Gleich. Zuerst möchte ich noch mit jemand anderem reden.«

»Mit wem denn?«

»Tim Allerton.«

Race zog die Augenbrauen hoch. »Allerton? Gut, dann wollen wir ihn herholen.« Er klingelte und schickte den Steward los.

Tim Allerton kam herein und sah sie fragend an. »Der Steward sagt, Sie wollen mich sprechen?«

»Das ist richtig, Monsieur Allerton. Setzen Sie sich.«

Tim nahm Platz. Sein Gesichtsausdruck war aufmerksam, aber ein kleines bisschen gelangweilt. »Kann ich irgendwie behilflich sein?« Es klang zuvorkommend, aber nicht begeistert.

Poirot sagte: »In einem gewissen Sinne vielleicht. Eigentlich möchte ich Sie nur auffordern zuzuhören.«

Tim zog höflich überrascht die Augenbrauen hoch. »Aber sicher. Ich bin der beste Zuhörer der Welt. Sage garantiert an den richtigen Stellen ›na, so was!‹.«

»Das ist sehr beruhigend. ›Na, so was!‹ ist sicher der passende Ausdruck. *Eh bien*, fangen wir an. Als ich Sie und Ihre Mutter in Assuan kennenlernte, fand ich Ihre Gesellschaft äußerst anziehend. In erster Linie fand ich, dass Ihre Mutter einer der charmantesten Menschen ist, die ich je kennengelernt habe ...«

In Tims gelangweiltes Gesicht kam kurz Bewegung, sogar der Hauch eines Ausdrucks. »Sie ist – einmalig«, sagte er.

»Aber was mich als Zweites interessierte, war eine gewisse Dame, die Sie erwähnten.«

»Tatsächlich?«

»Ja, eine Mademoiselle Joanna Southwood. Ich hatte nämlich diesen Namen kurz vorher schon einmal gehört.« Er machte eine kleine Pause, dann fuhr er fort: »Es gab in den letzten drei Jahren Juwelendiebstähle, die Scotland Yard ziemliche Sorgen machen. Man könnte sie beschreiben als Diebstähle in der feinen Gesellschaft. Die Methode ist meistens dieselbe – ein Schmuckstück wird ausgetauscht durch eine Kopie. Mein Freund, Chief Inspector Japp, kam zu dem Schluss, dass diese Diebstähle nicht das Werk eines Einzelnen, sondern dass zwei Täter gemeinsam und sehr geschickt am Werk waren. Er war angesichts der beträchtlichen Kenntnisse über die jeweilige Umgebung, die sich dabei herausstellten, überzeugt, dass die Diebstähle das Werk zweier selbst zur besseren Gesellschaft gehörender Leute waren. Und schließlich geriet ihm Mademoiselle Joanna Southwood ins Visier.

Jedes der Opfer war mit ihr entweder befreundet oder bekannt gewesen, und in allen Fällen hatte sie das fragliche Schmuckstück entweder in der Hand gehabt oder geliehen bekommen. Außerdem lag ihr Lebensstil weit oberhalb ihres Einkommens. Auf der anderen Seite stand fest, dass der tatsächliche Diebstahl – das heißt, der Austausch – *nicht* von ihr vorgenommen wurde. Zum Teil war sie gar nicht in England gewesen, als der Schmuck vertauscht worden sein musste.

Und so setzte sich allmählich in Chief Inspector Japps Kopf ein kleines Bild zusammen. Zu einem bestimmten Zeitpunkt gehörte Mademoiselle Southwood einer ›Gilde für Modernen Schmuck‹ an. Japp vermutete, dass sie die fraglichen Schmuckstücke genau studierte, exakte Zeichnungen davon anfertigte, sie einem unredlichen kleinen Juwelier zum Kopieren gab und dass Teil drei der Operation der erfolgreiche Austausch durch jemand anders war – jemand, der nachweisbar niemals die Schmuckstücke in der Hand gehabt und niemals mit Kopien oder Imitationen wertvoller Steine zu tun gehabt hat. Wer dieser Jemand war, wusste Japp nicht.

Ich fand bestimmte Bemerkungen interessant, die Sie im Gespräch fallenließen. In Mallorca verschwand ein Ring, während Sie dort waren. Sie waren Gast bei einer Gesellschaft, bei der so ein Austausch erfolgt war. Sie hatten enge Verbindungen mit Mademoiselle Southwood. Tatsache war auch, dass Sie meine Anwesenheit offenkundig unangenehm fanden und versuchten, Ihrer Mutter ihr freundliches Benehmen mir gegenüber auszureden. Natürlich hätte das einfach persönliche Antipathie sein können, aber ich glaubte es nicht. Sie waren zu sehr darauf bedacht, Ihre Abneigung hinter bemühter Freundlichkeit zu verbergen.

Eh bien! Nach dem Mord an Linnet Doyle wird entdeckt, dass ihre Perlenkette fehlt. Sie werden verstehen, dass ich sofort an Sie gedacht habe! Aber ganz zufrieden bin ich nicht. Denn wenn Sie, wie ich vermute, mit Mademoiselle Southwood zusammenarbeiten (die eng mit Madame Doyle befreundet war), dann wäre Austausch das übliche Vorgehen gewesen – nicht dreister Diebstahl. Aber dann werden die Perlen überraschend zurückgebracht – und was stelle ich fest? Dass es nicht die echten sind, sondern eine Imitation.

Und da weiß ich, wer der wirkliche Dieb ist. Gestohlen und zurückgebracht wurde die Kettenimitation – die Sie vorher gegen die echte Kette ausgetauscht hatten.« Poirot sah den jungen Mann, der vor ihm saß, an.

Tim Allerton war trotz seiner Bräune weiß. Er war auch keine Kämpfernatur wie Pennington, sein Durchhaltevermögen war gering. Er gab sich Mühe, die spöttische Attitüde aufrechtzuerhalten: »Tatsächlich? Und wenn ja, was habe ich mit der echten gemacht?«

»Das weiß ich ebenfalls.«

Das Gesicht des jungen Mannes veränderte sich plötzlich – es fiel in sich zusammen.

Langsam fuhr Poirot fort: »Es gibt nur einen Ort, wo sie sein kann. Ich habe lange reflektiert, und meine Vernunft sagt mir, so ist es. Die Perlen, Monsieur Allerton, sind in dem Rosenkranz in Ihrer Kabine verborgen. Dessen Perlen sind sehr sorgfältig geschnitzt. Ich denke, Sie haben sie eigens so machen lassen. Man kann sie aufschrauben, auch wenn man nicht darauf kommen würde, wenn man sie so ansieht. In jeder dieser Perlen steckt eine andere, und die ist festgeklebt. Die meisten Polizeiermittler haben Respekt vor religiösen Symbolen, es sei denn, irgendetwas stimmt auffällig nicht an ihnen. Darauf haben Sie spekuliert. Ich habe mir große Mühe gegeben herauszufinden, wie Mademoiselle Southwood Ihnen die imitierte Kette hat zukommen lassen. Denn das muss sie. Sie kamen ja aus Mallorca hierher, weil Sie erfahren hatten, dass Madame Doyle hier ihre Flitterwochen verbringen würde. Nach meiner Theorie hat sie sie in einem Buch verschickt – in einem viereckigen Loch mitten durch die Seiten. Ein Buch wird im offenen Umschlag verschickt und praktisch nie von der Post kontrolliert.«

Es gab eine lange Schweigepause. Dann sagte Tim ruhig: »Sie haben gewonnen! Es war ein tolles Spiel, aber es ist endlich aus. Ich nehme an, jetzt bleibt mir nichts, als die bittere Pille zu schlucken.«

Poirot nickte sanft. »Ist Ihnen klar, dass Sie in jener Nacht gesehen wurden?«

»Gesehen?«, fragte Tim.

»Ja, in der Nacht, in der Linnet Doyle starb, sah jemand Sie aus ihrer Kabine kommen, kurz nach ein Uhr.«

»Hören Sie«, sagte Tim, »Sie glauben doch nicht – *ich* habe sie nicht getötet! Das schwöre ich! Ich stecke im allerschlimmsten Schlamassel. Ausgerechnet in *der* Nacht … O Gott, es war furchtbar!«

Poirot sagte: »Ja, Sie müssen ein paar ungemütliche Augenblicke erlebt haben. Aber jetzt, wo die Wahrheit ans Licht gekommen ist, können Sie uns vielleicht wirklich behilflich sein. War Madame Doyle lebendig oder tot, als Sie die Kette stahlen?«

»Ich weiß nicht«, sagte Tim heiser. »Bei Gott, ehrlich, Monsieur Poirot, ich weiß es nicht! Ich hatte herausgefunden, wo sie sie nachts hinlegte – auf den kleinen Tisch neben dem Bett. Ich bin in die Kabine geschlichen, habe vorsichtig auf dem Tisch herumgetastet, sie an mich genommen, die andere hingelegt und bin wieder hinausgeschlichen. Ich dachte natürlich, sie schläft.«

»Haben Sie sie atmen gehört? Darauf hätten Sie doch sicher geachtet?«

Tim überlegte ernsthaft. »Es war sehr still – wirklich sehr still. Nein, ich kann mich nicht erinnern, sie tatsächlich atmen gehört zu haben.«

»Hing Rauchgeruch in der Luft, wie wenn kurz vorher ein Schuss abgefeuert wurde?«

»Ich glaube, nicht. Ich weiß es nicht mehr.«

Poirot seufzte. »Dann sind wir keinen Schritt weiter.«

Tim fragte neugierig: »Wer hat mich denn gesehen?«

»Rosalie Otterbourne. Sie kam ums Heck herum und sah, wie Sie aus Linnet Doyles Kabine traten und zu Ihrer eigenen gingen.«

»Dann hat sie es Ihnen also gesagt.«

Poirot entgegnete sanft: »*Pardon*, aber mir hat sie nichts gesagt.«

»Woher wissen Sie es dann?«

»Ich bin Hercule Poirot, deshalb muss man mir nichts sagen. Als ich es ihr auf den Kopf zusagte, wissen Sie, was sie antwortete? ›Ich habe niemanden gesehen.‹ Und das war gelogen.«

»Aber warum?«

Poirot sagte ungerührt: »Vielleicht weil sie dachte, der Mann, den sie gesehen hatte, sei der Mörder. Es sah ja auch so aus.«

»Dann, scheint mir, hätte sie es Ihnen doch erst recht sagen müssen.«

Poirot zuckte die Schultern. »Sie scheint es nicht so empfunden zu haben.«

Mit einem eigenartigen Ton sagte Tim: »Sie ist ein außergewöhnliches Mädchen. Muss ziemlich harte Zeiten durchgemacht haben mit *der* Mutter.«

»Ja, leicht war ihr Leben nicht.«

»Armes Kind«, murmelte Tim. Dann sah er zu Race. »Nun, Sir, wie geht's jetzt weiter? Ich gebe zu, die Kette aus Linnets Kabine gestohlen zu haben, und Sie finden die Perlen wie beschrieben. Ich bin schuldig, jawohl. Aber in Bezug auf Miss Southwood gebe ich gar nichts zu. Sie haben keinerlei Beweis gegen sie. Wie ich an die falsche Kette gekommen bin, ist meine Sache.«

Poirot brummelte: »Sehr korrekte Haltung.«

Tim erwiderte flapsig: »Immer Kavalier bleiben!« Und fügte hinzu: »Vielleicht können Sie sich vorstellen, wie lästig ich es fand, dass meine Mutter sich mit Ihnen anfreundete! Ich bin kein so ausgekochter Verbrecher, dass ich kurz vor einem ziemlich waghalsigen Coup freudig Seite an Seite mit einem erfolgreichen Detektiv sitze! Manche Leute mögen den Kitzel vielleicht. Ich nicht. Ich habe, ehrlich gesagt, kalte Füße gekriegt.«

»Aber von Ihrer Tat abgehalten hat es Sie nicht?«

Tim zuckte die Schultern. »Ich konnte mich nicht mehr drücken. Der Austausch musste passieren, und ich hatte hier auf dem Schiff eine einmalige Chance – eine Kabine zwei Türen weiter und Linnet so mit ihren Problemen beschäftigt, dass sie den Tausch wahrscheinlich gar nicht bemerkt hätte.«

»Ich wüsste gern, ob das stimmt …«

Tim sah abrupt hoch. »Was meinen Sie?«

Poirot drückte die Klingel. »Ich frage Miss Otterbourne, ob sie kurz herkommen kann.«

Tim verzog das Gesicht, sagte aber nichts. Ein Steward erschien, bekam den Auftrag und ging wieder.

Rosalie kam nach ein paar Minuten. Ihre Augen, die noch rot vom Weinen waren, wurden etwas größer, als sie Tim sah, aber ihr früherer Argwohn und Trotz schienen völlig verschwunden. Sie setzte sich und sah, mit einer neuen, bereitwilligen Haltung, von Race zu Poirot.

»Es tut uns sehr leid, Sie zu behelligen, Miss Otterbourne«, sagte Race sehr freundlich. Er war leicht verärgert über Poirot.

»Das macht nichts«, sagte das Mädchen leise.

Poirot fing an. »Es müssen noch ein, zwei Punkte geklärt werden. Als ich Sie fragte, ob Sie heute Morgen um zehn nach eins jemanden auf dem Steuerborddeck sahen, war Ihre Antwort, Sie hätten niemanden gesehen. Glücklicherweise ist es mir gelungen, ohne Ihre Hilfe zur Wahrheit vorzudringen. Monsieur Allerton hat zugegeben, dass er letzte Nacht in Linnet Doyles Kabine war.«

Sie warf Tim einen raschen Blick zu. Tim nickte knapp, mit grimmig starrem Gesicht.

»Der Zeitpunkt ist richtig, Monsieur Allerton?«

Tim erwiderte: »Völlig richtig.«

Rosalie starrte ihn an. Ihre Lippen bebten, als sie den Mund öffnete. »Aber Sie haben – Sie haben doch nicht …«

Hastig sagte er: »Nein, ich habe sie nicht umgebracht. Ich bin ein Dieb, kein Mörder. Es kommt sowieso alles raus, da können Sie das ruhig wissen. Ich war hinter ihren Perlen her.«

Poirot sagte: »Monsieur Allerton sagt, er sei letzte Nacht in ihre Kabine gegangen und habe eine Kette mit falschen Perlen gegen die echte ausgetauscht.«

»Stimmt das?« Rosalie sah ihn fragend an aus ihren ernsten, traurigen, kindlichen grauen Augen.

»Ja«, sagte Tim.

Alle schwiegen. Colonel Race rutschte unruhig auf dem Stuhl herum.

Schließlich sagte Poirot mit einem eigentümlichen Ton: »Das ist, wie gesagt, Monsieur Allertons Geschichte, teilweise bestätigt durch Ihre Aussage. Das heißt, es gibt einen Beweis, dass er letzte Nacht in Linnet Doyles Kabine war, aber es gibt nichts, das uns beweist, warum.«

Tim starrte ihn an. »Aber das wissen Sie doch!«

»Was weiß ich?«

»Na ja – Sie wissen, dass ich die Perlen habe.«

»*Mais oui, mais oui!* Ich weiß, dass Sie die Perlen haben, aber ich weiß nicht, seit wann Sie sie haben. Es kann ja auch *vor* dieser Nacht gewesen sein ... Sie sagten gerade eben, dass Linnet Doyle den Austausch wahrscheinlich nicht bemerkt hätte. Ich bin da nicht so sicher. Angenommen, sie *hat* ihn bemerkt ... Angenommen, sie wusste auch, wer es war ... Angenommen, sie hat letzte Nacht gedroht, die ganze Sache publik zu machen, und Sie wussten, sie meint es ernst ... Und angenommen, Sie haben die Szene zwischen Jacqueline de Bellefort und Simon Doyle im Salon mitbekommen und sind, sobald der Salon leer war, hineingeschlüpft, haben die Pistole sichergestellt, sind dann eine Stunde später, als auf dem Schiff Ruhe eingekehrt war, in Linnet Doyles Kabine geschlichen und haben dafür gesorgt, dass niemand irgendetwas publik machen konnte ...«

»Mein Gott!«, sagte Tim. Die Augen in seinem aschfahlen Gesicht waren verzweifelt vor Pein und starrten wie benommen auf Hercule Poirot.

Der fuhr fort: »Aber noch jemand hat Sie gesehen – Louise, das Mädchen. Sie ist am folgenden Tag zu Ihnen gegangen und hat Sie erpresst. Sie mussten sie anständig bezahlen oder sie würde erzählen, was sie wusste. Ihnen war klar, Nachgeben gegenüber einer Erpressung wäre der Anfang vom Ende. Sie taten, als wären Sie einverstanden, verabredeten ein Treffen in ihrer Kabine, kurz vor dem Mittagessen, mit dem Geld. Und als sie die Geldscheine zählte, haben Sie sie erstochen.

Aber wieder war das Glück Ihnen nicht hold. Jemand sah Sie

auf dem Weg zu ihrer Kabine«, er drehte sich halb zu Rosalie, »Ihre Mutter. Und wieder mussten Sie handeln – riskant und tollkühn –, aber es war Ihre einzige Chance. Sie hatten gehört, dass Pennington von seinem Revolver erzählte. Sie rannten in seine Kabine, holten ihn, lauschten an Dr. Bessners Tür und erschossen Madame Otterbourne, bevor sie Ihren Namen enthüllen konnte.«

»Nei-ein!«, schrie Rosalie. »Das stimmt nicht! Das stimmt nicht!«

»Danach taten Sie das einzig Mögliche – Sie rannten um das Heck herum. Und als ich hinter Ihnen herrannte, waren Sie schon umgekehrt und taten, als kämen Sie aus der *entgegengesetzten* Richtung. Sie hatten den Revolver mit Handschuhen angefasst; diese Handschuhe hatten Sie, als ich darum bat, in der Tasche …«

Tim sagte: »Ich schwöre bei Gott, das ist nicht wahr – kein Wort davon.« Aber seine unsichere, bebende Stimme hatte nichts Überzeugendes.

Und da tat Rosalie Otterbourne etwas Überraschendes. »Natürlich ist das nicht wahr! Und Monsieur Poirot weiß, dass es nicht wahr ist! Er sagt das nur, weil er irgendetwas damit bezweckt.«

Poirot sah sie an. Sein Mund verzog sich zu einem feinen Lächeln. Er spreizte die Hände in einer Geste der Kapitulation. »Mademoiselle ist zu klug … Aber Sie finden auch – die Tatsachen sprechen eine deutliche Sprache?«

»Was zum Teufel –«, fing Tim wütend an.

Aber Poirot hob eine Hand. »Die Tatsachen sprechen deutlich gegen Sie, Monsieur Allerton. Ich wollte Ihnen das klarmachen. Und jetzt werde ich Ihnen etwas Angenehmeres mitteilen. Ich habe den Rosenkranz in Ihrer Kabine noch nicht untersucht. Vielleicht finde ich, wenn ich es tue, gar nichts dort. Und da Mademoiselle Otterbourne ja daran festhält, letzte Nacht niemanden auf dem Deck gesehen zu haben, *eh bien*!, gibt es überhaupt nichts mehr gegen Sie. Die Perlen hat eine Kleptomanin gestohlen, die sie längst zurückgegeben hat. Sie sind in einer kleinen Schachtel neben der Tür, falls Sie und Mademoiselle sie sich genau ansehen möchten.«

Tim stand auf. Einen Augenblick lang schien er nicht imstande, etwas zu sagen. Als er es schließlich doch tat, klang es ziemlich unpassend, aber es wäre möglich, dass es die, die ihm zuhörten, zufriedenstellte.

»Danke!«, sagte er. »Noch eine Bewährungschance werden Sie mir nicht geben müssen!« Er hielt Rosalie die Tür auf; sie ging hinaus, und er folgte ihr, mit der kleinen Pappschachtel in der Hand.

Sie gingen nebeneinanderher. Tim öffnete die Schachtel, nahm die gefälschte Perlenkette heraus und schleuderte sie weit von sich in den Nil.

»Weg damit!«, sagte er. »Erledigt. Wenn ich Poirot die Schachtel zurückgebe, wird die echte Kette drin sein. Was für ein verdammter Trottel ich doch war!«

Rosalie fragte leise: »Warum haben Sie das denn überhaupt getan?«

»Sie meinen, warum ich damit angefangen habe? Oh, ich weiß nicht. Langeweile – Faulheit – der Spaß an der Sache. War eben eine viel attraktivere Art, seinen Lebensunterhalt zu verdienen, als an einem Arbeitsplatz zu schuften. Kommt Ihnen sicher gemein vor, aber wissen Sie, etwas daran reizte mich – vor allem das Risiko, wahrscheinlich.«

»Ich glaube, das verstehe ich.«

»Ja, aber Sie würden so etwas nie tun.«

Rosalie überlegte einen Augenblick und senkte ihr ernstes junges Gesicht. »Nein«, sagte sie schlicht, »das würde ich nicht.«

Er sagte: »Ach, meine Liebe – Sie sind so liebenswert … Warum wollten Sie nicht sagen, dass Sie mich gestern Nacht gesehen haben?«

»Ich dachte – die verdächtigen Sie vielleicht«, sagte Rosalie.

»Haben Sie mich verdächtigt?«

»Nein. Ich mochte nicht glauben, dass Sie jemanden umgebracht haben sollten.«

»Nein. Ich bin nicht aus dem derben Stoff, aus dem man Mörder macht. Ich bin bloß ein erbärmlicher Gelegenheitsdieb.«

Sie fasste ihn scheu am Arm. »Sagen Sie das nicht.«

Er nahm ihre Hand. »Rosalie, könnten Sie – Sie wissen doch, was ich meine? Oder würden Sie mich immer verachten und es mir immer wieder aufs Brot schmieren?«

Sie lächelte fein. »Es gibt auch Dinge, die Sie mir aufs Brot schmieren könnten …«

»Rosalie – Liebling …«

Aber sie sträubte sich. »Und diese – Joanna?«

Tim stieß einen Schrei aus. »Joanna? Sie sind genauso schlimm wie Mutter. Joanna ist mir so verdammt egal. Sie hat ein Gesicht wie ein Pferd und Augen wie ein Raubtier. Eine ausgesprochen unattraktive Frau.«

Sofort sagte Rosalie: »Ihre Mutter muss das mit Ihnen doch nicht erfahren.«

»Ich weiß nicht«, antwortete Tim nachdenklich. »Ich glaube, ich werde es ihr erzählen. Mutter hat ein ziemlich breites Kreuz, wissen Sie. Die steht alles Mögliche durch. Ja, ich glaube, ich werde ihr ihre mütterlichen Illusionen über mich zertrümmern. Sie wird so erleichtert sein, dass meine Beziehungen zu Joanna rein geschäftlicher Natur waren, dass sie mir alles andere verzeihen wird.«

Sie waren vor Mrs Allertons Kabine angekommen, und Tim klopfte laut an die Tür. Sie ging auf, und Mrs Allerton erschien auf der Schwelle.

»Rosalie und ich –«, fing Tim an. Und stockte.

»Oh, meine Lieben«, sagte Mrs Allerton und nahm Rosalie in die Arme. »Mein liebes, liebes Kind. Ich hatte ja immer gehofft – aber Tim war so ein Langweiler – und getan hat er, als könnte er dich nicht leiden. Aber *das* habe ich natürlich durchschaut!«

Rosalie sagte mit brüchiger Stimme: »Du warst so lieb zu mir – die ganze Zeit. Ich habe mir immer – immer schon gewünscht –« Sie brach ab und schluchzte vor Glück an Mrs Allertons Schulter.

Achtundzwanzigstes Kapitel

Als die Tür hinter Tim und Rosalie zugefallen war, warf Poirot Colonel Race einen entschuldigenden Blick zu. Colonel Race sah grimmig drein.

»Sie sind doch einverstanden mit meiner kleinen Inszenierung, ja?«, flehte er jetzt. »Sie ist gegen alle Regeln – ich weiß, sie ist gegen alle Regeln –, aber ich habe Hochachtung vor dem Glück von Menschen.«

»Aber keine vor meinem«, sagte Race.

»*Cette jeune fille.* Ich empfinde Zärtlichkeit für sie, und sie liebt diesen jungen Mann. Das ist doch eine großartige Partie – sie hat die Willensstärke, die er braucht; seine Mutter mag sie gern; alles passt bestens.«

»Diese Ehe wird ja dann im Himmel und dank Hercule Poirot geschlossen. Und mein bescheidener Beitrag besteht darin, einen Gauner laufenzulassen, weil er uns gegen einen Verbrecher geholfen hat.«

»Aber, *mon ami,* ich habe Ihnen doch gesagt, das war alles eine Inszenierung meinerseits.«

Race fing plötzlich an zu grinsen. »Mir soll's recht sein«, sagte er. »Ich bin, Gott sei Dank, kein verdammter Polizist! Glaube schon, dass der junge Trottel jetzt auf dem geraden Weg bleibt. Das Mädchen ist ganz in Ordnung. Nein, was mir nicht schmeckt, ist, wie Sie mit *mir* umspringen! Ich bin ein geduldiger Mensch, aber Geduld hat Grenzen! *Wissen* Sie, wer die drei Morde auf diesem Schiff begangen hat, oder wissen Sie es *nicht*?«

»Ich weiß es.«

»Und warum schleichen Sie dann dauernd bloß um den heißen Brei herum?«

»Sie denken, ich tummele mich zum Spaß auf Nebenschauplätzen? Und das ärgert Sie? Aber so ist es nicht. Ich war mal beruflich bei einer archäologischen Expedition dabei – und da habe ich etwas gelernt. Wenn etwas ausgegraben wird, wenn etwas aus der Erde hochgeholt wird, dann wird die ganze Umgebung sorgfältig leergefegt. Man entfernt die lockere Erde, man gräbt da und dort mit dem Messer, und schließlich hat man sein Objekt, allein für sich, bereit, gezeichnet oder fotografiert zu werden, ohne dass irgendetwas dazwischenkommt, was nicht da hingehört. Das habe ich hier auch versucht – alles, was da nicht hingehört, wegzufegen, damit wir die Wahrheit sehen können – die nackte, blanke Wahrheit.«

»Gut«, sagte Race. »Dann raus mit der nackten, blanken Wahrheit. Es war nicht Pennington. Es war nicht der junge Allerton. Ich nehme an, Fleetwood war es auch nicht. Lassen Sie zur Abwechslung mal hören, wer es war.«

»Mein Freund, ich bin gerade dabei, es Ihnen zu sagen.«

Es klopfte an der Tür. Race stieß eine leise Verwünschung aus. Herein kamen Dr. Bessner und Cornelia.

Sie war ganz durcheinander. »Oh, Colonel Race«, rief sie, »Miss Bowers hat mir gerade die Sache mit Cousine Marie erzählt. Ich bin ganz furchtbar schockiert. Sie sagt, sie kann die Verantwortung nicht mehr allein auf sich nehmen, und ich muss das auch wissen, weil ich zur Familie gehöre. Ich habe das erst gar nicht glauben können, aber Dr. Bessner war einfach wunderbar.«

»Nein, nein«, wehrte der Arzt bescheiden ab.

»Er war so nett und hat mir alles erklärt, wie manche Leute einfach nicht anders können. Er hatte kleptomanische Patienten in seiner Klinik. Und er hat mir erklärt, dass das oft an einer ganz tiefsitzenden Neurose liegt.« Cornelia wiederholte alles voller Ehrfurcht. »Das ist ganz tief eingepflanzt in unserem Unterbewusstsein; manchmal ist es nur etwas ganz Kleines, das passiert ist, als man noch ein Kind war. Und er hat solche Leute geheilt, indem er sie dazu gebracht hat, zurückzudenken und sich zu erinnern, was das kleine Erlebnis war.«

Cornelia hielt inne, holte tief Luft und erzählte weiter. »Aber ich mache mir entsetzliche Sorgen, dass das alles rauskommt. Das wäre einfach zu furchtbar dann in New York. Es würde in allen Revolverblättern stehen. Cousine Marie und Mutter und die ganze Familie – die würden sich nie mehr davon erholen.«

Race seufzte. »Schon gut«, sagte er. »Wir sind die Vertuscher vom Dienst.«

»Wie bitte, Colonel Race?«

»Was ich damit auszudrücken gedachte, ist, dass wir hier alles vertuschen außer Mord.«

»Oh!« Cornelia faltete die Hände. »Dann bin ich aber erleichtert. Ich hatte mir solche Sorgen gemacht.«

»Sie haben ein zu weiches Herz«, sagte Dr. Bessner und tätschelte ihr wohlwollend die Schulter. Und zu den anderen: »Sie hat ein sehr empfindsames und schönes Wesen.«

»O nein, das habe ich gar nicht. Sie sind zu freundlich.«

Poirot murmelte: »Haben Sie Monsieur Ferguson schon wiedergesehen?«

Cornelia wurde rot. »Nein – aber Cousine Marie hat von ihm erzählt.«

»Scheint hochwohlgeboren zu sein, der junge Mann«, sagte Dr. Bessner. »Ich muss gestehen, er sieht nicht danach aus. Seine Kleidung ist schrecklich. Er wirkt keine Sekunde wie ein Mann aus gutem Hause.«

»Und was denken Sie, Mademoiselle?«

»Ich glaube, er ist schlicht verrückt«, sagte Cornelia.

Poirot wandte sich an den Arzt. »Wie geht's denn Ihrem Patienten?«

»Ach, er macht prächtige Fortschritte. Ich habe das gerade Fräulein de Bellefort gesagt. Stellen Sie sich vor, ich habe sie völlig verzweifelt vorgefunden. Nur weil der Bursche heute Nachmittag ein bisschen Temperatur hatte! Gibt es etwas Natürlicheres? Es ist eher erstaunlich, dass er jetzt kein hohes Fieber hat. Aber nein, der Bursche ist wie manche unserer Bauern; er hat eine fabelhafte Konstitution, eine Konstitution wie ein Ochse. Ich habe schon Ochsen mit tiefen Wunden gesehen, die haben sie kaum wahrgenommen. Genauso ist das mit unserem Mr Doyle. Sein Puls ist stabil, seine Temperatur nur leicht erhöht. Ich konnte der jungen Dame die Angst wegscheuchen. Aber trotzdem, es ist doch albern, nicht wahr? In einem Moment schießt man auf jemanden, im nächsten wird man hysterisch, weil es ihm vielleicht nicht gutgeht.«

Cornelia sagte: »Sie liebt ihn eben wahnsinnig.«

»Ach! Das ist doch unvernünftig. Wenn *Sie* einen Mann liebten, würden Sie dann auch versuchen, ihn zu erschießen? Nein, Sie sind vernünftig.«

»Ich mag sowieso nichts, was Krach macht«, sagte sie.

»Natürlich nicht. Sie sind ja auch sehr weiblich.«

Race unterbrach die allseitigen Lobgesänge. »Da es Doyle gutgeht, spricht nichts dagegen, dass ich mitkomme und unser Gespräch von heute Nachmittag zu Ende führe. Er wollte mir gerade von diesem Telegramm erzählen.«

Dr. Bessners massiger Leib wackelte begeistert auf und ab. »Hohoho, das war komisch! Doyle hat mir davon erzählt. Es ging in dem Telegramm nur um Gemüse – Kartoffeln, Artischocken, Porree – Ach! Pardon?«

Mit einem unterdrückten Ausruf hatte Race sich im Stuhl aufgesetzt. »Mein Gott«, rief er. »Das ist es! Richetti!« Er sah um sich und in drei verständnislose Gesichter. »Ein neuer Geheimcode – wurde bei den Aufständen in Südafrika benutzt. Kartoffeln sind Maschinengewehre, Artischocken Sprengstoff – und so weiter. Von Archäologie versteht Richetti auch nicht mehr als ich! Er ist ein sehr gefährlicher Agitator, ein Mann, der mehr als einmal getötet hat, und ich möchte schwören, er hat wieder getötet. Mrs Doyle hat das Telegramm aus Versehen aufgemacht. Und wenn sie je erzählen würde, was drinstand, dann wäre für ihn Ende der Fahnenstange, das wusste er.«

Er wandte sich an Poirot. »Habe ich recht? Ist Richetti unser Mann?«

»Er ist *Ihr* Mann«, antwortete Poirot. »Ich fand immer, dass irgendetwas an ihm nicht stimmt. Er spielte seine *rôle* fast zu perfekt; er war ganz Archäologe, aber nicht genug Mensch.« Er setzte eine kleine Pause. »Aber Richetti hat Linnet Doyle nicht umgebracht. Eine Zeitlang wusste ich, wer die ›erste Hälfte‹ des Mörders ist, wenn ich es so ausdrücken darf. Jetzt kenne ich auch die ›zweite Hälfte‹. Das Bild ist vollständig. Aber Sie werden verstehen, dass ich zwar weiß, was passiert sein muss, dass ich jedoch keinen Beweis dafür habe. Intellektuell ist der Fall durchaus befriedigend. Aber im Grunde ist er zutiefst unbefriedigend. Es gibt nur eine Hoffnung – ein Geständnis des Mörders.«

Dr. Bessner zog skeptisch die Schultern hoch. »Ach! Aber das – es wäre ein Wunder.«

»Ich glaube, nicht. Nicht unter den Umständen.«

Cornelia schrie auf. »Wer ist es denn? Wollen Sie es uns nicht sagen?«

Poirot ließ seinen Blick ruhig über alle drei streifen. Den sarkastisch lächelnden Race, den immer noch skeptischen Dr. Bessner, Cornelia, deren Mund leicht offen stand und die ihn wissbegierig anstarrte. *»Mais oui«*, sagte er schließlich. »Ich habe gern Publikum, das muss ich zugeben. Ich bin nämlich eitel. Ich bin aufgeblasen vor Einbildung. Ich sage gern: ›Sehen Sie mal, wie schlau Hercule Poirot ist!‹«

Race rutschte auf seinem Stuhl hin und her. »Nun ja«, fragte er sanft, »wie schlau *ist* Hercule Poirot denn nun?«

Poirot schüttelte betrübt mehrmals den Kopf. »Zunächst einmal, ich war dumm – unglaublich dumm. Der Stolperstein war für mich die Pistole – Jacqueline de Belleforts Pistole. Warum wurde diese Pistole nicht am Tatort zurückgelassen? Der Mörder hatte doch deutlich die Absicht, Mademoiselle zu belasten. Warum nahm er sie dann dort weg? Ich war so dumm, dass ich auf alle möglichen phantastischen Gründe kam. Der wirkliche Grund war ganz einfach. Der Mörder nahm sie weg, weil er sie wegnehmen *musste* – weil er gar keine andere Wahl hatte.«

Neunundzwanzigstes Kapitel

»Sie und ich, mein Freund«, Poirot beugte sich zu Race hinüber, »wir haben unsere Ermittlungen mit einer vorgefassten Meinung begonnen. Wir meinten, das Verbrechen sei aus dem Moment heraus begangen worden, ohne jede vorherige Planung. Jemand wollte Linnet Doyle beiseiteräumen und ergriff die Gelegenheit dazu in dem Augenblick beim Schopf, als das Verbrechen fast mit Sicherheit Jacqueline de Bellefort würde angelastet werden müssen. Daraus folgte, dass die fragliche Person die Szene zwischen Jacqueline und Simon Doyle mitbekommen hatte und in den Besitz der Pistole gekommen war, nachdem die anderen den Salon verlassen hatten.

Aber, meine Freunde, wenn diese vorgefasste Meinung nun falsch war, dann veränderte sich das ganze Bild. Und sie *war* falsch! Dieses Verbrechen wurde nicht spontan, aus dem Moment heraus, begangen. Es war, ganz im Gegenteil, sehr sorgfältig geplant und genau zeitlich kalkuliert, in allen Einzelheiten vorher penibel ausgearbeitet, einschließlich des Betäubungsmittels in Hercule Poirots Weinflasche am fraglichen Abend!

Aber ja, so war es! Man hat mir ein Schlafmittel gegeben, damit ich keine Möglichkeit hatte, das nächtliche Geschehen mitzuerleben. Ich hatte kurz daran gedacht, dass das so sein könnte. Ich trinke Wein; meine beiden Tischgenossen trinken Whisky beziehungsweise Mineralwasser. Nichts leichter, als mir ein bisschen harmloses Narkotikum in die Flasche zu schmuggeln – die Flaschen stehen den ganzen Tag auf den Tischen. Aber ich verwarf den Gedanken. Es war ein heißer Tag gewesen; ich war außerordentlich müde; es war eigentlich nicht ungewöhnlich, dass ich ausnahmsweise fest schlief statt wie üblich nur leicht.

Sie sehen, ich war noch immer im Bann der vorgefassten Meinung. Wenn mich jemand betäubt hätte, wäre Vorsatz im Spiel gewesen, es hätte bedeutet, dass das Verbrechen bereits vor halb acht, wenn das Abendessen serviert wird, beschlossen gewesen wäre; und das war (nach der Logik der vorgefassten Meinung) absurd.

Der erste Schlag gegen die vorgefasste Meinung war, dass die Pistole aus dem Nil gefischt wurde. Zuerst einmal hätte sie, wenn unsere Annahmen stimmten, gar nicht über Bord geworfen werden dürfen … Aber es gab noch mehr.«

Poirot wandte sich Dr. Bessner zu. »Sie, Dr. Bessner, haben Linnet Doyles Leiche untersucht. Sie werden sich erinnern, dass die Schusswunde teilweise versengt war – das heißt, die Pistole wurde vor dem Schuss direkt auf dem Kopf aufgesetzt.«

Dr. Bessner nickte. »Jawohl. Korrekt.«

»Aber als die Pistole gefunden wurde, war sie eingewickelt in eine Samtstola, und der Samt zeigte eindeutige Spuren von einem Schuss durch den Stoff, vermutlich abgefeuert in dem Glauben, damit würde der Knall gedämpft. Wenn der Schuss auf Madame Doyle aber durch den Samt abgefeuert worden wäre, gäbe es keine Versengungen auf ihrer Haut. Also war es der Schuss, den Jacqueline de Bellefort auf Simon Doyle abgab? Auch nicht, denn für den gab es zwei Zeugen, über den wissen wir genau Bescheid. Es schien also, als habe es noch einen *dritten* Schuss gegeben – einen, über den wir gar nichts wissen. Aus der Pistole waren aber nur zwei Schüsse abgegeben worden, und es gab keinen Hinweis auf einen weiteren.

Hier hatten wir also ein sehr eigenartiges, unerklärliches Detail vor uns. Der nächste interessante Punkt war, dass ich in Linnet Doyles Kabine zwei Flaschen Nagellack fand. Nun wechseln Damen zwar gern oft die Farbe ihrer Fingernägel, aber ich hatte bis dahin an Linnet Doyle immer den Farbton namens

Kardinalrot gesehen. Auf der zweiten Flasche stand ›Rose‹, aber der winzige Rest in der Flasche war nicht zartrosa, sondern leuchtend rot. Ich war so neugierig, das Fläschchen aufzumachen und zu schnuppern. Statt wie üblich scharf nach künstlichen Birnen roch dieses aber nach Essig! Das heißt, dass die paar Tropfen darin offensichtlich rote Tinte waren. Nun gibt es keinen Grund, weshalb Madame Doyle nicht ein Fläschchen rote Tinte besitzen sollte, aber es wäre normal gewesen, wenn sie rote Tinte in einem roten Tintenfläschchen gehabt hätte und nicht in einem Nagellackfläschchen. Es legte also eine Verbindung mit den blassen Flecken auf dem Taschentuch nahe, in das die Pistole gewickelt gewesen war. Rote Tinte wäscht sich zwar raus, hinterlässt aber immer einen blassrosa Fleck.

Ich wäre vielleicht dank dieser spärlichen Indizien auf die Wahrheit gestoßen, aber dann passierte etwas, das jeden Zweifel unnötig machte. Louise Bourget wurde getötet, und zwar unter Umständen, die unmissverständlich darauf hindeuteten, dass sie den Mörder erpresst hatte. Nicht nur klemmte ein Stück von einem *mille francs*-Schein noch in ihrer Hand, ich erinnerte mich auch an ein paar sehr bedeutungsvolle Worte, die sie morgens gesagt hatte.

Hören Sie genau zu, denn sie sind der Angelpunkt der ganzen Sache. Als ich sie fragte, ob sie in der Nacht zuvor irgendetwas gesehen hätte, gab sie folgende seltsame Antwort: ›Natürlich, wenn ich nicht hätte schlafen können, wenn ich die Treppe hochgegangen wäre, *dann* hätte ich den Mörder vielleicht gesehen, dieses Ungeheuer, wie es in Madames Kabine geht oder wieder rauskommt …‹ Nun, was genau sagt uns das?«

Dr. Bessner kräuselte vor lauter intellektuellem Eifer die Nase. »Es sagt Ihnen, sie *war* die Treppe hochgegangen.«

»Nein, nein; darum geht es nicht. Warum sagt sie das überhaupt, und *uns*?«

»Um einen Hinweis zu geben.«

»Aber warum einen *Hinweis*? Wenn sie weiß, wer der Mörder

ist, stehen ihr zwei Wege offen: uns die Wahrheit zu sagen oder den Mund zu halten und von der betreffenden Person Schweigegeld zu fordern! Aber sie macht keins von beidem. Weder sagt sie schlicht: ›Ich habe niemanden gesehen. Ich habe geschlafen.‹ Noch sagt sie: ›Ja, ich habe jemanden gesehen, und das war XY.‹ Warum diese auffällige Rabulistik? *Parbleu*, dafür kann es nur einen Grund geben! Sie gibt dem Mörder einen Hinweis; also muss der Mörder zu dem Zeitpunkt dabei gewesen sein. Aber außer mir und Colonel Race waren nur noch zwei andere da – Simon Doyle und Dr. Bessner.«

Der Arzt sprang auf und brüllte: »Ach! Was reden Sie denn da? Beschuldigen Sie mich? Schon wieder? Aber das ist ja lächerlich – unter aller Kritik!«

Poirot sagte barsch: »Seien Sie still. Ich erzähle Ihnen nur, was ich zu der Zeit dachte. Wir wollen auch jetzt nicht persönlich werden.«

»Er meint nicht, dass er Sie jetzt noch verdächtigt«, sagte Cornelia beschwichtigend.

Poirot fuhr rasch fort: »So sah es also aus – Simon Doyle oder Dr. Bessner. Aber welchen Grund hätte Dr. Bessner, Linnet Doyle umzubringen? Keinen, soweit ich weiß. Also Simon Doyle? Aber das war unmöglich! Es gab jede Menge Zeugen, die beschwören konnten, dass Doyle abends den Salon nicht verlassen hatte, bis der Streit ausbrach. Danach war er verletzt, und es wäre für ihn physisch unmöglich gewesen hinauszugehen. War meine Beweislage zu beiden Aspekten dicht? Ja, ich hatte die Aussagen von Mademoiselle Robson, von Jim Fanthorp und von Jacqueline de Bellefort bezüglich des ersten und die fachkundige Bestätigung von Dr. Bessner und Mademoiselle Bowers bezüglich des zweiten Punkts. Zweifel war nicht möglich.

Also *musste* Dr. Bessner der Schuldige sein. Für diese Überlegung sprach die Tatsache, dass das Dienstmädchen mit einem Skalpell erstochen worden war. Andererseits hatte Dr. Bessner selbst freiwillig darauf hingewiesen.

Und dann, meine Freunde, wurde mir eine zweite, unzweifelhafte Tatsache bewusst. Louise Bourgets Hinweis konnte sich nicht an Dr. Bessner richten, denn sie hätte jederzeit unter vier Augen mit ihm reden können. Es gab eine Person, *und nur eine einzige,* die zu ihrem Anliegen passte – Simon Doyle. Simon Doyle war verletzt und unter ständiger Aufsicht eines Arztes und lag in dessen Kabine. Ihm gegenüber also wagte sie diesen zweideutigen Hinweis, für den Fall, dass sie sonst keine Gelegenheit mehr haben würde. Und ich weiß auch noch, dass sie sich dann direkt an ihn wandte: ›Monsieur, ich beschwöre Sie, Sie sehen doch, wie es ist? Was kann ich denn sagen?‹ Und was er antwortete: ›Gutes Mädchen, seien Sie nicht töricht. Kein Mensch denkt, dass Sie etwas gesehen oder gehört haben. Ich werde für Sie sorgen. Kein Mensch macht Ihnen irgendwelche Vorwürfe.‹ Diese Zusicherung hatte sie gewollt, und sie hat sie bekommen!«

Dr. Bessner schnaubte geräuschvoll. »Ach! Das ist töricht! Glauben Sie, ein Mann mit einem geschienten gebrochenen Bein könnte auf dem Schiff herumspazieren und Leute erstechen? Ich sage Ihnen, es war Simon Doyle *nicht möglich,* die Kabine zu verlassen.«

Sanft sagte Poirot: »Ich weiß. Das ist völlig richtig. Es war unmöglich. Es war unmöglich, aber es war trotzdem wahr! Hinter Louise Bourgets Worten konnte nur ein logischer Sinn stecken.

Also kehrte ich zum Ausgangspunkt zurück und besah mir das Ganze noch einmal im Licht dieses neuen Wissens. War es möglich, dass Simon Doyle den Salon in der Zeit vor dem Streit verlassen und die anderen das vergessen oder nicht bemerkt hatten? Ich konnte es mir nicht vorstellen. Durfte man die fachkundigen Aussagen von Dr. Bessner und Mademoiselle Bowers außer Acht lassen? Wieder war ich sicher, das durfte ich nicht. Mir fiel aber ein, es gab eine Lücke. Simon Doyle war etwa fünf Minuten lang allein im Salon gewesen, und Dr. Bessners Attest bezog sich nur auf die Zeit danach. Für diesen Zeitraum jedoch hatten wir nur einen Augenzeugenbericht, und der war, obwohl er gesichert schien, nicht mehr so sicher. Was war denn wirklich gesehen worden – wenn man Mutmaßungen unberücksichtigt lässt?

Mademoiselle Robson hatte Mademoiselle de Bellefort schießen sehen, hatte Simon Doyle auf dem Stuhl zusammenbrechen sehen und hatte gesehen, wie er ein Taschentuch an sein Bein drückte und durch dieses Taschentuch nach und nach etwas Rotes sickerte. Was hatte Mr Fanthorp gesehen und gehört? Er hatte einen Schuss gehört und gesehen, dass Simon Doyle ein rotbeflecktes Taschentuch an sein Bein drückte. Was war dann passiert? Doyle hatte darauf bestanden, dass man Mademoiselle de Bellefort wegbrachte und dass man sie nicht allein ließ. Danach sollte Fanthorp nach Monsieur Doyles Vorschlag den Arzt holen.

Dementsprechend gehen Mademoiselle Robson und Monsieur Fanthorp mit Mademoiselle de Bellefort hinaus, und sie halten sich die nächsten fünf Minuten auf der Backbordseite des Decks auf. Die Kabinen von Mademoiselle Bowers, Dr. Bessner und Mademoiselle de Bellefort liegen alle auf der Backbordseite. Mehr als zwei Minuten braucht Simon nicht. Er holt die Pistole unter dem Sofa hervor, zieht die Schuhe aus, rennt wie ein Wiesel leise die Steuerbordseite entlang, geht in die Kabine seiner Frau, stellt die Flasche mit der roten Tinte auf den Waschtisch (sie darf nicht bei ihm gefunden werden), rennt zurück, nimmt Miss Van Schuylers Samtstola, die er vorher heimlich bei einem der Sessel an die Seite gestopft hatte, schlingt sie um die Pistole und schießt sich eine Kugel ins Bein. Der Stuhl, auf den er fällt – diesmal in echtem Schmerz –, steht an einem Fenster. Er öffnet es und wirft die Pistole, mitsamt dem verräterischen Taschentuch in die Samtstola gewickelt, in den Nil.«

»Unmöglich!«, sagte Race.

»Nein, mein Freund, nicht *unmöglich*. Denken Sie an die

Aussage von Tim Allerton. Er hatte einen Plopp gehört – und danach ein platschendes Geräusch. Und er hatte noch etwas gehört – die Laufschritte eines Mannes – eines Mannes, der an seiner Tür vorbeilief. Aber auf der Steuerbordseite hätte niemand laufen sollen. Was er gehört hatte, war Simon Doyle, der auf Strümpfen vorbeirannte.«

Race beharrte: »Ich sage trotzdem, das ist unmöglich. Kein Mensch kann so viel Fisimatenten in Blitzgeschwindigkeit machen – erst recht kein Kerl wie Doyle mit seiner langsamen Auffassungsgabe.«

»Aber flinken körperlichen Gewandtheit!«

»Die hat er, ja. Aber er wäre nicht fähig, sich die ganze Aktion auszudenken.«

»*Er* hat sie sich auch nicht ausgedacht, mein Freund. Und an dem Punkt haben wir alle falschgelegen. Es sah aus wie ein aus dem Moment heraus begangenes Verbrechen, aber es *war* kein aus dem Moment heraus begangenes Verbrechen. Wie ich schon sagte, es war ein schlau eingefädeltes und genau ausgedachtes Werk. Es kann kein *Zufall* sein, dass Simon Doyle eine Flasche rote Tinte in der Tasche hatte. Nein, es muss *geplant* gewesen sein. Es war auch kein *Zufall*, dass Jacqueline de Bellefort die Pistole mit dem Fuß unter das Sofa geschubst hat, wo sie aus den Augen war, sodass man sich erst später an sie erinnerte.«

»Jacqueline?«

»Gewiss. Die beiden Hälften des Mörders. Was verschaffte Simon ein Alibi? Der Schuss von Jacqueline. Was verschaffte Jacqueline ein Alibi? Die Beharrlichkeit von Simon, die dazu führte, dass eine Krankenschwester die ganze Nacht bei ihr blieb. Und hier, in diesen beiden, haben Sie alle Eigenschaften, die Sie brauchen – den kühlen, einfallsreichen, planenden Verstand, Jacqueline de Bellefort Verstand, und den Tatmenschen, der mit unglaublichem Geschick und Zeitsinn alles ausführt.

Wenn man es aus der richtigen Perspektive betrachtet, beantwortet es alle Fragen. Simon Doyle und Jacqueline waren ein Liebespaar gewesen. Gehen Sie davon aus, dass sie noch immer ein Liebespaar sind, und alles ist klar. Simon räumt seine reiche Frau aus dem Weg, erbt ihr Geld und wird nach gebührendem Abstand seine alte Liebe heiraten. Alles war gut ausgeklügelt. Jacquelines Belagerung von Madame Doyle, alles Teil des Plans. Simons vermeintlicher Zorn ... Aber – es gab auch kleine Fehler. Einmal beklagte er sich mir gegenüber über besitzergreifende Frauen – das war echte Verbitterung. Da hätte mir klarwerden müssen, dass er seine Frau meinte – nicht Jacqueline. Dann sein Verhalten gegenüber seiner Frau in der Öffentlichkeit. Einem gewöhnlichen Allerweltsengländer wie Simon Doyle wäre es sehr peinlich, öffentlich Zuneigung zu zeigen. Simon war kein wirklich guter Schauspieler. Er übertrieb die hingebungsvolle Attitüde. Auch das Gespräch zwischen mir und Mademoiselle Jacqueline, bei dem sie behauptete, jemand habe uns belauscht, *ich* aber niemanden gesehen hatte. Es war auch niemand da gewesen! Das Ganze war eine falsche Fährte für später. Und dann, eines Abends hier auf dem Schiff, dachte ich, ich hörte Simon und Linnet vor meiner Kabine. Er sagte: ›Wir müssen es jetzt zu Ende bringen.‹ Es war sehr wohl Doyle, aber er redete mit Jacqueline.

Die abschließende Tragödie war perfekt und minutiös geplant. Es gab ein Schlafmittel für mich, falls ich ihnen in die Quere hätte kommen wollen. Es gab die extraausgewählte Zeugin, Mademoiselle Robson – die ganze Inszenierung mitsamt Mademoiselle de Belleforts übertriebener Zerknirschung und Hysterie. Sie machte eine Menge Lärm, falls der Schuss zu hören gewesen wäre. *En vérité* war es eine außergewöhnlich schlaue Idee. Jacqueline sagt, sie hat auf Doyle geschossen; Mademoiselle Robson sagt dasselbe; Fanthorp sagt dasselbe – und als Simons Bein untersucht wird, *ist* es angeschossen. Das scheint unwiderlegbar! Und beide haben ein perfektes Alibi – zwar um den Preis einiger Schmerzen und eines gewissen Risikos für Simon, aber seine Verletzung muss ihn unbedingt nachweisbar bewegungsunfähig machen.

Und ab da geht die Sache schief. Louise Bourget war wach geblieben. Sie war die Treppe hinaufgekommen und hatte Simon Doyle zur Kabine seiner Frau und wieder zurücklaufen sehen. Es war ein Leichtes, sich das am nächsten Tag zusammenzureimen. Also schnappt sie gierig nach Schweigegeld und unterschreibt damit ihr Todesurteil.«

»Aber Mr Doyle kann *sie* doch gar nicht getötet haben!«, widersprach Cornelia.

»Nein, diesen Mord hat die andere Hälfte des Mörders begangen. Sobald er kann, bittet Simon Doyle, Jacqueline sehen zu dürfen. Er bittet mich sogar, ihn und sie allein zu lassen. Und dann erzählt er ihr von der neuen Bedrohung. Sie müssen sofort handeln. Er weiß, wo Dr. Bessner seine Skalpelle aufbewahrt. Nach der Tat wird das Skalpell abgewischt und zurückgelegt, und Jacqueline de Bellefort erscheint etwas zu spät und außer Atem eilends zum Mittagessen.

Aber noch immer läuft nicht alles gut, denn Madame Otterbourne hat Jacqueline in Louise Bourgets Kabine gehen sehen. Und sie geht spornstreichs zu Simon, um es ihm zu erzählen. Wissen Sie noch, wie Simon die arme Frau angeschrien hat? Die Nerven, hatten wir gedacht. Aber die Tür stand offen, und er versuchte seiner Komplizin die Gefahr zu signalisieren. Sie hörte es und sie handelte – handelte blitzschnell. Sie erinnerte sich, dass Pennington von einem Revolver erzählt hatte. Sie holte ihn, schlich sich vor die Tür, lauschte und schoss in dem Augenblick, in dem es kritisch wurde. Sie hatte einmal geprahlt, sie sei eine gute Schützin, und das war keine hohle Prahlerei gewesen.

Ich hatte nach dem dritten Mord angemerkt, es gebe drei Wege, auf denen der Mörder fliehen konnte. Ich meinte damit, er konnte nach achtern flüchten – in dem Fall wäre Tim Allerton der Mörder; er konnte über Bord gehen – sehr unwahrscheinlich; oder er konnte in eine Kabine laufen. Jacquelines Kabine ist nur zwei Türen von Dr. Bessners entfernt. Sie brauchte bloß den Revolver fallen zu lassen, in ihre Kabine zu stürzen, sich die Haare zu zerzausen und sich in die Koje zu werfen. Das war riskant, aber es war die einzige Chance.«

Es gab eine Schweigepause. Dann fragte Race: »Wo ist denn die erste Kugel geblieben, die das Mädchen verschossen hat?«

»Ich nehme an, sie ging in den Tisch. Er hat ein Loch, das noch frisch ist. Ich nehme an, Simon Doyle hatte genug Zeit, die Kugel mit einem Federmesser herauszubohren und aus dem Fenster zu werfen. Er hatte natürlich eine Reservekugel, damit es so aussah, als wären nur zwei Schüsse abgegeben worden.«

Cornelia seufzte. »Sie haben an alles gedacht«, sagte sie. »Das ist ja – entsetzlich!«

Poirot schwieg. Aber nicht aus Bescheidenheit. Seine Augen schienen zu sagen: Sie irren sich. Mit Hercule Poirot haben sie nicht gerechnet.

Laut sagte er nur: »Und jetzt, Herr Doktor, wollen wir ein Wörtchen mit Ihrem Patienten reden.«

Dreißigstes Kapitel

Erst sehr viel später abends ging Hercule Poirot zu einer Kabinentür und klopfte. Jemand sagte: »Herein«, und er trat ein.

Jacqueline de Bellefort saß in einem Sessel. In einem anderen Sessel dicht an der Wand saß die stattliche Stewardess. Jacqueline musterte Poirot nachdenklich und zeigte auf die Stewardess. »Darf sie gehen?«

Poirot nickte der Stewardess zu, und sie ging hinaus. Poirot zog ihren Sessel vor und setzte sich neben Jacqueline. Niemand von beiden sagte etwas. Poirots Gesicht war nicht glücklich.

Schließlich fing Jacqueline an zu reden. »Tja, es ist aus! Sie waren zu schlau für uns, Monsieur Poirot.«

Poirot seufzte. Er spreizte die Hände. Er schien ungewohnt stumm.

»Trotzdem«, grübelte Jacqueline, »ich finde, Sie hatten kaum wirkliche Beweise. Sie lagen natürlich völlig richtig, aber wenn wir weiter geblufft hätten –«

»Nur so und nicht anders, Mademoiselle, konnte sich die ganze Sache zugetragen haben.«

»Das reicht vielleicht einem logischen Kopf als Beweis, aber ich glaube kaum, dass es ein Schwurgericht überzeugt hätte. Nun ja – das ist nicht mehr zu ändern. Sie haben es Simon vor den Latz geknallt, und der ist in die Knie gegangen. Hat einfach vollkommen den Kopf verloren, das arme Schäfchen, und alles zugegeben.« Sie schüttelte den Kopf. »Er ist ein schlechter Verlierer.«

»Sie dagegen, Mademoiselle, sind eine gute Verliererin.«

Sie lachte auf – es war ein seltsam fröhliches, herausforderndes kleines Lachen. »O ja, ich bin eine verdammt gute Verliererin.« Sie sah ihn an. Und fuhr plötzlich aufbrausend fort: »Machen Sie sich nicht so viel draus, Monsieur Poirot! Aus mir, meine ich. Sie machen sich doch was draus, oder?«

»Ja, Mademoiselle.«

»Aber Sie kämen nicht auf die Idee, mich laufenzulassen?«

Hercule Poirot sagte leise: »Nein.«

Sie nickte in stillem Einverständnis. »Nein, Sentimentalität wäre unnütz. Ich würde es womöglich wieder tun ... Man kann bei mir nicht mehr sicher sein. Das spüre ich selbst ...« Düster fuhr sie fort: »Es ist so schrecklich einfach – Leute umzubringen. Und man bekommt das Gefühl, dass es ganz egal ist ... dass alles, was zählt, man selbst ist! Das ist gefährlich – so was.«

Sie schwieg einen Augenblick, dann lächelte sie. »Sie haben wirklich Ihr Bestes für mich getan. An dem Abend in Assuan – als Sie mir sagten, ich soll mein Herz nicht dem Bösen öffnen ... Haben Sie da schon geahnt, was in meinem Kopf vorging?«

Er schüttelte den Kopf. »Ich wusste nur, das, was ich sagte, ist wahr.«

»Es war wahr. Ich hätte es damals alles lassen können. Ich war auch nahe dran ... Ich hätte Simon sagen können, dass ich nicht mehr mitmache ... Aber vielleicht –«

Sie brach ab. Dann fragte sie: »Wollen Sie es hören? Von Anfang an?«

»Wenn Sie es erzählen möchten, Mademoiselle.«

»Ich glaube, ich will es Ihnen erzählen. Es war eigentlich alles ganz einfach. Sehen Sie, Simon und ich liebten uns ...«

Es klang sehr sachlich, aber unter dem leichten Tonfall schwang etwas anderes mit.

Poirot ergänzte schlicht: »Und Ihnen hätte die Liebe gereicht, aber ihm nicht.«

»So könnte man es vielleicht sagen. Aber Sie haben Simon noch nicht ganz verstanden. Sehen Sie, er wollte immer unbedingt an Geld kommen. Er liebte alles, was Geld kostet – Pferde und Yachten und Sport –, lauter schöne Dinge, Dinge, für die ein Mann sich zu begeistern hat. Und er konnte sich keins je leisten. Simon ist furchtbar einfach gestrickt. Er will etwas haben, wie Kinder etwas haben wollen – unbedingt.

Trotzdem hat er sich nie eine reiche, aber grässliche Frau gesucht. Der Typ war er nicht. Und dann haben wir uns kennengelernt – und – und damit war das irgendwie klar. Nur dass wir nicht wussten, wann wir endlich heiraten konnten. Er hatte eine ganz anständige Arbeit, aber er verlor die Stelle. Er war auch selber schuld. Er hat versucht, krumme Geschäfte zu machen, und die Sache flog sofort auf. Ich glaube nicht, dass er das Gefühl hatte, etwas Unredliches zu tun. Er dachte einfach, so was machen die Leute in der Großstadt eben.«

Über das Gesicht des Zuhörers huschte ein kleines Flattern, aber er hütete seine Zunge.

»Da saßen wir nun, mit dem Rücken zur Wand; und dann fiel mir Linnet und ihr neuer Landsitz ein, und ich fuhr sofort hin. Wissen Sie, Monsieur Poirot, ich liebte Linnet, wirklich. Sie war meine beste Freundin, und ich hätte im Traum nicht daran gedacht, dass uns je etwas entzweien könnte. Ich dachte nur, was für ein Glück, dass sie reich ist. Es wäre unsere Rettung, wenn sie Simon eine Stelle gäbe. Sie war auch furchtbar lieb. Sie sagte, ich sollte mit Simon wiederkommen. Ungefähr zu der Zeit haben Sie uns eines Abends im *Chez Ma Tante* gesehen. Wir haben einen draufgemacht, obwohl wir es uns gar nicht leisten konnten.« Sie hielt inne und seufzte.

»Was ich jetzt sage, Monsieur Poirot«, fuhr sie schließlich fort, »ist wahr. Auch wenn Linnet tot ist, das ändert nichts an der Wahrheit. Deshalb tut sie mir nicht leid, auch jetzt nicht. Sie hat es sofort drauf angelegt, mir Simon wegzunehmen. Das ist die absolute Wahrheit! Ich glaube, sie hat nicht mal eine Minute lang gezögert. Ich war ihre Freundin, aber das hat sie nicht gekümmert. Sie hat sich einfach über Simon hergemacht …

Und Simon hat sich nicht das Geringste aus ihr gemacht!

Ich habe Ihnen viel über Glanz und Glamour erzählt, aber das stimmte natürlich nicht. Er wollte Linnet nicht. Er fand sie hübsch, aber furchtbar herrisch, und er hat herrische Frauen gehasst! Das Ganze war ihm schrecklich peinlich. Aber der Gedanke an ihr Geld gefiel ihm.

Ich habe das natürlich gemerkt … und schließlich habe ich gesagt, es wäre vielleicht gut, wenn er – mich verlässt und Linnet heiratet. Er lehnte ab. Er sagte, Geld hin oder her, eine Ehe mit Linnet wäre die Hölle. Er sagte, seine Vorstellung von Geld haben sei, dass er selbst Geld hat – nicht eine reiche Frau, die die Hand auf der Brieftasche hat. ›Ich wäre bloß ein verdammter Prinzgemahl‹, sagte er. Und er sagte, er wolle keine andere Frau als mich …

Ich glaube, ich weiß, wann er auf die Idee kam. Eines Tages sagte er: ›Mit ein bisschen Glück könnte ich sie heiraten, und nach einem Jahr stirbt sie und hinterlässt mir den ganzen Kies.‹ Da hatte er einen ganz komischen, verwirrten Blick. Und da hat er zum ersten Mal daran gedacht …

Er hat ziemlich oft darüber geredet, immer wieder – wie vorteilhaft es wäre, wenn Linnet tot wäre. Ich habe immer gesagt, dass das eine furchtbare Idee ist, und dann hat er den Mund gehalten. Und eines Tages habe ich ihn erwischt, als er alles Mögliche über Arsen las. Ich habe es ihm auf den Kopf zugesagt, und er hat nur gelacht und gesagt: ›Wer nicht wagt, der nicht gewinnt! Ich komme wahrscheinlich nie wieder im Leben so nahe an so viel Geld.‹

Etwas später konnte ich erkennen, dass er den Entschluss gefasst hatte. Und ich habe Angst gekriegt – furchtbare Angst. Weil mir nämlich klarwurde, dass er es niemals zustande bringen würde. Er ist so kindisch einfach gestrickt. Er würde sich nicht mit Skrupeln herumschlagen – und er hat keine Phantasie. Er hätte ihr vermutlich einfach Arsen eingetrichtert und erwartet, dass der Arzt erklärt, sie ist an einem Magengeschwür gestorben. Er dachte immer bloß, das geht schon alles in Ordnung.

Und deshalb musste ich auch einsteigen, um auf ihn aufzupassen …« Sie sagte es ganz schlicht und treuherzig.

Poirot hatte keinen Zweifel, dass genau das ihr Motiv gewesen war. Sie selbst war nicht begierig auf Linnets Geld, aber sie liebte Simon Doyle, und ihre Liebe lag jenseits der Vernunft, jenseits der Anständigkeit, jenseits des Mitleids.

»Ich habe immer wieder gegrübelt – über einen möglichen Plan. Die Hauptsache, schien mir, müsste ein zweifaches Alibi sein. Sie wissen – dass Simon und ich uns irgendwie gegenseitig belasten, aber genau das uns von allem entlastet. Es würde mir leichtfallen, so zu tun, als ob ich Simon hasse. Das war ziemlich wahrscheinlich angesichts der Umstände. Und wenn Linnet getötet würde, dann müsste ich in Verdacht geraten, und deshalb war es das Beste, wenn ich von vornherein verdächtig wäre. Wir haben nach und nach alle Einzelheiten ausgearbeitet. Ich wollte, dass sie, wenn irgendetwas schiefginge, mich kriegten und nicht Simon. Aber Simon war besorgt um mich.

Das Einzige, worüber ich froh war, war, dass ich *es* nicht tun musste. Das hätte ich einfach nicht gekonnt! Sie kaltblütig im Schlaf umbringen! Wissen Sie, ich hatte ihr keineswegs verziehen – ich glaube, ich hätte sie umbringen können, in der direkten Konfrontation, aber nicht so …

Wir haben alles sorgfältig geplant. Trotzdem musste Simon auch noch mit Blut ein J schreiben, eine alberne, melodramatische Geste. Genau die Art, auf die *er* kommt! Aber es ging alles gut.«

Poirot nickte. »Ja. Es war nicht Ihre Schuld, dass Louise Bourget in jener Nacht nicht schlafen konnte … Und danach, Mademoiselle?«

Sie sah ihm fest in die Augen. »Ja – das ist ziemlich erschreckend, nicht? Ich kann gar nicht glauben, dass ich – das getan habe! Ich weiß jetzt, was Sie gemeint haben mit dem Herzen, das man für das Böse öffnet … Sie wissen sehr gut, wie es passierte. Louise gab Simon zu verstehen, dass sie alles wusste. Simon überredete Sie, mich zu ihm zu holen. Und sobald wir allein waren, erzählte er mir, was passiert war. Er sagte, ich müsste es tun. Ich war nicht einmal erschrocken. Ich hatte nur Angst – Todesangst … Das macht Mord mit einem. Simon und ich waren in Sicherheit – ganz sicher –, wenn diese erbärmliche französische Erpresserin nicht gewesen wäre. Ich habe ihr das ganze Geld hingebracht, das wir zusammenkratzen konnten. Ich habe so getan, als ob ich klein beigebe. Und als sie das Geld dann gezählt hat, habe ich – es getan! Es war ganz leicht. Und das ist das Entsetzliche, das entsetzlich Erschreckende daran … Es ist so furchtbar leicht …

Aber nicht einmal danach waren wir sicher. Mrs Otterbourne hatte mich gesehen. Und lief triumphierend das Deck entlang, auf der Suche nach Ihnen und Colonel Race. Ich hatte keine Zeit zum Nachdenken. Ich habe einfach blitzartig gehandelt. Das war richtig aufregend. Ich wusste, es ging um Leben oder Tod. Und irgendwie wurde es dadurch besser …« Wieder hielt sie inne.

»Wissen Sie noch«, fragte sie dann, »wie Sie danach in meine Kabine kamen? Sie sagten, Sie wüssten eigentlich nicht, warum. Ich fühlte mich so elend – hatte panische Angst. Ich dachte, Simon stirbt …«

»Und ich – hoffte darauf«, sagte Poirot.

Jacqueline nickte. »Ja, für ihn wäre es das Beste gewesen.«

»Das war nicht mein Grund.«

Jacqueline sah in sein unerbittliches Gesicht und sagte sanft: »Machen Sie sich nichts aus mir, Monsieur Poirot. Ich hatte immer ein hartes Leben. Wenn alles gutgegangen wäre, wäre ich glücklich gewesen und hätte mein Leben genossen und vermutlich nie irgendetwas bereut. Und jetzt – nun ja, da muss man durch.« Dann setzte sie hinzu: »Ich nehme an, die Stewardess rechnet damit, dass ich mich aufhänge oder eine Wunderkapsel mit Blausäure schlucke wie die Leute in Büchern. Sie brauchen keine Angst zu haben! Das werde ich nicht. Es ist leichter für Simon, wenn ich ihm beistehe.«

Poirot stand auf.

Auch Jacqueline stand auf und lächelte plötzlich wieder. »Wissen Sie noch, dass ich Ihnen gesagt habe, ich muss meinem Stern folgen? Sie sagten, es könnte ein falscher Stern sein. Und ich sagte: ›Die Stern ganz schlecht, Sir, die Stern fallen runter.‹«

Er ging hinaus aufs Deck, und ihr Lachen klang ihm im Ohr.

Einunddreißigstes Kapitel

Ganz früh im Morgengrauen kamen sie in Shellal an. Düster ragten die Felsen ins Wasser.

Poirot murmelte: *»Quel pays sauvage!«*

Race stand neben ihm. »Tja«, sagte er, »wir haben unsere Arbeit getan. Ich habe Befehl gegeben, dass Richetti als Erster an Land gebracht wird. Bin froh, dass wir den haben. War ein aalglatter Geselle, das kann ich Ihnen sagen. Hat ein Dutzend Mal versucht, uns zu entwischen.« Und dann fuhr er fort: »Wir brauchen eine Trage für Doyle. Bemerkenswert, wie der zusammengebrochen ist.«

»Eigentlich nicht«, sagte Poirot. »Der jungenhafte Verbrechertyp ist immer ungemein eitel. Ein Pikser in sein aufgeblasenes Selbstwertgefühl, und die Luft ist weg! Die klappen um wie Kinder.«

»Verdient den Strick«, sagte Race. »Der kaltblütige Halunke. Mir tut das Mädchen leid – aber da kann man nichts machen.«

Poirot schüttelte den Kopf. »Es heißt immer, Liebe rechtfertigt alles, aber das stimmt nicht … Frauen, die an Männern hängen, wie Jacqueline an Simon Doyle hängt, sind sehr gefährlich. Das habe ich schon gesagt, als ich sie zum ersten Mal sah: ›Sie hängt zu sehr an ihm, die Kleine!‹ Und das stimmt.«

Cornelia Robson stellte sich neben ihn. »Oh«, sagte sie, »wir sind fast da.« Und nach einer kleinen Pause fuhr sie fort: »Ich war bei ihr.«

»Bei Mademoiselle de Bellefort?«

»Ja. Ich fand es irgendwie schrecklich, dass sie da mit der Stewardess eingepfercht war. Cousine Marie ist deshalb leider sehr böse.«

Miss Van Schuyler schritt behäbig das Deck entlang auf sie zu. Ihr Augen blitzten giftig. »Cornelia«, schalt sie, »du hast dich schändlich benommen. Ich werde dich umgehend nach Hause schicken.«

Cornelia holte tief Luft. »Tut mir leid, Cousine Marie, aber ich werde nicht nach Hause fahren, sondern heiraten.«

»Dann bist du ja endlich zur Vernunft gekommen«, fauchte die alte Dame.

Ferguson kam um die Ecke geschlendert. »Cornelia, was höre ich da? Das ist nicht wahr!«

»Doch, sehr wahr«, sagte Cornelia. »Ich werde Dr. Bessner heiraten. Er hat mir gestern Abend einen Antrag gemacht.«

»Und warum willst du ihn heiraten?«, fragte Ferguson wütend. »Bloß weil er reich ist?«

»Nein, darum nicht«, antwortete Cornelia empört. »Ich habe ihn gern. Er ist freundlich, und er weiß so viel. Und mich haben kranke Leute und Krankenhäuser immer interessiert, und ich werde einfach ein wunderschönes Leben mit ihm haben.«

»Willst du mir erzählen«, fragte Ferguson ungläubig, »dass du lieber diesen widerlichen alten Sack heiratest als mich?«

»Ja, tue ich. Auf Sie kann man sich nicht verlassen! Mit Ihnen hätte man alles, bloß kein bequemes Leben. Und alt ist er auch nicht. Er ist noch keine fünfzig.«

»Er hat einen Bauch«, giftete Ferguson.

»Tja, und ich runde Schultern«, gab Cornelia zurück. »Wie jemand aussieht, ist nicht wichtig. Er sagt, ich könnte ihm bei seiner Arbeit wirklich helfen, und er bringt mir alles über Neurosen bei.« Sie ging davon.

Ferguson fragte Poirot: »Glauben Sie, sie meint das wirklich?«

»Gewiss.«

»Sie zieht diesen aufgeblasenen alten Langweiler *mir* vor?«

»Zweifellos.«

»Das Mädchen ist verrückt«, erklärte Ferguson.

Poirot zwinkerte ihn an. »Sie ist eine Frau mit einem eigenen Kopf. Vermutlich begegnet Ihnen so jemand zum ersten Mal.«

Das Schiff schob sich an den Landungssteg heran. Um die Passagiere herum war ein Tau gespannt. Sie mussten mit dem Aussteigen warten.

Richetti ließ sich mit einem mürrischen Ausdruck in seinem dunklen Gesicht von zwei Maschinisten an Land schieben. Dann wurde, nach einer längeren Verzögerung, eine Trage gebracht und Simon Doyle über das Deck zur Gangway gehoben. Er war jetzt ein ganz anderer Mann – eingefallen, verängstigt, ohne eine Spur seiner jungenhaften Unbekümmertheit. Danach kam Jacqueline de Bellefort. Eine Stewardess ging neben ihr. Jacqueline war bleich, sah im Übrigen aber aus wie immer. Sie ging zu der Trage. »Hallo, Simon!«

Er sah zu ihr hoch. Einen Augenblick lang kehrte der jungenhafte Ausdruck in sein Gesicht zurück. »Ich hab's versaut«, sagte er. »Hab den Kopf verloren und alles gestanden! Es tut mir leid, Jackie. Ich habe dich hängenlassen.«

Sie lächelte ihn an. »Schon gut, Simon. Es war ein gewagtes Spiel, und wir haben verloren. Sonst nichts.«

Sie trat beiseite. Die Träger packten die Griffe der Trage. Jacqueline bückte sich und zog ihren Schnürsenkel wieder fest. Dann fuhr sie mit einer Hand zum Strumpfband. Als sie sich wieder aufrichtete, hielt sie etwas in der Hand.

Es gab einen scharfen Explosionsknall.

Durch Simon Doyle zuckte ein konvulsivischer Ruck, dann lag er reglos da.

Jacqueline de Bellefort nickte. Einen Augenblick stand sie da, die Pistole in der Hand. Sie warf Poirot ein flüchtiges Lächeln zu.

Dann, als Race auf sie zustürzte, richtete sie das glitzernde kleine Spielzeug auf ihr Herz und drückte ab. Sie sank zu einem weichen, schlaffen Bündel zusammen.

Race schrie: »Wo zum Teufel hat sie die Pistole her?«

Poirot spürte eine Hand auf seinem Arm. Mrs Allerton fragte leise: »Sie – wussten es?«

Er nickte. »Sie hatte zwei von diesen Pistolen. Das wurde mir klar, als ich hörte, dass während der Durchsuchung in Rosalie Otterbournes Handtasche eine gefunden worden war. Jacqueline saß mit den Otterbournes am Tisch. Als sie merkte, dass alle durchsucht würden, ließ sie die Pistole in Rosalies Tasche gleiten. Später ging sie zu Rosalie in die Kabine und holte sie wieder, nachdem sie sie mit einem Gespräch über Lippenstifte abgelenkt hatte. Und weil sowohl sie als auch ihre Kabine gestern durchsucht worden waren, hat man noch eine Durchsuchung nicht für nötig erachtet.«

Mrs Allerton fragte: »Sie wollten, dass sie den Abgang macht?«

»Ja. Aber sie hätte ihn nie allein gemacht. Deshalb hatte Simon Doyle jetzt einen leichteren Tod, als er verdient hat.«

Mrs Allerton schauderte. »Liebe kann etwas sehr Erschreckendes sein.«

»Deshalb sind die meisten großen Liebesgeschichten Tragödien.«

Mrs Allerton wandte ihren Blick zu Tim und Rosalie, die nebeneinander in der Sonne standen, und sagte mit plötzlicher Leidenschaft: »Aber Gott sei Dank gibt es auch Glück auf der Welt.«

»Sie sagen es, Madame, Gott sei Dank dafür.«

Kurz darauf durften die Passagiere an Land. Die Leichen von Louise Bourget und Mrs Otterbourne wurden erst danach von Bord der *Karnak* getragen. Linnet Doyles Leiche wurde als Letzte an Land gebracht, und überall auf der Welt liefen die Drähte heiß und verkündeten summend allen Leuten, dass Linnet Doyle, die frühere Linnet Ridgeway, die berühmte, die schöne, die reiche Linnet Doyle tot war.

Sir George Wode las die Meldung in seinem Club in London und Sterndale Rockford in New York und Joanna Southwood in der Schweiz, und darüber geredet wurde auch am Tresen des *Three Crowns* in Malton-under-Wode. Und Mr Burnaby sagte spitz: »Tja, hat ihr ja wohl alles nichts genützt, armes Mädel.«

Aber nach einer Weile hörten sie auf, über sie zu reden, und debattierten lieber, wer den Preis beim Grand National bekommen würde. Denn, wie Mr Ferguson schon in Luxor gesagt hatte, was zählt, ist nicht die Vergangenheit, sondern die Zukunft.

Agatha Christies Hercule Poirot im Atlantik Verlag

Das fehlende Glied in der Kette
Poirots erster Fall

Wer hat die wohlhabende Mrs Emily Inglethorp auf ihrem Landgut Syles Court vergiftet? Ihr Ehemann Alfred, der es scheinbar auf das Erbe abgesehen hat? Doch auch ihre Stiefsöhne oder die launische Haushälterin könnten die Mörder sein. In seinem ersten Fall nimmt Hercule Poirot alle Bewohner von Styles unter die Lupe, um den Täter zu entlarven.

Elefanten vergessen nie
Ein Fall für Poirot

Der rätselhafte Tod von Celias Eltern ist seit zwanzig Jahren ungeklärt. Bei einem geselligen Abendessen reißt eine unerwartete Frage alte Wunden auf und Ariadne Oliver, Celias Patentante, muss sich der Wahrheit endlich stellen: Wer hat hier wen getötet, der Vater die Mutter, oder andersrum? Hercule Poirot ermutigt seine alte Freundin, wie die Elefanten ihrer Erinnerung zu vertrauen. Denn er weiß: »Elefanten vergessen nicht.«

Mord mit verteilten Rollen
Ein Fall für Poirot

Eigentlich liegt ein Gesellschaftsspiel dieser Art unter Hercule Poirots Würde. Nur von seiner besten Freundin Ariadne Oliver lässt er sich auf den prächtigen Landsitz bitten, wo die chaotische Schriftstellerin bei einem Gartenfest eine »Mörderjagd« inszenieren soll. Doch aus dem Spiel wird blutiger Ernst. Gut, dass Poirot zur Stelle ist!

Die vergessliche Mörderin
Ein Fall für Poirot

Norma Restarick ist felsenfest davon überzeugt, eine Mörderin zu sein. Aber wen genau hat sie umgebracht? Und wie? Sie kann sich an nichts erinnern. Hercule Poirot und seine gute Freundin Ariadne Oliver stoßen nur auf einen Selbstmord, der sich in Normas Apartmenthaus zugetragen hat. Könnte das der Mord sein, den die junge Frau meint begangen zu haben?

Vier Frauen und ein Mord
Ein Fall für Poirot

Die liebenswerte, vielleicht etwas geschwätzige Mrs McGinty wurde brutal ermordet und schnell wird ihr Untermieter für die Tat verhaftet. Doch wirkt er keineswegs wie ein Mörder, höchstens etwas verschroben. Kurz vor ihrem Tod hatte die alte Dame einen Brief an die Zeitung bezüglich eines Artikels über vier Verbrecherinnen geschrieben, der ihre Aufmerksamkeit erregt hatte. Hercule Poirot und Ariadne Oliver rollen den Fall neu auf.

Mord in Mesopotamien
Ein Fall für Poirot

Die Ausgrabungen des Archäologen Dr. Leidner im Irak werden von den Wahnvorstellungen seiner Frau Louise überschattet. Die Krankenschwester Amy Leatheran erklärt sich bereit, Louise zu betreuen, doch sie ahnt noch nicht, worauf sie sich einlässt. Als ein Mord geschieht, stellt sich die Frage, was tatsächlich hinter Louises angeblichen Wahnvorstellungen steckt. Welche dunklen Geheimnisse liegen in ihrer Vergangenheit begraben?

Der blaue Express
Ein Fall für Poirot

Der Fahrplan stimmt, der Zeitplan auch. Poirot reist an die Riviera – natürlich mit dem Luxuszug von Calais über Paris nach Nizza. Auch die reiche amerikanische Erbin Ruth Kettering fährt mit dem »Blauen Express«, doch als der Schaffner in Nizza an ihr Abteil klopft, findet er eine Leiche. Ein perfekter Mord – so scheint es. Doch eine kleine Unstimmigkeit lässt Poirots kleine graue Zellen nicht mehr ruhen …

Auf doppelter Spur
Ein Fall für Poirot

Für Sheila Webb ist es reine Routine, als sie zu der blinden Miss Pebmarsh gerufen wird. Eigentlich wollte die junge Frau nur ihre Schreibdienste anbieten. Doch im Haus der Blinden findet sie dieses merkwürdige Zimmer mit lauter Uhren – und mittendrin einen Toten. Während Scotland Yard im Dunkeln tappt, ist Poirot dem Mörder bereits dicht auf den Fersen

Morphium
Ein Fall für Poirot

Im Leben der schönen Elinor läuft alles perfekt: Gerade erst verlobt, sieht sie nun auch einem beträchtlichen Erbe entgegen, da ihre Tante Laura im Sterben liegt. Doch dann verliebt sich Elinors Verlobter ausgerechnet in Mary, der Elinor dem letzten Wunsch der Tante folgend einen Teil des Erbes überlässt, und schließlich wird Mary ermordet. Die Beweise gegen Elinor sind erdrückend – ist sie tatsächlich schuldig oder kann Hercule Poirot das Gegenteil beweisen?

Das Böse unter der Sonne
Ein Fall für Poirot

Auf der kleinen Ferieninsel in Devon, wo Hercule Poirot sich einen Urlaub gönnt, herrscht erdrückende Hitze. Auch die Stimmung unter den Hotelgästen scheint unangenehm aufgeheizt. Als die berühmte Schauspielerin Arlena Stuart erwürgt in einer nahegelegen Bucht aufgefunden wird, geraten alle Gäste unter Verdacht, darunter auch die Stieftochter des Opfers, die ihre Mutter hasste. Doch Poirot ahnt, dass die Lösung des Falls nicht so naheliegt.

Die Morde des Herrn ABC
Ein Fall für Poirot

»A« wie Alice Asher aus Anford, »B« wie Betty Barnard aus Bexhill-on-the Sea, »C« wie Carmichael Clarke aus Churston. Ein Serienkiller treibt sein Unwesen - sehr akkurat in alphabetischer Reihenfolge. In der Nähe der Leichen findet man einen ABC-Fahrplan, aufgeschlagen beim Anfangsbuchstaben des Tatorts. Scotland Yard ist ratlos. Poirot aber braucht nicht länger als bis zum Buchstaben »D«, um hinter das Motiv des Mörders zu kommen.

Vorhang
Poirots letzter Fall

Poirot, inzwischen von Arthritis gezeichnet, bittet seinen alten Freund Captain Hastings, zu ihm auf den Landsitz Styles mit seiner illustren Gesellschaft zu kommen. Einst haben die beiden hier ihren ersten gemeinsamen Fall gelöst. Nun soll Hastings sich an Poirots Stelle an die Fersen eines Serienmörders heften, dessen Identität Poirot zwar längst klar ist, für dessen Überführung ihm jedoch die Beweise fehlen. Dass der Täter wieder zuschlägt, ist nur eine Frage der Zeit. Aber wird es Hastings gelingen, ihm zuvorzukommen?